不廢中西萬古流

中西抒情詩類及影響研究

古添洪著

臺灣 學生書局 印行

序

　　這本書標誌著我十幾年來的學術生命，而我很高興看到，這歷程與世界的學術潮流發展一致。

　　第一篇的及時行樂詩類，其背後的文學旨趣，是與當時記號學強調的記號底「肖象性」（iconicity）相表裡，而當時對這方面著力最深者，當推薛備奧（Thomas Sebeok）對「肖象性」之作用於全人文領域的研究（*The Sign and Its Masters*, Chapter 6; 1979）。然而，及時行樂一文，方法學上尚含有「結構主義」（structuralism）的重要理念，此即「二元對立」（binary opposition）是也，而我更將之發揮為「肖象性」與「武斷俗成性」（conventionality）這一廣延的相對組，以表陳及時行樂詩內部及文化的動力。

　　第二篇對山水詩類的既「解」復「構」，乃是在「記號學」的領域進行，這可看作是我對當時獨領風騷的德希達（Derrida）的「解構主義」（deconstruction theory）的回應。這篇論文是我用功特深、花費腦力特多的一篇。我以記號學的「解構」視野重建山水詩類的同時，還得「解構」歷來對山水詩的「建構」與「敘述」，包括哲學上、美學上諸層面。在文中，我更首次運用了普爾斯（C. S. Peirce）記號學的「三元中介」模式（the triadic, meditative model）。我在此不妨贊賞自己一下，說我似乎洞得先機，蓋稍後記號學的注意

力在國際上已從「肖象性」移轉為其「三元中介」模式,尤其是其中的「記號衍義」(*semiosis*)一理念。

　　第三篇的情詩詩類,在詩類建構上,多少受到「讀者反應理論」(reader's response criticism)的衝擊。事實上,記號學在「書篇」(text)理論上也向「讀者」傾斜,艾誥(Umberto Eco)的《讀者的角色》(*The Role of the Reader: Explorations in the Semiotics of Texts*, 1979),即為一指標。我文中理論的創意是:把雅克慎(Roman Jakobson)的資訊交流模式中的「受話人」(addressee)內延於「書篇」內,並把這「受話人」分為三範疇,即作為含攝於書篇內的「讀者形象」的受話人、作為說話人「訴說對象」的受話人(如男性情詩內的女士)、以及作為回溯於「作者」本身的受話人(蓋抒情詩有著自言自語的本質,而此即詩人自我規範功能之所在)。同時,在普爾斯的記號學視野裡,筆者把「受話人」喻況為一「中介」的空間,「說話人」藉此得以論述事理、表達自己,而此空間以其擁有的品質影響著「說話人」及其所論述的對象。這個「受話人空間」概念有助於「情詩」這一詩類及其含攝之諸傳統的了解與分析。

　　第四篇的「女代面」詩類是我與女性主義(feminism)對話並與中國「代言體」相結合的成果。誠然,自西元 80 年代以還,女性主義在學界上可謂獨領風騷。在女性主義裡,我特愛「雌雄同體」或「兩性同體」(androgyny)一概念。「雌雄同體」一概念,在精神分析學(psychoanalysis)上,來自佛洛伊德(Freud),意謂人之原初原含男女二性別傾向,只是成長過程裡某一性別給壓抑而隱而不彰云云。這「壓抑」顯然與文化息息相關,而從女性主義的角度而言,這「壓抑」是在「父系」社會裡進行,女性特為其受害者。我

從文學的角度出發,發覺詩人如李白與雪萊(Shelley)者,兼具最雄偉/陽剛與最婉約/陰柔兩詩風,即表現著人類底原初的「雌雄同體」本質。「代言體」(男性詩人戴上女性代面而發音)即為「男性」詩人被壓抑的「女性」品質的表達與宣洩。換言之,李白的閨怨、宮怨等婉約的代言體/女代面體詩篇,有著精神分析的含義,正宣洩著李白本人在父系社會與王權體制雙重壓抑下的、原屬於其人種天賦的婉約/陰柔/女性品質得以釋放,而得以回歸其主體生命之全。換言之,我首度賦予「代言體」精神分析的含義,並指出男性(詩人)在「父系社會」亦同樣有著精神分析上的「壓抑」。

第五篇對「讀藝詩」(ekphrastic poetry)的撰寫時機,乃是其時學界突然興起對這方面的研究熱潮。西方學界的研究著眼往往是「時間」藝術中的「空間化」。我的研究視野,則回到原先「*ekphrasis*」所指「使沈默藝術發音」的原義,把中西源於「空間」藝術的詩篇統攝為「讀藝詩類」而比而論之,把中國的「題畫詩」與英國浪漫主義某些源於彫塑與繪畫的詩作融為一爐。在研究視野上倒是一種回歸,回歸到比較文學初期的「比較藝術」(comparative arts)作業,並且回歸到俄國形式主義(Russian Formalism)對藝術「媒介」的強調。當然,其中尚納有普爾斯記號學的「中介」模式、俄國記號學的規範功能等當代理念,而其中我最得意的乃是對「讀藝詩」中兩藝(「空間」與「時間」藝術)對峙、交融的「瞬間」所作的文本詮釋與發揮。

以上五篇的文類研究,皆是穿梭於「詩篇」與「理論」之間,其意在透過中西詩篇其「類同」與「相異」之比較,以尋求貫通中西的該「詩類」的一般詩學。故諸篇皆沿用杜鐸洛夫(Todorov)的

文類理論，以「語意」（內容）、「語法」（結構）、「語言」（表達）三層面以作個別「文類」的建構，蓋杜鐸洛夫之「文類」模式，一方面符合普爾斯記號學的「三元」視野，一方面如杜氏所言，其所追尋者，乃介乎絕對「理論的抽象」與絕對「書篇的具體」之間，而兩得其宜也。

本書第二部分的三篇影響研究，視野都從「發放者」移轉為「接受者」，也就是追隨這方面的世界潮流，從「影響」研究，移轉為「接受」研究。然而，「影響」與「接受」實為一物之二面，為方便故，仍以廣義的「影響研究」稱之。這三篇「影響」研究，其對象皆為新詩／現代詩，因緣際會以外，亦由於我國新詩／現代詩所受西方詩潮影響特深之故。

影響研究的第一篇，其對象為胡適的八不主義及其新文學運動。該文可說是我國傳統的考據學與當代西方理論的結合。在考據上，我指出胡適對西方文學的接觸，先為英國浪漫詩人華滋華斯（Wordsworth），其後才是意象主義（Imagism），而前者可論證的「有效」接觸為 1911 年 9 月底到 10 月初（其時胡適留學於美國綺色佳，英國文學課程中修習華滋華斯），而後者之有效接觸則為 1916 年 12 月 26 日或稍後，於其《留學日記》存錄了《紐約時報》所轉載的〈意象主義六大信條〉。胡適在〈文學改良芻議〉所提「八不主義」於 1916 年 8 月 19 日寫給朱經農的信裡已提出，早於其對「意象主義」之有效接觸，故胡適謂其八不主義非源自意象主義，應可信。同時，我根據上述考據學上的「外緣」證據，並佐以考據學上的「內延」證據（即其「八不主義」與華滋華斯的文學理論頗有互通），以為其新文學運動之提出，實有華滋華斯之啟發也。在影響理論

上，我引進了普爾斯記號學的三元中介模式，以指陳「影響」／「接受」過程上三方面的活動，即「外來」因素、「本土」文學／文化傳統、以及接受者為特定時空所制約的「主體」三者的互為「中介」。而「外來」因素及「本土」文學／文化，其「中介」互動，我發覺，可納入雅克慎所界定的「類同原則」或「對等原理」，即「外來」因素引發了相關的「本土」元素的活動，再經由本土「詩人的主體」所調停、再創造也。

影響研究的第二篇，其對象為魯迅散文詩集《野草》。在上述討論胡適的論文裡，由於最初是應《首都日報》副刊而寫，論述淺白，即使後來重寫時仍不免受原來格局所限，故「影響」研究中我所發展的三元「中介模式」以及其所含「對等原理」，等到論述魯迅所受英國浪漫主義摩羅詩派、佛洛伊德及尼采影響時，才充分論證與發揮。討論魯迅的論文可謂汗毛充棟，我這篇後起的文章應仍可佔一席之地。有趣的是，胡適及魯迅皆受到英國浪漫主義的影響，而一取華滋華斯的詩論，以觸發其文學革命與八不主義之想，而一取拜倫、雪萊的摩羅詩派，以其抗世嫉俗之精神，以新國民之積弊，此亦二人際遇之不同與個人「主體性」之相異，有以致之。故筆者「中介」之理論，實可謂得「影響」過程中之實際也。

影響研究的第三篇，其對象是對台灣現代詩外來影響層面。論文撰寫之源由，乃是由我與一些友好，有意撰寫一部台灣詩史，而「外來影響」即為「詩史」的一個面向，亦即法國學派所謂以「影響研究」作為國別文學史之「延伸面」是也。我發覺，在台灣現代詩發展上，「外來」影響在許多「轉折」的關鍵處，都扮演著可觀的角色。無論在台灣本土詩歌從「白話詩」過渡到內容與形式都具

「現代性」的「現代詩」的旅程上，或在其後詩風的各種轉折或轉向上，如西元六十年代初的「超現實」風潮與八十年代中葉的「後現代」轉向等，在我們宏觀的敘述或微觀的案例裡，歐美（包括日本中介）的「影響」與「催化」都可歷歷可陳，而我們台灣的現代詩發展，實與歐美日詩壇的脈絡相聯。筆者在論述這外來「影響」面向時，對自己的詩論及詩作的外來影響部分，頗有著墨，或有失均衡，但此亦可視作台灣詩壇長久對本人詩作的忽視的「反」均衡。詩史的敘述本不免有所偏愛，我們真正需要的，是一部眾音並起的多元視野的詩史。

最後，無論是「詩類」的建構或「影響」的敘述，都不是在虛空裡進行，而往往是在前人已墾出的工地或堆砌的海市蜃樓裡進行，故往往是一種既「解」復「構」的作業。新的藍圖、新的視野、新的材質、新的工具，就提供新的可能，而在學術研究上，自結構主義以來一波又一波的理論，推陳出新，為我們展開了一個美麗新世界。然而，在這美麗新世界裡得以徜徉得意者，乃是我們人類豐富的主體。是為序。

二〇〇四年七月三十日

不廢中西萬古流
——中西抒情詩類及影響研究

目　次

序 ……………………………………………………………… I

第一部份　中西抒情詩類

第一章　導論：「文類」及記號學視野……………………………… 1

第二章　建立一個中西「及時行樂」（*carpe diem*）
　　　　詩歌的詩學模式……………………………………… 27

第三章　「解」「構」中西山水詩
　　　　——兼論記號學中的「解」傾向……………………… 57

第四章　從「受話人空間」與情詩諸小傳統
　　　　以建構中西情詩詩類………………………………… 89

第五章　中英「女代面體」詩比較研究
　　　　——論男性詩人女性發音的精神分析含義……………… 141

第六章　論「讀藝詩」（ekphrastic poetry）的詩學基礎
　　　　及其中英傳統——以中國題畫詩及英詩中
　　　　以空間藝術為原型的詩篇為典範⋯⋯⋯⋯⋯ 175

第二部份　　影響研究

第一章　導論：從「影響」到「接受」研究⋯⋯⋯⋯⋯ 211
第二章　胡適白話詩運動的外來姻緣
　　　　——一個影響研究的案例⋯⋯⋯⋯⋯⋯⋯⋯ 221
第三章　論魯迅散文詩集《野草》的撒旦主義
　　　　——兼述接受過程中的日本「中介」⋯⋯⋯ 241
第四章　台灣現代詩的「外來影響」面向
　　　　——歐美現代詩潮的接受／挪用／與本土化 269

附錄

中國派與台灣比較文學界的當前走向⋯⋯⋯⋯⋯⋯⋯ 343

第一部份
中西抒情詩類

第一章

導論:

「文類」及記號學視野

一、「文類」與「抒情詩體」

目前所用「文類」一詞,可謂是中西交匯的一個指標❶。在中國的文學批評資料裡,「文類」一連詞出現甚晚。劉勰《文心雕龍》自〈明詩〉及於〈書記〉二十篇,分述詩、騷、賦、頌贊、議對等文類,但僅用「區畛」、「類聚」等詞彙稱之。徐復觀謂,「文類」的觀念,到六朝尚無一固定名稱,而用「類」作為其通稱者,似始於唐(1974:7)。宋陶叔獻編有《西漢文類》,「文」與「類」方相連為連詞。徐復觀強調「文類」與「文體」的差別,謂前者是因「題材性質」及「用途」而作區別(同上,8),而「文體」則是文章的形體與藝術形相。「文體」包括三個層面,而三者

---

❶ 所用論文格式為記號學界通用格式之一,如《記號學期刊》(*Semiotica*)即是。引用出處資料以括號簡注於文內,先後標出作者、所用版本之出版日期及頁碼;而出版社等詳細資料則見文末「參引書目」。然而,由於行文方便,有時略作省略及調整。

表現為「題裁→體要→體貌」的「昇華歷程」（同上，19）。並謂，「文類」近乎西方的「genre」，而「文體」則不宜與西方所言「style」混為一談（同上，15），蓋「style」（風格）僅為「文體」之一端而已（同上，15-16）。徐復觀對中西方批評界對「文體」與「文類」之混淆，頗有微詞。但平心而論，吾人得謂二者實相輔而成，蓋某「文類」之成立，與某藝術風格與體貌，必有其內延之關聯在；反之亦然。

由於「文類」一詞，在中國傳統文學批評裡並不常用，故「文類」一詞在當今之廣泛應用，也就表現了中西批評界某種「接觸」與「融會」。換言之，「文類」一詞，除其原生的身份外，尚帶有某種「外來」的身份，即它可能同時是西語「literary genre」的中譯，或受到西方的啟發，把「文」與「類」二字合為「文類」以描述文學分類。

無論如何，對中國文學界的學者而言，「文類」是指自古以來的文學分類，如《詩經》的風雅頌等。然而，接受西方訓練的中國學者，看到「文類」一詞，往往直接跳到「literary genre」或「genre」一詞去了解它。「genre」一詞源自拉丁語的「*genus*」，其義為「類屬」（kind）或「類型」（type）。「文類」或「*genus*」這個概念在中西方之一早出現與應用，意謂人類有「分門別類」的傾向，並經由「分門別類」以歸納、了解其生活的周遭環境。近人從資訊交流的角度著眼，指出「人類經由諸類屬的清單去組織他們的資訊交流行為」（Swales 1990：58）。這個概念對文學現象的理解亦然。事實上，自從有文學之初，人們就試著從眾多的文學書篇裡整理出一些分類。在西方，大致說來，遠自柏拉圖（Plato）與亞里

斯多德（Aristotle），史詩（epic）、戲劇（drama）、與抒情詩（lyric poetry）看作為三大終極的類屬❷。亞里斯多德以文學的本質為「模仿」（*mimesis*），並進而根據模仿所用「媒介」（medium）、模仿的「對象」（object）、和模仿的「形式」（manner）把三者加以區分；隨後，文學批評界為這三大類屬做了許多不同的解釋與發揮（參 Wellek and Warren 1956：227-29）。在古代的中國，經學家把流傳於春秋時代的詩三百首，分為風雅頌三大類屬，而三者之分野，根據歷來的詮釋，首在於其所源自與應用的場合（「風」為各地民間歌謠、「雅」為朝廷宴饗之詩樂，而「頌」則為宗廟之音），並因而有音樂上的差異、語言上雅（典雅與正音）與俗（通俗與方言）之分、以及是否伴有舞蹈／戲劇性質的演出（「頌」詩或伴有與舞蹈／戲劇演出）等（參屈萬里 1983 首章）❸。

　　韋勒克（Wellek）和韋倫（Warren）認為，就西方而言，真正的「文類」應該是上述西方三大終極類屬之下所再分的文類（Wellek & Warren 1956：229）。事實上，史詩、戲劇、抒情詩這三大終極類

---

❷　嚴格來說，在柏氏與亞氏的時代，「抒情詩」一文類尚未正式標出。但亞氏在其名著《詩學》（*Poetics*）裡，即認知到 Dithyrambic and Nomic Poetry 與「史詩」及「戲劇」的差別（I.10），並謂「尚有一完全依賴語言的藝術」，「到今尚沒有通名稱之」，包括「以 iambic, elegiac 或其他詩格律寫就者」（I.6）。從後世觀之，這些都屬「抒情詩」範疇，可見其時雖無「抒情詩」之名，但已對史詩及戲劇以外的文類有所識別。

❸　劉若愚把風雅頌分別譯為「airs」、「odes」、「hymns」。從譯名可見譯者著眼於三者所用場合、文字用語、及內容差異上。見其英文著作（James Liu 1957：64）。從比較文學的角度而言，某些「頌詩」與古希臘的「dithyramb」（宗教祭祀文辭歌唱舞蹈合一的形式）應略有相似。

屬在當代演譯及理論化的界定裡，已用來分別指稱敘述體
（narrative）、戲劇體（dramatic）、和抒情詩體（lyrical）三種不同的
表現形式了。當代理論家佛萊（Frye）試圖以神話元（*mythoi*）的觀
念來論述文類系統，而這所謂「神話元」乃是根據時序而分為春夏
秋冬四畛域，而這四大畛域「廣於」並「先於」諸文類（1957：
162）。在此視野下，「羅曼文學」（romance）與夏天心之所欲的世
界相呼應，「悲劇文學」（tragedy）與秋天的肅殺大難相呼應，
「反諷與諷刺文學」（irony and satire）與冬天的凋零殘缺相呼應，而
「喜劇文學」（comedy）則與遲來的春日的天真爛漫相呼應。

　　中國古典的文學分類比較符合韋勒克和韋倫的界定，是文學裡
各細分的類屬。首先是「文」與「筆」之分；用現代術語來說，前
者指陳「文學」或「純文學」，後者指陳「雜文學」或「非文
學」。其後，其各分類見於漢朝以來的各種選集，尤其是梁朝昭明
太子所主事編輯的《文選》，更有系統地見於梁劉勰的文學理論巨
著《文心雕龍》。這些分類都是根據實際已有的文學及非文學的各
種書寫體製，憑閱讀經驗及觀察分析而做的分類。用杜鐸洛夫
（Todorov）的詞彙而言，這些分類是從實際層面的、歷史時空層面
著眼的（1975）。

　　我們這裡所關注的當然是「抒情詩體」了。嚴格來說，「抒情
詩體」內再細分，才是真正「抒情詩類」之所在，故本書中所建構
與研究的五個抒情詩類，即及時行樂詩、山水詩、情詩、女代面
詩、讀藝詩，確實符合作為再細分的「文類」的定義。然而，我們
在此得先詢問「抒情詩體」這一終極大範疇的特質為何？相對於另
兩個終極大範疇（「敘述體」及「戲劇體」），「抒情詩體」之界定及

特質，往往模稜、不穩定、困難多了。我們不妨先從字源開始。英文的「lyric」來自「lyre」（弦琴）；而「lyric」意謂「與弦琴相伴」，意指抒情詩乃是有著弦琴的伴奏（Barnstone 1967：2）。這「抒情詩」與「弦琴」合一的最初階段，維妙維肖地見於古希臘女詩人 Sappho 的一首短詩：「來，神聖的龜殼／我的弦琴，於是成為一首詩」（Barnstone 1967：65）。如以《詩經》為中國抒情詩的始源而言，「詩」與「樂」不分的關係，亦為學界所公認，而《書經》所謂「詩言志，律和聲」，兩者之相依亦甚明。

古今中外對「抒情詩」提出了各種富啟發性的描述與界定。對柏拉圖與亞里斯多德而言，就「模仿」所賴「形式」而論，「抒情詩」是詩人本人的「代面」（*persona*）（Wellek and Warren 1956：228）。佛萊對抒情詩提出了許多片段卻發人深省的觀察。他說，「抒情詩是一種內在的模仿」，避免「直述語的模仿」。「抒情詩」是一種「被偶然偷聽到的話語」；而「抒情詩人往往假裝正在跟自己說話，或者和某人說話」。同時，他又說，「詩人是常把背背著他的聽眾，雖然其話語或為其聽眾而說，雖然其聽眾或隨著他唸誦某些詩句」。或者說，抒情詩乃在於「對詩人底聽眾的隱藏」。（Frye 1959：248-250）。佛萊的行文雖或晦澀，但其中的「我－您」（I-Thou）模式，實抓住詩人與其聽眾間的動力與辯證關係。用我們比較簡易的語言來說，其「我－您」結構模式意謂如下：抒情詩人在抒情吟唱時是同時對自己說話、對某人說話、對讀者說話；然而，作為一種內向資訊交流，抒情詩是向內迴向詩人本身，彷彿詩人不理會其聽眾，以背背向其聽眾；而同時，聽眾實質上是影響著詩人底「話語」的形成，蓋詩人底「話語」多少是為聽眾而

設。這種詩人與讀者的辯證關係，筆者將在討論中西情詩時加以發揮。除此之外，佛萊把抒情詩看作是一種「主題朝向的詩體」（thematic mode）。這觀點不啻為筆者在本書中把「母題」（motif）發揮為「文類」（genre）的努力給予支持。事實上，在佛萊的「抒情詩中主要的傳統主題」裡，即含攝本書所探討的「及時行樂詩」及「情詩」二詩類。

當代西方文學理論對「文類」提出了許多新視野。「文類」被看作一種「社會典章」（institution），並在文學發展上扮演著動力的角色。N.H. Pearson 謂，文學形式與類型「可看作是典章的、強制性的規範，強制控御著作者而同時為作者所強制控御」（Wellek and Warren 1956：226）。或者，「文類」被看作是「一套規範著我們閱讀文學作品的規範與期待；我們憑此得以根據傳統的諸樣式去組織我們的意義詮釋，去觀察作者在傳統的沿用裡所作的各種變異」，而這就是「讀者朝向」的文學理論的基本觀點（Peter Brooks；見 Todorov 1981：XV-XVI）。或者，如杜鐸洛夫（Todorov）所指出，「諸文類本身就是一些聯絡點，一部作品得經由這些聯絡點而與文學的全體相接而獲得其相關位置」（1975：8）。同時，歸岸（Guillen）提出「抗文類」（countergenre）的概念，謂一個「文類」會發展出其相對待相抗衡的「抗文類」。「抗文類」彰顯了歷史發展上的「對立」階段，並解釋了文學系統底正反合的辯論的發展（1971：138-158）。同時，Cohen 提出了「複合文類」（combinatory genre）的概念，謂文類「展示出一個歷史過程」，從其中我們可以看到「各種改變、溝裂、不完整、與變換」。在文學史上及其他各種歷史發展上，皆如此（1991：89）。誠然，無論在詩學上或文學

系統上，「文類」都獲致了嶄新的、重要的地位。當然，理論家對「文類系統」的建立亦有所努力。前述佛萊以春夏秋冬神話情境作為文類系統及其所作各細分，可說是一個里程碑，雖然，杜鐸洛夫對其方法學有所置疑與挑戰（Todorov 1975：Chapter One）。

　　最後，也許是最重要的是：「文類」應依循什麼標準與面向來建構呢？「文類」應依循何種「模式」而建構呢？在當代思維領域裡，最重要的選擇，就不免在於「二元對立」模式與「三元中介」模式中作選擇了。歸岸在討論文學系統時，指出「在藝術理論史上，可明顯地看到二元對立系統與三元系統的混合效應」（1971：410）；然而，他要提倡「第三者」的觀念，也就是「三元中介」的視野，謂

　　　　在我們所處的現代，經由「三元體」（triad）以遞替或超越
　　　　各基層的「對立」一直都是遠重要於其字面上的涵義。「第
　　　　三」所代表的不僅是「第三」或者只是一個數目，而是代表
　　　　著它底對「二元對立」的超越。廣義來說，「第三」是與
　　　　「建構框架」一併而來。我們很難置信，歷史的想像力能在
　　　　「二元對立」與「兩極」的嚴格限制裡得以興旺發展；沒有
　　　　「他者」、沒有那「第三者」（third person）（不僅意謂文法上
　　　　的第三人稱），「經驗」的「多元性」（diversity）怎麼成為可
　　　　能？（1971：411）

　　筆者完全認同歸岸的看法。事實上從本書各篇章的研究裡，筆者即一直努力從瑟許（De Saussure；亦譯作索緒爾）的「二元對立」模

式，過渡、移轉到普爾斯（C. S. Peirce）的「三元中介」模式。

　　杜鐸洛夫的當代「文類」模式就是一個「三元中介」模式，建立在其所見的「文學書篇」的三個面向上，此即語言層（the verbal）、語法層（the syntactic）、和語意層（the semantic）。這三元模式在古典修辭學與當代語言學都有所依據。他應用此模式於「奇幻體」（the Fantastic）的研究（1975），並在其討論「詩學」的專著裡加以詳論（1981）。根據其「奇幻體」專著首章所做的綜述，所謂「語言層」乃是指「話語本身的諸要件」、「話語的演出」、以及「作為書篇發放者的作者及作為接受者的讀者；而無論是前者或後者都只是隱藏於書篇中的作者或讀者形象，而非指真正的作者或讀者」。換言之，從廣延的角度而言，杜鐸洛夫的「文類」模式，尤其是「語言層」，有著「資訊交流模式」的旨趣。其所謂的「語法層」，乃是指「書篇中各局部所賴以支持自身的各種關聯」，而「這些關聯可有三種型態可論，即邏輯的、時間的、與空間的」。換言之，其所謂「語法層」，實指文章結構而言，故筆者行文往往以「語法／結構層」稱之。其所謂「語意層」，乃是由「文學書篇諸主題」（theme）所構成。杜鐸洛夫假設「某種文學的整體語意世界」的存在，因而在此整體的語意世界的背景下，諸文學主題及「其組合與變易」得以定位、得以描述。顯然地，其所謂的「語意層」，實是我們一般所謂的文學內容，故筆者行文往往逕以「語意／內容層」稱之。綜合而言，杜鐸洛夫之用詞，與當代語言學相銜接，而「語言層」則偏重「話語」及其所含攝之讀者及作者，並視之為該層面的必然結構；而「語法層」則實為一般通稱的章法結構，而偏重各局部間的「關聯」，而「關聯」之強調，即可見其

「結構主義」的旨趣；而「語意層」則偏重「文學主題」，即以文學諸「主題」為文學「內容」之構成所在，而這些「主題」亦往往依「二元對立」的視野以建構，亦「結構主義」之旨趣所在。最後，這三層面在諸「文類」及文學「書篇」裡「以複雜的相互關聯的面貌呈現」（1975：20），而其複雜的互聯性，即含有某種「中介」（mediation）的性質。

然而，杜鐸洛夫所闡述的「文類」模式似乎仍有所匱乏，未能充分顯示歸岸所要求的「第三者」的功能，未能充分顯示其「中介」與「超越」各種「二元對立」的功能。同時，杜鐸洛夫的模式只是「敘述體」的模式，用諸於「戲劇體」與「抒情體」就不免有所不足了。對筆者而言，杜鐸洛夫的模式，其價值在於提供了一個模式的框架，一個三元中介的框架，讓我們進一步根據不同的「文類」與需求與視野以充實之。誠然，在本章末節裡，我們即引進當代「記號學」（semiotics）的視野與理念以充實之，以建構我們需要的、適合「抒情詩」類的「文類」模式。

二、中西比較抒情詩類巡禮

「文類」不僅在詩學及文學系統上愈形重要，在比較文學上亦如此。韋思坦（Weisstein）在其討論「文類」的專章裡，即開宗明義說：

從比較文學角度來思考文學的學者，會發覺「文類」這個概

念，就像分期、潮流、運動等概念，提供了成果異常豐富的
研究領域。開拓這個文學理論的面向的學者，應該從歷史
的、理論的視野同時並進，這樣才能發現一些原理，以系統
地整理其研究素材。（1973：99）

本文即循著歷史的與理論的雙軌而進行，以探討中西抒情詩
類。筆者所謂歷史的，即對「文類」在中西（英）文學傳統的全貌
加以描述與尊重；所謂理論的，即運用當代理論所提供的視野及概
念，作為建構詩類的基本架構、切入點、及比較點。

讓我們以最簡短的方式回顧一下中西比較文學。首先，法國派
著重「影響」研究，提倡實證的、歷史的方法學，美國派強調「類
同」研究，提倡內延的、美學的方法學，而兩者都是中西比較文學
形成過程中兩大支柱。然而，在此兩大流派的背景下，中西比較文
學在早期即呈現出其自身特殊的一面。誠如余國藩於一九七四年所
觀察到的，

過去二十年來，運用西方批評觀念與範疇於中國傳統文學研
究的走向越來越有勁。這走向在比較文學上預期了許多使人
興奮的發展。（Yu 1974：50）

事隔半個世紀，我們只要翻閱一下鄭樹森所編中西比較文學研究目
錄（1980）、或者《中外文學論文索引》（1987；1992 增定版），或
者 John Deeney（李達三）所編〈中西比較文學的英文研究書目〉
（1982），我們不難發覺這個朝向仍是中西比較文學的主流。這個

兼融法國派與美國派原有領域與方法學，並另闢以西方文論來研究
中國文學的「闡發研究」，並關注中西文學與文化之異同者，筆者
稱之為現階段的比較文學「中國派」，蓋「中國派」將會隨著中國
與世界的各種關係的變動而開拓而變易（1998）❹。

在迄今的學界裡，中西文學中的比較文類，最受到關注者莫過
於「史詩」與「悲劇」。其先，學者所關切之問題，一是究竟中國
有沒有「史詩」與「悲劇」？一是如果沒有，其原因何在？稍後，
學者直接從中國文學資料裡，以相類似的文學書篇建構中國的「史
詩」與「悲劇」，甚或進而討論中西「史詩」與「悲劇」的異同。
就中國史詩的建構而言，王靖獻或最值得注意，蓋其在《詩經》
裡，建構出尚文的英雄主義及史詩（1976）。至於「悲劇」，論文
甚多，而論點往往重覆，就研究有所開拓的角度而言，值得注意者
先後有姚一葦（1976），古添洪（1976：127-148），張漢良（1976），
黃美序（Huang, Mei-shu 1979）等人的有關研究。無論如何，在這些
論文裡，其努力所在，是在西方模式的參照下，建立與其相對待的
中國「史詩」與「悲劇」。這個建立「相對待」的中國「史詩」與
「悲劇」的比較文學作業，顯然與「文類」的要求有所落差，蓋其

---

❹ 　詳見拙文〈中西比較文學：範疇、方法、精神的初探〉（1979）及〈中國
　　學派與台灣比較文學界的當前走向〉（《中國比較文學學科理論的墾
　　拓》，黃維樑、曹順慶主編，北京：北京大學，1998，163-177）。筆者
　　於《比較文學的墾拓在台灣》（1976）一書的「序」中，首度以「中國
　　派」指稱此潮流，而輓近深感所謂「中國派」乃是進行式的，故又於上述
　　1998 的論文中指出目前所提「中國派」之內容將不免為階級性的，蓋
　　「中國派」將會隨著中國文學／文化與世界文學／文化關係的變動而更
　　易。

未能建構出該「文類」涵蓋中西的、通體的詩學模式。「山水詩」的中西比較研究雖不勝枚舉，可觀者卻不多，而以 Frodsham（1967）與葉維廉的研究（1978）最有建樹。葉維廉更在其中提出「模子」的問題，開文化視野之先河。「山水詩」的研究比「史詩」及「悲劇」的研究，就「文類」的立場而言，有所推進，蓋其中有關中西文學書篇都平行置入其中，異同得以彰顯，而非僅以從中國文學裡建構「史詩」或「悲劇」為目的。中西「情詩」的比較，同時納入中西詩篇作平行討論而尚可足道者，似乎只有余光中一篇（1975-76）。至於中西「及時行樂詩」及「讀藝詩」，目前沒有可觀的比較文學篇文，而「女代面詩」則是筆者所首度建構的抒情詩類。職是之故，本書所從事的比較抒情詩類研究，實有其開拓的地位。

現在讓我們略事回顧這些抒情詩類在國別文學視野裡的重要學術文獻。先說「讀畫詩」（ekphrastic poetry）。「*ekphrasis*」一詞原為拉丁語，原謂剖開、描述、解釋之意。Jean Hagstrum 首度引進用於比較藝術，意指使到「沉默的藝術」（mute arts）如雕塑、繪畫者「發音」之意。今觀源於「空間藝術」之詩歌，往往給予原「空間藝術」以「發音」，即對原「空間藝術」加以剖開、描述與解釋，故今迻譯作為「讀藝詩」。其後，「*ekphrasis*」一概念在 Murry Krieger（1967）、Wendy Steiner（1982），和 Marry Caws（1989）手裡進一步探索，但其義卻慢慢轉移為「時間藝術」的「空間化」，多著墨於所謂「空間化的瞬間」（the ekphrastic moment）。筆者是根據 Jean Hagstrum 讓「沉默」的藝術「發音」的原義，而進行「讀藝詩」詩類的建構，而中國的「題畫詩」就成

為了這「詩類」最重要的組成部分了。雪萊（Shelley）的〈奧斯曼底亞斯〉（"Ozymandias"）、濟慈（Keats）的〈古希臘甕〉（"Ode On a Grecian Urn"），則成為了筆者心目中英國詩歌裡「讀藝詩」的典範。然而，西方學者從「讀藝詩」角度來對這兩首詩作詮釋、研究者，可謂鳳毛鱗爪。中國「題畫詩」的研究還在起步，但孔壽山所編《唐朝題畫詩註》（1988）為我們提供了相當完備的蒐集，書首並有平實而周延的緒論。事實上，題畫詩大盛於唐，杜甫更是其中的佼佼者。至於「及時行樂詩」，西方學界所作論文不多，但卻有兩部資料豐富、論述頗詳的博士論文（Wellington 1956；Candelaria 1959）。兩者都溯源古希臘古羅馬「及時行樂詩」並以其模式對英國文藝復興以及十七世紀的「及時行樂詩」加以討論及分類。至於中國學界方面，「及時行樂詩」的專屬研究，仍屬空白。「山水詩」是英國浪漫主義的一新興而重要的詩類，而西方學界對浪漫主義之研究，可謂堆積如山。從我目前的研究視野而言，最有啟發者則為哈特曼（Hartman）（1964）、布龍（Bloom）（1970）、韋思靈（Wesling）（1970）的研究。前兩者對「山水」視覺所蘊含的「主體」與「客體」的互為辯證關係作了深入的探討，而後者則提出了「山水」是否「自足」的美學問題。在中國學界，「山水詩」已是一個建立久遠的「詩類」，而其研究同樣異常豐富。王瑤的經典之作《中古文學風貌》（1973）為以後的研究奠定了基礎。Frodsham（1960）、林文月（1976）、王國瓔（1988）諸人的研究，對「山水詩」這一詩類的描述都有所提供——王國瓔的專著最為完整及集大成，代了中國學界對山水詩傳統研究的成果。

　　至於西方的情詩，研究甚多；筆者在此僅略述與英國文藝復興

與十七世紀有關的專著。Pearson 對伊麗莎白王朝的「商籟體」（sonnet）所蘊含的愛情「成規」有豐富的論述（1933）。Earl Miner 則以「公眾體」（public mode）與「私我體」（private mode）來分別指陳「騎士派」情詩（cavalier poetry）和「玄學派」詩歌（metaphysical poetry）的差別（1969；1971）。Rogers 把英國「情詩」細分為三類屬，即 epyllion、輓歌（elegy）、和商籟體（sonnet），分別代表了成長的、不可磨滅的、剎那凍結的愛的經驗（1977），而 Bernald 則從韋特（Wyatt），悉尼（Sidney）、莎士比亞（Shakespeare）的情詩裡，彰顯其中的「戲劇化」結構（the dramatic mode）。事實上，西方的情詩往往超越「愛情」或所謂「男歡女愛」的範疇，而往往切入更深沉的生命的、哲學的沉思。A.J. Smith 即專注於文藝復興時期「情詩」背後所表達的一些終極的主題，如靈與肉，有限生命與永恆的關係等（1985），而 Ferry 則專著於情詩的「永恆化」主題（1975）。最後，討論西方情詩，就不得不對西方古典情詩影響深遠的「宮廷愛」（courtly love）有所認識，而李維斯（Lewis）的經典之作（1938）與華倫斯（Valency）（1975）在這方面的論述，已為我們對「宮廷愛」的了解，提供了穩固的基礎。在中國學界裡，羅宗濤（1985）及黃永武（1985）的論著值得一提：前者把中國情詩歸為若干類屬以討論，後者更正確地指出《詩經》及《樂府》有關詩篇為中國情詩最美好的傳統。最後，專注於個別「愛情」詩類者，則有許翠雲的「閨怨詩」研究（1990）。

三、記號學的視野與研究工具

古語云：「工必利其器」。誠如結構主義大師巴爾特（Barthes）所言，結構主義的研究作業乃是對原「書篇」的剖解、重組、以「後設語言」（metalanguage）建構其與原著相彷的「模擬體」（simulacrum）（1972）。用一般的語言來說，研究是一種根據原「書篇」而「建構」的作業，研究者實「必利其器」、實必發展出一套有動力的方法學與研究工具方為功。

如前述，杜鐸洛夫的文類模式只能為比較「抒情詩類」提供一個大框架，各局部尚需依「抒情詩類」及嶄新研究工具加以調整及充實。本書以「記號學」（semiotics）作為視野，蓋「記號學」有著基礎科學的特質，有利於貫通中西的共同「詩學」的建構。薛備奧（Sebeok）曾對「記號學」作如下的簡賅界定：記號學乃為「一科學，研究諸種可能的記號，研究控御著諸記號底衍生、製造、傳遞、交換、接受、解釋等的諸法則」（Sebeok 1978a：Ⅷ）。故「記號學」本身有著比較的本質，或為超越不同記號系統（如語言、文字、圖象、樂音、物件、儀式等不同記號系統），或為超越國界的同一記號系統之比較，並進而尋求其共同的表義過程。然而，「記號學」究竟為我們提供了什麼研究視野與工具呢？ ❺

首先，雅克慎提出了最為廣延的語言六面六功能的雙邊資訊交流模式（communication model）；此語言六面即為說話人、受話人、

---

❺ 本書所提「記號學」及各記號學大家所提出的理論模式，皆可詳見拙著《記號詩學》（1984）及《普爾斯》（2001）。

話語、指涉範疇、接觸、語規,及其相對的抒情功能、感染功能、詩功能、指涉功能、線路功能、後設語功能(1960)。雅克慎資訊交流模式已廣泛地運用於各人文領域上,而筆者也曾運用此模式以刻劃宋人話本小說的記號系統(1984)。然而,這對「文類」的建構有何助益?筆者特別強調雅克慎模式中的「資訊交流」特質。試想,如果我們能把雅克慎的資訊交流模式置入杜鐸洛夫的「三元」中介「文類」框架裡,或者說,把杜鐸洛夫的「文類」模式在雅克慎的「資訊交流」視野裡重新塑造;那麼,這「合併」後的「文類」模式將更能抓住同時作為「表義」與作為「接受」的文學「書篇」的動力。

細言之,雅克慎「資訊交流模式」中的「語規」,迫使我們必須把「文學成規」(convention)置回「文類」裡。誠然,「文學成規」是「文類」內延的必有架構,可幫助我們對個別「文類」的描述,以及該「文類」的可能再度細分之所依。事實上,對文學系統中「文學成規」之認知,乃是「作者」與「讀者」雙邊交流的先決條件。雅克慎模式中的「抒情功能」,其內涵雖不足以充分表陳「作者」的心理機制,但可以俄國記號學所提出的「規範功能」(modelling function)以充實之。伊凡諸夫(Ivanov)從神經機械學(cybernetics)的角度指出,「人類沒法直接控御自身的行為,故創造諸記號以間接控御之。整個文化史大致可看作是記號系統的傳承以控御人類的行為」(1977:29-30)。所以,「每一記號系統的基本功能是對世界的規範」,而「每一記號學世界模式皆可看作是一個對個體與群體行為的綱領設計」(同上,36)。換言之,作為記號「主體」的個體或人類用「記號」創造一個綱領設計以「規範」

世界及其自身。洛德曼從這個視野出發，謂「語言」是「首度」
（primary）規範系統，而詩歌及藝術等則為上置於其上的「二度」
（secondary）規範系統（Lotman 1977：9-10）。同時，洛德曼進一步對
「系統」（langue）所規範和為「話語」（parole）所規範的世界有所
識別，並認為前者比後者更有普遍性、其規範更具基礎性。洛德曼
說：

> 經由「系統」所創造出的宇宙模式是比經由「話語」所創造
> 者更來得有普遍性，蓋後者在創造過程裡是最富有個性者。
> 我們也許可以同樣地說，個別的「詩篇」為某些具體的現象
> 創造了一個藝術模式，而文學系統卻以其最具普遍性的諸範
> 疇把宇宙納入了一個模式；在這模式裡，這些最具普遍性的
> 範疇乃是宇宙底最具普遍性的內容，乃是具體事物與現象底
> 存在的形式。因此，研究文學作品所賴之系統不單對文學底
> 資訊交流這一獨特的模式有所了解，同時也等於把文學中所
> 塑造的宇宙模式重建起來，以其最具普遍綱領的姿態重建起
> 來。（同上，18）

洛德曼的論述重新抓住了瑟許（De Saussure）所作「系統」與「話
語」的識別，並與「記號」底「規範功能」掛鉤，再度彰顯了其系
統上的「形式」朝向。筆者在本書中即遵循這「形式」朝向，著重
「系統」所扮演的具普遍性與基礎性的規範功能的陳述。

其次，在文學「書篇」裡，其「語言」如何表義？在表義過程
裡，其基本原則與動力為何？瑟許以「武斷性」（arbitrariness）作為

「語言」的首要原理，蓋語言記號之構成乃是最缺乏內在關聯，最為約定俗成。然其隨即修正這強勢的論調，而謂「語言」亦保有某種的邏輯性與內在關聯，如見於「狀聲詞」等特殊語言安排（1959：131-34）。其後，語言學家卻舉證歷歷，指出「記號」的構成並非全然武斷，在其「記號具」（signifier）與「記號義」（signified）之間，實有某種「內在關聯性」存焉。遵循普爾斯（C.S. Peirce）的記號學者統稱此「內在關聯性」為「肖象性」（iconicity）。「肖象性」一詞來自普爾斯，乃是指陳「肖象記號」（icon）的特質。「肖象性」是指「記號」（sign）與其「對象」（object）具有「類似／肖象」關係，即「記號本身有著某種特質（character）」以使之能代表其「對象」（2.243），甚或「在其對象的性格上作參與」（4.531），並謂經由對「肖象記號」的直接觀察，可以對其「對象」某些「真實」（truths）有所認知（2.279）；而且，即使其「對象」並無實存亦如是（2.304）。換言之，此「肖象性」實自存於「肖象記號」本身，故其有能力去表義其「對象」。葛蘭里（Greenlee）稱此為「品質的表陳」或「展示」的能力（1973：70-84）。事實上，如薛備奧所言，「肖象性」可見於人文及自然世界的任何層面，並表現出其驚人的力量（Sebeok 1978b：Chapter 6），而中國文字所含「肖象性」之豐富，亦為此作了最有力的證明。簡言之，在當代記號學兩大傳統裡，瑟許表彰了「記號」底「武斷俗成性」，而普爾斯表彰了其相對的「肖象性」。兩種力量實存於所有的「記號」及其表義行為裡。誠然，「武斷俗成性」與「肖象性」的相互抗衡與論證，見於文學「書篇」的各層面上；而「詩歌」更在以「武斷俗成性」為主導的「語言記號」媒介

裡，經由「喻況」等設計而朝向「肖象主義」。顯然地，「文類」如能容納這「武斷俗成性 V.S.肖象性」的辯證動力，將更能抓住文學的特質。

「記號學」傾向於把人類的行為與意義看作是文化的建構，而非全然的自然如此。同時，「記號學」擁有「反實證」（anti-empiric）精神，謂吾人對世界之認知，不能侷限於為五官所及的世界，而是經由對其背後所賴的原理與規則的界定。在這視野裡，所有的「世界」不再是直接的、物理的，而是中介的、知性的，蓋所有的世界皆不免是「記號」建構的結果。這些帶「解構」色彩的立場，都似乎濃縮在普爾斯的哲學名言裡：「這整個宇宙如果不是全經由記號所構成的話，它是由諸記號所滲透著」（5.488n）。想想，如果這屬於記學的解構理念引進「文類」裡，那麼，整個「文類」空間就重新開放，蓋「書篇」裡的所有素材、所有觀念、所有主題、所有聯結、所有表達都將重新考量與解構。

普爾斯為我們提供了最為豐富的三元中介模式，而這模式就表現在作為人文基礎的「記號衍義」（semiosis）一概念裡。其謂：

> 所謂記號衍義行為（semiosis）乃是一個活動，一個影響運作，含攝著三個主體的相互作用；這三個主體是為記號（sign），記號底對象（object），與及居中調停記號（interpretant）。這是一個三方面互連的影響運作（tri-relative influence），決不能縮為幾個雙邊的活動。（5.484）

普爾斯特別提醒我們，這「三方面互連的影響運作，決不能縮減為

幾個雙邊的活動」；故「記號衍義」裡的每一「主體」，對另二者皆扮演著「中介」的功能。普爾斯上述的陳述，乃是普遍性的、形式朝向性的；在每一「實際」的記號衍義行為裡，每一「主體」在文化時空裡所擁有的所有特性，都應該扮演著其應有的功能，而使到每一「實際」的記號衍義，都有其「特殊性」。如論者所言，普爾斯「沈迷」於三分法；他所作的各類屬之再三分與再三分，充分表現出「中介」在「現實」之無所不在，蓋沒任何東西會直接接觸我們而不經重重「中介」。我們必須以普爾斯的記號學模式之「中介」理念重新思考文學「書篇」與「文類」，這樣才能抓住文學「書篇」與「文類」的動能與其不可或缺的「中介」本質。

參引書目

屈萬里，1981，〈論國風非民間歌謠的本來面目〉，《詩經研究論集》，林慶彰編。

《中外文學論文索引》，1987，台北：中外文學。

《中外文學論文索引》增訂本，1992，台北：中外文學。

許翠雲，1990，〈唐代閨怨詩研究〉，《國立臺灣師範大學國文研究所集刊》，34，547-670。

黃永武，1985，〈中國情詩論〉，《古典文學》，52，637-651。

古添洪，1976，《比較文學／現代詩》，台北：國家。

———，1984，《記號詩學》，台北：東大。

———，2001，《普爾斯》，台北：東大。

孔壽山，1988，《唐朝題畫詩注》，成都：四川美術。

林文月，1976，《山水與古典》，台北：純文學。

羅宗濤編，1985，〈中國的愛情詩〉，《中國詩歌研究》，台北：中央文物，207-271。

鄭樹森編，1980，〈比較文學中文資料目錄〉，《中西比較文學論集》，台北：時報。

王國瓔，1988，《中國山水詩研究》，台北：聯經。

王瑤，1973，《中古文學風貌》，香港：中流。

徐復觀，1974，〈文心雕龍的文體論〉，《中國文學論集》。台北：學生，1-83。

張漢良，1976，〈關漢卿的竇娥冤：一個通俗劇〉，《中外文學》，4卷8期，128-141。

王靖獻（楊牧），1976，〈論一種英雄主義〉（單德興譯），《中外文學》，4卷11期，28-45。

Aristotle. *Poetics*. 4th Ed. 1951. Translated and Edited. Samuel Butcher. NY: Dover.

Barnstone, Willis, trans. 1975. *Greek Lyric Poetry*. New York: Schocken.

Barthes, Roland. 1972. "The Structuralist Activity." *Critical Essays*. Evanston: Northwestern UP, 213-220.

Bernard, John D. 1970. "Studies in the Love Poetry of Wyatt. Sidney and Shakespeare." Dissertation. University of Minnesota.

Bloom, Harold, ed. 1970. *Romanticism and Consciousness*. New

York: Norton.

Candelaria, Federick. 1959. "The Carpe Diem Motif in Early Seventeenth-Century Lyric Poetry with Particular Reference to Robert Herrick." Dissertation. University of Missouri.

Caws, Mary. 1989. *The Art of Interference.* Cambridge: Polity.

Chan, Marie. 1974. "Chinese Heroic Poems and European Epic." *Comparative Literature* 26, No.2, 142-168.

De Saussure, Ferdinand. 1959. *Course in General Linguistics.* Trans. Wade Baskin. New York: McGraw-Hill.

Deeney, John J. 1982. "Chinese-English Comparative Literature Bibliography: A Pedagogical Arrangement of Sources in English." *Tamkang Review* 12, No.4, 333-404.

Ferry, Anne. 1975. *All in War with Time: Love Poetry in Shakespeare, Donne, Jonson, Marvell.* Cambridge, Mass: Havard UP.

Frodsham, J.D. 1960. "The Origins of Chinese Nature Poetry." *Asia Major*, 8, 258-293.

_____. 1967. "Landscape Poetry in China and Europe." *Comparative Literature*, 19, No.3, 193-215.

Frye, Northrop. 1957. *Anatomy of Criticisim: Four Essays.* Princeton: Princeton UP.

Greenlee, Douglas. 1973. *Peirce's Concept of Sign.* The Hague: Mouton.

Guillen, Claudio. 1971. *Literature as System: Essays Toward the*

Theory of Literary History.　Princeton: Princeton UP.

Hagstrum, Jean.　1958.　*The Sister Arts.*　Chicago: U of Chicago P.

Hartman, Geoffrey.　1964.　*Wordsworth's Poetry: 1787-1814.*　New Haven: Yale UP.

Huang, Mei-shu (黃美序).　1979.　"Is There Tragedy in Chinese Drama? An Experimental Look at an Old Problem."　*Tamkang Review*, 10, Nos. 1 & 2, 211-226.

Ivanov, V. V.　1977.　"The Role of Semiotics in the Cybernetic Study of Man and Collective."　*Soviet Semiotics.*　Ed. Daniel P. Lucid. Baltimore: The John Hopkins UP, 27-38.

Jakobson, Roman.　1960.　"Closing Statement: Linguistics and Poetics."　*Style in Language.*　Ed. Thomas Sebeok. Cambridge, Mass.: M.I.T.P, 350-377.

Jakobson, Roman and Linda Waugh.　1979.　*The Sound Shape of Language.*　Bloomington: Indiana UP.

Krieger, Murry.　1967.　"The Ekphrastic Principle and the Still Movement of Poetry; or Laokoon Revisited."　*The Play and Place of Criticism.*　Baltimore: Johns Hopkins P.,105-128.

Ku, Tim-hung (古添洪).　1984.　"Toward a Semiotic Reading of Poetry: A Chinese Example."　*Semiotica*, 49-1/2, 49-72.

Lewis, C. S.　1938.　*The Allegory of Love: A Study in Medieval Tradition.*　London: Oxford UP.

Liu, James J. Y. (劉若愚).　1957.　*Chinese Theories of Literature.*　Chicago: U of Chicago P.

Lotman, Jurij. 1977. *The Structure of the Artistic Text*. Trans. Gail Lenhoff and Ronald Vroon. Ann Arbor: U of Michigan P.

Miner, Elaine. 1969. *The Metaphysical Mode from Donne to Cowley*. Princeton: Princeton UP.

――――. 1971. *The Cavalier Mode from Jonson to Cotton*. New Jersey: Princeton UP.

Pearson, Lu Emily. 1933. *Elizabethan Love Conventions*. California: U of California P.

Peirce, Charles Sanders. 1931-58. *Collected Papers*, 6 vols. Cambridge, Mass.: Harvard UP.

Rogers, Hiluard G., Jr. 1977. *Three Genres of English Renaissance Love Poetry*. Dissertation. The U of Texas at Austin.

Sebeok, Thomas, ed. 1978a. *Sight, Sound, and Sense*. Bloomington: Indiana UP.

――――. 1978b. *The Sign & Its Masters*. Austin: U of Texas P.

Smith, A. J. 1985. *The Metaphysics of Love: Studies in Renaissance Love Poetry from Dante to Milton*. Cambridge: Cambridge UP.

Steiner, Wendy. 1982. *The Colors of Rhetoric*. Chicago: U of Chicago P.

Swales, John M. 1990. *Genre Analysis: English in Academic and Research Settings*. New York: Cambridge UP.

Todorov, Tzvetan. 1975. *The Fantastic*. Trans. Richard Howard. Ithaca: Cornell UP.

――――. 1981. *Introduction to Poetics*. Trans. Richard Howard.

Sussex: Harvester P.

Valency, Maurice. 1975. *In Praise of Love: An Introduction to the Love-Poetry of the Renaissance.* New York: Octagon.

Wang, C. H (王靖獻). 1975. "Towards Defining a Chinese Heroism." *Journal of the American Oriental Society,* 95, No. 1, 23-35.

_____. 1982. "The Weniad: A Chinese Epic in Shih Ching." *Essays in Commemoration of the Golden Jubilee of the Fung Ping Shan Library.* Eds. Chan Ping-leung, et al. Hong Kong: Hong Kong UP., 105-142.

Weisstein, Ulrich. 1973. *Comparative Literature and Literary Theory.* Trans. William Riggan. Bloomington: Indiana UP.

Wellek, Rene and Austin Warren. 1956. *Theory of Literature.* New York: Harcourt, Brace & World.

Wellington, James. 1956. *An Analysis of the Carpe Diem Theme in Seventeenth-Century English Poetry (1590-1700).* Dissertation. Florida State University.

Wesling, Donald. 1970. *Wordsworth and the Adequacy of Landscape.* New York: Holt Rinehart.

Yao, I-wei (姚一葦). 1976. "An Initial Exploration of the Tragic View in Yuan Drama." *Tamkang Review,* 6, No.2; 7, No.1, 393-402.

Yip, Wai-lim (葉維廉). 1978. "Aesthetic Consciousness of Landscape in Chinese and Anglo-American Poetry."

Comparative Literature Studies 15, No.2, 211-241.

Yu, Anthony (余國藩). 1974. "Problems and Prospects in Chinese-Western Literary Relations." *Yearbook of Comparative and General Literature*, 23, 47-53.

Yu, Kwang-chung (余光中). 1975-6. "Love in Classic Chinese and English Poetry." *Tamkang Review*, 6, No.2; 7, No.1, 169-186.

第二章

建立一個中西「及時行樂」(*carpe diem*)詩歌的詩學模式

一、前言：歷史的回顧

這整個宇宙即使不全是記號（sign）所構成，它仍為諸記號所滲透著。

——普爾斯（C. S. Peirce, 5.488n）

聖人有以見天下之蹟，而擬諸其形容，象其物宜，故謂之象。

——《易經》〈繫辭〉

「記號」是人類心志所產生，滲透於自然裡，故整個宇宙是為「記號」所渲染，而「記號」也就幾與「人文」同義，故「宇宙」

在人類心志介入之後，不得不演化為人文的宇宙。❶這是當代西方「記號學」（semiotics）的基本視野。古老的中國，有類似的觀察，但偏向於「記號」的「肖象性」（iconicity），即「道」或「天下之蹟」與「記號」之間的肖象性，謂「記號」是聖人為了表達天下之蹟及物之宜，故「擬」「象」其型態容貌，故稱為「象」。普爾斯的記號學，就「記號」與其「對象」的關係而言，「記號」可分三類，即「肖象記號」（icon）、「武斷俗成記號」（symbol）、及「指標記號」（index）。前者是基於兩者間的類同相肖，後者之「指標記號」雖有賴於某種因果關係，但與其「對象」之撮合而為「記號」，亦頗為武斷與約定俗成；故在二元視野裡，亦得置入「武斷俗成」的範疇中。相對而言，結構主義奠基人瑟許（亦譯作索緒爾；De Saussure）則強調「記號」的「武斷俗成性」（arbitrariness）與「約定俗成性」（conventionality），蓋其以語言記號為「記號」之典範故。然而，在承認語言記號的首要特性為「武斷俗成性」之餘，瑟許承認語言記號在「記號義」（signified）和「記號具」（signifier）間仍含著某程度的「內部關聯性」（motivatedness）與「自然性」

---

❶ 本篇是根據英文稿"Toward a General Poetics of Chinese-English *Carpe Diem* Poetry: Including a Description of the Iconicity-Conventionality Relation in Signification"譯／改寫而成。原英文稿於第十屆國際比較文學會議發表（1985、巴黎），後刊於《教學與研究》，8 期（1986），263-279。同時，由於「及時行樂母題」乃「及時行樂詩」的骨髓，並由於詩歌的諸「母題」往往複合而穿梭往來，故全篇的「及時行樂詩」究屬有限，為豐富其研究，深究問題，故行文往來於「及時行樂詩」及「及時行樂母題」間。又由於重點置於「及時行樂」母題之探求，所引詩多為局部，僅數則為全篇耳。

（naturalness），此明顯見於象聲詞中。其後的雅克慎（Roman Jakobson）對語言的肖象性，更有豐富的論證。

　　綜觀語言及文化諸種現象，甚至自然的內部結構與組成，吾人得謂「肖象性」與「武斷俗成性」為貫穿其中的兩個相對待的力量。在記號衍生的過程裡，無論是在瑟許二元論視野的把「記號義」與「記號具」撮合為「記號」，或在普爾斯三元視野裡，把「記號」及其「對象」（object）及其「中介記號」（interpretant）三位合為一體的過程裡，無處不可見到這「肖象性」與「武斷俗成性」兩種力量的相互作用。我們得注意，即使是普爾斯的「肖象記號」，亦無法完全免於「武斷俗成性」，因其所含「肖象性」無法充分保證從「記號」通達到其「對象」而成為一體。讓我們綜合瑟許及普爾斯的理論，在此對兩者做一最簡賅的界定。「武斷俗成性」是指「武斷」的力量（即其「選擇」為「武斷」的）與及「習慣」（habit）的力量，使到這個「選擇」變成一種「約定俗成」（convention），而得以使到諸記號及其系統在我們的文化裡得以運作。相對於「武斷俗成性」，「肖象性」是指「自然」的力量（即其「選擇」是「自然」與「即興」的），而這「自然」與「即興」使到被撮合的「記號義」與「記號具」，或任何其他東西，在其間擁有「肖象類同性」，甚或相互「參與」性。筆者以為，「佛像」與「佛」的肖象性可為範例。「如來」以三十二相略表其佛性之容姿，而吾人得以透過「佛像」觀照「佛」及吾人「佛性」中的三十二相及其所含佛性。《金剛經》謂「不可以三十二相觀如來」，其義乃是進一步要悟「諸相非相」之妙境，故《金剛經》他章即提示謂，「發阿耨多羅三藐三菩提心者，於法不說斷滅相」。此可證前

面所說的「記號」與其「對象」或「記號具」與其「記號義」兩者之間未能完全為一這一事實。然而這「肖象類同性」與相互參與性，在我們的文化場域裡，被視作為理所當然的「自然」與「即興」。

「武斷俗成性」及「肖象性」在語言衍生上所扮演的必然角色，在西方語言學上已論證歷歷（De Saussure 1959；Jakobson and Waugh 1979：Chapter 4），而前人及筆者也曾對中國象意文字的「肖象性」有所舉證與論述（Ku 1981：Chapter 1）。然而，這兩個互為對待的力量，在語言以外的其他文化現象裡，則論述顯然不足，而薛備奧（Sebeok）對「肖象性」在各層面的表達所做綜合論述，可謂開此之先河（1979：Chapter 6）。這論述不足並非偶然，也非純然的忽略與疏忽，蓋此兩種力量在其他文化現象裡確實異常複雜，不易釐清。今觀乎詩篇之創作顯然建立於語言記號之應用上，其製造過程也必可見「肖象性」與「武斷俗成性」兩種力量之相互抗衡。本文無意以此「肖象性」及「武斷俗成性」作為直接的研究對象，而僅在跨越中西方文學資料以建構「及時行樂」（*carpe diem*）詩歌這一抒情詩類的一般詩學裡，對這兩種力量有所關注與陳述。

「及時行樂詩」可看做是人類文化成熟的一個指標，意味著人類開始有自我意識，意識到自身生命的倏忽而產生存在的焦慮。在遠古，「及時行樂」的呼喊遍佈全球，在古埃及、在古印度、在古希臘、在古中國皆有文獻可尋。在公元前六、七世紀的古希臘，「及時行樂」已在其時的抒情詩成為一個重要母題，反覆出現，見於經典的《希臘選集》（*Greek Anthology*）中所搜集的詩人阿納克利安（Anacreon）的酒歌、他的後起的模仿者（Anacreontea），以及其他詩人的及時行樂詩篇。這「及時行樂」母題延伸及於其後的羅馬詩

人，其代表人物為克吐拉斯（Catullus）與賀瑞斯（Horace）。這希臘羅馬「及時行樂」傳統，在歐洲的文藝復興時期獲得蓬勃的再興，下及中世紀仍餘響不絕。目前學界有兩部廣延完整的傳統研究，上推古希臘，而下及英國十七世紀（Wellington 1956；Candelaria 1959），為我們對此詩傳統認知奠定了穩固的基礎。這兩部著作所歸納的古希臘「及時行樂」詩諸分類，如阿納克利安體、克吐拉斯體、賀瑞斯體、浪蕩體、自然主義（指強調生理自然的需要而言）體等，對以後所發展的「及時行樂詩」，有其典範性與吻合性。當然，這西方「及時行樂詩」的延續性，並非意味後世無所創新與改變。

中國的「及時行樂詩」，應源自本身的土壤。《詩經》為周朝詩歌的一部總集，以民謠體為其形式，其中我們即聽到許多「及時行樂」的歌唱：

> 摽有梅
> 頃筐塈之
> 求我庶士
> 迨其謂之
> 　　——〈摽有梅〉

> 蟋蟀在堂
> 歲聿其莫
> 今我不樂
> 日月其除
> 　　——〈蟋蟀〉

山有漆，隰有栗；
子有酒食，何不日鼓瑟？
且以喜樂，且以永日。
宛其死矣，他人入室。

————〈山有樞〉

然而，這種「及時行樂」聲音在其後的抒情短詩裡似乎消失，僅有若干微弱的迴音，一直到《古詩十九首》之出現，「及時行樂詩」才又復見，而且推進到一個更高的位階，蔚為中國「及時行樂詩」的典範所在。十九首中有三首是道地的「及時行樂詩」，而「時間倏忽」這一母題則貫通各篇。十九而得三，或可推斷「及時行樂」母題在當時詩歌之蓬勃。墓塚纍纍而產生的「潛寐黃泉下，千載永不悟」的死亡焦慮、「忽如遠行客」、「人生忽如寄」、「生命如朝露」的「倏忽感」與「傷逝」及其即興的「喻況」、「聖賢莫能度」和「服食求神仙、多為藥所誤」所表達的對儒道思想的不信賴、以及「斗酒相娛樂」、「被服紈與素」、「為樂當及時」、「何不秉燭遊」的「及時行樂」的追求和手段，構成了整個中國「及時行樂」的典範。這「及時行樂」的聲音在其後魏晉詩歌裡迴響與延續，曹氏父子更為其中佼佼者。這《古詩十九首》所建立之典範可視作是「及時行樂詩」中的嚴肅型，是對生命倏忽的感嘆與回應，是存在的焦慮，是對儒道思想所提三不朽與仙道的置疑，其歡樂背後有其嚴肅與悲觀的一面，與後世藉「及時行樂」之名而從事作樂者，有所別焉。誠然，其後的「及時行樂詩」，其嚴肅性有所減弱。在晉或稍後，「及時行樂」母題與「愛情」母題相結合，

此見於《樂府》所載的《子夜歌》及《子夜四時歌》——這兩輯詩
為晉代民謠，但亦可能併入了相繼的宋齊二代的民謠。在這兩輯民
謠裡，歌唱者為女性，在生命倏忽的餘音裡，往往以感性與誘惑的
口吻讚美青春，低吟青春歲月的寂寞，或者慫恿其情人及時行樂，
或者表陳一種及時行樂的情色；而這些歌唱往往是與情人共唱，在
室內、在苦夜、在音樂裡、在燭光中。其後，「及時行樂詩」衰
退。這或與我們的期待相左，蓋其後的宋齊梁陳所代表的六朝晚
期，是以宮廷歡樂與情色著稱，而其詩歌則轉向所謂「宮體」❷，
我們不妨猜想，這作為「及時行樂」背後骨髓的「生命的倏忽
感」，在宮廷詩人全心浸吟於情色的歡樂和宮廷詩風之際，這「倏
忽感」事實上已蕩然不存，而真正的「及時行樂詩」也就無從而生
了。

　　然而，無論在東方與西方，「及時行樂」母題永遠不會消失，
只是靜候著另一個歷史時刻，當生命的倏忽感與其存在的焦慮必須
再大聲喊出時，再度進入一個新的高潮。本論文的研究範疇，西方
則始自古希臘而下至英國十七世紀，中國則始自周朝《詩經》而下
至六朝。這上下限事實上乃已掌握了中西「及時行樂詩」的主要傳
統和類屬。同時，本研究對中國詩部分著墨最多，蓋此篇為首度對
中國「及時行樂詩」全盤的學術探討。中西兩大「及時行樂詩」傳
統所含攝的「同」與「異」，為筆者即將建構的「及時行樂詩」詩
類的一般詩學，是一大挑戰，也是一大承諾；並且，為我們對「肖
象性」與「武斷俗成性」這兩種力量，提供了一個豐富的場域讓我

---

❷　關於這段文學史的轉折大略，請參劉大杰（2002）有關部分。

們去考察。就整個詩類而言,「及時行樂詩」之貫通中西而遍及全球,這似乎證明了「及時行樂詩」本身的「肖象性」,意謂「及時行樂詩」乃是人之自然之常情之表達。然而,我們也同時認知到,「及時行樂」只是對「倏忽感」及「存在焦慮」的最多反應之一,而非唯一的反應,則其中「武斷俗成性」必有存焉。就「及時行樂詩」的內部而言,藝術表現所在之一的「及時行樂喻況」,其中多以「肖象主義」(iconism;即「喻依」與「喻旨」之間以「肖象」原則相連接)為依歸,中西傳統皆然。誠然,這兩種力量在中西「及時行樂詩」裡,其互動關係頗為複雜,當在本文結尾專節討論之。

二、及時行樂的時間觀

> 時間在我們言談中蔑視
> 而過。收割今天呀!不要留給明天希望。
> ──Horace,引自 *Odes*:1:11

> 生命不滿百
> 長懷千歲憂
> 晝短苦夜長
> 何不秉燭遊
> ──《古詩十九首》之十五

「及時行樂」乃是人們對時間之倏忽的一個回應。中西有關傳

統皆以此為根本，這正洩露出其中所涵「肖象性」與「武斷俗成性」兩種力量。「及時行樂」之遍及全球，乃是其「肖象性」之明證；但我們同時亦可體認到，「時間」並不必然的「倏忽」，而所謂「及時行樂」不過是對此不必然的「倏忽」的眾多回應之一而已。誠然，「時間」無法擺脫其記號的、文化的本質，即使是由科學界定的所謂客觀的時間，最終分析起來，也不免是人類底記號的、人文的所欲。「及時行樂」時間觀只是眾多的時間觀之一。就以詩傳統而言，《詩經》「頌詩」裡即表達出另一個時間觀，即宗廟時間觀；在其中，「時間」被凍結為無限，編織為一連續體，經由孝道而上溯祖先而下蔭蔽子孫。在宗廟時間觀裡，祖先的「過去」時光與子孫的「將來」時光彷彿都融進「現在」而為一體。「及時行樂」的時間觀即在其他可能的時間觀（如周而復始的神話時間觀）的背景下而產生其意義。

　　「及時行樂」時間觀建構有其自身的「變化序列範譜」（paradigm）。首先，時間是倏忽的，不可救贖的；停止，就是生命的終結。其中有許多相對組可言，並帶有價值上正負的含義。「生」與「死」相對：「生」的時光是珍貴的，而「死」卻被視為負面的永恆的長夜與長眠。在「生」的時光裡，又蘊含著一個相對的分野，即青春與衰老，而童年則完全被抹殺而視而不見。「青春」的美好，不僅是「青春」的本身美好，而是面對可怕的「衰老」與「死亡」而產生歇斯底里般的美好，而這「衰老」與「死亡」則被投射到彷彿就在目前。假如「過去」納入考量，則會產生「倏忽」的感慨，如曹操所吟唱的「人生幾何，譬如朝露，去日苦多」（〈短歌行〉）。時間的「壓縮」是常見的技巧，把時光的儷人

感加以戲劇化，如英國詩人荷瑞克（Robert Herrick）所恐嚇說，「今日同一微笑的花朵，明天裡就正在凋萎中」（"To the Virgins, To Make Much of Time."）。「時間」被壓縮為「剎那」，而任何「過程」原擁有的「首中尾」節奏，彷彿消失不存。總言之，「及時行樂」時間觀，或者說，與其建構的「變化序列範譜」，有著記號、文化的本質，而在此系統中，任一時間片斷與其他片斷相對待而賦予意義。

在「及時行樂」時間觀裡，其進一步的理念乃是對「時間」的戰勝與再獲。今舉例略見一二。在英國，十七世紀桂冠詩人詹生（Ben Jonson）說，如果及時以行樂的話，「即使活了半輩子就死去，其生命卻遠長遠豐富於其命運所賦予」（*The Under-Wood* LXXXIX：引自 Wellington 1956：83）。在中國，書聖王羲之說，「取樂在一朝，寄之齊千齡」（〈蘭亭詩〉）。即謂一朝作樂，就等同活了千年。戰勝時間、享樂時間，「時間」就變成兩倍獲利。誠然，時間「喪失」（倏忽）與時間「再獲」（抓住時光不讓溜走）可說是「及時行樂」時間觀裡最終的相對組。「戰勝」時光與其內攝的「悲觀」感互為激盪，產生了莫大的動力與張力。而這就是馬浮爾（Andrew Marvell）在其名詩〈給他含羞不肯的情人〉（"To His Coy Mistress"）的有名的結尾所云，「這樣我們雖無法使我們的太陽／靜止不動，我們卻可以命他跑」。也就是以主動去抓住它去戰勝它，而非被動地在「時間」的咀嚼中慢慢死去。

「及時行樂」的時間觀，其表達有其獨特的「肖象主義」（iconism）。「時間」是從「自然」或「人間」的遞化中看到其流轉。「自然」與「人間」有時「平行」，有時「相對」。「平行」

時，取自「自然」界的意象，如萎謝中的的玫瑰與消逝中的晨露，以象徵「人間」萬事的遷變。在「相對」時，「自然」則被投射為「永恆」或生生不息的迴轉，而「人間」則相對地視作是不斷「流變」與無可救贖。古羅馬詩人克吐拉斯即吟嘆過：「每夜太陽死去／清晨它又安然在那兒／妳和我，此刻／當我們短暫的獨光熄滅／那是夜，唯一的／永恆的夜」（Catullus，No.5）。

在「及時行樂」變化系列範譜裡，每一「時間片斷」都發展出其「喻況」的表達；這些「喻況」到今天已成俗套。與價值相連接時，這些「喻況」可分為兩組，一為正面的（生命、青春、現在），一為負面的（死亡、年老、將來）。有意思的是，以雅克慎的喻況二軸而論（1987b），這正面的一群往往以「明喻」（simile）或「暗喻」（metaphor）來表達，其「喻依」與「喻旨」相連的原則為「類同」原則（similarity）；負面的一群卻相反，往往以「旁喻」（metonymy）和「提喻」（synecdoche）來表達，其「喻依」與「喻旨」相連所依則為「毗鄰」原則（contiguity）。同時值得注意的是，生命、青春、現在這正面的時間範疇，其所擁有正面價值，在這些「喻況」裡並沒充分表達，甚或給忽視。想想，「花」的喻況與「果實」的喻況或能表達出某種美麗與美好，但「晨露」、「過客」等「喻況」實在無法表現出生命、青春、現在所蘊含的豐富的價值。也許，我們終於恍然大悟，這些「喻況」的著眼點，不在其「價值」，而是在於其「倏忽」。

然而，那些表達「負面」時間範疇的「喻況」，對「年老」、「死亡」、「將來」的「喻況」，可真是咄咄迫人、嚇人。這感人地表達在「白髮」、「皺紋」、「墳塚」、「長眠」裡。另外值得

注意的是，雖然這些「旁喻」與「提喻」，是根據雅克慎所謂的「毗鄰」原則，但某些的「類同」卻上置其上，即「毗鄰」中略有「類同」感的模稜狀況。當然，「負面」的時間範疇也可以用以「類同原則」為基礎的「直喻」和「隱喻」來表達，如「永恆的夜」與「無涯的沙漠」（表示「死亡」與「將來」）即是。此時，這些「直喻」與「隱喻」卻沒有正面範疇時那樣指向時間之「倏忽」，而只是彰顯出負面性。上面的正負範疇及其中各種「喻況」，其不同的強調、組合、與相應，構成了「及時行樂」詩中「時間」的「肖象」表達。這「肖象主義」相對地印證了普爾斯所闡述的「肖象記號」：「肖象記號」與其「對象」相類似（2.247），「分享了其對象的特性」（4.531）。

三、及時行樂詩內攝的諸否定面

浩浩陰陽移

年命如朝露

人生忽如寄

壽無金石固

萬歲更相送

聖賢莫能度

服食求神仙

多為藥所誤

不如飲美酒

被服紈與素

　　——《古詩十九首》之十三

我討厭，美酒盛宴當前卻訴說戰爭凌虐的人
我喜歡，想著歡樂並共享詩神與愛神底恩賜的人

　　——Anacreon, 116

　　我們不妨想想，如果「永生不死」確實存在，「及時行樂」根由所在的「倏忽感」當被克服。事實上，人類的文化已經提供了各種的「不朽」來對抗生命的「倏忽」。然而，無論哪一種「不朽」都不過為「文化」所提供，不是「自然」的真實所及，最終不免只是「記號」的規範世界而已。這些「文化」所提供的「不朽」，在「及時行樂詩」裡可以「出現」或「不出現」，而當「出現」時，其「出現」是為了下一步的「被否定」，而這已成為了「及時行樂詩」的一個內部結構。如果我們沿用當代記號學所提出的「標幟」（markedness）理論（如 Linda Waugh 1982），吾人得謂，在「及時行樂詩」裡，「出現」而又被否定的「不朽」，或任何「出現」而又要被「否定」的元素都是被「標幟」的，即被視作為加強的、動態的、有表義能力的，有其自身品質的東西。

　　如本節開首前引古詩十九首，儒家所提出的「不朽」以及道家的「不朽」皆為「出現」在詩中而被「否定」的東西。儒家的不朽源自《左傳》，其法有三，立德、立功、立言是也。《左傳》謂：「太上有立德，其次有立功，其次有立言，雖久不廢，此之謂三不朽。」。道家的「不朽」，倒是真正的「不朽」，是經由道家的修

煉與煉丹而獲致永生；此信仰源自《莊子》，於漢朝黃老之學中發展，而大盛於魏晉（詳見王瑤 1982）。在所有傳說的成仙得道者裡，王子喬最為世所稱道。誠然，王子喬及其「否定」即見於前已引及的《古詩十九首》中之十五：

> 生年不滿百，常懷千歲憂
> 晝短苦夜長，何不秉燭遊
> 為樂當及時，何能待來茲
> 愚者愛惜費，但為後世嗤
> 仙人王子喬，難可與等期

在詩裡，這對儒道二家所提「不朽」的不再信賴，乃是與詩中「朝露」與「墓塚」現景相表裡，與漢朝的衰落與隨後的戰禍連連相表裡，與「及時行樂」詩的突然蓬勃相表裡。

這「及時行樂詩」的否定結構，也可見於西方的傳統。然而，其著眼點不是「朽」與「不朽」的對立，而是在其他不利於「及時行樂」之追尋的生活層面上。舉例說來，在阿納克利安的詩裡，「戰爭」是其否定面（見本節開首所引）；在克吐拉斯的詩裡，道德家的是其否定面（Catullus, NO.5）；在荷瑞克的詩裡，世俗的權力追求為其否定面（Herrick, "On Himseef"）。這些「否定面」是詩中的有機局部，但其所蘊含的詩人的內心辯論與掙扎，與「朽」與「不朽」相較，就弱減多了。「及時行樂」的「否定面」所含動力應與其「否定面」所含的內部張力成正比，這解釋了在此節裡我們的討論始自中詩傳統。

四、及時行樂詩的吸納與類化

那，花盛時就得摘

莫讓其零落而萎去。

自然賜予我們繁花美錦，

其意為我們所賞。

那是冷漠，若不領情。

她，青春與形相，此刻裡

煥發而迷人。啊，美得

一如我們所願。

——Sir Walter Ralegh, "To His Love When He Had Obtained Her"

（雷黎夫，〈給他已獲其芳心的她〉）

今我不為樂

知有來歲不

命室攜童弱

良日登遠遊

——陶淵明，〈酬劉柴桑〉

　　在詩歌裡，「及時行樂」母題往往投射在其他「母題」上而相互吸納。Wellington 所作西方「及時行樂」詩的各分類，實際上是這相互吸納而形成的母題複合體。在結構主義（structuralism）的分析下，其組合情形便更形清楚。綜合而言，「結構主義」以瑟許的「結構語言學」為模式，把「話語」或「文學書篇」分為若干層

面，而每層面則以「類同軸」（paradigmatic axis）及「毗鄰軸」（syntagmatic axis）縱橫交錯而衍義。「類同軸」也就是「變化系列範譜軸」，各元素依照「類同」（含相異）而互為對待而排列，即所謂「二元對立」（binary opposition）是也。「毗鄰軸」則依語序、指涉範疇、甚或章法的規範而進行。「類同軸」為「書篇」內及「書篇」內各局部的「類同」關係，而「毗鄰軸」則是「書篇」的各局部的順序演出。最後，「書篇」內的語言、語法、語意等諸層面則形成高下「位階」（hierarchy）的結構。「結構主義」用諸於人文研究而成就卓然者，在語言美學則是雅克慎，在人類學則是李維史陀（Levi-Strauss），雅克慎除了在語言美學的研究卓然有成外，其語音學模式（由最低的語音的諸原辨因素（distinctive features）以二元對立而成系統，並經由「語音位元」、「字母」等不同「位階」，而終組合而成實際發出的語音）亦影響深遠，李維史陀對神話的研究而提出「神話位元」概念，乃受到雅克慎的啟發。其後，巴爾特（Barthes）謂結構主義者所從事者乃是活動，非靜態的，而是主動的、帶有目的、要彰顯某些結構的「建構」活動，而「建構」乃是經由對原物的「析解」後的再「組合」，是對原物的結構式的模擬。❸

先以前人分類的「克吐拉斯性誘型」（Catullan seduction）為例。首先，它是「及時行樂母題」與「性誘母題」的複合。然而，進一步的結構分析，所謂「性誘母題」，只是「愛情母題」這一變化系

---

❸ 關於「結構主義」之本段，所參資料甚多，主要 De Saussure (1959), Jakobson (1987a; 987b), Roland Barthes (1972), Levi-Strauss (1972)。此外，並請參 Culler (1975) 及拙著《記號詩學》有關部分。

列範譜中諸下層「母題」之一而已。同時，在「及時行樂詩」世界裡，「性誘母題」亦可有三小分類可言：克吐拉斯性誘、浪蕩性誘、與自然主義性誘三型。再作進一步結構分析，「性誘母題」本身尚內攝另一「母題」，即「說服母題」；無論此「說服」為克吐拉斯的禮邀、或者是浪蕩型的無恥恐嚇，或者是自然主義者訴諸生理需求者。放在上層脈絡來觀察，這個「說服」類型是與其他類型（如柏拉圖式的或者是十二世紀以來宮廷愛式的性愛說服等）互為對待。

誠如 Wellington 所言，阿納克利安派與賀瑞斯派的「即時行樂」詩共享「飲宴母題」，內攝飲酒、聊天、音樂、愛情、友伴等。在這層面上，兩詩派是無可分辨。要顯其差異，就得往下層作結構分析，把諸下層「母題」再度細分，及至我們到達某些可顯出兩者差異的「鏖辯元素」為止。以「飲酒」為例，我們可細分為兩相對類型，即「狂醉型」與「酒興型」；或就「文類」切入，看其是否與「酒歌」相連。在這兩層面上，這兩詩派的差別就昭然若揭了。上述的結構性的細分再細分，可以下列公式明之：

及時行樂＋盛宴＋飲酒作樂＋ ｛ 狂醉＋文類上的酒歌＝A 型
　　　　　　　　　　　　　　　 ｛ 酒興＋並非文類上的酒歌＝B 型

A 型即為阿納克利安派而 B 型則為賀瑞斯派，兩者共享結構式的前三項，而於後兩項見其差異。

「及時行樂性誘型」和「及時行樂飲宴型」，或者說，在這兩類型中，其含攝的再細分的諸「母題」，其關係為何？看起來，他們的關係並非密切，但亦非不相容。然而，兩者中所含攝的「愛情母題」與「性誘母題」，其關係可以「愛，沒有性誘」與「愛，兼

有性誘」這一相對組以界定之。「婚姻母題」與它們的關係為何？也許我們可以把三者含攝一起，以「＋」代表「有」，「－」代表沒有，而獲致下列的結構式：

　　愛情母題±性誘母題±婚姻母題

　　當我們運用結構主義的分析方法，把前人所作的傳統分類，加以析解重建，我們便走進了一個為文化所建構的「母題」世界——諸「母題」以不同「位階」、不同「變化系列範譜」而互為關係，並且與「文類」或其他領域相掛鉤。其間各種的組合與連接，如果我們把視野從瑟許的「二元對立」過渡到普爾斯的「三元中介」，其情形就彷彿是普爾斯所說的「記號底無限衍義」（unlimited semiosis）的一個活指標。普爾斯說，經由記號底無限衍義，我們「終於到達該記號本身，含攝著它自身的解釋以及它底各表義局部的解釋；同樣地，各表義局部也隨著他們帶來自身所指向的對象」（2.230）。在目前的場合，這「記號本身」也就是作為「記號」的「及時行樂詩」，統攝各種變異於其中。

　　Candelaria 指出，「及時行樂母題就是有辦法把自己帶進看來不易出現的場合裡」（47）。這話道出了「及時行樂」母題的複雜性與模稜性。我們往往很難分辨究竟是「及時行樂母題」吸納了詩中另一「母題」，還是後者吸納了前者。以前引荷瑞克的〈給少女們，要把握時光〉（"To the Virgins, To Make Much of Time"）為例，我們就很難決定「及時行樂母題」與「婚姻主題」的主從關係：

　　　玫瑰堪折直須折

老時光總是翔飛不停

今日同樣微笑的花朵

明天裡就正在凋萎中

（中略二節）

那請勿害羞不前而把握時光

可出嫁時就得出嫁

一旦錯過了青春時刻

妳就可能耽擱永遠

原詩的「出嫁」是用「go marry」，它應是「go merry」的「相關語」（pun），意謂「尋歡作樂」吧！或者，在本節開首所引雷黎夫的詩，也很難決定是「性誘母題」還是「及時行樂母題」為主導？阿納克利安卻帶來「文類」的問題，其詩應歸為「酒歌」還是「及時行樂詩」？誠然，「及時行樂母題」之向其他「母題」擴散與吸納現象，往往造成「即時行樂母題」與其他「母題」間的張力與模稜。這確實是很難完全避免的模稜，但這正代表著詩歌母題的複合性。毋庸贅言，這「母題」的互相吸納也見於中國「及時行樂詩」中，此處不再細述了。

五、及時行樂詩的語法(結構)層與語言層

去，可愛的玫瑰

告訴她浪費了她青春與我

告訴她現在應知道

當我把她比喻作妳

她是顯得多麼的甜與美

　　　——Edmund Waller, "Go, Lovely Rose"

　　　（華勒，〈去，美麗的玫瑰〉）

年少當及時

蹉跎日就老

若不信儂語

但看霜下草

　　　——《子夜歌》之十六

　　「及時行樂詩」乃是以「說服」為朝向的，而這朝向表現在其
「語法」（結構）與「語言」的各種特色上。以雅克慎的話語模式
而言（Jakobson 1987a），在「及時行樂詩」中，詩中「說話人」
（addressor）與「受話人」（addressee）間的「對話」結構，促成了其
「語法」（結構）及「語言」上的特殊表達，並與詩歌的一般詩原
則相結合。因此，「受話人」的存在（無論是明或暗）乃是「及時行
樂詩」的主要結構所在。「受話人」可以是真實人物（如賀瑞斯
詩），可以是想像的；同時，可以以名字出現（如賀瑞斯詩中的
Leuconoe），或者以泛泛的第二人稱出現（你、妳、您等）；或者，這
「受話人」可以就是「說話人」自己，即自語式的自我說服，如前
引《詩經》〈蟋蟀〉。即使在詩中找不到上述明顯出現的「受話
人」的存在，我們仍可以強烈地感到一位無名的「受話者」的存

在，蓋其「存在」正由詩中語法（結構）及語言層上諸特質而建構
於其中。可注意者，在中詩傳統裡，由於「語法」慣例的影響，
《詩經》中「我」的出現，和《古詩十九首》中「我」的「不出
現」並無差異，蓋後者之「不出現」僅是其時詩語言慣例之「省
略」而已：在兩者裡，「說話人」皆是以「自我說服」的樣式向自
己說話。

　　如前上述，「及時行樂詩」中的「說服」本質是隱藏在「說話
人－受話人」一對話軸中。顯然地，第二人稱的「受話人」對情愛
類（內涵性誘類）的「及時行樂詩」，最為緊要，中西詩傳統皆然。
在中西傳統的比較上，有一點或值得一提。西方的「及時行樂
詩」，頗多與「情愛母題」聯結，即使不與「情愛」母題聯結，其
第二人稱「受話人」仍多為「女性」；中國的「及時行樂詩」，其
見於《詩經》及《古詩十九首》的主要作品者，罕與情愛「母題」
相連，而其「受話人」往往是「說話人」自己，或者是泛泛的男性
讀者形象；而與「情愛」母題相連接者，則多見於稍晚的南北朝，
而其「說話人」為「女性」，其「受話人」則是與其相對待的「男
性」了。中西傳統上的這些差異，乃是不同的「選擇」、不同的文
學與文化「成規」、不同的社會境況，有以致之。

　　如果我們把「及時行樂詩」的「說話人—受話人」的「對話」
的主導地位再度發揮，我們不妨認為詩中的「雙重」對話及「雙
重」受話人技巧，乃是一種「類化」（assimilation）行為，即這詩類
的「對話」本質使到詩中的某些局部也「類化」而「對話化」起
來。前引華勒的〈去，可愛的玫瑰〉即為一範例。全詩是一雙重的
「對話」，而詩中的「玫瑰」同時扮演著雙重的角色，在第一層的

「對話」裡，詩人（說話人）向「玫瑰」（受話人）作話語，請她為他向情人傳遞信息。在第二層的「話語」裡，「玫瑰」卻自身成了「說話人」，受託而向「情人」（受話人）作話語。而這「情人」則為雙重的「受話人」——兩次的「話語」都朝向她。

「及時行樂詩」的「說服」朝向與其在結構層及語言層相呼應。在結構層而言，最常見的乃是「假設語態」（subjunctive mood）的論辯、「條件語態」（conditional mood）的論辯，而反映在語言層，則常見帶有論辯性的轉折語，如英文的「and then」、「why not」、「better」、「let us」等，如中文的「何不」、「若不」、「尚」、「何能」、「不如」等。「假設語態」的論辯技巧，其範例莫如前引馬浮爾〈給她害羞不肯的情人〉。詩開始即提出一個假設的、與現實相對的理想世界，說：

假如我們有足夠的時間與空間，

你的害羞不肯就不是那麼罪惡。

我們可以坐下，想想選擇那條芳徑

去散步，享受我們漫長的愛的日子。

妳可以在印度 Ganges 河畔尋妳的寶石，

而我在家鄉的 Humber 水邊唱我的戀歌。

我可以在大洪水的前十年就向你示愛，

而你可以拒絕一直到猶太人都改信基督。

然而，這「假設」的廣延而永恆而能讓我們無窮揮灑於愛情中的世界，這因而可以讓我恆久讚美妳的美麗軀體每一局部與示愛的愛戀

世界（見引文以後的詩行）確是客觀上、事實上的不可能。在英文裡，「假設語氣」代表著微乎其微的可能的不可能，故其所攝世界為可願而不可及的世界。在詩中，這「假設語態」所建構成的「假設世界」，其「出現」是為了被「否定」，蓋「說話人」在第二節接著就說，「然而，在我背後聽到／時間長翅的飛車奔馳而至；／在遠處的前方躺著的／是廣大無垠永恆的沙漠」。這是標準的「及時行樂」時間觀的表達。並用浪蕩型慣用的「恐嚇」的語氣說：「妳長久保有的貞操／將為蛆蟲所享／而你女性可怪的矜持／將成塵，而我的慾念成灰」。詩的結尾，當然回到「及時行樂」的訴求上。這訴求非常出色，帶上「性」的象徵，並回到希臘的真正的時間壓迫感，歡樂是要自己搶奪過來的：「讓我們把所有的力／與所有的甜美滾成一個球；／粗暴爭執中撕取我們的歡樂／通過生命重重的鐵閘；／這樣，我們雖無法使我們的太陽／靜止不動，我們卻可以命他跑」。

「條件語態」雖非如「假設語態」表達「不可能」的世界，但它可用於眾多的場合，故為常用而有力的技巧。依賴「條件語態」所作的論辯，建立在「因果」邏輯上。然而，其所含的「論辯」的身軀，與其說是「邏輯」的運作以求真，不如說只是一個偽裝，其目的乃是向「受話人」作「及時行樂」的「說服」。例子及處境繁多，茲舉一例以明之（Thomas Carew, "Persuasions to Enjoy;" Wellington 1956：177-78）：

> 或者，假如羊身必然長出金羊毛，
> 得以永恆擺脫年老的冬雪；

　　假如明麗的白日不會有陰影，

　　妳的青春美麗必然永不褪色；

　　那麼，朱麗茲，就不要害怕賜予，

　　因為，愈割取必然愈生長。

詩中以羊毛愈被剪割愈長出羊毛作為「假如」的「前提」，而所得「結論」則為：不要吝惜其美麗。她的美麗就像白日般普照天下，不會因為賦予而有所減卻與褪色。這「論辯」雖有其「前提」與「結語」的邏輯身軀，但顯然是一個謬誤的比擬，與事實不符。但誰也知道，這「邏輯」只是作為「說服」的工具，讚美情人，並請她一起及時行樂吧了。

六、結語：「肖象性」與
「武斷俗成性」的辨證

　　杜鐸洛夫說得好，「詩學」（poetics）應置於「介乎極端具體與極端論抽象兩極之間」（Todorov 1981：11）。我在建構「及時行樂詩」的「一般詩學」（general poetics）時，即採取此中庸之道，在「並時」（synchronic）的「抽象」系統裡，容納其「異時」（diachronic）的「具體」面貌，把中西「及時行樂詩」於不同時空裡的各種特質與特色置入其中，而所謂「一般」，不過是指跨越中西文學的藩籬而已，非放諸四海皆準之謂也。當代「敘述學」（narratology）把「母題」或「功能點」（functions）作為其基礎，獲

得了長足的發展。然而，這有利的工具並沒有用諸「敘述體」以外，並沒有發揮其潛能以對「書篇」的「語意」（內容）世界，作出應有的開拓。在「敘述學」或音樂或建築上，「母題」的含義是建築學的，也即是把諸「母題」的「界定」與「連接」作為一敘述體、一樂章、一建築物整體架構的組成。在抒情詩裡，筆者以為我們不妨再度讓「母題」的傳統定義復甦，再度以「理念」（concept）來界定「母題」；並遵循當代「結構主義」與「記號學」的模式，以此作為「剖析」與「重建」抒情詩的「語意」世界的工具。職是之故，筆者即以實驗性的心態，嘗試從「母題」切入，建構「及時行樂詩」中的「母題」系統，以便對「及時行樂詩」有結構性的了解。

綜合而言，「及時行樂母題」底原始形式乃是時間的「倏忽」對個體存在生命的威脅所帶來的一聲呼喊。其或可以程式表之：生命的倏忽→被感受到→產生焦慮→及時行樂。但這程式並不如其所表出的那麼理所當然與肖象。最終分析起來，所謂「生命的倏忽」是一個人文的理念，屬於「記號」與「人文」的世界，最少，部分屬於「記號」與「人文」的世界。同時，「箭頭」所佔據的空間，代表著兩個「階段」的過渡；但這「過渡」並非「必然」，蓋其中可有其他的可能路徑與併發性。換言之，在這「及時行樂」程式裡，各「箭頭」所代表的「空白」空間，與及每一「階段」所佔據的實際空間，其形成都有著「肖象性」（自然如此）的力量與「武斷俗成性」的力量，兩者相互抗衡辯證中。

我們對「及時行樂」母題作了「內延」的與「外延」的描述，前者乃描述「母題」內部的結構，包括其對各種生命觀與態度的

「否定」，後者則描述「及時行樂」母題吸納其他「母題」的情形。各種「否定」被喚起然後加以「駁斥」並予以「否定」加強了所作「及時行樂」選擇的合法性，應視作是肖象性、合理自然性的表達。「吸納」與「否定」則為相反的作業，不是在「母題」內部「否定」某些不利「及時行樂」的元素，而是把「及時行樂母題」延伸至其他「母題」上，影響、吸納、統攝其他「母題」。就在這「吸納」過程裡，便產生某種模稜，有時不知道是「及時行樂母題」延伸至其他「母題」上，還是其他「母題」吸納了「及時行樂母題」。從中西「及時行樂詩」中諸多不同特質的「母題」互相吸納情形而言，可以看到「文化」在其中的運作，看到「武斷俗成性」的力量，看到其諸母題的「選擇」與「組合」的「武斷性」，而「約定俗成性」的力量卻使這「武斷」永久化。

普爾斯所開發的「肖象性」可說是貫通「及時行樂詩」的各層面。「及時行樂」的「時間」觀、「及時行樂」的「說服」、「及時行樂」的「歡樂」手段，幾乎都是以意象、喻況（包括明喻、暗喻、旁喻、提喻），或肖象記號來表達。這「肖象主義」甚至主導了「及時行樂詩」中「語意」、「語法」與「語言」三層面的相互呼應。當我們津津樂道其「肖象性」時，請不要忽略艾誥（Eco）所觀察到的，任何「肖象性的」表達與認知本身都無法擺脫「武斷俗成性」的運作（Eco 1976：35）。

「及時行樂詩」的「說服」本質（這「本質」亦穿透了語意、語法、語言層的運作），似乎再度印證了當代俄國記號學所闡述的「記號」與及詩歌的「規範功能」（modelling function）（Lotman 1977）。「記號」使用者的「主體」正在說著聽著自己的聲音，即使詩中另

有「受話人」在；「文學書篇」所遵循者，乃是洛德曼所謂的「我
－我」交流系統（Lotman 1990）。經由這「說」這「聽」，這「及
時行樂」的「主體」（即詩人其時的「主體」），正在「規範」著世
界、「規範」著自己。「及時行樂」背後的存在的焦慮被引起，並
同時在這以「記號」為媒介的「及時行樂」呼喊中被釋放、解除。
不全是生命倏忽所帶來的恐懼與「及時行樂」的衝動引起「及時行
樂詩」的誕生，「寫作」（ecriture）的衝動亦得在其中。然而，
「寫作」在本質上是難免「武斷俗成」的，蓋其中諸多的文化上、
文學上、語言上的「成規」必須遵守，並且要打破才能有所開創。
其中所含「武斷俗成性」，在非原始的（英國的「及時行樂詩」以古希
臘古羅馬為典範，帶有「仿效」的性質，不像中國《古詩十九首》有其戰禍及
儒家衰微以致產生強烈的存在焦慮的社會背景），以及與其他「母題」相
吸納以致「模稜」的「及時行樂詩」，比較容易顯露。終究而言，
就像任何詩歌一樣，「及時行樂詩」是一種「記號」行為，是一種
「記號」產物，而其結果則是最終使到這宇宙為更多的記號所滲透
所渲染。

參引書目

古添洪，1984b，《記號詩學》，台北：東大。
逯欽立編，1984，《先秦漢魏晉南北朝詩》，3冊，台北：學海。
《詩經》，1964，台北：藝文。
陳世鐃譯注，1992，《左傳》，台北：錦繡。
王瑤，1982，《中古文學史編》，台北：長安。

劉大杰，2002，《中國文學發展史》，台北：華正。

Barthes, Roland. 1972. "The Structuralist Activity." *Critical Essays*. Evanston: Northwestern UP, 213-220.

Candelaria, Federick. 1959. "The Carpe Diem Motif in Early Seventeenth-Century Lyric Poetry with Particular Reference to Robert Herrick." Dissertation. University of Missouri.

Catullus, Gaious Valerius. 1957. *The Complete Poetry*. Trans. Frank Copley. Ann Arbor: U of Michigan P.

Culler, Jonathan. 1975. *The Structuralist Poetics*. New York: Cornell UP.

De Saussure, Ferdinand. 1959. *Course in General Linguistics*. Trans. Wade Baskin. New York: McGraw-Hill.

Eco, Umberto. 1976. *A Theory of Semiotics*. Bloomington: Indiana UP.

Horace. 1960. *The Odes & Epodes of Horace*. Trans. Joseph Clancy. Chicago: U of Chicago P.

Jakobson, Roman. 1987a. "Linguistics and Poetics." *Language in Literature*. Cambridge (Mass): Harvard UP, 62-94.

_____. 1987b. "Two Aspects of language and Two Types of Aphasic Disturbances." *Language in Literature*. Cambridge, Mass: Harvard UP, 95-119.

Jakobson, Roman and Linda Waugh. 1979. *The Sound Shape of Language*. Bloomington: Indiana UP.

Ku, Tim-hung（古添洪）. 1981. "Towards a Semiotic Poetics: A Chinese Model in a Comparative Perspective." Dissertation. U of California, San Diego.

Levi-Strauss, Claude. 1972. "The Structural Study of Myth." *The Structuralists: From Marx to Levi-Strauss.* Eds. Richard and Fermande DeGeorge. New York: Anchor, 169-194.

Lotman, Jurij. 1977. *The Structure of the Artistic Text.* Trans. Gail Lenhoff and Ronald Vroon. Ann Arbor: U of Michigan P.

_____. (Yiri Lotman), 1990. *Universe of the Mind.* Bloomington: Indiana UP.

Peirce, Charles Sanders. 1931-58. *Collected Papers,* 6 vols. Cambridge, Mass.: Harvard UP.

Sebeok, Thomas, ed. 1977. *A Perfusion of Signs.* Bloomington: Indiana UP.

Todorov, Tzvetan. 1981. *Introduction to Poetics.* Trans. Richard Howard. Sussex: Harvester P.

Waugh, Linda. 1982. "Marked and Unmarked-a Choice between Unequals in Semiotic Structure." *Semiotica,* 38, Nos. 3/4, 299-318.

Wellington, James. 1956. "An Analysis of the Carpe Diem Theme in Seventeenth-Century English Poetry (1590-1700)." Dissertation. Florida State University.

第三章

「解」「構」中西山水詩
──兼論記號學中的「解」傾向

一、何謂記號學及記號詩學

當代記號學大師薛備奧（Thomsas Sebeok）曾為記號學（Semiotics）作了一個相當廣延而抽象的界定。❶他說：「記號學乃為一科學，研究諸種可能的記號，研究控御著記號底衍生、製造、傳遞、交換、接受、解釋等的法則；記號學有兩大互補的範疇，即資訊交流與記號表義過程（Sebeok 1978：Preface）。同時，他更提出記號學底龐大、駭人的領域及科學精神：「遺傳語碼、生化語碼（此指由荷爾蒙作為媒介在細胞間的溝通程式），包括人類在內而佔著相當數額的有機體所用的非語言的語碼，唯屬於我們人類的語言記號以及其以不同形式參與的各種藝術功能，舉凡文學、音樂、圖畫、

---

❶ 本文原發表於《中外文學》14 卷 12 期（1986），99-124。後改寫為英文，即"Toward a General Poetics of Chinese-Western Landscape Poetry: A Semiotic-Deconstructive Approach," 發表於《師大學報》35 期（1990），158-182。

建築、舞蹈、戲劇、電影、與及各種綜合藝術，與及上述各項間的比較，皆列在二十世紀記號學的研究議程上（Sebeok 1979：125）。」簡言之，記號學是探求人類的表義過程及資訊交流，如可能的話，尋求其科學與生物的基礎，藉相互的啟發而促進兩者的了解。在如此雄心勃勃的一個視野裏，記號學的終極可說是科學地解開人類成為文化動物之秘密。

記號詩學（semiotics poetics）可說是記號學裏的一支幹，也可以說是應用記號學的一支，蓋記號詩學一方面是在記號學之內，一方面又是沿著記號學底精神、方法、概念、辭彙來建構的詩學。詩學（poetics）一詞，遠兆西哲亞里斯多德，其範疇不限於詩篇，而實指涉整個文學。故記號詩學之基本興趣乃在於文學書篇的表義過程及其所賴之法則及要面。更具體而言，記號詩學是記號學學者對文學所提供的理論、模式、概念與研究的全體，舉其大者有雅克慎（Jakobson）的語言六面六功能的模式及對等原理，洛德曼（Lotman）的文學為二度規範系統說，艾誥（Eco）把文學與及個別書篇視作一有諸多副系統構成的複合系統、巴爾特（Barthes）的五種語碼讀書篇法等（請參古添洪 1984）。

記號詩學與結構詩學（結構主義所建立的詩學）的關係最為密切，就時間而言，我們不妨謂記號詩學自結構詩學發展開來，而在精神上則有所繼承、遺棄、增添與變更。筆者在近著《記號詩學》裏作了下面一些暫時性的歸納，陳述兩者之不同有三：㈠記號詩學對「記號」這一個觀念特別強調，考慮到各種記號的共通性與差異性；㈡結構主義所強調的封閉系統漸漸打開，與外延的歷史、文化系統的相連接；㈢加入了普爾斯（Pierce）的記號理論，尤其是其中

的肖象性及記號無限衍義說；㈣引進了一些其他訓練與學術，如資訊交流理論（information theory），神經機械學（cybernetics）等（古添洪1984：23）。

雖然記號學已成為當代學術一時的顯貴，但當代記號學打從普爾斯（1839-1914）與瑟許（亦譯作索緒爾；De Saussure, 1857-1913）二先驅的記號理論為學者所推廣算起，不及百年，可謂尚在起步階段，得容納不同角度的探討，才能健康壯大地發展。國際性的《記號學期刊》（semiotica）的文約正顯示著這種精神：「邀請各方有意於記號學底概念之發展者寫出其在科學的大前提下想鼓勵與發展之路向」。記號詩學的發展亦應作如此觀。

二、記號（詩）學裏的「解」傾向

如果「記號詩學」與「結構詩學」有著藕斷絲連的關係，「記號詩學」與其同時的各種詩學理論又有著什麼關係呢？筆者在《記號詩學》裏曾經指出：

> 在目前裏，記號詩學與其他的詩論互為激盪，如結構主義詩學、讀者反應理論、現象學詩學等。就記號詩學的角度而言，記號詩學得把其系統更開放以容納解構主義與現象學詩學所帶來的豐富的意義，同時得把讀者的反應在衍義過程或資訊交流過程裏所扮演的角色加以高度的考慮。同時，既為一個互為激盪的現象，故前面所述的記號學以外的幾個主流

也相當地受到記號詩學的影響；結果，他們某些觀念也不免
是記號學的。這一個互為滲透的現象，恐怕必須再等一段時
光的考驗才能容易編述（頁27）。

在這回的研究裏，我還未打算把「記號學」與「解構主義」（de-
construction）兩者間可能與實有的互盪來處理，而只是要指出「解構
主義」的「解」（de-）不應為「解構主義」所專有，而「解」傾向
實為當代文學理論的精神所在。套用「解構主義」的方法，以其人
之道以治其人之身，我們不妨謂「解構主義」以「解」（de-）作為
「詞頭」，是一種強奪，而實有其「不解」（即結構性）的「補充
面」（supplement）；如考勒（Jonathan Culler）在其對「解構主義」的
專門研究裏指出：「我們不能因德希達（Derrida）指出了瑟許、李
維史陀（Lévi-Strauss）、奧斯汀（Austin）、傅柯（Faucault）等人的結
構主義構想的困難與兩難，便結論地說他就沒有系統性、理論性的
追尋」（Culler 1982：221）。同時，再套用「解構主義」的手法，我
們不妨謂各家有各家的「解」精神，各為「延異」（différence），而
皆統攝在一個「原始的解」（archi-de-）之下。雖然筆者無意在此討
論「解構主義」與「記號學」的互盪情形，仍願意在陳述記號
（詩）學裏的「解」傾向以前，略說一下兩者的一些接觸。「解構
主義」是「後期結構主義」（post-structuralism）的一支（Culler 1984：
219），批判但同時接受了結構主義的影響。「解構主義」與「記
號學」同時自「結構主義」開放出來，對「結構」一可能性作了若
干反省，「解構主義」多偏向於「懷疑」的態度，而「記號學」則
把「結構」改為「系統」，並加以「擴大」，承認它是一個正在進

行中的「建構」，以使其能容納不同的東西。誠如在德希達的「解構主義」照明之下所見到的，許多的理論都本身隱含了它們底立場的「反面」，「解構主義」又何嘗能避免這「反面」？故「解構主義」的許多觀點，實已「隱含」於其批判的「結構主義」裏；如其最重要的辭彙「延異」（différence）及其複合的字義不正已隱含在瑟許底結構語言學模式裏嗎？我們下面將從不同的層面來略述「記號學」裏所含有的「解」傾向。

　㈠「記號學」講求背後的「抽象系統」，這是對我們五官所經歷的經驗世界之「解」。「記號學」就像其他帶有「學」（-ics 或 -ology）詞尾的各種當代科學或學術一樣，要越過我們五官所經驗的世界，到達一個「抽象」的（也就是理論的）架構。如果我們侷限於五官的經驗，我們所得的只是表面的世界，是片斷、個別的經驗，嚴重地受著時空的限制；也就是說，不能給我們普遍性的知識。當我們侷限於經驗世界時，我們只能看到一個紅蘋果落地，又一個紅蘋果落地，偶爾一個青蘋果落地。我們無法獲知「地心引力」這一個「抽象」體。如果我們侷限於我們經驗到的地球，我們就無法進一步把「地心引力」進一步「抽象化」（也同時是「普遍化」）為「萬有引力」。這個從具體、個別的經驗世界進而到抽象、普遍的理論世界，是「科學」的根本所在；而這點在自然科學裏最為明顯，並獲得了可謂全盤的首肯。在人文現象裏，這個抽象化、理論化的反經驗主義的過程，也相當明朗地見於我們的語言。我們說出來的任何一個「話語」，就像一個蘋果，一個猶似墜樓人的落花，而「話語」背後由語言學者或記號學者所勾劃出來的「語言系統」（「文法」只是一個俗而不可靠的辭彙！），則相當於「物理學」之於

我們經驗到的物理世界,「化學」之於我們經驗到的化學世界。「記號學」較諸「語言學」,其領域是大大地擴大了,把人類整個文化看作是一個複合的大系統,裏面含攝著許多副系統。普爾斯(C.S. Peirce)穿梭往來於其數理邏輯與記號理論之間,也充分顯露出記號學所蘊含的抽象性、普遍性、科學性。

在這一個「解」層次裏,瑟許的《結構語言學》模式充分發揮了它的威力。「語音」與「語意」之間的武斷性、語言結構之基本所在在於「相異」與「關係」,而經由「語序軸」及「聯想軸」以進行等,是一個抽象性以及普遍性都相當高的系統。前述雅克慎的語言六面六功能與其對等原理,都能從具體、個別的表義及資訊交流的行為裏抽離出一個廣延的抽象架構來。當然,話語與語言系統,經驗世界與其背後的抽象架構,是互動的(究竟,抽象架構在某一意義上仍不免是後設的!),這點在人文現象裏更為顯著,而記號學家也充分地注意到這一點。

㈡「記號學」認為記號行為是文化行為,而文化行為乃是一種人為的建構,離不開這建構者及文化的時空性;這是對某些「哲學家」所追求超越時空的「真實」、「意識型態」把習俗「自然化」而製造出來的「真理」、與及「一般人」頑固而堅持的「自以為是」的「解」。

記號學者艾誥(Umberto Eco)指出,「意義」是一個文化單元,是在一個特定的文化區域裏界定的(Eco 1976:2.6)。最捷當地洩露了記號行為(表義行為與資訊交流行為)為人為的建構者,莫過於瑟許及雅克慎所界定的記號行為的必然條件:「選擇」與「組合」。「選擇」一行為已意味著某些東西被排斥在外了。「組合」

一行為已意味著被選擇出來的東西作了某種組合，而不是其他諸種可能的組合。一個表義行為，也就是一個話語，作了「選擇」與「組合」以後，就固定下來，把其他許多東西排除在話語或這表義行為之外了。我們等公車的時候，往往只留意公車的路線號碼，而不會留意公車的車胎、玻璃窗的構造成份等；我們只選擇了某些我們要的資料，組合起來，告訴自己：三號公車來了，上。其他，是「視而不見」。表義行為及資訊交流行為這種「蒙蔽性」，這種「視而不見」，這樣只讓你看這個不讓你看那個的情形，在當代的大眾傳播裏是最為猖獗了。事實上，記號學的發展，得力於大眾傳播欲蓋彌彰（在記號學照明之下）的控御行為裏。知道所有記號行為都是經過某些選擇、某種組合的建構行為，我們就不會再那麼執迷不悟、自欺欺人、頑固獨行了。

㈢記號學對「記號主體」（記號使用人）的「解」。洛德曼指出人類所用的「語言」是「首度規範系統」，而「文學」等建立在「語言」之上的記號系統為「二度規範系統」，上置於「首度規範系統」之上，作了二度的規範。所謂「規範系統」也者，也就是說，記號主體使用（選擇與組合）記號以規範這世界（把世界納入某種模式），並同時經由這規範了的世界來規範自己的行為。洛德曼指出，我們不但該注意經由「話語」所建立的世界（作品裏說了些甚麼），我們更需要了解這「話語」世界建構時所依賴的「系統」（也就是說，其背後所賴的抽象的模式），這樣才能深探本原，才能——讓筆者引用莊子的「懸解」來說——懸而解之。

巴爾特則為「記號的主體」作了一記號學式的定義，說這個「我」只是「建構著我的所有語碼的總波瀾而已」（Barthes 1974:

10）。他更說：閱讀「並不終止於書篇，也不終止於我；我所找到的諸意義並不是由我所建立，而是基於諸意義的系統性」（同上）。一如艾誥，巴爾特亦強調了「意義」為文化所界定。然而，這並非意味著巴爾特謂「記號主體」毫無自由；事實上，就在這兩段引文出現的《S/Z》一論著裏，巴爾特正試圖把「書篇」解體，以獲得「書篇」中的眾義性、開放性、無限性，讓「意義」的微光像無限的星光般閃爍。這兩者（意義的文化性與書篇的眾義性）剛好獲得平衡，可說是發揮了「解構主義」的兩面手法。

（四）記號學式的研究裏的「自我解構」精神。既然我們的「視覺」（前面坐公車的例子），我們的諸種表義行為，都不免是在某種文化裏、某個時空裏的建構，記號學何嘗不如此？記號詩學何嘗不如此？任何一篇以記號學精神寫成的論文何嘗不如此？雖然記號學力求抽象性、普遍性、理論性以超越「經驗主義」與及隨之而來的「時空性」，但其自身當被置回於其產生的文化及時空周遭裏時，就不免洩露了其自身的文化、時空性了。然而，記號學者深知此點，往往在其著作裏把其所賴的模式、範疇、概念等公開出來，並承認了其「自我建構」的品質，而不視其研究為「真實」以自欺欺人。

巴爾特在其可稱為是「結構主義」的宣言〈結構主義者的結構行為〉一文裏，即厚顏地、坦然地承認結構主義對其研究「對象」的重組行為，乃是「在某種控御之下，把某些單元、某些組合表陳出來」，而其重組出來的架構實是一個「在某些指引下、在某種興趣下建立起來的擬架」（Barthes 1964）。同時，他在另一篇文章裏，他指出「文學批評需在自身裏包涵一個自我的反省。……文學

批評本身乃一活動，乃一連串的知性行為，深深地植根於批評者的歷史與主體」（引自 F. Lentrichia 1980：140）。

對這個反省精神講得最深入的莫過的艾誥了。他把這無所逃的「文化時空性」看作是記號學的上限，無法打破，並指出應把一篇文學批評（無論它是多麼記號學式，無論達到多麼的抽象性與普遍性）所造成其所研究領域的改變加以考慮及指陳：「像在一個森林裏作探測一樣，其所留下的車軌與足跡正改變在探測的風景；因此，探測者對此風景之描述應把他對風景所作的生態上的改變納入其考慮中」（Eco 1976：29）。事實上，筆者在拙著《記號詩學》中，引用了艾誥的話作為全書第一部份的結尾，並在第二部分王維《輞川詩組》的研究裏，一再指出了筆者撰寫該文時遇到的困難及運用的策略，以遵循「記號學」的自我「解」構精神。

㈤記號學裏帶有「解」傾向的宇宙觀。「記號」（sign）是在表義行為裏產生的：什麼東西都可以成為記號，而同時，什麼東西都不是記號，除非它被解釋為記號。「記號」的本質在於其擁有 A 代表 B 的關係。對瑟許來說，這記號關係就是記號義（signified）與記號具（signifier）二關係體所造成的「代表」（standing for）關係；而對普爾斯而言，這「代表」關係尚經由一居中調停記號（interpretant）的居中作用，是一個三連一的記號關係。換言之，「樹」記號與「樹」對象有著「代表」的記號關係，兩者的關係被如此界定後以後帶出第三個東西，帶出其居中調停記號，也就是「樹」記號（在我們心志裏）的一個影響、一個作用、一個決意、一個效果等等，諸如這「樹」記號所產生或界定的「概念」、「樹」記號所產生或界定的「反應」等。然而，這「居中調停記號」又可

經由另一個三連一的記號行為帶出另一個「居中調停記號」，而使衍義行為無限延伸下去。如此說來，「記號行為」的全部可謂與整個人文現象相表裏。

我們不但生活在自然的現實裏，我們更生活在文化的現實裏，我們人類不斷為「自然的現實」賦予名稱、賦予意義，又不斷地在「文化現實」裏上置一層又一層的意義。正如普爾斯所言的，我們是生活在一個為記號所滲透了的世界：「如果我們不能說這宇宙是完全由記號所構成的話，我們至少可以說這宇宙是滲透在記號裏」（Peirce 1931-58：5.488n）。誠然，我們面對宇宙諸物時，我們往往並非面對其物質世界，而只是把他們看作記號；或者，更準確地說，我們把它們看作是物並同時把他們看作是記號。這就是普爾斯帶有「解」傾向的宇宙論。這個「解」傾向的宇宙論是很值得沉思的。

三、中西山水詩「解」

「記號學」或「記號詩學」能對中西山水詩之研究提供了什麼「洞見」、什麼研究的「模式」呢？裏面所含攝的「解」傾向又將會如何發揮在山水詩的研究上呢？這些都因研究者的選擇、組合、研究者的興趣、控御，與及研究者的才具而異，蓋「實踐」乃是理論、書篇、及研究者三個主體的互動。

在從事這個「解」作業以前，讓我根據前人的研究簡略地回顧了一下中西山水詩各別發展的情形。但即使從事這麼的一個簡單的回顧裏，我仍願意帶上一點「解」構的態度。第一，山水詩與山水

意識的形成是不可分的；在這個問題裏，王瑤是間接地涉及，謂與玄學有關（王瑤《中古文學風貌》1973），只有葉維廉直接處理這個問題（葉維廉 1980）；葉氏處理這個問題是黏住「山水是否自足」這個問題不放。葉氏把重點置於此，似乎是對他的同事韋思靈（Donald Wesling）所提出的華滋華斯裏「山水是否自足」這一問題的一個對話（Wesling 1970）。第二，「山水意識」與「自然」這個概念是關係密切的；而「自然」實是一個文化的概念，在不同時代裏有不同的含義。大部分的有關研究，都直接或間接地提及這兩者的關係，但似乎一直沒能充分把握「自然」乃是一文化觀念這一特質，沒能與主體、客體這一問題聯接起來，從記號系統底規範功能這一個角度來看。第三，「山水詩」本身尚是一個界定未清的文類。林文月以謝靈運作為山水詩的典範，一方面是模山範水，一方面也包括了山水遊歷者的登山涉水經驗（林文月 1976）。葉維廉則不限於謝靈運，而其推崇的山水詩典範則是葉氏所說的不需詩人調停而讓自然呈現的、由王維、柳宗元等代表著的山水詩。葉氏謂謝靈運詩在《昭明文選》裏被歸屬為「遊覽詩」，暗示著謝詩或非山水詩的正宗，而「遊覽」成份之滲入山水之觀照裏使到山水詩不純。第四，中國「山水詩」的形成，就文學源流之發展而已，王瑤講得最廣延。魏晉時，玄風大行。「玄談」而有「玄言詩」，而「玄學詩」可謂是遊仙詩、山水詩的前身。王瑤根據《續晉陽秋》，謂郭璞未成為遊仙詩之宗前，先是「玄言詩」之祖，而許詢、孫綽等繼之。後來，詩人們終於發現了山水這一「導體」，以表達「玄言詩」要表達的內涵，遂有山水詩。《文心雕龍》裏說的「宋初文詠，體有因革；老莊告退，而山水方滋」（〈明詩篇〉），

指的正是這個文學發展的脈絡。王瑤總結說：「我們說山水詩是玄言詩的改變，無寧說是玄言詩的繼續。這不只是他所要表現的道與以前無異，而在山水詩中，也保留著一些單講玄理的句子（頁71）。從這個角度看來，「遊仙詩」是「玄言詩」發展的一個支流，突出了「遊仙」，而「遊仙」的前身即為「三玄」之一的《莊子》裏的「神人」。然而，「遊仙詩」即使是「玄言詩」的一個旁支或變體，它對「山水詩」之形成，也是有著極大的貢獻。第五，我們中國人對「自然」、對「山水」的態度是否一脈相承呢？是否都對「山水」有「美」的意識？是否都在「山水」的背後有著道家的體認？同類的問題，在西方的範疇裏，學者們作了一些深入的探索。尼可蓀（Nicolson）指出，把十七世紀到十八世紀中期相較，從英國詩歌裏可以看到對山水意識的改變。在十七世紀裏，在鄧恩（John Donne）、馬爾伏（Andrew Marvell）等人的詩篇裏，高山或形容為駝背不平，使天國驚恐，使大地殘缺，或形容為大地的膿瘡、高聳的岩、使月亮觸礁。換言之，是醜陋而不美的，不符合傳統美學所要求的均衡（symmetry）。尼可蓀更進一步向上溯，認為基督教並不認為所見的世界是美的，「美」應屬於上帝；在《舊約》裏，某些山雖因與神相關聯而視作神聖，但並沒有對山水之美有所贊嘆。這個觀念甚至影響著人們的視覺，使得他們不覺山水之美。佩脫拉克（Petrarch）的自述是一個明顯的例子。他於 1335 年登6260 英尺高的番督峰（Mount Ventoux），感覺山之愉悅與壯麗。然而，當他打開聖奧古斯丁（St. Augustine）的《懺悔錄》（*Confessions*）時，他卻氣自己沒有想到人類的靈魂是無可比擬的雄偉而竟驚羨於大地上的景物。因此，在回程時，當他回顧山巒，與人類底莊嚴的

雄偉相對照下，寸高而已。換言之，當他不為傳統宗教觀念所囿
時，他得見山之雄偉；但不久又為其先有之成見所囿，山便黯然失
色了。尼可蓀把十八世紀中葉所產生的對山水美感之改變，歸諸於
哲學與美學上的一些改變，如摩爾（Henry More）把無限空間與柏拉
圖哲學連接起來，謂在自然裏展示出來的無限空間不僅是實存，而
更是「神聖」的展露、形而上「本體」的展露。「雄偉」（sublime）
這一個美學觀念，大大地被表揚出來，對自然山水的欣賞不再囿於
傳統美學的「均衡」，而更能欣賞野放、雄偉的一面。但尼可蓀強
調，在英國而言——這「雄偉」觀念的發展，並非如一般學者所認
為源自朗占納斯（Longinus）的「修辭雄偉」（rhetorical sublime），而
是源於實際山水自然的觀覽而產生的「自然雄偉」（natural
sublime），其時的批評家丹尼斯（Joseph Dennis 1657-1734），艾狄生
（Joseph Addison 1672-1719）等所談論的「雄偉」皆是。換言之，這
「自然雄偉」的產生及成熟與當時新興的登山熱有相當直接的關
係，而亦與注重野趣的中國園林在西方大受歡迎的影響有關（以上
參 Nicolson 1959）。第六，在西方的詩歌傳統裏，在十八世紀末的浪
漫主義時期以前，「山水」並沒成為描寫成冥思的主體，只是作為
背景、修辭喻況，宗教或道德的類同寓況（allegory）居多。尼可遜
說，在文類的發展上，這類詩體的發展，與十八世紀的「遊覽體
詩」（excursion poetry）有關。事實上，就文類而言，「山水詩」真
是一個還沒確定的文類。尼可遜把此類詩歸入「寫景詩」
（descriptive poetry），而大部分文學史用「自然詩」（nature poetry）來
概括之。即使是在普林斯頓大學出版的最為權威的《詩與詩學百科
全書》（*Encyclopedia of poetry and poetics*）裏，也找不到「山水詩」

（landscape poetry）條。在「山水詩」要跨越中西文學傳統時，它的界定更是不穩定；目前對這個問題作了最深入廣延的探討者，仍得推前述葉維廉的研究。

這一個粗略的回顧遠遠地超過我計劃要給予它的篇幅，現在讓我立即移到我對「山水詩」這一個既「構」復「解」的作業裏。我要在下面這樣那樣地探討「山水詩」是一個「構」的過程，而在這「構」的過程裏，我更朝向一個一般詩學（general poetics）的視野進行，多著重其同點。在這一個「構」過程裏，對某些目前已有的許多對山水詩的概念而言，也許是一種「解」；並且，在「構」過程裏，筆者企圖把「山水詩」的背後系統剖釋於讀者之前，不啻是對「山水詩」的「解」。有多大的成功與失敗呢？那就要等待讀者們的評估了。

（甲）山水解之一

西方一些學者把「自然」作初步的二分為「內在的自然」（約相當於人或宇宙的本質）與「外在的自然」（相當於耳目所接觸的自然山水）或有其初步分類的辨別功能，但嚴格看來，是錯誤的。因為，他們所謂「外在的自然」實已是一個人文的概念，是人文對這個物態的自然的一個反應，已經是從「物態的自然」改變為一個「記號」。從前面已徵引的普爾斯的理論來說，人們可見到的「外在的自然」已經是一個為記號過程所滲透了物態世界。否則，純物態的外在的自然不過是由物理、化學、等所支配的周遭、太陽曬著或迅速的空氣流動等等現象而已。這物態的自然為人類的語言所沾，就帶上人文的色彩，成為了記號。我們人類隨著人文的發展，把記號

網一層層地上蓋於這物態的自然上。這「記號行為」不在反省裏也許是不易覺察出來。但當「記號義」上蓋於物態的自然上而兩者的關係又相當地相忤（記號的武斷性）時；或當這物態的自然先後為迥異的記號義所上蓋時；「記號行為」就容易被察覺出來了。從前面尼可遜所陳述的西方人對山水的觀念的改變裏，就可充分看到這上蓋於物態自然的記號（人文）行為了。就記號行為的整個過程而言，這記號義產生以後，尚須要經過「俗成」的過程，不斷重複而成為了人文領域裏的一個發揮著功能的單元。

　　西方的「自然」與中國的「山水」是否在領域上指稱相同呢？這是一個頗為困擾的問題。在「自然」為一文化概念及東西方「上蓋」於「物態自然」上的「記號義」各有不同的前提下，我們仍得追問：中國「山水」一詞是否為「自然」一詞的局喻（以部分代全體）？即使我們大膽地把二者等同之後，我們仍得追問：為什麼用「山水」而不用其他自然的客體？從美學上而言，尤其是在東西方的透視裏，這是一個相當重要的問題。在西方，浪漫主義以來的山水意識的形成，是「雄偉」這一美學概念的被推崇，而這觀念則在「崇山峻嶺」裏獲得了它的記號具。中國之用「山水」，是否也含有這個美學問題？這是不是可作為「山水詩」與「自然詩」的分野？答案恐怕不是那麼簡單。雖然，在東西方的「山水詩」這一問題上，與「雄偉」一美學發生關聯；但推廣下來，「山水詩」背後的問題則非「雄偉」一美學所能涵蓋；故「山水詩」之領域，不限於「山水」而及於各自然客體。然而，從國畫的分科裏，山水與花卉之各為獨立科目，我們仍不得把獨標「山水」這一現象等閒視之。但整個「山水詩」的問題，不純是「美學」（雄偉呢？秀美

呢？）的問題，而更牽涉到山水背後所謂「道」的問題、以及主客互動及其牽涉到的記號功能問題。這些在後面將加以討論。

現在讓我們迫近一步而問：在浪漫主義時期、在魏晉南北朝時期，也就是在東西方山水意識及山水詩漸漸成形之時，這物態的自然世界被賦上了什麼的記號義呢？在南朝，畫界裏的宗炳說：「山水以形媚道」（〈畫山水序〉）。文學界裏的孫綽說：「目擊道存」（〈登天台山賦〉；語源出莊子〈田子方〉篇）。這兩人所說的話或有相當的代表性。「自然」或「山水」背後的「道」無寧是「玄學」下的「道」。據〈歷代名畫記〉，宗炳曾嘆道：「噫！老病俱至，名山恐難遍遊。唯當澄懷觀道，臥以遊之」（見俞崑 1975：584）。這山水與道之相連接，與《文心雕龍》所說的「老莊告退，山水方滋」，及謝靈運等人的山水詩因山水而觸發的玄理的句子可互為印證。如果我們願意借用當代記號學家穆可夫斯基（Mukarovsky）的前景後景說，我們不妨把劉勰的話解作是：老莊的哲學隱退於後景，而山水被推前而居於前景。孫綽話裏所隱藏著的「視覺」理論——山水經由視覺而與道相連接——更相當地成為了當時畫界與文學理論（兩者都主神思說）的模式。《文心雕龍》說：「登山則情滿於山，觀海則意溢於海，我才之多少將與風雲並驅矣」（〈神思篇〉）。山海風雲居一邊，情意才在另一邊，而以「視覺」（觀）作為兩者居中調停之媒介。宗炳〈畫山水序〉亦謂：「應目會心為理」，亦謂：「萬趣融其神思」（見俞崑 1975：584）。至於謝靈運等人詩中所表達的老莊的玄思，更是俯拾即是（請參林文月 1976）。

現在分析一首謝靈運的詩以探討「視覺」如何經由其選擇與組合以使「山水」與「道」相接：

登永嘉綠嶂山

裹糧杖輕策，懷遲上幽室。

行源逕轉遠，距陸情未畢。

澹瀲結寒姿，團欒潤霜質。

澗委水屢迷，林迥巖逾密。

眷西謂初月，顧東疑落日。

踐夕奄昏曙，蔽翳皆周悉。

蠱上貴不事，履二美貞吉。

幽人常坦步，高尚邈難匹。

頤阿竟何端，寂寂寞抱一。

恬如既已交，繕性自此出。

詩中結尾處表達了由當時「三玄」出來的幾個母題：「易經」裏的
「不事」與「貞吉」（貞，久義）；「老子」裏的「抱一」；莊子
裏的「繕性」（去慾歸真）。我們也許會假設這些記號義是從「山
水」這些記號具裏「悟」出來的；但我們同時不得不承認這「記號
具」與「記號義」的關係，其「武斷性」（arbitrariness）是相當高
的，因為我們很難從這些山水直接到達這些玄思。不過，正如當代
記號學所陳示的，在「武斷性」的大原則下，某程度的肖象性
（iconicity）是存在於「記號具」與「記號義」之間（就語言肖象性而
言，可參 Jakobson and Waugh 1979）。我在這裏試試看來界定這兩者
（結尾裏的玄思與前六行的山水）之間隱微的「肖象性」。「玄思」裏
而所表達的「道」之「永恆」與「一」，與山水中的遠與周有其肖
象關係。「繕性」裏所含有的「辯證」（dialectics）過程，與山水中

之轉屢迴逾亦復同趣。同時,在「玄思」的一邊,我們可以找到一些從「三玄」裏含攝的一些美學觀念與人生境界,如幽、邈、寂、恬等,正與山水那邊的幽澹等相合。於是,我們充分地看到「山水」與「道」二者之互為「肖象性」。在山水的視覺裡,詩人「選擇」了如此的客體如此的「組合」,是受到了「道家」玄思的決定;因為,在這以前,山水並沒有這樣地「選擇」與「組合」以與「道」隱微地相「肖象」。

在英國浪漫主義時期的山水詩裏,在「山水」的背後是否蘊含著與「道」相似的一個「記號義」呢?西方學者用來形容自然詩或山水詩所蘊含的「理性宗教觀」（deistic theology）、「泛神論」（pantheism）、「自然宗教」（natural religion）、「超自然自然主義」（supernatural naturalism）等等,在我們這個比較的透視裏,都是意謂山水並非僅呈於我們五官前之山水,而是背後有所蘊含,有一個超越的本體。華滋華斯說自然景物是一個「神聖的設計」（holy plan）（見"Lines Writtin in Early Spring"）;說自然景物裏有一種提升的力量、一種雄偉的感覺,使人欣欣然（見"Tintern Abbey"）。我在這裏只想證明在東西方山水的視覺裏,這時,山水已不再只是感官所接的山水,而是山水背後蘊含著某種超越的本體;東方稱之為「道」,西方或可概稱之為「超越的本體」;兩者的差異,與及東西方學者為這個山水背後的東西所作的各種辨別,則在本文以外了。

但如果我們把神的實存性置之不顧,以「人文」作為考慮的起點,這東方的「道」,西方的「本體」,都是人文作用於這物態的宇宙,並把它轉化為記號的行為。故西方學者或簡單地謂自然詩人把「自然」（山水）人化了（nature humanized）,或辯證地謂自然詩

人實把「自然」（山水）加以否定（negate）以進入「自然」（山水）以外的「超越的本體」，而這「超越的本體」實是人類靈魂的追尋與表達云云。哈特曼（Hartman）稱此過程為（*The Via Naturaliter Negative*）（Hartman 1964），而布龍（Bloom）則稱此為意識之回歸於自身（Bloom 1970）。這「辯證程序」實是記號學所界定的記號規範功能的作用程序：「記號使用者」把「記號義」讀入「記號具」（宇宙）裏而經由這「記號義」以把「記號具」（宇宙）納入某種模式裏以反過來規範自己的行為，記號學用「規範」一廣涵的詞彙，而哈特曼及布龍則用靈魂的自我追尋或意識的回歸。

「山水」真是如此的一個用來作犧牲的荔狗，事畢便可棄之的履嗎？「山水」只是媒介用的記號具嗎？「山水」作為一記號時，其「記號義」與「記號具」真是那麼武斷性嗎？我們前面已指出了兩者的「肖象性」。根據普爾斯的較為艱深的陳述，「肖象性」並非僅指「類似性」，而是謂「記號具」參與了「記號義」的「個性」（character）。「山水」（記號具）之與「道」（記號義），其關係亦應作如此觀。當然，這麼的一個「肖象性」概念，在我們目前的文化與詞彙裏，我們不得不謂它已帶上了「自然宗教」的色彩了。故哈特曼與布龍等對山水詩的當代解釋，並不與傳統的解釋相違，而只是剖釋了其辯證的過程而已。

（乙）山水解之二

前面說，「山水」是一個肖象記號，其記號具（物態的山水）與其記號義（道或超越的本體）具有若干程度的肖象性（包括記號具對記

號義之參與性）。但無論是東方的「道」或西方的「超越的本體」，其內涵可擴大也可縮小。如果以最廣延的含義來看這兩個詞彙，他們是可以互攝的；同時，其他有關的學者用來討論山水詩的各種母題，也可納入其中。但如果以不甚廣延的含義來界定這兩個詞彙，則前面所對山水的定義，謂記號義為道或超越的本體，則其應用或有其侷限性。在這個情況之下，從中國的文化傳統出發，我們可用另一個似乎較為廣延的詞彙來換掉「道」，也就是晉魏時期流行著而一直影響著中國美學的「言意之辯」的「意」（關於這方面的討論，請參湯用彤 1984；袁行霈 1984）。在當代的西方批評裏，這個記號義則是前述的靈魂及意識之探索及回歸。與前面的立場相較，這兩者都偏向於把山水所含的記號義回歸於記號使用者本身。當然，這「意」與「靈魂」或「意識」也非與「道」或「本體」絕緣的。山水意識實乃一記號行為，可圖解如下：

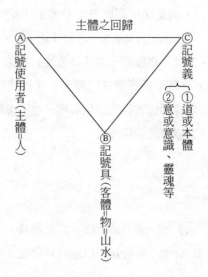

傳統的所謂主體客體關係，實牽涉到記號義；換言之，「主體」是
經由其賦予「記號具」之「記號義」而界定。這樣的主客關係，是
山水意識及山水詩不可或缺的條件。我在這裏將用「莫若兩明」的
手法，以「解」構偏於「客體」的所謂山水純然之演出，以「解」
構偏於「主體」的所謂想像或智心或主體的勝利。最能代表「山水
純然之演出」者莫過於中國的山水詩，而最能代表「智心的勝利」
者莫過於西方的山水或自然詩了。

> 人閒桂花落
> 夜靜春山空
> 月出驚山鳥
> 時鳴春澗中
> ──王維「鳥鳴磵」

如果我們完全信住「目擊道存」這一個美學態度，我們未嘗不可謂
這是山水純然的演出，沒有主體的調停介入云云。但語言及寫作是
一個記號行為，記號行為就不得不有「主體」的參與。「吾不知其
名，字之曰道，強為之名曰大」（老子二十五章）。「古之人其知有
所至矣。惡乎至？有以為未始有物者，至矣盡矣，不可以加矣。其
次以為有物矣，而未始有封也。其次以為有封矣，而未始有是非
也」（莊子齊物篇）。吾、強，以為等正表達著主體之參與。詩中之
「人」、「桂花」、「山」、「月」、「鳥」、「澗」是「主體」
參與後之「有封」；「閒」、「靜」、「驚」是「土體」參與後的
「是非」。雖然王維讓這記號行為的主體（詩篇的說話人）把自己

「自然化」為自然客體之一（「人」），仍不免洩露出其主體之存在。而事實上，「人閒」二字以後的整個自然景物的活動，是在這「主體」觀照之下的活動。

在與西方山水詩對照之下，我們甚至可以笨拙地說，這種看來是山水自然演出的戲劇，實原有一個主體的畫框，不過這個畫框被藏拙了而已。這個「畫框」理論我們可以用西方一個相反的例子倒證出來：

> 長春花藤沿著櫻草花枝
> 在綠鄉屋上繞出一個個的冠圈；
> 那是我的信心：每一朵花
> 都欣然於呼吸中的空氣。
>
> 在我身旁的鳥兒蹦跳而嬉
> 我不能忖測他們內心的思維——
> 但他們身軀小小的挪動
> 都看來是狂喜。
>
> ——節錄自華滋華斯〈早春詩草〉

上加圈號的文字好比是一個作為表義用的「指涉範疇」（context）以「限制」其他文字所建構成的「指涉世界」。這個「指涉範疇」實是一個「框」，一個主體的、知性的「框」。也許，華滋華斯會相信東方的「目擊道存」，但他仍願意把這個「框」、這個「相信」（與前引莊子中之「以為」同趣）、這個「人文參與」展露在我們

面前。假如華滋華斯把這個「人文框框」去掉,我們憑此就直說詩裏沒有主體的參與,不是有點上了當了嗎?

讓我們移到山水詩的另一頭:

> 我終於學到怎樣去看大自然
> 不再像年青時那麼毫無思慮;
> 我從其中一再聽到那
> 人性的靜寂、憂鬱的樂章;
> 一個健雄的力量,
> 攻堅,無不摧,但不粗不野。
> 我在其中感到存在著高尚的思維,
> 擾我心以狂喜;感到一種深沉的雄偉,
> 其住處為落日、為海洋、為大氣、
> 為藍天、為人類底智心:
> 一種生動、一種靈體,推動著所有
> 有生命的東西,所有思維中的對象,
> 運轉於所有的物中。
>
> ——節錄自華滋華斯〈汀潭寺〉

在這「主體」活動達到高潮的一節裏,在這高度冥思的一刻裏,「客體」(自然落日海洋大氣藍天東西物等)仍然扮演著一個不可或缺的角色。「存在」在原文裏是用名詞(presence),獲得了某種「客體性」:感到某種的「存在」。同時,「對象」一詞,使原為思維中的主觀東西得以客體化而獲得某種「客體性」。這種的經營無疑

地加強了詩中「客體」的份量。無論如何，如果我們說中國山水詩裏，其前景為客體（山水）所占，則在華滋華斯這類的詩章裏，「山水」是慢慢地隱沒於後台。

把「山水詩」的寫作看作一記號行為，我們幾乎就可以立刻肯定這「山水詩」作為一記號系統，必包攝著其規範功能。「記號的使用者」設計了一個軟體程式——謝詩中的坦步、高尚、抱一、恬如，王維詩中的閒、靜、空，華氏的高尚的思維、雄偉、欣然、狂喜，以及這些「內容」所含攝的更深遠或更具時空性的相對組（如永恆與變遷，閒與不閒，都市與鄉野等宇宙（人生）境界）——以規範這世界並反過來規範自己。這個規範功能也從山水詩中說話人（addressor）與受話人（addressee）湊泊為一裏看出。在「山水詩」裏，「說話人」實是在自言自語。即使在有著異於「說話人」的「受話人」的「山水詩」篇裏，如前引華氏的〈汀潭寺〉，這個「受話人」往往只是一個「名義上」的「受話人」，只是表達上的一個「結構」，一個「通向」，以回歸於正聆聽著自己的「話語」的「說話人」本身而已。華氏的妹妹出現在該詩裏，是用來反映昔日的他：「我最愛最愛的朋友；在妳的聲音裏我重獲昔日我心靈的語言；從妳野放的、亮晶晶的眼神裏，我讀到我昔日的歡樂」。他並沒有給她在詩中有回答的機會。這些「話」雖然是以「她」作為「受話人」，但「他」何嘗不正是向著「他」自己說呢？向著「他自己」說昔日的「我」已不復呢！當然，詩人有時也對山水講話。在同一首詩裏說：「啊！屬於林木的淮溪，妳，一個在森林裏的遊蕩者／我底心靈多常投向妳啊！」。淮溪只是名義上的一個受話人，詩人無寧是在自言自語，說淮溪是森林裏的遊蕩者，說自己常

常投向她。在「君問窮通理／漁歌入浦深」（〈酬張少府〉）裏，雖說有一特定的受話人，王維無寧是在自問自答，唱雙簧而已。

　　「山水詩」作為一記號系統，其規範過程有時更可從主體客體的互動裏看到。試舉華氏〈水仙花〉為例。全詩為四節，每節六行。貫通全詩的是對水仙花的「視覺」（perception）：

　　首節：我突然看到一群、
　　　　　一大叢金光燦爛的水仙花。

　　二節：一眼望去千萬朵
　　　　　生氣勃勃地在微風裏擺動著頭。

　　三節：我凝視——又凝視——沒想到
　　　　　這水仙花的演出日後會帶給我多麼豐盛。

　　末節：她們閃亮於我底靈眼
　　　　　那是孤獨裏的福樂。

在詩的開頭，詩人是孤零零的（lonely），在山野裏漫遊。水仙花底金光燦爛與及生氣勃勃的搖曳，使得詩人歡樂起來。從主客的一個角度來說，我們不妨謂「主體」在「凝視——又凝視」裏被納進「客體」（水仙花）而終獲得了「客體」的屬性：歡樂、生氣勃勃。事實上是如此嗎？恐怕比這個複雜。「主體」之被納進「客體」而被「客體」同化是「主體」的設計，是「主體」的一種勉

強；因為就在這被納進「客體」的過程前，說話人在詩中自己論辯說：「一個詩人怎麼能不快樂呢？在如此歡樂的伴侶裏」。這正洩露了記號學所謂自設軟體以自我洗腦的規範過程。作為此規範的原因，已在詩中「孤零零」一母題裏點出；這「孤零零」正等待其相對的「群」（crowd）、「伴侶」（company）以解之。換言之，詩人從人群裏獲不到友伴，卻在大自然裏找到了。這水仙花永遠伴著他，而成為了他孤獨中的伴侶，帶來了孤獨中的福樂。

（丙）山水解之三

東方的「模山範水」（語出《文心雕龍》物色篇。它本來就不是形容山水詩，只是形容漢賦裏關於山水的描寫）與及西方的「描繪」（descriptive）顯然只是山水詩的基礎。構成山水詩中之山水意識，尚須有其背後的「道」或「超越的本體」或相類似的東西作為其「記號義」。就「記號使用者」而言，這些「記號義」又回歸於「記號使用者」本身，記號行為之規範功能遂得以完成。「山水」乃是肖象記號，其「記號具」（物態的山水）與其「記號義」（道或超越的本體等）有其「肖象」關係：即類似性、內在姻緣性、及參與性。「肖象記號」（icon）本指刻繪著聖像的圖片或金屬片等，帶有神聖的品質，與其描繪的「神聖」相通。「山水以形媚道」所含攝著山水與道的各種關係，正充實了普爾斯所發揮的記號底肖象性。「山水」可說是最豐富、最有參與性的「肖象記號」。人類沈涵於山水，從裏面獲得無窮的意義與心靈的安頓，恐非偶然。

如果上述的特質可看作是山水詩的「語意」（內容）構成的

話，本文所說的主體與客體的互動、「山水詩」─「話語」的「受話人」實是「說話人」本身、「說話人」在「山水詩」中對「山水」及「人物」所作的話語實回歸於詩人本身而成為另一形式的自言自語、與及各種洩露出了主體參與的「框框」之有無與明暗，可說是山水詩中的「語法」（結構）構成了。

山水詩中的「語言」構成又如何呢？圍繞著這個問題核心的哲學與美學思考，在東方傳統而言，是魏晉以來的「言意之辨」；在西方傳統而言，則是浪漫主義所有的「喻況性」或「象徵性」。筆者在此處所要從事的作業，不是對山水詩篇裏的語言特質作細節的討論，而僅從比較的角度著眼，標出與言意之辨及喻況性等思考有關而又為中西山水詩共有的兩個特質。

第一個特質就是「具體」與「抽象」並存的「肖象主義」（iconism）。「山水詩」中的山山水水，構成了詩中的「具體性」；但如前所舉各詩例裏，在山山水水的周圍，尚有許多帶著意境、美學、哲學的抽象詞彙：幽、遠、澹、閒、欣然、狂喜等。即使是在最具體的詩篇裏：

> 千山鳥飛絕
> 萬徑人蹤滅
> 孤舟簑笠翁
> 獨釣寒江雪
>
> ──柳宗元〈江雪〉

某些詞彙仍不得不與具體的山山水水相比之下旁落為抽象性：絕、

滅、孤、獨。具體的山山水水彷彿浸泡在抽象的、美學的、意境的大海裏。無論是「山水」之「具體」或「意境字」之「抽象」，在我們目前的透視裏，都與「道」或「超越的本體」有肖象關係；是謂「山水詩」的「肖象主義」。

　　第二個特質是喻況主義。前面所陳述的山水詩的「肖象主義」為中國山水詩所遵循的途徑，並發揮得淋漓盡致。這一個途徑理應亦可為西方山水詩所遵循；但事實上，西方山水詩雖亦有著這個品質，但卻朝向「喻況主義」而去（這可能與整個西方文學及其解釋之傾向於喻況有關）。試舉拜倫一山水片斷為例：

　　　　阿爾卑斯山群峰，

　　　　「自然」的眾殿堂，在我之上，高牆把雪頂

　　　　插入雲霄，把「永恆」擠滿一排排冷偉

　　　　的冰廳，雪崩成形而研落——雪的霹靂；

　　　　凡是廣心與駭心的東西，

　　　　都聚集在這些峰頂。

　　　　　　——*Childe Harold's Pilgrimage*, III: lxii

「自然」與「永恆」被喻況為殿堂，以群峰為牆，插入雲霄，其空間為一排排的冰廳。「霹靂」原文作「thunderbolt」，乃是奧林匹斯山上之主神宙斯底權威的武器，故未嘗沒有「神」的喻況在。浪漫主義詩歌以「喻況」為本質已為論者所深知。「喻況」除了在「書篇內」進行外，實尚可以在「書篇外」進行；換言之，華氏的「水仙花」不僅是水仙花，而是自然的象徵。王維的「木末芙蓉

花，春來發紅萼，澗戶寂無人，紛紛開且落」（〈辛夷花〉），不僅是「辛夷花」生命的韻律，也是「自然」底韻律的象徵。雖然中國的山水詩裏，「書篇內」很少有修辭上的直喻、隱喻等出現；但「書篇外」的喻況延伸，伸入「言外」之「意」，則屬可能。職是之故，我們不妨說，中國山水詩裏亦有著「喻況主義」的品質，雖然它的主要傾向是「肖象主義」。事實上，雅克慎所指出「詩語言」底「毗鄰」與「喻況」之互為投射這一本質（Jakobson 1960），在中國山水詩裏是相當地存在著。

似乎，我們在上述帶有「解」傾向的「建構」裏（既解復構），「山水詩」這一文類已界定下來了。其實不然。問題不在「質」的問題（當然，上述各種山水詩「質」的探討，尚可大大改進），而是出現在「量」的問題；而「量」變有時也會帶來「質」變。所謂「量」的問題，是說西方浪漫主義與山水、自然有關的詩歌裏符合上述山水詩之要求者，往往只出現在「短篇」裏，出現在「中篇」的「大部分」裏，出現在長篇的「局部」裏，我們是否可把這些「冥思」占著相當篇幅而使主體與客體（山水）幾失去均衡的「中篇」歸入「山水詩」？始於「山水」但卻以「冥思」或「智心」為主的長篇，又將如何處理呢？這些長篇鉅製裏所含的適合我們山水詩定義的部分，是否不得不加以割愛？稱之為「山水局部」而非「山水詩」？或者，是否可兼容之，而把這局部抽出，稱之為「局部山水詩」？這不是一個屑碎的問題，因為浪漫主義的詩歌裏，能夠符合我們這綜合中西傳統「山水詩」定義的「短篇」及「中篇」並不多，而「山水詩」這一個局部在浪漫主義時期的詩歌裏卻又是那麼重要而有代表性。或者，我們是否可以考慮放棄「山

水詩」這一個文類，而改稱「自然詩」以概括二者；或者把「山水詩」置於「自然詩」裏？那麼，我們又得另為「自然詩」建構一個詩學了。即使我們用「自然詩」這一個文類名稱並試圖界定它，浪漫主義中牽涉山水與自然的長篇鉅製，如華氏的《序曲》（*Prelude*），拜侖的《哈勞特朝聖記》（*Childe Harold's Pilgrimage*）等等，也無法僅以「自然詩」視之。

參引書目

王瑤，1973，《中古文學風貌》，香港：中流。

古添洪，1984，《記號詩學》，台北：東大。

林文月，1976，〈中國山水詩的特質〉，《山水與古典》，台北：純文學。

俞崑，1975，《中國畫論類編》，台北：華正。

袁行霈，1984〈魏晉玄學中的言意之辨與中國古代文藝理論〉，賀昌群等著《魏晉思想》，台北重印：里仁。

湯用彤，1984，《魏晉玄學論稿》，賀昌群等著《魏晉思想》，台北重印：里仁。

葉維廉，1983，〈中國古典和英美詩中山水意識的演變〉，《比較詩學》，台北：東大。

Abrams, M.H.　1971.　*Natural Supernaturalism*.　N.Y.: Norton.

Abrams, M.H. et al., eds.　1979.　*The Norton Anthology of English Literature*.　4th. ed., 2 Vals.　New York: Norton.

Barthes, Roland. 1972 (French 1964). "The Structuralist Activity."
    In Richard & Fernande DeGeorge, eds., 148-154.

Bloom, Harold, ed, 1970. *Romanticism and Consciousnes*. N.Y.:
    Norton.

Culler, Jonathan. 1982. *On Deconstruction*. N.Y.: Cornell UP.

DeGeorge, Richard and Fernande, eds. 1972. *The Structuralists:*
    From Marx to Lévi-Strauss. N.Y.: Doubleday.

De Saussure, Ferdinand. 1959 (French 1916). *Course in General*
    Linguistics. Trans. by Wade Baskin. N.Y.: McGrew-Hill.

Eco, Umberto. 1976. *A theory of Semiotics*. Bloomington: Indiana
    UP.

_____. 1979. *The Role of the Reader*. Bloomington: Indiana UP.

Gleckner, R. & G. Enscoe, eds. 1975. *Romanticism: Points of View*.
    Detroit: Wayne State UP.

Hartman, Geoffrey. 1964. *Wordsworth's Poetry: 1787-1814*. New
    Haven: Yale UP.

Jakobson, Roman. 1960. "Closing Statement: Linguistics and
    Poetics." In *Style in Language*, ed. by Thomas Sebeok.
    Cambridge: M.I.T. Press, 350-77.

Jakobson, Roman & Linda Waugh. 1979. *The Sound Shape of*
    Language. Bloomington: Indiana UP.

Lentricchia, Frank. 1980. *After the New Criticism*. Chicago: U. of
    Chicago Press.

Lotman, Juril. 1977 (Russian 1971). *The Structure of the Artistic*

Text.   Trans. by Gail Lenhoff and Ronald Vroon. Ann Arbor: U. of Michigan Press.

Nicolson, Marjorie.   1959.   *Mountain Gloom and Mountain Glory.* New York: Norton.

Mukarovsky, Jan.   1977.   *The Word and Verbal Art.*   Trans. by John Burbank and Peter Steiner.   Naven: Yale UP.

Peirce, Charles Sanders.   1931-59.   *Collected Papers.*   Cambridge: Harvard UP.

Sebeok, Thomas, ed.   1960.   *Style in Language.*   Cambridge: M.I.T. Press.

_____. ed.   1977.   *A Perfusion of Signs.*   Bloomington: Indiana UP.

_____. ed.   1978.   *Signs, Sound, and Sense.*   Bloomington: Indiana UP.

Sebeok, Thomas.   1979.   *The Sign & Its Masters.*   Bloomington: Indiana UP.

Todorov, Tzvetan.   1981 (French 1973).   *Introduction to Potics.* Trans. by Richard Howard.   Sussex: Harvester.

Wesling, Donald.   1970.   *Wordsworth and the Adequacy of Landscape.*   New York.

第四章

從「受話人空間」與情詩諸小傳統以建構中西情詩詩類

一、「情詩」與作爲「中介」空間的「受話人」

　　在美學的結構上，情詩的一個特點，就是具有或隱藏或顯露的一個「說話人－受話人」（addressor-addressee）的「對話」機制。情詩在「詩篇內」涵攝著一個「受話人」，而作為情詩的作者以及作為「詩篇內」的說話人「我」，與這「受話人」的特殊關係，這「受話人」本身的特殊身份，都在在影響著「情詩」的特殊朝向❶。同

---

❶　本篇是根據英文稿"A Semiotic Approach to Chinese-English Love Poetry: Focusing on the Space of the Addressee"譯／改寫而成（除「補述」部分為新增外）。原英文稿於第 11 屆國際比較文學會議發表（1988，慕尼黑），後刊於 *Tamkang Review*, XX, 2 (1989), 169-193。中文稿原刊於《二度和諧：施友忠教授紀念文集》，中山人文學報叢書 5，1-40。在這第一個附註裡，讓我們回顧一下學界在中英情詩上的研究情形。英國情詩部分，已有好幾篇博士論文，而在這裡我們只略為提一下與本論文所關注的文藝復興時期。羅覺斯（Rogers 1977）就愛的經驗型態把西方情詩分

時，就情詩的「作者」或「詩篇內」的「說話人」而言，「受話人」好比是一個「中介」的空間，可經由它而抒情而回溯於自身。事實上，中西情詩上的各個小傳統，如西方以宮廷愛（courtly love）為基礎的「騎士派」情詩（cavalier poetry），中國代表著民間而帶有都市背景的「西曲」，都與這「受話人」中介空間密切關連；我們必須從這「中介」空間切入，才能透視其特質及形成。因此，本論文在建構中西情詩為一比較詩類時，重點置於這說話人「中介」空間、中西情詩諸小傳統的形成及其異質上。

為了深化並理論化這「受話人」中介空間，本文引進了普爾斯（C.S. Peirce）的記號學（semiotics）模式。據普爾斯的觀察，記號底衍義行為（semiosis）牽涉到三個主體的三元互動。換言之，即在「記號」（sign）及其「對象」（object）的雙邊互連裏，尚有一個第三者扮演著「中介」功能的「居中調停記號」（interpretant）。在此視野裏，「記號」表義行為的二元模式，遂擴充為「三元」中介模

為三類，即增長型（cumulative）的 epyllion 詩，永恆型（irreducible）的「輓歌」（elegy），和凍結型（frozen）的「十四行詩」（sonnet）。伯爾納（Bernard 1970）則把悉尼（Sidney）、莎士比亞（Shakespeare）等「十四行詩」界定為「戲劇化」的情詩。史密斯（Smith 1985）探討了英國文藝復興時期情詩的一些深遠的主題，如靈與肉、朽與不朽等問題，而佛禮（Ferry 1975）則探討「愛」戰勝時間使人永恆的主題。此外，路易斯（Lewis 1938）和華倫斯（Valency 1975）的研究已提供了對「宮廷愛」一個穩固的了解，而對「宮廷愛」的了解乃是對英國文藝復興時期情詩研究不可或缺的基礎。中國情詩方面而言，羅宗濤（1985）著力於情詩的分類研究，而黃永武（1985）則致力於情詩的文化背景，而其以「詩經」及「樂府」為中國情詩最優美的傳統，可謂獨具隻眼。至於中西情詩的比較，則只有余光中一文（Yu Kwang-chung 1975-76）。

式。如學界所認知者，普爾斯的動力及精華所在，也就是得以描述「記號」的不斷衍義與衍生，即在於此「中介」模式，而學界對此模式亦廣泛應用❷。

通盤而言，普爾斯的記號學模式是一個徹頭徹尾的「三元」互為「中介」模式；此明確見於其下面的闡述：

> 所謂記號衍義行為（semiosis）乃是一個活動，一個影響運作，涵攝著三個主體的相互作用；這三個主體是為記號、記號底對象、以及居中調停記號。這是一個三方面互連的影響運作（tri-relative influence），決不能縮為幾個雙邊的活動。（5.484）❸

既然在「記號」衍義或表義裏，三個主體互為「中介」，為什麼其中之一被稱為「居中調停記號」？英文原文中「inter-」這一個「詞首」，就意謂著在兩者之間作為「中介」。筆者以為稱其中之一為「居中調停記號」者，不過是普爾斯就其現象學

---

❷ 舉例來說，薩喧（Savan 1987-88）即以「interpretant」和「semiosis」為普爾斯記號學的精粹所在。艾誥（Eco）在 "Peirce and the Semiotic Foundations of Openness: Signs as Texts and Texts as Signs"一文裡，應用「semiosis」這個理念來建構其「書篇」（text）理論（1979: 175-199）。摩瑞爾（Merrel 1995）以「semiosis」一辭以陳述「記號」在「後現代」文化場域的各種演出，而蕭弗門（Silverman 1998）則以「semiosis」一辭作為自瑟門（De Saussure）以來各記號學派對記號行為的通稱。

❸ 這是《普爾斯全集》（Collected Papers, 1931-58）的標準參引方式。這裏意謂第五冊 484 節。

（phenomenology）而考察，就三個「存在」形態的「位階」而言，即作為「首度」（firstness）的「如其如此性」（suchness），或為「二度」（secondness）的「實際性」（empiricalness）、以及作為「三度」（thirdness）的「中介性」（mediatedness），而「居中調停記號」即為一個「三度」，一個「中介性」的東西。故普爾斯在另一場合裏說：

> 一個「記號」或者一個「再現品」（representamen）是一個「首度」的東西，它與一個它底「對象」的「二度」的東西擁有一個如此如假包換的「三元」關係，以致能「決定」它底「居中調停記號」的「三度」的東西去獲致與這同樣的「對象」擁有同樣的「三元」的關係。（2.274）

「三元」互為「中介」是一個複雜的相連關係，故中譯也不免艱澀重贅。在另一意涵相近的場合裏，普爾斯用「帶出」來代替了上面引文中的「決定」（2.92），似乎比較易懂；但事實上「決定」一詞更能表達三者互為「決定」的關係。雖說「居中調停記號」是被決定、被帶出，但普爾斯在其他場合卻又說：「記號」在其「對象」與「居中調停記號」二者之間「中介」著（8.322）。故吾人得總結而說，普爾斯的「記號衍義行為」裏，就其「現象學」之「存在形態」之「位階」而言，雖可有「先後」及「位階」之別，但在整個「衍義」或「表義」過程裏，「三者」實互為「中介」而成形。

　　普爾斯的「三元」中介視野，與自「後結構主義」（post-structuralism）以來要打破「結構主義」（structuralism）的二元論（dualism）所作的努力一致。「中介」這個概念，都似乎可以從結構主義後期或後結構主義裏或隱或現或相若的形式裏看到，而其中沙特（Sartre）所作的努力，最為明顯與突出，要從「辯證」思維（dialectic thinking）裏重認其各種「中介」（mediations），以避免對「人」及「社會」作出簡化的、抽象的認識（Sartre 1963）。普爾斯的「中介」理論是豐富的，可惜似乎還沒有為後現代主義所充分吸納與發揮。在普爾斯的「中介」理論裏，「中介」是一個由兩個東西所帶出所決定的「第三者」，是「媒介」（medium），是「作為絕對的首與絕對的尾的連接」，是一種「影響」與「決定」（1.328；1.337；8.332；2.274；5.484）。「中介」可說是一個活躍的空間，讓作為存在形態底「首度」的「如其如此」境地（始端）以及作為存在形態底「二度」的「實證」與「事實」世界（終極），得以迴旋、得以有過程、得以有身軀、得以有變易。

　　普爾斯的「中介」模式，如上面引文及闡述者，是朝向抽象化、通則化、規範化；以其如此，故其模式能作廣延之應用；以其如此，故在實際的記號衍義行為裏，「居中調停記號」能在這「三元」中介的互動裏，以其特有的具體的特質與個性演出，使得這抽象的衍義過程每回都自有其丰姿。

　　當普爾斯這個三元「中介」模式挪用到「情詩」這一個「詩類」的結構上時，我們是把「受話人」作為「詩篇」底衍義過程裏的「居中調停記號」；換言之，即作為一個「媒介」、一個「中介」、一個「影響」與「決定」的角色。在此，「詩篇」被視為一個「論說」（discourse）的空間，「說話人」這一個「主體」在這

「論說」的空間裏抒發其知情意及「說服」的功能,但其「論說」過程裏,是透過「受話人」這一個「中介」空間,而這「中介」空間則最終「影響」著、「決定」著整個「論說」的實際形成。當然,「說話人」底「主體」也非是抽象與單線的,也可視作為一個可填入東西的「空間」。當然,「空間」也不免是一個喻況,而「受話人」被喻況為一個「中介」空間者,其目的乃是視覺化與立體化這一個「中介」過程,視覺化與立體化這在其中所展開的各類形態的「中介」、「影響」、與「決定」,讓我們更清楚地看到這「中介」空間的個別的、具體的特質如何「影響」、「決定」著這「詩篇」底衍義與成形。

二、受話人的三種型態與情詩

「讀者」這一個問題,在當代的所謂「讀者反應理論」(reader-response criticism)裏成為一個中心議題,對於閱讀之過程、策略及反應,有嶄新的發揮與探討;同時,奠基在不同視野的「讀者」概念,相繼提出,如假設能憑藉「書篇」而能重複作者意旨的「理想讀者」(ideal reader)、假設能遵循「書篇」中的書篇策略等以建構「書篇」之含義的「模範含義」(model reader),假設作者書寫「書篇」時心中存有的「已書寫在其中的讀者」(inscribed reader),假設我們可依「書篇」而推衍出來的「內涵於書篇中的讀者」(implied reader),以及實際閱讀著某「書篇」的個別的「實際讀者」(actual reader)等等,不一而足(參 Eco 1979; Suleiman-Crosman

1980; Tompkins 1980）。基於筆者目前的記號學視野，我們沿用雅克慎（Jakobson）的記號學模式，把「讀者」這一概念換作「受話人」，以避免目前已加諸於「讀者」這一概念上的各種歧義。同時，在本論文裏，筆者把雅克慎的「面對面」的資訊交流模式內在化為「書篇內」的模式。雅克慎的模式原為包括語言之六面及其相對六功能的資訊交流模式，但就目前的需要，我們把其中的「指涉」（context）、「接觸」（contact）、與「語規」（code）三面及其相對三功能暫時擱置，而專注於「說話人（addressee）傳遞一個話語（message）給受話人（addressee）」這一個主軸上（Jakobson 1960: 353）。❹雅克慎的模式，是把「說話人」和「受話人」置諸於「話語」（換作我們目前的視野，即為「書篇」）之外之兩端。我前面所謂把其模式內在化為「書篇內」的模式者，即是把「說話人」與「受話人」置於「書篇內」，成為「書篇內」的兩個結構與組成，而這「說話人」與「受話人」則經由「書篇」本身而內在地界定其身份、個性、特質、兩者之關係等等。如果我們要形象化這差別，我們可想像「書篇」為一個長方形的框框，雅克慎的「說話人」與「受話人」在框外；而筆者內在化後的資訊交流模式，其「說話人」與「受話人」皆在框內。這個「書篇內」的資訊交流模式，更能切合文學的資訊交流自我回溯的特質，切合下面提到的文學所沿的「我－我」（I-I）式的自我交流軌道，後詳。

---

❹　雅克慎的六面六功能資訊交流模式，為學界所推崇及廣泛應用。筆者對此模式曾予闡述與應用，請參拙著《記號詩學》（1984）雅克慎部分及該書〈從雅克慎底語言行為模式以建立話本小說的記號系統——兼讀「碾玉觀音」〉一文。

在我們的觀察裏，必然並存於「詩篇」之「受話人」，可得而論之者有三種類屬。第一個類屬可稱之為「主體自我回溯的受話人」（簡稱「反身受話人」），即是詩中的「說話人」回溯於「自己」而帶上了「受話人」的身份。當代的學術視野使我們深深地體會到，當一個人對別人說話時，在某意義上也同時向自己訴說；誠然，「訴說」本身就是人類對語言的慾望，也同時是一個自我反照的鏡子過程，此點在「詩篇」尤為突顯。「詩篇」往往迴向於製造它的「說話人」，因為最終來說，「詩篇」乃是一個「說話人」與「受話人」及「說話人」自己資訊交流溝通的空間。俄國記號學家洛德曼（Lotman）就指出，從資訊交流的角度而言，「詩篇」是一個朝向於自己的「我－我」模式，多於一個朝外的「我－他」（I-s/he）模式；或者說，「我－我」模式「上置」於、並「干擾」著一般「對話」的「我－他」模式（1990: 20-35）。這個「主體自我回溯的受話人」概念，讓我們更充分明確地掌握住俄國記號學所闡述的語言及詩篇的「規範功能」（modelling function）。作為第一人稱的「抒情詩」（lyric poetry），就必然地涵攝著這個「主體」自我回溯的傾向，故「抒情詩」往往是以某種「獨白」的形式出現。在「抒情詩」裏，「說話人」有時不用「我」而用「你」來稱呼自己，也就是「說話人」從自身割裂出來成為另一個「我」而稱之為「你」，一如我們日常經驗裏，在某些情緒的一刻，呼喚著「鏡子裏自我的反照形象」為「你」。

第二個類屬是「正規的受話人」。簡言之，它是前面所挪用的雅克慎語言行為模式中的「受話人」，只是現在「內在化」而存在於「書篇內」而已。終究而言，詩歌乃是一種「說服」與「溝

通」，而它必須在「詩篇內」書寫上一個「受話人」，以作為這
「說服」與「溝通」的對象。「受話人」為「詩篇」內部的一個必
然的結構，但這結構對某些詩歌特為重要，而其演出也多姿，而
「情詩」堪稱為其典範。在情詩裏，這「正規的受話人」（也就是
詩中的情人）往往出現在其中，其「個性」甚至獲得充分的鋪陳。

　　第三個類屬是「作為讀者的受話人」（簡稱「讀者受話人」）。
同樣地，當代文學理論讓我們更清楚地體認到，「詩歌」乃是一個
公眾的事業與文化組成，蓋詩歌是寫給公眾所讀並一直為公眾所
讀；即使是寫情詩，要寫詩，就隱含著你已進入了「詩歌」這一個
公器，會不自覺地受到這「公眾」或「公器」層面所影響、所規
範。雖然詩人書寫詩歌時只讓自己看，或者也讓「正規的受話人」
看，某種「讀者」的意識仍然烙印在其詩篇內。這點，在小說裏，
也可以說是老生常談了。在傳統小說裏，作者或敘述者往往把「讀
者」喚出來作為「受話人」：在中國傳統小說裏，「聽眾諸君，欲
知後事如何，且聽下回分解」，這類的叫出「讀者」作為「受話
人」，是最為簡單的樣式。西方理論把「小說體」定位為「敘述
體」（narrative），就意指其中涵攝著「敘述者」（narrator）與「接
受此敘述的受話人」（narratee）這一機制。這敘述傳統一度為亨
利·詹姆士（Henry James）所置疑與打破，強調戲劇般的「演出」
而減卻「敘述」干預；但在當代的敘述裏，有些小說卻又重新逆
反，把這敘述特質更加以高度控御與發揮，重點竟或置於敘述者，
竟或置於「接受此敘述的受話人」，所謂「後設小說」（meta-
fiction）即為其中的試驗場域。我們目前要強調的有兩點：其一，
「作為讀者的受話人」可以是作者或敘述者心目中的公眾層面的

「讀者」概念，這「讀者」形象可以從「書篇」中演繹而重建；也可以意指說一個實際捧著「書篇」閱讀的任一不同時代與地域的「讀者」。前者為「書篇內」，後者為「書篇外」，而本文的興趣在於前者。其二，「書篇內」的「讀者」與「書篇」產生所處的文化及文學傳統息息相關，而其「重建」必須建立在其時的文化及文學場域裏。

總結來說，這三種「受話人」類屬（主體自我回溯的受話人、正規的受話人、作為讀者形象的受話人）以不同的強度與姿勢「同時存在」於「詩篇」內，使得「詩篇」同時是私我的、雙邊的、與公器的。換言之，在情詩裏，詩人同時寫給自己、寫給情人、寫給讀者大眾。這三個並存於「書篇內」的「受話人」，從普爾斯的「中介」視野而言，每一「受話人」類屬扮演著另兩個「受話人」類屬的「中介」功能，也即在「受話人空間」的領域裏，每一「受話人」類屬都「影響」著「決定」著另兩個並同時為這另二個所「影響」所「決定」。最後，這三個「受話人」類屬各自的特質，其比重、及其相互涵蓋的方式，是「書篇」底「衍義行為」的一個重要結構，是「書篇」成形及各詩體分類所賴的主要因素。

現在我們就從「受話人空間」這一個結構，來對情詩作跨越國別文學邊界的通則性的初步觀察。表面看來，我們會以為在「情詩」裏，作為被說服對象的「正規的受話人」是主導，而另兩類「受話人」則處於附庸地位。但仔細觀察，我們發覺這可能只是一個表象，因為「詩篇」本身可能實質地被向後拉而迴向「主體自我迴溯的受話人」，也可以向前給拉向「作為讀者形象的受話人」。最終的實際情形可能只是一種「模稜」的境地，而這「受話人空

間」的「模稜性」使得「情詩」這一詩類在記號學上、在記號的衍義行為上，饒有研究的趣味。

下面我們經由一首「英詩」與一首「中詩」的閱讀，以例證及探求這「受話人」空間。我們所選用的英詩是悉尼（Sidney）十四行詩系列《望星者與星星》（Sidney, *Astrophel and Stella*）的開場白式的第一首：

> 我愛真誠並樂意用詩體把我愛來表達，
> 企望親愛的她也會從我底心血裏獲致詩趣；
> 詩趣會使她閱讀而閱讀會使她知道，
> 而知道會贏來她憐憫而憐憫會贏來垂青。
> 我尋找恰當的辭藻來粉飾憂傷的黑臉，
> 研究各種優雅的「創意」以求娛樂她機智的心懷。
> 我多回翻閱前人的詩頁看是否能從其中流出
> 清鮮、有效的甘露來沐我炙熱的腦袋。
> 但辭彙卻停滯不前而「創意」不肯停留。
> 「創意」乃「自然」所親生而在後母「學習」之鞭打中逃逸。
> 他人走過的足跡看來只是陌生人般擋住我前路。
> 我欲言甚亟，有如臨盆，卻只能無助地在陣痛中。
> 我咬著羽翎之筆並惡意敲打著自己：
> 「傻瓜，朝你心裏看而寫啊！」繆司對我說。
>
> （Abrams et al. 1979:1,485）

在詩裏，作為說服的對象的「正規的受話人」被「說話人」移作

「親愛的她」。本應為第二人稱的「妳」現在被更易為第三人稱的「她」。這改變饒有「記號」如何表義的趣味。我們可以簡單地把它視作是古典詩學上的「間接性」，內容實無改變，蓋其所指為同一的「受話人」。誠然，在這十四行系列裏，「正規受話人」皆以第二人稱出現，如「吾愛」（my dear）、「您」（thou 或 thy）等；例如，「那麼，請想想，吾愛，在我身上你會讀到／情人失意不振那類的悲劇」（No.45）。然而，這開首的從第二人稱更換為第三人稱，也未嘗不可作別具意義的詮釋。也許，我們從其中嗅到詩中的「獨白」（soliloquy）況味；話人和自己獨語，如鏡子般把「自己」（第一人稱）投射為「你」（第二人稱），而這「正規受話人」就只好易位為第三人稱的「她」了。也許，我們更可以把這首章作是一個舞台上常出現的「旁白」（aside），旁白給「觀眾」聽，而詩中的「正規受話人」也就不得不換作第三人稱的「可愛的她」了。如此說來，「詩趣會使她閱讀而閱讀會使她知道／而知道會贏來她憐憫而憐憫會贏來垂青」等語，也可能同時朝向「說話人」自己的獨白、朝向「正規受話人」（女士）的訴衷情、以及朝向「讀者」的「旁白」，三者以不同的重量相互扣緊著。這「獨白」品質也在語言姿勢上表現了出來。換言之，在「might」（「也許會」）這個假設語氣的辭彙的三次重複裏，我們會感受到一份自我思量與冥思的獨白況味。同時，詩中隱藏著羅馬詩人及詩論家賀瑞士（Horace）的古典詩學模式：詩同時擁有愉悅與教育讀者的雙重功能；這就是詩中「說服」所賴的邏輯。（按：詩中第四行詩人巧妙地用了「knowledge」（知識）一辭，但譯詩為閱讀故僅譯為「知道」。）這就塑造了某種「讀者」形象，而這「觀者」形象顯然與當時的文士多為宮廷的朝臣

（courtiers）而其詩歌主要在宮廷的圈子裏傳誦這一歷史現實相吻合。然而，儘管詩中有著「獨白」與「讀者」形象，即有著「反身受話人」以及「讀者形象的受話人」的「中介」，詩中的論辯及任何一辭一語，都毫無疑問地朝向「正規受話人」，其目的是獲得這詩中「女士」的「憐憫」與「垂青」。

同時，首行的「我愛真誠並樂意用詩體把我愛來表達」同樣是三功能並存：那是「說話人」的自我沉吟與情感上之宣洩，那是朝向詩中「女士」的愛的宣誓，那是向讀者說明其寫詩的動機。第三者有著「以詩論詩」（ars poetica）的朝向，而這「詩論」朝向其後更獲得加強而充分成形：在第八及第九行裏，「自然」（Nature）和「學習」（Study）相對待，謂「創意」（Invention）為「自然」的「親生子」，而「學習」則有如「後母娘」，一來就把「創意」打跑。詩人悉尼認為「學習」終究是情詩的障礙，別人的詩行無法為他帶來靈感與創意，而假繆司之語歸結說：「傻瓜，朝你心裏看而寫啊！」。雖說是繆司之語，但我們也不妨說是「說話人」對著自己（「反身受話人」）說的話，只不過是假借古希臘常有的向神尋求靈助的詩學傳統而已。同時，我們甚至可以某種遊戲的態度來看，謂此行之真義，乃是詩人說「吾愛，你會告訴我朝心裏看而寫啊！」。換言之，「我底繆司」很可能只是「我底女士」的帶有心理功能的「口誤」（slip of tongue）而已；事實上，詩中的「說話人」在詩中別處就曾這樣說：「您是我機智的心，您是我真正的藝術」（No. 64）。衡諸英詩的詩學傳統，在這帶有「詩論」性質的副詩篇（sub-text）裏，詩人似乎是告訴我們，他即將歧異出希臘的「繆司傳統」而直寫胸臆，雖然這「繆司傳統」遺留還在：詩人不

再是神的代言者，詩歌不再來自神助的靈感，而是直抒胸臆。我們
得注意，這隱藏的小小的希臘古典詩論及其對這古典詩論的對話，
是為當時實際的讀者圈子所熟悉，蓋這讀者圈乃是對希臘羅馬詩學
有所認識的朝臣。洛德曼在其研究「詩篇」結構的巨著裏
（1977），曾結語地說：詩篇「乃是一特殊組織的機制，其中可以
貯藏異乎常有的高度集中的資訊」（1977: 297）。誠然，如此處所
證明者，情詩的任一部分都同時朝向說話人自己、詩中的吾愛，以
及讀者，也就是同時朝向本文所界定的三個類屬的受話人，帶有不
同的比重與模稜，其所貯藏、擁有的資訊容量顯然大大超越一般語
言所有、所企圖者。

現在讓我們討論取自《子夜歌》之七作為中詩的例子：

> 始欲識郎時
> 兩心望如一
> 理絲入殘機
> 何悟不成匹
> ──《子夜歌》之七（逯欽立 1984：1040）

詩中的「說話人」是女性的身份。此詩看來是「獨白」性質，迴向
於「說話人本身」，多於朝向於詩篇中作為「正規受話人」的男
士，蓋此詩乃是「受話人」的自我沉吟，關於她底愛情、她底絕
望、她底醒悟。詩中的「絲」、「機」（織布機）、「匹」都是熟
習的女性世界，而其中的「匹」隱含著男女匹對之義，並藉此表達
了「說話人」原初對婚姻的期待。「何悟不成匹」意謂何以原初不

了悟到不能成「匹」（把蠶絲放入殘被的織布機怎能織出一匹布來？）？也就是對原來的幻想與自欺的覺悟，充滿了自我怨艾。「匹」之作為愛情的雙關語並表達婚姻之願望也同時見於《子夜歌》之六。從日常的事物提煉出雙關語，以表達情愛，是中國民間歌謠的特色（參王運熙 1957: 121-38），《子夜歌》更可謂其中的典範。一如前引英詩的例子，《子夜歌》同時朝向「說話人」自己，朝向詩中的「男士」，並內攝某種「讀者」的形象。為什麼《子夜歌》的「說話人」是女性身份？她與詩中的作為正規「受話人」的男士有何關係？為什麼會一碰到婚姻問題就挫折？其當時的實際讀者圈為何？這些將留待下一節分解；但讓筆者在此預告，我們將有饒有意義的發現。最後，我們需要注意《子夜歌》的作者是所謂「無名氏」或「不詳」，意謂其可能是「代言體」，此顯然與前引英國詩人悉尼的十四行詩系列不同；在悉尼詩中，「詩人」與詩中「說話人」幾可視為一體，最少沒有「代言體」的成分在內。

三、中英情詩諸傳統與受話人空間

　　英國情詩隨著文藝復興時期（Renaissance）而大興，古希臘、羅馬、以及歐洲大陸的情詩傳統都可在其中見其蹤影，如古希臘柏拉圖的愛情觀、羅馬詩人奧維德（Ovid）的性愛傳統、十二世紀歐洲以來的宮庭愛（courtly love）及其代言者屠柏都吟遊詩人群（Troubadours）、以及十四世紀義大利詩人佩達拉（Petrarch）十四行詩系列都先後傳入英國，但都在吸納過程裏重新處理、改易而本土

化。這重寫過程到處可見，而其中特為明顯的例子也許要推其時英國桂冠詩人班・詹森（Ben Jonson）的名詩〈給希麗亞〉（"To Celia"）了。這首情詩是從古希臘一個不見經傳名叫弗羅氏差他氏（Philostratus）的情信拼湊而來，但最終則成為一首音律優美、辭彙優雅的英國騎士派詩（Kenner 1964: Introduction , xxv）。英國情詩非常豐富，其中伊莉莎白皇朝（Elizabethan Age）盛行的十四行詩系列（如上述悉尼的《望星人與星星》，史賓塞（Edmund Spenser）的《愛的短章》十四行詩系列（"Amoretti"）和莎士比亞（Shakespeare）的《十四行詩》系列）；十七世紀前期的「騎士派」（cavalier poetry）（始端於班・詹森而為史家稱之為「班的族裔」（Sons of Ben）的詩人所摹寫與發揚）；以及同樣是十七世紀前期始軔於鄧恩（John Donne）及其後繼者如卡盧（Carew）、荷爾力（Herrick）等的「玄學派」（metaphysical school），是為英國文藝復興時期情詩的三大流派。大致而言，知性、冥思、新柏拉圖主義愛情觀、以及三角戀愛的戲劇架構等，是為伊麗莎白皇朝「十四行詩系列」的特色。而輕快的、音樂感的語調、精妙優雅的文字風格、警語般洗煉的短詩格局、以及「宮庭愛」的延續等往往是「騎士派」情詩的特色；而口語的語言風格、艱辛的語序顛倒、玄學的巧喻（metaphysical conceit）、玄學的思維，甚或新科學（new sciences）之用於詩中，乃是「玄學派」情詩的特色。既然這三者有如許差異，其所含攝的「受話人空間」，亦必相對不同，此即本節所要論述者。同時，英國文藝復興時期的情詩既已含有其以前歐洲各傳統，並有輝煌的開創，故本文即以此作為西方情詩討論的典範。

根據華倫斯（Valency）的觀察，就其歷史的發展而言，在十二

世紀法國南方一帶的屠柏都吟遊詩人群的情詩裏所首度明顯地唱出的「宮庭愛」，並非「僅僅是新的文學風潮」，而是「歐洲文化史無前例的一種嶄新的心靈姿式」（1975: 1）。這嶄新的愛情觀，在稍後的十三世紀早期加布朗那斯（Andrews Capellanus）的愛情典論裏被系統化，並進一步在加斯特格里昂（Castiglione）的名著《朝臣》（*The Courtier*）及其他文藝復興時期有關男女禮儀規範的典籍裏加以普及化。誠然，「宮庭愛」乃是文藝復興時期西方情詩裏極為重要的構成。其初，它是情詩的脊骨；其後，它則成為一個常被回溯與參照的點，無論它是被繼承、被改易、被諷笑或被揚棄。誠然，無論是在當時的歐洲大陸或英國，「宮庭」是政治、經濟、與各種文化活動的中心，而「情詩」則是在朝臣及文人間所傳讀。讓我們即以「宮庭愛」作為討論的始點。李維斯（Lewis）對「宮庭愛」作了相當權威的闡述如下：

> 其所指涉當然是愛情，但這愛情卻是一種非常特殊的型態。
> 其特色可羅列為四，即卑恭、禮數、婚外情、與愛的宗教。
> （Lewis 1938: 2）

前兩者是指「宮庭愛」中的男士對其所追慕的女士，其態度必然是卑恭的，並且是講求禮數的。第三者則指出，男士所追慕的對象必然是其配偶以外的女人，換言之，這種愛情乃是婚外情的性質。第四者則是把「愛情」提升到「宗教」的層面，崇高、神聖、不可污瀆等等。李維斯對前兩者作了很有意思的闡述，在「宮庭愛」裏，男女的地位竟如「奴隸」之於「主人」，其「卑恭」及「禮數」之

講求可謂已達到殘酷可笑的境地：

> 這位情人【按：指男士】往往是憔悴的。無論女方的要求是
> 多麼怪異，他必須服從。無論女方的斥責是多麼無理，也必
> 須沉默以接受。這些就是男士們敢以自稱的美德。當然要對
> 愛人作服務，而這服務竟是幾近封建時期家臣對侯王或者佃
> 農對地主的樣式。情人是女士的「家臣」。情人稱「她」為
> *midons*，而這個字在語根上並非意謂「我的女士」，而是
> 「我的主人」。（同上）

這種特殊制約的男女關係，當然會影響著決定著我們目前討論的情
詩的「受話人空間」。作為詩中骨幹的「宮庭愛」，其特質確如李
維斯所闡述者；然而，情詩中說話人、受話人、讀者的三元關係，
遠比李維斯前所羅列者為複雜；而是牽涉到社會層面與心理層面的
一些逆反。華倫斯（Valency）指出，

> 我們會以為，在男性社會裏，流行在法國南部一帶的葡宛柯
> 情歌（*Provencal chanson*）指向女性，但實際其興趣所在卻是
> 毫不含混地放在男人身上。誠然，其歌是對女士的讚美；然
> 而，歌中的聲音、情懷與靈魂卻是「騎士」的聲音、情懷與
> 靈魂。（Valency 1975:37）

極言之，「正規受話人」扮演著「中介」的角色，「說話人經由
它」得以回溯於自身；換言之，其中含攝著「反身受話人」及詩的

「規範功能」。同時,這些情歌的複合性格尚與「讀者受話人」湊泊為一;因為,正如華倫斯所言,

> 這些情歌的作者群,或多或少是屬於職業性的娛人的藝人身份。他們實無資格在吟唱其詩歌時把外來的品味加諸其所娛的侯王與貴婦人身上。反之,他們是處在一個有利的位置去解釋去表達這個他們賴以存在的社會之所需。(同上,頁35)

換言之,「宮庭愛」並非吟遊詩人所能倡導,而是宮庭社會之所需,他們只是用詩歌加以解釋,加以推波助瀾而已。在此歷史視野裏,我們很清楚地看到當時真正的「讀者」已「內在化」地成為了「詩篇」中的「讀者受話人」。總結上述的觀察,我們清楚地看到這三個「受話人」類屬在「情詩」中同時並存,並扮演著重要的角色使這些情歌成形如此。「宮庭愛」以及與其相表裏的十二世紀法國南部葡宛柯一帶的情歌,其成形的過程實可為明證。

成為了一個「傳統」,即意謂其成為後來情詩書寫的一個參照——無論這個參照是局部挪用、變易、甚或嘲諷。概括而說,義大利詩人佩達拉所開創的「十四行詩系列」可說是「宮庭愛」這一情詩傳統的繼承與發揮,而傳到英國以後,則往往被局部挪用、變易以及本土化;悉尼的《望星人與星星》十四行詩系列、史賓塞(Spenser)的《愛的短章》(Amoretti)十四行詩系列、以及班·詹森以來的「騎士派」詩歌,都在某程度上涵攝著「宮庭愛」的痕跡。然而,在鄧恩(John Donne)及莎士比亞手裏,我們看到「宮庭愛」這一傳統被揶揄;這就標幟著「宮庭愛」及其衍生的情詩傳統的死

亡或瀕臨死亡了。請看約翰·鄧恩的〈封聖〉（"Canonization"）的第
二節：

> 噢噢，誰因我的愛而受到傷害？
>
> 那艘商船因我的「嘆息」而沉沒？
>
> 有誰說我的「眼淚」把他的田地淹沒？
>
> 什麼時候我的「發冷」延誤了春天的來臨？
>
> 什麼時候我血管中的「發熱」使得
>
> 瘟疫死亡單上添上新的一員？
>
> 兵士照樣有仗可打，律師照樣找到
>
> 一吵架就愛興訟的人，
>
> 雖然她和我依舊相愛。（Abrams et al. 1979:1,1065）

筆者在中譯中某些辭彙加上「括號」，以標出詩中其所含攝的「宮
庭愛」。在這裏，成規化了的「宮庭愛」中的「男性戀人」巧妙地
被揶揄、被諷彷。「嘆息」、「眼淚」、「發冷」、「發熱」等
「宮庭愛」中的「男性」在熱戀中所表現的標準特徵，在這裏被誇
張為「暴風」、「洪水」、「嚴寒」與疫症的「發燒」，足以把商
船沉沒，把田地淹沒、把春天延誤、把病人致死。這個誇張的手法
有如望遠鏡之能放大與縮小。這類似「望遠鏡」的手法與當時望遠
鏡之發明以及鄧恩玄學詩風中慣於從「新科學」裏尋求「巧喻」
（conceit）相表裏；而在這裏更產生了某種荒誕的戲謔的功能。同
時，詩篇中的一系列「問號」以及「誰」，這類形式上的安排，把
一個「讀者受話人」書寫了進去，並且具體有如一個角色。事實

上,這個「誰」也隱約指向詩中首節開首的「你」、代表著與詩中一對愛人的愛情至上主義相對待的功利主義的「你」。當然,詩中已預設了能解讀「宮庭愛」傳統並能解讀「宮庭愛」詩中複雜的諷彷的「讀者受話人」。在這首詩裏,「宮庭愛」並非完全死亡;最少,其中把「愛情」提升到「宗教」層面這一機制仍然存在,蓋在此詩中即以「封聖」為標題,以喻況經由「愛情」得以「成聖」,並在詩末預言他們死後成為「情聖」為後人所祈求。

相對於鄧恩的〈封聖〉,莎士比亞在其《十四行詩系列》第130 首所對源於「宮庭愛」傳統的佩達拉式的「樣版美人」所作的反諷,就比較輕快、簡易多了。其詩如下:

> 我情人的眼睛並不如太陽;
> 珊瑚遠比她底唇紅為紅;
> 假如雪乃白,而她的胸脯居然是黑;
> 假如髮如辮,黑辮即長在她頭頂。
> 我看過粉紅、紅、和白玫瑰
> 但從她臉頰上我看不到這樣的玫瑰;
> 而某些香料顯然遠比
> 我情人的口氣來得芬芳。
> 我愛聽她說話,而我很清楚知道
> 音樂有更悅耳的音色;
> 我自認我從沒看過女神行走,
> 而我的情人走路時卻是腳踏實地。
> 然而,以天為誓,我認為我的愛人珍貴

一如任何被這些錯誤地比擬所誤導的美人。

（Abrams et al. 1979: 1,811）

明亮的眼睛、紅唇、潔白的胸脯、金髮、玫瑰般臉頰、口氣芬芳、悅耳的聲音、優雅的步姿、這是「宮庭愛」中的「貴婦人」慣有形象，而此「形象」更在佩達拉十四行詩傳統裏「錯誤地」（從莎士比亞詩中「說話人」的角度而言）被分別「比擬」為太陽、玫瑰、香水、音樂、女神的輕盈。在詩中，莎士比亞成功地塑造出一個黑美人的形象，一個富有人間味的黑美人形象。這個人間味的黑美人，不但不須要這些佩達拉氏的「喻況」來比擬來裝飾其美，而更能從這些「錯誤」的「比擬」裏脫穎而出，並在對比之下，成功地揶揄與諷彷了佩達拉貴婦人的樣版美。我們在這裏並不是要證明莎士比亞的詩才與成就，而是要說莎士比亞在「受話人空間」裏預設了一個對文學傳統有經驗的「讀者」。真的，如果一個正在拿起這首十四行詩來閱讀的真正讀者，未能把握住其中所涵攝的佩達拉傳統及其後莎士比亞對其之揶揄與彷諷，其詩趣就幾乎消失殆盡了。

從上述的詩例裏，我們看到「受話人空間」裏的一些特殊機制，如悉尼詩中所含有的「詩論」，鄧恩詩中所含有的「宮庭愛」裏男士的戀愛徵候、莎士比亞詩中佩達拉傳統貴婦人的美的樣版等，都使得這「空間」中的「讀者受話人」特殊化為某一類型。就本文所專注的「中介」視野而言，這詩論、宮庭愛等機制及其衍生的特殊化的「讀者受話人」，可說是一個「中介」機制，開放出一個「空間」，而在此「空間」裏，「說話人」與「讀者受話人」的互動變得更為具體，在「詩篇」的「衍義過程」上更為必需。

　　「中介」機制也可見於「受話人」與「正規受話人」之間，也就是詩中的「男士」與「女士」之間；我們對此「中介」一點都不陌生，因為它在實際愛情事件裏就是《西廂記》的紅娘，《羅蜜歐與朱麗葉》的褓姆了。扮演著如此「中介」功能角色者，在抒情詩中，並非是人，而往往是物。例證可見於華勒（Edmund Waller）的名詩〈去，可愛的玫瑰〉（"Go , lovely rose"）：

　　去，可愛的玫瑰！
　　告訴她她正在浪費她自己的時間和我。
　　當我把她比擬為你，
　　她看來是多麼甜蜜而美麗啊！

　　告訴她她是年輕
　　不應把她的優美在人前躲藏；
　　假如她生長於
　　無人居住的沙漠
　　她必然在無人讚美中死去。

　　價值就顯得少了，
　　假如美麗從陽光中隱退。
　　請她走向前來，
　　忍受她自己給別人所覬覦，
　　給讚美時也不必羞赧。

　　然後就死去！那麼，她

　　也許可以從你身上讀到

　　所有尤物的共同命運。

　　她們所享有的時光多短暫啊！

　　那些異常甜美與美麗的東西。

　　　（Abrams et al. 1979: 1,1602）

詩中「話語」的「直接」受話人是「玫瑰」，而作為「正規受話人」的女士就在語態上旁落為「間接」的地位了。在詩中，這「玫瑰」為「說話人」所指令去代替他到女士那邊去，並在那兒當場死去以自身為範例以展露給她看，世間的尤物所享有的時光是何其短暫。換言之，「玫瑰」扮演著「中介」的角色，「說話人」底愛的「說服」得以經由它而間接地傳遞給作為「正規受話人」的女士。比較有意思的是，作為「中介者」的玫瑰，不僅是一個傳信者，不僅是雙方的「連接」而已，而是一個「肖像性」的媒介（即兩者如肖象之相似），以自己為範例為忠諧。

　　同樣地，在「說話人」與「反身受話人」之間，也可以開放出一個「中介」空間。如下引悉尼《望星者與星星》第三十一首中的「月亮」，其功能有如一面鏡子；透過它「說話人」得以看到他自身，並得以向它傾訴愛的怨艾：

　　帶著多憂傷的步伐，噢，月亮，你爬上天空。

　　帶著多沉默蒼白的臉啊！

　　什麼，難道在天國也是一樣

那弓箭手的愛神到處試射他的箭？

必然是的，假如那對愛情長期熟習的眼睛

能對愛作判斷，我判斷你一定是陷在戀愛裏。

我是從你的顏容讀出來的。你憔悴的容顏，

對同樣的我而言，洩露出你的處境。

那麼，既忝屬同儕，噢，月亮，告訴我，

堅貞的愛在你那兒是否同樣被看作傻瓜？

美人們是否像這兒一樣驕傲？

她們是否喜歡為別人所愛，而卻

輕蔑那些為愛情所著魔的愛她們的情人？

她們在你那邊是否把忘恩負義視作美德？

（Abrams et al.1979: 1,488）

整首詩是「說話人」對著「月亮」的「說話」。在「說話人」的判斷裏，眼前的「月亮」像他一樣，是在「愛戀」的狀態，憔悴而蒼白。在這單邊的對「月亮」的話語裏，「說話人」對愛的可變與不公平性（按：「宮廷愛」傳統裡含攝著不平等的男女關係）等加以詢問。這就表露了「說話人」的沉思心態以及愛的痛苦。在詩裏，「說話人」從「月亮」身上，找到「同儕」（fellowship）的感覺，找到了自身的象徵。也許，在我們所慣有的象徵系統裏，月亮往往是女性的身份，現在詩中卻成為男性「說話人」的象徵或複寫，「心理」在「認同」上或者有點障礙，有點怪異的感覺。無論如何，從心理機制而言，或者從我們的「受話人空間」而言，「說話人」之對「月」說話，與「說話人」之對回溯於自身的「反身受話人」說

話，實相差無幾。「那對愛情長期熟習的眼睛」不僅是「說話人」的眼睛，幾乎可視作是「說話人」從「鏡中」看到的自己的眼睛——我們得注意，詩中用的是「那」而非用「我」，而這「代名詞」之更換意味著「話語」中的「主體」分裂為「說話人」以及作為「反身受話人」的自己。這樣回溯於自身的反身傾向，更為「噢！」等感嘆詞辭，以及「什麼」、「必然是的」等自問自答的形式所加強。用洛德曼的資訊交流模式而言，這首詩表面是「我－他」的模式（說話人的「我」與作為「月亮」的「他」對話），但卻內攝著「我－我」模式（「說話人」和「自己」對話），而整個表義過程是透過「月亮」的「中介」而進行。最後，就詩傳統而言，詩中女士們的驕傲以及對愛戀她們的男士們的輕蔑態度，以及男性情人的蒼白憔悴，都可看到「宮庭愛」的遺留。

中國古典情詩的情形卻似乎迥然不同。中國早期的「情詩」導源於「民謠」，從始靭於周代的《詩經》「國風」，下及漢魏六朝的樂府、吳歌、西曲，皆脫離不了「民謠」的特質與風格。換言之，他們源自「民謠」，受到「民謠」的滋潤與詩形上的影響，但不宜逕稱他們為「民謠」，因為他們無論在風格上、語言上、表現含蓄與自制上，以及情感模式上，都比「民謠」更為成熟更為優美，並且有時更有某種的特殊化。這只要把他們和現在民間裏還留存或還流行的「山歌」或「漁唱」相比較便可知。同時，這些古典情詩大多是「說話人」的自吟，而我們現存的山歌漁唱，往往採取「對唱」形式。也許，比較周延的說法，是把他們稱為「民謠風的情詩」吧！事實上，目前如國風、樂府、吳歌、西曲等，即使其中部分原身即為「民歌」，我們還得承認，當他們被蒐集，被記錄、

以及被有關當局有目的的篩選（如「國風」及「樂府詩」），其中必然經過某些變更。就「國風」而言，屈萬里已指出，在他們為樂官所採集並保留時，已相當地經過樂官及文人的潤飾與更動，不復其原來面目（屈萬里，1981）。《子夜歌》情形更為複雜，蓋其中居然含攝著某種特殊化的「愛情」，其「特殊化」的程度實不亞於西方的「宮庭愛」。這在以後將詳細論述及證明。

我們先敘述「國風」。根據筆者的統計，剔除了「棄婦」類及不易確定的詩篇之後，「國風」裏約得情詩十五首之譜❺。大致說來，「國風」裏所表達的愛情，是自然的、即興的，而在追求過程裏，男女是處在「平等」的關係上。請看下例：

> 溱與洧，方渙渙兮
> 士與女，方秉蕑兮
> 女曰觀乎，士曰既且
> 且往觀乎
> 洧之外，洵訏且樂
> 維士與女
> 伊其相謔
> 贈之以勺藥
>
> ——〈溱洧〉，首章（屈萬里，1983：160）

---

❺ 我在碩士論文〈國風解題〉裡，根據代表著詩經學源流的「詩序」、宋朝朱熹、清朝方玉潤三家及近人的解說，對「國風」各詩篇的類屬及意旨加以辨正。

這首詩情有著「敘述體」的框架，而內涵對話，與第一人稱的「情詩」傳統在形式上略有差別。詩中呈現出一個歡樂的男女追求的場面，年輕少女邀約其男友共赴溱洧河上的仲春節慶，而慶典上男女互贈勺藥以相戲謔。我們綜觀「國風」裏的情詩，其主要的「說話人」並不限於某一性別；男性與女性都可以是「愛情」追求的發動者，而任一方都可以是「愛的說服」的對象，沒有哪一方擁有必然的優勢。事實上，「國風」裏不乏女性「說話人」對愛的表達、甚至不如意時反唇相譏。請看下面的例子：

> 將仲子兮
> 無踰我牆
> 無折我樹桑
> 豈敢愛之
> 畏我諸兄
> 仲可懷也
> 諸兄之言
> 亦可畏也
>
> ——〈將仲〉，三章之二（屈萬里 1985:135）

> 翹翹錯薪
> 言刈其楚
> 之子于歸
> 言秣其馬
> 漢之廣矣

不可泳思

江之永矣

不可方思

　　　——〈漢廣〉，三章之二（屈萬里 1983:113）

子惠思我

褰裳涉溱

子不我思

豈無他士

狂童之狂也且

　　　——〈褰裳〉，二章之首（屈萬里 1983:151）

　　在〈將仲子〉裏，筆者以為「無踰我牆／無折我樹桑」二語，不宜就表面的辭義解作「斥責」，而是一種帶有嬌羞性質的打情罵俏。同樣地，「諸兄之言，亦可畏也」，也不宜嚴肅對待，我們無寧要把它看作是少女底含羞與純真的愛的遁辭。當然，如果我們就「國風」為民間歌謠輾轉流傳及樂官的有意採集與更改的角度而言，這「情詩」上加上小小的「禮教」藩籬，或者使原來少女的嬌羞的涵義上加強了其「禮教」的涵義，乃是樂官所為，而後人進一步作「禮教藩籬」之解釋者，乃是漢朝以來「詩教」之所致。全詩之重點應是女性「說話人」對其男性「受話人」的愛的表達：「仲可懷也」。

　　在〈漢廣〉裏，「說話人」是男性，詩中不但訴其思慕之情，更獻上了殷勤與承諾：「翹翹錯薪／言刈其楚／之子于歸／言秣其

馬」。砍柴、餵馬應該是當時人們生活必需的勞動，詩中的男性
「說話人」說他願意為她砍柴餵馬；這一方面是獻上最實際的殷
勤，一方面也間接表達了婚姻的願望與承諾。「漢之廣矣／不可泳
思／江之永矣／不可方思」。這表達了當時人們臨水生活的實際，
以河水之廣之阻隔，以表達其思慕之情。

〈褰裳〉表達了某種女性的自覺及不如意時的反唇相譏，可謂
難能可貴。「子惠思我／褰裳涉溱」，潑辣地表達了女子對戀愛時
的任性；只要對方愛她，不惜褰著衣裳渡過溱水找他或跟他走。但
如果對方不愛她，情況就完全不同了：「子不我思／豈無他士／狂
童之狂也且」。她就反唇相譏，說世界男人多的是，並痛罵對方狂
傲、瘋子。

總結來說，「國風」情詩裏的「愛情」乃是兩性間真情的自然
的情愛流露，而愛情是朝向婚姻的路上前進，沒有愛情的哲學化，
也沒有因某種社會制約而特殊化，而前述西方的「宮庭愛」則是社
會制約而特殊化，而英國文藝復興時期的古典詩和鄧恩的玄學情
詩，都有哲學化的傾向。「國風」詩中的自然背景、人間社會、以
及藝術形式，包括喻況用的素材，都與其時的依山傍水的古老的農
漁社會息息相關。我們一直強調「國風」裏「說話人」與「正規受
話人」在男女追求時的「平等」關係，目的是要顯彰其後六朝的
「吳歌」、「西曲」裏所呈現的特殊化的「愛情」，以作強烈的對
比。

就比較的角度而言，西方的「宮庭愛」及其發展出來的詩傳
統，其「受話人」空間的主軸乃是「男性說話人」與「女性說話
人」這一通例，而「吳歌」及「西曲」裏則是其逆反，「說話人」

為女性，而「正規受話人」則為男性。我們怎樣解釋這「吳歌」、「西曲」反常的現象？在「宮庭愛」情詩傳統裏，其主角為騎士與貴婦人；那麼，在「吳歌」及「西曲」裏，其「男性」與「女性」為何種「身份」？總體而言，我們似乎沒有充分的證據來確實地界定這些男性與女性的身份；然而，某種「固定」的關係又似乎昭然若揭地存在於這些男性與女性之間，尤其是「吳歌」中最重要、最有代表性的《子夜歌》。我們就以《子夜歌》來探求這個問題吧！

《子夜歌》現存四十二首，皆為四句五言。據說《子夜歌》為各叫「子夜」的女子所唱，但此說法不足採信（王運熙 1957:54-58）。《子夜歌》，一如其他「西曲」及「吳歌」，其特殊的藝術特色為擅用「相關語」（pun）；此點王運熙論之甚詳，並以此作為《子夜歌》源自民謠的根據（1957:121-138）。換言之，《子夜歌》並非一人所作，而其內涵所表達者，有其歷史的制約，反映著一社會群體的感情結構，而非個別的愛情曲折。根據筆者對《子夜歌》內部的觀察，《子夜歌》並非一篇單一的作品，而是一個詩類屬的彙集。首先，居首的兩首自成一組，並且以「對話」形式出現；筆者懷疑這兩首詩保留著《子夜歌》的本來的民謠面目，蓋「對話」形式為我國山歌漁唱慣有的形式。同時，居末的兩首並非女性「說話人」的第一人稱話語，而是第三人稱的敘述格局；並且，是男性心態的表達；這可視作「宮庭愛」的影響。從筆者目前的視野而言，我們論述中的「情詩」詩類與「宮體詩」的差別，即前者為第一人稱的抒情話語，抒述其愛的歡娛、思慕與痛苦，而後者則是第三人稱的敘述格局，從男性的眼光，指述美麗、情色、誘人的宮庭女性，建構出東方宮庭的情色主義（eroticism）。職是之故，筆者把

「宮體詩」排除在本文研究範疇之外。由於這些明顯的歧異,筆者更進而指論《子夜歌》中詩篇中諸多的「重複」與「類似」,乃是其「彙集」性質的另一內據,今舉例證如下:

> 夜長不得眠
>
> 轉側聽更鼓
>
> 無故歡相逢
>
> 使儂肝腸苦(第二十八首)

> 夜長不得眠
>
> 明月何灼灼
>
> 想聞散喚聲
>
> 虛應空中諾(第三十三首)

兩首皆以「夜長不能眠」開首,而兩者皆是女性「說話人」的自語,訴說其愛的痛苦與無望,只是詩中細節不同而已。同樣地,第四首及第十首也有著幾乎相同的首句:「自從別歡來」(第四首)及「自從別郎來」(第五首)。兩者之差,在於指稱詞之從「歡」改為「郎」。兩個「意義」相同而不同的「稱謂」,亦可視作是《子夜歌》彙集性質的內證。最為突出的「重複」也許要推「女性說話人」對其「男性情人」的「愛情不專」的怨艾:

> 郎為旁人取
>
> 負儂非一事(第十五首)

常慮有貳意
歡今果不齊（第十八首）

歡感初殷勤
嘆子後遼落（第二十首）

歡行白日心
朝東暮還西（第三十六首）

初時非不密
其後日不如（第三十九首）

　　這高頻率的一再的「重複」不單指向《子夜歌》非一人之作而是流傳於吳歌地域「同類」詩篇的「彙集」，更重要的是，這「類型化」了的「女性說話人」的「情感模式」，所代表的應是群體多於個體性的情感狀態。那麼，我們要問，在詩中的「女性說話人」與「男性受話人」是何許人物？其「關係」為何這麼「類型化」？而其「愛情」為何這麼「特殊化」？

　　此刻，我們很清楚地看到，「女性說話人」的愛的憂鬱與無助以及「男性受話人」的「不專」乃是《子夜歌》的基調。詩中沒有「婚姻」的期許，而「婚姻」的永遠無望倒是「女性受話人」淒怨之根據所在：

　　見娘善容媚（筆者按：「娘」應為「郎」之誤）

> 願得結金蘭
> 空織無經緯
> 求匹理自難（第五首）

> 始欲識郎時
> 兩心望如一
> 理絲入殘機
> 何悟不成匹（第六首）

其中的第十九首，倒有著一個耐人尋味的對「婚姻」的期待與暗示：

> 歡愁儂亦慘
> 郎笑我便喜
> 不見連理樹
> 異根同條起

詩篇內的「女性說話人」在前面兩句裏道出了她對情郎的真愛，憂樂與共；後兩句則是提醒其情郎，也就是詩中的男性受話人，雖異根同條，卻可結為連理樹，以委婉表達其對婚姻的期待與暗示。「異根」也許意謂「女性說話人」與「男性受話人」社會身份的殊異。誠然，如本文以後所確認者，兩者確為不同的社會身份，而此即為這「特殊化」的男女關係及愛情模式的根由。《子夜歌》中的「女性說話人」誠然悽怨；她怨恨自己生命乖離：「儂年不及時，

其於作乖離」（第二十七首）。詩中甚至有懷孕的暗示：「語笑向誰道，腹中暗憶汝」。「腹中」一辭未嘗不可能是「相關語」，暗指腹中懷子。

在《子夜歌》裏，我們看不到來自男性的追求與奉承的語句；反之，我們卻看到許多來自「女性說話人」的「及時行樂」的慫恿，甚至是情色的挑逗行為：

　　年少當及時
　　磋跎日就老
　　若不信儂語
　　但看霜下草（第十六首）

　　攬裾未結帶
　　約眉出前窗
　　羅裳易颺颺
　　小開罵春風（第二十四首）

前一首，「女性說話人」企圖說服「男性受話人」要把握青春，及時行樂，以霜下草一下萎去以呈現青春的短暫。後一首則是「女性說話人」的賣弄風情，「攬裾未解帶」等等，確實是盡語言挑逗之能事。

　　總結來說，《子夜歌》裏所含攝的是「女性說話人」與「男性受話人」間一個制約、不平等、失衡的男女關係。細節而論則是「女性說話人」的愛的痛苦、沉吟、無助與「男性受話人」的「負

心」；沒有來自「男性受話人」的愛的思慕與追求，而有的多是
「女性說話人」的賣弄風情與女性愛的誘惑；「女性說話人」不敢
有婚姻之期待，有的只是某種隱密的不可告人的愛。我們不禁會
問，這些「女性說話人」會是哪種人呢？這些「男性受話人」會是
哪種人呢？「女性說話人」與「男性受話人」間存在著什麼特定的
社會關係，會促使這制約的、失衡的愛情模式產生呢？

我們不妨從詩中重建這些「女性說話人」與「男性受話人」共
享的生活切面來著手。在詩篇裏，「女性說話人」感到寂寞時，終
日以賭博排解：「投瓊著局上／終日走博子」（第十四首），而與
情人分手而相見無望時，則自嘆只餘空蕩的賭局：「明燈照空局」
（第九首）。看來，「女性說話人」與「男性受話人」往往聚在一
起賭博、飲酒作樂等；而這聚會的場所，據有關詩篇的局部描寫，
應是女方住處或與女方有關係的場所。誠然，他們甚至整夜笙歌：
「氣清明月朗／夜與君共嬉／郎歌妙意曲／儂亦吐芳詞」（第三十
一首）。引起我們興趣的是，這些「妙意曲」、這些「芳詞」實為
何種歌曲？我們能否猜想說，他們所唱者，乃是《子夜歌》這類的
情詩？換言之，筆者要指出的是，《子夜歌》這一類屬的情詩，是
在這種「笙歌」與「女人」的場合所產生，而這些情詩的內涵正反
映著這些女子的生活與感情模式，而這些情詩乃是在席間歌唱給她
們的恩客聽或互相唱和的。換言之，《子夜歌》中的「女性說話
人」乃屬於女妓或女優性質；她們與男人作伴，以她們的美麗、歌
聲、舞蹈，甚至她們女性的身體以娛樂男性，而詩中男性的「受話
人」也就是她們的情人了。故《子夜歌》之成形確實與其社會環境
及特定聽眾之制約有密切的關係；而就本文的「受話人空間」的全

域而言,「女性說話人」在歌唱或吟唱這些情詩時,其自怨自艾的愛的痛苦抒訴,可說是朝向其「反身受話人」,而詩中的「正規受話人」與「讀者受話人」卻又相當程度地互為涵蓋。蕭滌非(1976)指出,「吳歌」與「西曲」屬於城市,而其中的一些情歌可能是為女妓所歌唱者。筆者細節地討論《子夜歌》所表達的制約化了的男女情感模式及其中男女的生活層面,以確定詩中「女性說話人」及「男性受話人」的社會關係,其目的乃證實其中所含攝的「藝妓愛」,以與西方十二世紀以來建構的「宮庭愛」兩模式互為對待,以便作比較文學視野的觀照。誠然,兩者都是高度特殊化了、高度受到社會環境制約的男女關係所影響的「情感模式」與「情詩傳統」。佛爾(Frye)曾言,「在大部分的宮庭愛詩歌裏,女士是所有男士情人的痛苦的根源」。我們在「藝妓愛」的詩歌裏,我們似乎看到一個完成逆反的公式:詩中的「男性受話人」是詩中的「女性說話人」所有愛情的痛苦的所在。同時,在「宮庭愛」的詩傳統裏,愛情提高到宗教的層面,而在「藝妓愛」的詩傳統裏,卻有著城市化帶來的俗世化傾向。

四、結語:跨越中西「情詩」詩類的建構

我們不妨把「情詩」的定義,以實際書寫與寄出的「情詩」為基本模式,而謂「情詩」乃是第一人稱的「話語」:某一「說話人」在其「話語」裏表達他或她的愛情、其歡娛與思慕之苦等等,而「話語」的對象,也就是其愛情的「對象」,也就是本文所稱的

「正規受話人」。然而,「詩歌」往往同時朝「內」及朝「外」。內延時,「說話人」是對著他或她自己說話,把自己投射成另一個「我」,遂產生本文所謂的「反身受話人」;外延時,則暫時繞過了「正規受話人」,伸展出去與「讀者大眾」相接,也同時在這過程裏把「讀者大眾」內在化在「書篇」裏,而本文所謂的「讀者受話人」遂於焉誕生。在這個基型裏,我們看到在中西情詩諸小傳統以及各個別的詩篇裏,產生各種變異與多姿。

我們不妨在此「情詩」的基本模式上進一步建構一個跨越中西情詩的一般詩學。所謂「一般」者乃是跨越中西傳統及個別詩篇,達到廣延而通則性的詩原理之謂。杜鐸洛夫(Todorov)曾提出一個廣延並廣為學界所推崇的文類(genre)模式,而這模式乃是三元論的,即把「詩篇」分為三個局部組成,與本文所遵從的普爾斯的三元「中介」記號學模式,最為接近,故本文即沿此模式進行。基於本文的體制及篇幅所限,下面所建構的「情詩」詩類的一般詩學,即是把前面已論及的「情詩」的各種機制,加以歸納並分別置入杜鐸洛夫「文類」模式中的三個局部,即「語意」(意即內容)、「語法」(意即結構)、以及「語言」(意即表達)三個局部裡。

首先是情詩的「語意」(內容)組成。「情詩」本質上乃是愛的說服,這是「情詩」存在的理由。然而,這「愛的說服」可朝內而成為說話人的自我說服以及自我規範,而這就是詩歌「規範功能」之所在;也可以朝外,成為文化的一個環節,迎向讀者。從情詩裏,我們看到多樣的「愛」的模式,從《詩經》「國風」所表達出來的有如天籟般自然流露的男女相悅之情,到非常特殊化也同時類型化了的西方「宮庭愛」與東方的「藝妓愛」。如前面提及的華

倫士的研究以及本文研究所得，無論「宮庭愛」及「藝妓愛」的形成，皆部分創自詩人與歌者，部分源自「聽眾」所代表的社會階層之所需，而這特殊的「聽眾」階層並已「內在化」成為詩篇內的「讀者受話人」。「情色主義」是「情詩」底「語意」（內容）重要的組成。誠然，「情詩」也可以超越「情色主義」的表層，對愛情作沉思，更進而到達更深遠的哲學領域，如感官與心靈、朽與不朽等問題上❻。如此說來，「愛情」成為了一個象徵、一個美麗的藉口，讓我們把時光克服並追求一個更美好的存在。

　　其次，情詩的「語法」（結構）組成。「情詩」的「結構」也就不妨視作情詩中「愛的說服」所憑藉的結構。無庸贅言，這「愛的說服」及其內涵的「結構」必然受到「愛情模式」及「說話人」與「受話人」特定的男女關係所制約、所決定。首要的決定因素乃是「說話人」的性別。如本文例證所示，詩中以「男性說話人及其女性受話人」為主軸者，與詩中以「女性說話人及其男性受話人」為主軸者，實不可同日而語。這個天壤之別的差異或直接反映著（如「藝妓愛」）或顛倒反映著（如「宮庭愛」）我們至今的文化與社會所烙印在兩性的關係上。就美學而言，情詩中的任一細節都同時指向三個類屬的「受話人」，因為「受話人空間」的構成本來就是這三個類屬「受話人」的三元互動；然而，在個別詩傳統或詩篇上，則有所偏重。最後，情詩本質上雖是第一人稱的話語；然而，戲劇的代言模式或第三人稱的敘述模式，亦可「上置」於此基本的第一人稱「話語」上，而使之產生歧異與模稜。

---

❻　對西方情詩這些面向的探求，請參 Ferry 1975; Smith 1985。

　　最後，情詩的「語言」（表達）組成。情詩在語言上、表達上的經營應為其「含蓄性」或「間接性」。誠然，「含蓄性」或「間接性」乃是詩歌的通例；然而，這在「情詩」裏特為重要，因為所有的有效的「說服」皆來自「含蓄」與「間接」，而「愛」與「情色」的表達更以含蓄為妙。「相關語」（pun）是「情色」表達常用的方法，以獲致其「間接性」與「含蓄性」。在我國如《子夜歌》之類有著民謠源頭的情詩裏，「女性說話人」即往往使用「音同」或「音近」的相關語（如「蓮」之代表「憐」；「采蓮」代表「求愛」等）以表達其男女的情色追求。「巧喻」（conceit）則往往為英國文藝復興時期的詩人所用，鄧恩為其中的佼佼者。在其名詩〈跳蚤〉（“Flea”）裏，男性「說話人」嬉皮笑臉的手法，要求其「女性受話人」高抬貴手，不要打死跳蚤，因會造成一命三屍，蓋其已吮了「他」的與「她」的血，而他們的「血」已在「跳蚤」體內媾合。接著說話人更說，妳居然打死了「跳蚤」；但不打緊，妳看，什麼都沒發生。我們不妨猜想，厚臉皮的、充滿情色的「巧喻」，會使他身旁讀此詩的「女性受話人」嬌嗔地大罵，鄧恩應被吊死才對！另外常見的一個含蓄的表達方法，乃是「中介」；即在「說話人」與「受話人」之間創造一個「中介」的角色；「說話人」以此「中介物」作為「話語」的「直接」對象，而把「正規受話人」作為「間接」的對象，以獲得其「間接性」。文中所引悉尼詩中的「月亮」、韋萊詩中的「玫瑰」、《子夜歌》第二十四首中的「春風」皆是。最後，如我們本文所作詩例之闡釋，「情詩」中這三個組成實為互為涵蓋，在此不再贅論了。

【補述】

　　本文的研究範疇，就西方情詩而言，始自歐洲大陸 12 世紀的「宮庭愛」而下及英國文藝復興時期的全域（包十七世紀初期）；就中國情詩而言，則始自《詩經》的「國風」而下及六朝樂府，而以《子夜歌》為研究重點及典範。為了對情詩的發展獲得更完整的呈現，趁在本文依英文原稿重寫之際，筆者願就閱讀所得，掛一漏萬地略述中西情詩在「現代」以前的一些重要的繼承與發展。如下面行文所見，這「補述」對本文的原結論並無窒礙，只是更見情詩「受話人空間」的繁富與多姿。

　　現在回顧起來，英詩在文藝復興時期裏，所表達的愛情往往是虛構的、沉思的、對文學傳統作對話的，作者的自傳性質不彰；即使在鄧恩的情詩裏，其「正規受話人」雖確為其愛人；但詩歌本身裏，「個人性」及「自傳性」仍僅居背景地位，而「玄學」的思考及「文學上」的創新倒是其著力之所在。到了「浪漫主義」時期，作者與作品的關係密切，而其時情詩的「自傳性」也相對占著重要的地位。就「受話人空間」這個角度而言，特別饒有研究旨趣的是柯爾里基（Coleridge）的兩首情詩，一為寫給其新婚夫人 Sara Fricker 的〈風琴〉（"The Eolian Harp"），一為其後婚姻失敗後寫給他所鍾情的 Sara Hutchinson 的〈沮喪：頌歌體〉（"Dejection: An Ode"）。在兩首詩裏，除「情詩」的本質外，都涉及「浪漫主義」不可或缺的「超越主義」（Transcendentalism）、自然的喻況、及「想像」（imagination）理論等，充分表現了其時代思維的特質。這可見「情詩」詩類本身可包涵甚廣，並能充分反映其時代的社會環

境及思潮。就「受話人空間」而言，在前者裏，說話人用風琴代表女性身體，以風的撫弄琴弦表達男女間的「情色主義」（eroticism），這當然指向了詩中作為其新婚夫人的「受話人」，而詩末詩中「說話人」則又自言感謝其女性「受話人」眼神的溫和指責，讓他得以從前面帶有泛神主義的遐思裏回到其宗教的正途。換言之，詩篇裏「男性說話人」與「女性受話人」有著某程度的默契；當然，我們也未嘗不可以謂「說話人」假借其「正規受話人」以表達其對其「泛神主義」哲思的自我檢束。後者原是一首較長的情信，訴說其苦戀，但最後則轉化為向情人高貴的祝福，並向這份愛情告別。特別有意思的是，在改寫過程裏，「受話人」一再更易，從用其所愛的真名 Sara（即 Sara Hutchinson），到選用他的摯友詩人 William（即 Wordsworth），到選用 Edmund，而最終用了不作任何指稱的 lady（女士）一詞。從這裏，我們可以看到在「情詩」裏，「受話人」作為詩中的一個結構的重要性。同時，詩篇裏「愛情」也提高到一個崇高的地位，「愛情」的失落，使得人「生命力」的失落，使得人的「視覺」與「想像力」的失落（按：其時詩人與其夫人感情不睦，愛上了詩中受話人，又以羅馬天主教義故，不能離異）；而就在詩中這「如毒蛇圍繞」的「窒息」的「痛苦」裏，詩人在詩中呼喊「O Lady!」（女士啊！），特別使人感動。同時，這首詩除了寫給詩中女性「受話人」外，其摯友華滋華斯（Wordsworth）也是內在化的特定讀者，蓋如論者所云，這首詩是回應華滋華斯〈頌體：不朽的證辨〉（"Ode: Intimations of Immortality"）詩中「視覺」的「失落」一主題，而其詩是寫於華滋華斯新婚之夜，而其熱戀的詩

中「受話人」即為華滋華斯的新婚夫人的姐妹❼。

在接踵而來的維多利亞時期，阿諾德（Matthew Arnold）的情詩首度唱出了「現代」的「疏離」（alienation）的聲音。在〈疏離：給瑪格列特〉（"Isolation: To Marguerite"）裡，「說話人」體會到「我們的情緒任性潮漲潮落／您愛不再，噢，再見吧再見！」。詩中的您，或同時指「心」（heart）及「正規受話人」，而以後的詩行，則明顯地對自己的「心」說話，而其「正規受話人」則旁落為「話語」的間接「受話人」。詩中表達了對「愛」不再有信心，「說話人」在詩末甚至說，「人們夢想兩顆心能融為一」，並以為這樣「可以永遠離開孤獨／不知道他們本身孤獨比諸您毫不遜色！」。換言之，詩中強烈地表達了「現代人」特有的疏離與孤獨，表達了「現代人」情緒倏忽波動的體認，而「愛」只是自欺以遠離孤獨而已。在〈給給瑪格列特續篇〉（"To Marguerite -- Continued"）裡，人比作孤離的「島」，而「愛」是一種「絕望般的渴求」（a longing like despair）；然而，人們這要「融為一體」的深層「渴望」注定「失敗」。就「受話人空間」的角度而言，這首詩的創意與深沈之處，那是詩中「他們」與「我們」之間既模稜復間隔，分別代表著「虛幻」與「真實」，或「一般假設的」與「私我的」相對立的愛的經驗。在這兩首詩裡，「說話人」與「受話人」（Marguerite）是處在某種分別或疏離的關係，而在他的名詩 "Dover Beach"（〈杜佛爾海灘〉）裡，女性「受話人」就在身邊：「說話人」用「來窗前」、

---

❼ 上述柯爾里基二詩的有關自傳背景、書寫的修改過程、受話人的運用等資料，皆採自 Abrams et. al. 所編選集二詩中的註解。

「聽」等親切懇請語請「受話人」共聽海濤。然而，即使在這親密的時刻裡，在「說話人」的視覺裡，世界仍然是一個疏離的世界：海灘是退潮的「憂傷的調子」，環繞著地球的「信心」正在退潮中，而在眼前的世界有如「虛幻」，「沒有愛」「沒有慰」只有「多樣」與「新奇」。就在這疏離的環境裡，「說話人」對著身旁的女性「說話人」說：「噢，吾愛，讓我們互相真愛不渝」。這個愛的呼喚毋寧是歇斯底里（hysterical）的，背後迴盪著「現代」社會疏離、無助的餘音❽。

最後，在維多利亞時期裡，特別值得一提的是伯郎寧夫人（Elizabeth Barrett Browning）婚前寫給伯郎寧的《來自葡萄牙的商籟體》（*Sonnets from the Portuguese*）。在英詩裡，女性詩人甚少，故以女性「說話人」為主軸者，即使包括代言體在內，可說是鳳毛麟角。該十四行詩系列共 44 首，她稱之為「翻譯」者乃是「偽裝」，實則為寫給伯郎寧的情詩❾。這些情詩以浪漫的激情為主調，詩篇中的「受話人」一再被呼喚，愛的說服清晰而強烈。「再一次，還要再說一次你愛我／……說你真愛我，愛我，愛我，銀鈴般不斷迴盪……可是，請注意，親愛的／還要默默地愛我在靈魂深處」（No. 21）。然而，在激情的愛的背後，還是有著屬於「現代」的人間疏離荒涼的餘音：「讓我們寧願停駐／在大地，吾愛，／在人們不諧的氣氛與孤獨但純潔的靈魂／離去以後，留出一小片淨土讓我們站讓我們愛，既使僅僅一天，／而淨土為黑暗與死亡的時間

---

❽　所引詩皆見於 Abrams et. al. 所編選集。

❾　請參 Abrams et. al. 所編選集對伯朗寧夫人詩的導引部分。

圍繞」（No.22）。人間氾濫著不諧的氣氛，而純潔的靈魂就得忍受孤獨。既使是愛的淨土，四周卻為黑暗與逐步走向死亡的時間所圍繞。然而，「說話人」對人間的依戀與肯定，使人動容，以似乎（為了愛的緣故）超越了阿諾德情詩中所表達的帶有歇斯底里調子的絕望的愛的呼喚。

　　在中國方面，《子夜歌》所代表的傳統，在唐詩中有所繼承與發展。傳誦至今的杜秋娘的〈金縷衣〉從原有的五言句改為唐詩的新體七言絕句：「勸君莫惜金縷衣，勸君惜取少年時，花開堪折直須折，莫待無花空折枝」。根據傳統的說法，杜秋娘為金陵女子，十五歲即為唐朝宗室李錡妾❿；故其身份與《子夜歌》中之藝妓比較接近，而詩內容亦是〈子夜歌〉中勸客「及時行樂」這一傳統之繼承與發揮。李白寫有〈子夜歌〉四首，更可見此詩類之繼承，而在形式上則改為六句，並且從原屬「藝妓」意義的內涵，改寫為唐詩新興的與邊塞出征或其他母題相連接的「閨怨體」：「明朝驛使發，一夜絮征袍。素手抽鍼冷，那堪把剪刀！裁縫寄遠道，幾日到臨洮？」。換言之，就「說話人空間」而言，原說話人之「藝妓」身份，今更易為「妾」、為良人遠征在外的「閨中少婦」，故其與「受話人」的關係亦有所改變，終而使得詩內容及語言格局與原《子夜歌》迥異。其中最能繼承〈子夜歌〉的民間神韻及戀情特質者，要算是李白的〈春思〉：「燕草如碧絲，秦桑低綠枝。當君懷歸日，是妾斷腸時。春風不相識，何事入羅幃？」誠然，如以吳歌

❿　見喻守真《唐詩三百首詳析》該詩註解。又：本文唐詩部分皆引用自該書；以唐詩三百首為家喻戶曉故，不另註出。

中的《子夜歌》為原型，我們更能了解李白對樂府的繼承，更能了解此詩《子夜歌》般的韻味。

唐詩中情詩的發展，總的而言，是朝向「閨怨詩」與「宮怨詩」而進行。由於作家幾全為男性詩人，故這類情詩多為「代言體」的格局。請引兩首名詩為例：

> 打起黃鶯兒，莫教枝上啼
> 啼時驚妾夢，不得到遼西（金昌緒〈春怨〉）

> 玉階生白露，夜久侵羅襪
> 卻下水精簾，玲瓏望秋月（李白〈玉階怨〉）

其實，仔細觀察，這類情詩又非全然的「代言體」；其中第一人稱抒寫的「代言」格局與第三人稱的「敘述」格局往往相互為滲透而模稜。〈春怨〉中前兩句傾向於第三人稱「敘述」，而後兩句則跡近第一人稱的「抒發」。〈玉階怨〉則頗為模稜，全詩可視作為第三人稱的體貼入微的敘述，也可看作是第一人稱的抒情自語。中詩傳統裏，主詞往往省略；本詩把主詞視作「她」則為第三人稱敘述體，視作「我」則為第一人稱體。這種人稱上的模稜，乃是「閨怨」及「宮怨」詩在形式上的特色；換言之，乃是不純的「代言體」。同時，就「受話人空間」而言，「閨怨」與「宮怨」體皆是「說話人」自我回溯於自身的話語為主導，而後者更有著君主時期特有的制約。這類詩歌其內涵為閨怨為宮怨，雖仍為男女之情事，但已與《詩經》所表達的男女追慕的情詩的正宗有所區隔。

同樣與男女思慕追求這情詩之正宗區隔者，尚有「悼亡」之作，而其中以元稹的七言律詩〈遣悲懷〉三首最為感人；今錄其最後一首如下：「閒坐悲君亦自悲，百年都是幾多時？鄧攸無子尋知命，潘岳悼亡猶費詞，同穴窅冥何所望，他生緣會更難期，唯將終夜常開眼，報答平生未展眉」。就情詩之別類而言，則尚有王建〈新嫁娘詞〉：「三日入廚下，洗手作羹湯，未諳姑食性，先遣小姑嘗」。而別類中之別類者，則推朱慶餘的「洞房昨夜停紅燭，待曉堂前拜舅姑，妝罷低聲問夫婿，畫眉深淺入時無」。就詞意看來，乃是新婚閨房之樂的情詩，但其詩題為〈近試上張水部〉，則為「溫卷」之作，並隱含請託之意。

由於封建時期男女關係的特殊制約，唐情詩中表達男女追慕者不多，而以閨怨、宮怨、悼亡等別類「情詩」為其特色。在此背景下，杜甫〈月夜〉彌足珍貴：「今夜鄜州月，閨中只獨看。遙憐小兒女，未解憶長安。香霧雲鬟濕，清輝玉臂寒。何時倚虛幌，雙照淚痕乾」。詩中男性說話人（丈夫）表達了對女性受話人（妻子）的思念，幾可看作是一封情信。明明是「說話人」思念「受話人」，詩篇中卻假想「受話人」思念「說話人」；「遙憐」兩字，道盡了思念與體貼。而其中的「香霧雲鬟濕，清輝玉臂寒」，更蘊含著某種夫婦間不落痕跡的憐愛、思念與情色。

最後，似乎回到「男女思慕」的情詩正宗而又實際有所特殊化者，則是李商隱的情詩了。李商隱開創了「無題」這一情詩類屬；而事實上，其中一些有題的情詩，如「錦瑟」、「春雨」等實亦可併入此「無題」的範疇，蓋其雖「有題」實「無題」也。「無題」詩中最耐人尋味者，乃是「說話人」與「受話人」間「謎樣」的關

係；以其私情不可告人，終而發展為詩篇中充滿色性與曖昧的暗喻
世界；如「蠟照半籠金翡翠，麝薰微度繡芙蓉，劉郎已恨蓬山遠，
更隔蓬山一萬重」；如「金蟾嚙鎖燒香入，玉虎牽絲汲井迴，賈氏
窺簾韓掾少，宓妃留枕魏王才」；如「重幃深下莫愁堂，臥後清宵
細細長，神女生涯原是夢，小姑居處本無郎」；如「曉鏡但愁雲鬢
改，夜吟應覺月光寒，蓬萊此去無多路，青鳥殷勤為探看」等等。
詩中的「受話人」究竟是何者身份？是否詩中「受話人」特殊的身
份使得這份「私情」這麼纏綿、這麼不可告人？論者以為詩中「受
話人」為在庵堂清修的女冠、甚或宮嬪之類，或不無道理❶。無論
如何，李商隱在其「無題」詩裏，書寫了這麼一個耐人尋味的「受
話人空間」，書寫了前所未有的纏綿的、帶有隱密性質的私情世
界，並創造了引人遐思的暗喻的情色的世界。同時，在其名詩〈錦
瑟〉裏，李商隱更能超越其「私情」的源頭而達到廣延的生命境地
的象徵世界：

> 錦瑟無端五十絃，一絃一柱思華年。
>
> 莊生曉夢迷蝴蝶，望帝春心託杜鵑。
>
> 滄海月明珠有淚，藍田日暖玉生煙。
>
> 此情可待成追憶，只是當時已惘然。

---

❶ 李商隱書「無題」詩及其他相類的詩篇，歷來註說分歧。女冠及宮嬪之
說，蘇雪林在其《玉溪詩謎》一書，考證甚詳。若蘇說不可信，則這類的
情詩則為《楚辭》以來美人諷喻傳統的繼承與發揮。

參引書目

古添洪，1972，〈國風解題〉（輔大中研所碩士論文）。

───，1984，《記號詩學》，台北：東大。

屈萬里，1981，〈論國風非民間歌謠的本來面目〉，《詩經研究編集》，林慶彰編，台北：學生。

───，1983，《詩經詮釋》，台北：聯經。

蕭滌非，1976，《漢魏六朝樂府文學史》，台北：長安。

黃永武，1985，〈中國情詩論〉，《古典文學》，第 52 期，637-651 頁。

羅宗濤，1985，〈中國的愛情詩〉，《中國詩歌研究》，羅宗濤編，台北：文復會，207-271 頁。

逯欽立編，1984，《先秦漢魏晉南北朝詩》，三卷，台北：學海。

王運熙，1957，《六朝樂府與民歌》，上海：新華。

蘇雪林，1938，《玉溪詩謎》，上海：商務。

喻守真編，1990，《唐詩三百首詳析》，台北：中華。

Abrams, M. H. et al., eds. 1979. *The Norton Anthology of English Literature.* 4th. ed., 2 vols. New York: Norton.

Bernard, John D. 1970. "Studies in the Love Poetry of Wyatt, Sidney and Shakespeare." Dissertation: University of Minnesota.

Eco, Umberto. 1976. *A Theory of Semiotics.* Bloomington: Indiana UP.

_____. 1979. *The Role of the Reader.* Bloomington: Indiana UP.

Ferry, Anne. 1975. *All in War with Time: Love Poetry in Shakespeare, Donne, Jonson, Marvell.* Cambridge, Mass.: Harvard UP.

Frye, Northrop. 1957. *Anatomy of Criticism: Four Essays.* Princeton: Princeton UP.

Greenlee, Douglas. 1973. *Peirce's Concept of Sign.* The Hague: Mouton.

Jakobson, Roman. 1960. "Closing Statement: Linguistics and Poetics." *Style in Language.* Ed. Thomas Sebeok. Cambridge, Mass.: M.I.T.P, 350-377.

Keener, Hugh, ed. 1964. *Seventeenth-Century Poetry.* New York: Holt, Rinehart and Winston.

Ku, Tim-hung (古添洪) 1986. "A Semiotic Approach to Chinese – English Love Poetry: Focusing on the Space of the Addressee." *Tamkang Review,* II, 2, 169-193. 本文即根據此英文稿改寫而成。

Lewis, C. S. 1938. *The Allegory of Love: A Study of Medieval Tradition.* London: Oxford UP.

Lotman, Jurij. 1977. *The Structure of the Artistic Text.* Trans. Gail Lenhoff and Ronald Vroon. Ann Arbor: U of Michigan P.

Lotman, Yuri (=Jurij Lotman). 1990. *Universe of the Mind.* Trans. Ann Shukman. Bloomington: Indian UP.

Lucid, Daniel, ed. and trans. 1977. *Soviet Semiotics.* Baltimore: The John and Hopkins UP.

Merrel, Floyd. 1995. *Semiosis in the Postmodern Age*. West Lafayette: Purdue UP.

Peirce, Charles Sanders. 1931-58. *Collected Papers*. 6 vols. Cambridge, Mass.: Harvard UP.

Rogers, Hiluard G., Jr. 1977. "Three Genres of English Renaissance Love Poetry." Dissertation. The U of Texas at Austin.

Sartre, Jean-Paul. 1963. *Search for a Method*. Trans. Hazel Barnes. New York: Alfred A. Knopf.

Silverman, Hugh, ed. 1998. *Cultural Semiosis: Tracing the Signifier*. New York: Routledge.

Smith, A. J. 1985. *The Metaphysics of Love: Studies in Renaissance Love Poetry from Dante to Milton*. Cambridge: Cambridge UP.

Suleiman-Crosman, eds. 1980. *The Reader in the Text*. New Jersey: Princeton UP.

Todorov, Tzvetan. 1975. *Fantastic*. Trans. Richard Howard. Ithaca: Cornell UP.

Tompkins, Jane, ed. 1980. *Reader-Response Criticism*. Baltimore: The John Hopkins UP.

Valency, Maurice. 1975. *In Praise of Love: An Introduction to the Love-Poetry of the Renaissance*. New York: Octagon, 1975.

Yu, Kwang-chung (余光中). 1975-6. "Love in Classical Chinese and English Poetry." *Tamkang Review*, 6, No. 2; 7, No.1, 169-186.

第五章

中英「女代面體」詩比較研究

——論男性詩人女性發音的
精神分析含義

引　子

　　在中國抒情詩的分類裡，有所謂「代言體」，即「男性」詩人在詩中以「女性」的口吻「代」女性道出其衷情，其中最堪為代表者則為閨怨、哀怨、棄婦三類屬。其所以稱為「代言體」者，即著重詩人的道德與社會關懷，為社會弱勢的、缺乏發言能力的女性群屬抱不平，代其言說，而女性在昔日教育上的不利處境亦有助於此文類之形成。然而，這傳統的文類詮釋並沒觸及男性詩人在這類詩作中，其屬於詩人本身更深層的心理機制與功能。佛洛依德（Freud）以來的精神分析學為這方面的探討，開出了一扇窗。佛洛伊德以為人本為「雙性別」（bi-sexuality）或「雌雄同體」（androgyny），而「男性」實有其「女性」的層面，而此層面只是因其「性別認同」以及此「性別認同」在文化及社會上的各種外在

制約而壓抑而隱而不彰。據此推衍，吾人得謂這類所謂「代言體」，在這精神分析學的觀照下，實是「男性」戴上「女性」的「代面」（面具），抒發其「女性」的品質。換言之，當「男性」詩人戴上這「女性」代面，此刻詩人即認同此「女性」身分，而其隱藏的「女性」成分與品質亦藉此得以抒發；對詩人而言，實有其精神分析的功能。職是之故，筆者一改「代言體」之傳統稱謂與視野，而就詩人的精神分析功能為著重點，稱之為「女代面」體，並在本文探討這類詩歌的精神分析功能。

一、緒言

戲劇家在編寫劇本時，心理認同著、扮演著劇本中的各個角色，時為乞丐、時為律師、時為君王、時為王子。不知對與否，我們往往把這種多重認同多種發音看作是戲劇家創作時的特點與理所當然。然而，當「男性」抒情詩人以「女性」的口吻（即戴上女性的面具）來抒感、來表達他們自己時，我們就不免覺得驚訝，覺得罕有，而以「另類」視之，稱此類詩歌為「代言體」。「代言體」這個文類名稱，把「詩篇」及其「詩人」的「內在」關係加以「外在化」，忽略了這類詩歌，對詩人而言，實有其屬於他自己內在的、直迫「性別」的抒發與規範功能。這類詩歌的最大特點，是跨越了「性別」的界線，可視作是佛洛依德所謂「雌雄同體」的一個表達，其含攝的深層的精神分析功能，實有待探討。在中詩傳統裡，這類詩歌在「代言體」的名目下，形成源遠流長的閨怨詩、宮怨詩

及棄婦詩。由於這「代言體」一名有所誤導,故筆者在本文稱之為
「女代面體」。在西方,這類抒情詩確實少而罕有;當然,如果我
們把戲劇中的某些吟唱(如莎士比亞《無事自擾》中的〈女士們,不要哀
嘆〉("Sigh No More, Ladies."))也包括在內,那就另當別論了。在這
篇論文裡,筆者不把這些戲劇中的吟唱收入,乃由於這些吟唱為劇
本的故事脈絡所圍,是戲劇的聲音,而非抒情詩人的第一人稱抒
情。在古典英詩裡,遍尋選集之餘,我們仍可找到若干「女代面
詩」,如 Robert Burn 的"Song"("O Whistle, and I'll come to ye, my lad"及
"John Anderson My Jo")(Stallworthy, 184)、Robert Herrick 的"The Mad
Maid's Song"和 Frances Cornford 的"She Warns Him"與"All Soul's
Night"(Betjeman and Taylor, 174-5)等❶。當然,我們也會憑記憶就想
到一些有名的屬於這個類屬的詩篇,如 Marlowe 的〈森林女仙對
熱情牧羊人的答辭〉("Nymph's Reply to the Passionate Shepherd")和雪
萊(Shelley)的〈印地安女郎之歌〉("The Indian Girl's Song")。事實
上,本研究的範疇在中詩僅下至唐詩,而英詩僅下至浪漫主義。我
們不甚了解,英國古典詩歌中「代言體」或「女代面體」何以不發
達,而這方面的探討,到目前為止,可謂闕如。然而,我們知道

---

❶ 另有一些性別模稜的詩篇,如 Robert Herrick 的"Chop-Cherry" (Betjeman
and Taylor 1957:56) and Sir Walter Scott 的"An Hour With Thee" (Joy
Stallworth 1973:179)。又:本文是根據英文稿 Tim-hung Ku, "Man in
Woman's Voice and Vice Versa: The Chinese and English Female-Persona
Lyrics. A Response to some concepts in Feminist Criticism"而略有增添的譯
/改寫。原英文稿於第 14 屆國際比較文學會議發表(Edmonton 1994),
後刊於 *Tamkang Review*, XXVII, 2 (1996), 183-207。

「代言體」或「女代面體」在中國發達的一些條件,即閨怨、哀怨、棄婦等詩歌發達的一些社會條件。根據許翠雲唐閨怨詩（包括宮怨、棄婦等類屬）的最新研究（1990）,儒教的禁錮、戰爭的頻仍、考試制度及每年的京試、商賈的往來、皇室的妃嬪制度等,把女性應有的與男性共享的家庭生活權加以褫奪,乃是這些詩歌滋生與發達的社會土壤。誠然,在「代言體」或「女代面體」中,詩中的女主角往往是宮女、棄婦,以及其夫遠征或出外經商的閨中少婦,而「女代面詩」的內容即為怨婦的愛與哀愁。這社會現實或解釋了女性各式的閨怨,但無力解釋為何男性詩人選擇了這「女代面體」作為其創作的文類。單是說女性缺乏教育以及社會上無力發言,單是說男性詩人基於社會關懷而代言,都無法充分解釋「男性」詩人所作的選擇,因為「男性」詩人可選擇其他詩類與詩形式來表達其對「女性」的關懷並代申辯這方面的不公。「同情」並不能充分解釋這個文學現象的產生,因為這個詩類尚包括「性別」的問題,故其中所含精神分析層面必須加以探索方為功。面對「女代面詩」,就猶如面對「性別」的模稜（「男性」詩人以「女性」發言）、面對「我」與「他者」（詩人的「我」以「他者」發言）的模稜;這麼一個文學現象為我們提供了有意義的研究場域,以探討「性別」的差異以及其在社會文化層面的擴散;這領域是當代女性主義的一個重點。我們會問:「女代面體」是否意味著在精神分析層面上人類是雌雄同體?是否意味著「書寫」及「人格」上的所謂陰陽、女性男性的二元對立只是武斷的、蒙蔽的?一如下文我們探討雪萊與李白時所發現者?

　　誠然,「雌雄同體」在較近的女性主義裡引起爭端。這個爭端

始自英美系統的蘇華朵（Showalter）對吳爾芙（Woolf）對「性別」問題所採取的「雌雄同體」視野的攻擊，視此視野為不可信的神話，為女性的一種退卻、不敢面對其女性本身的苦痛而逃避。而源自法國女性主義背景的莫兒（Toril Moi），以拉岡（Lacan）的精神分析學和德希達（Derrida）的「解構主義」（deconstruction）為理論基礎，為吳爾芙辯護，以其「雌雄同體論」為對誤導的、形而上的（即本質為此，永久不變之義）性別差異觀的解構，有其深遠之正面意義云云。對蘇華朵而言，「雌雄同體」的「主體」意謂「男女陽剛與陰柔特質的完美均衡與控御」，而這理念為蘇華朵所懷疑及拋棄，以其缺乏「勇氣與動力」故（263-64）。莫兒則把這理念看作不是「逃離固定的兩性的性別認同，而是認知到這『兩性』的『性別認同』所含攝的錯誤的、形而上的本質」，並以此為應提倡的真正的女性主義立場（13-14）。換言之，其爭論乃是：女性主義應該堅持唯一的性別認同，還是應該超越這個立場，而到達「雌雄同體」的包含兩性的視野？❷

　　同時，「女性或陰性書寫」（*écriture feminine*）是法國女性批評的一個重點。西蘇（Cixous）可說是這理念的雄辯者。她認為，「書寫」本質上就是「女性」的，或者說，是「兩性」的（bisexual）；所謂兩性者，乃是指不為單一「性別」所圍；而「女性」的傾向，往往朝這流動的方向進行，而「男性」往往為其「陽剛」所圍，故謂「書寫」本質上就是「女性」的。雖說如此，在較

---

❷　蘇華朵與莫兒的爭辯，在 Eagleton 所編女性主義論集（1991）中並置，並有其公正的評述。

低的層次，筆者以為，也未嘗不可謂女性／陰性書寫乃是與男性／陽性書寫有所區隔，蓋後者乃是父系社會的主流書寫，以父像／父權中心主義（phallocentrism）為骨髓。可注意者，蘇西並沒對「男性／陽剛品質」、「女性／陰柔品質」持本質不變的立場，而是把二者視作有如德希達所說的「延異」（differance），在時空中有其差異並正在互異中。

職是之故，本文將以「雌雄同體」及「女性書寫」作為理論切入處。我們將應用佛洛依德及拉岡的精神分析學、克莉斯特娃（Kriseva）的記號學、洛德曼（Lotman）的「規範功能」（modelling function）、中國的太極說、以及普爾斯（C.S. Peirce）的記號學的「中介」（mediative）模式，以充實並深化「雌雄同體」及「女性書寫」在「女代面」體中的精神分析層面的詮釋上。

二、雌雄同體的主體

> 打起黃鶯兒
> 莫教枝上啼
> 啼時驚妾夢
> 不得到遼西
> ──金昌緒〈春怨〉

> 玉階生白露
> 夜久侵羅襪

卻下水精簾

玲瓏望秋月

　　　——李白〈玉階怨〉

　　看了這些詩篇，我們不禁要問，中國的古典「男性」詩人為什麼要戴上「女性」的「代面」（persona）、要以「女性」發音呢？同時，從普爾斯的記號學理論而言，這個「女代面」是否可看作詩人的一個「肖象記號」（icon）？「肖象記號」是指此「記號」與其「對象」有其「類同」的關係，是對其「對象」的品質有所參與而有所呈露：「記號或在其對象的個性上（character）有所參與，此我稱之為肖象記號」（4.531）。但其所謂「對象」，不必實存，「肖象記號」憑其所擁有的特性就能表義：「肖象記號擁有某種個性使其能夠就此表義，即使其對象並無實存」（2.304）。「肖象記號」屬於普爾斯現象學中「首度」的東西，而「首度」以「新鮮、生活、自由為主導」，並表達在其「無限的、不受羈束的多樣性與繁複性上」（1.302）。「首度」只是一種潛在的可能性（possibility），不必實存——「實存」則落實為普爾斯的「二度」的實存世界了。進一步而言，「肖象記號」應為「首度」，其「對象」亦必然為「首度」，故普爾斯謂：「肖象記號只是一種可能，純然由其所擁有之品質而表義，而其對象也必然是一個首度的東西」（2.276），故前謂「肖象記號」之不必實存，其理自明。為了解普爾斯的理論，我們不妨用宗教上的「聖像」作為「肖象記號」的典例。無論是基督教的「聖像」（如聖母像）或佛教的「聖像」（如釋迦牟尼像），在我們的沉思冥想中，這些由物質構成的像，以其獨特的豐

姿表達了其「對象」的個性，但這些個性（如佛之三十二相）只是一種「或存」，只是一種潛在的「可能」，而作為「肖象」的「對象」（即擁有這些神聖、神秘特質的耶穌或佛），不必「實存」。換言之，只是在「記號」使用者的冥思觀照中的一種「或存」而已，蓋不是每一個人都必然從這些「肖象記號」中觀照到這些品質。

同時，我們會問：當詩人把這「女代面」當作是自身時，何種「心理認同」（identification）以及何種「規範功能」（modelling function）牽涉其中呢？所謂「規範功能」，乃是俄國記號學發展出來的概念。伊凡諾夫（Ivanov）從神經機械學（cybernetics）的角度觀察，指出「人類沒法直接控御自己的行為，遂創造出記號以間接控御之」（29）；因此，「每一記號系統的基本功能乃是把世界加以規範」，而「每一經由記號而規範的世界模式都可以視作一個個體與全體的行為綱領」（36）。洛德曼沿著這個概念而界定「語言」為「首度規範系統」（primary modelling system），而建於其上之「文學」為「二度規範系統」（secondary modelling system）（1977：9-10），並且把文學的規範功能與文學底特殊結構相連接，而文學的特殊結構即為「我－我資訊交流」（I-I communication）、有別於非文學的一般的「我－他資訊交流」（I-S/he communication）：在前者，其中的「資訊」乃是作「品質上」的傳遞，並因而最終導致「我」底主體的重新建構（1990：22）。拉岡從精神的分析的立場立論，也涉及語言的規範功能，謂「『語言』在其語符象徵的功能（symbolization）裡使其『話語對象』的『主體』有所『變易』，蓋其在『話語』的『說者』與『話語』的『受者』兩者間建立了關聯」（83）。最後，普爾斯更從「中介」理論的角度指出，「個體

不是一個絕然的個體。他的思維乃是他『正在說給自己聽』（saying to himself）的東西；換言之，他正在說給他的另一自我（other self）、這在時間之流中此刻正在形成的另一個自我」（5.423）。綜觀上述各家有關理論，我們會問，在何程度與意義上，「女代面體」可看作是洛德曼所說的「自我資訊交流」、拉岡的「語符象徵化功能」、普爾斯的「和自己說話」？換言之，在何種程度與意義上，「女代面詩」可看作是詩人在自我資訊交流中作為「受話人」的「我」？或者看作是蘊含了特殊的「語符象徵化功能」而使得詩人的「主體」有所更易？或者是在詩人「和自己說話中」正在成形中的「另一自我」？

　　「女代面體」的共通點是其主角皆為處在弱勢處境的女性，以及隨之而來的孤單與哀痛。很自然地，在傳統的詮釋裡，「女代面體」被看作是「男性」詩人對「女性」之同情，看作是對社會現實的批判。然而，這社會性的視覺實有其不足處，蓋其所著眼的詩人的「同情」（sympathy），乃是「外在」意義的（同情別人），並沒觸及這「同情」對詩人本身所扮演的內部的規範功能，如洛德曼、拉岡、普爾斯所揭示的語言及文學的規範功能。其更深沉的精神分析層面必須加以探索方為功。

　　首先，「同情」必須以內延、內在的角度去體認。如此，「同情」乃是詩人心理場域的一個擴展與調節，經由「認同」機制把他自己認同為「他者」、把自己喪失而成為「他者」。換言之，在「女代面體」裡，男性詩人「認同」了戴上「女代面」的自己，喪失「男性」的自己而成為了其中的「女性」的自己；而這「女角」的個性，也就是這「男性」詩人「女性」身分時，在此刻正在成形

中的個性。值得觀察的是，在前引兩首的「女代面詩」裡，都有著
「人稱」上的模稜，介乎「第一人稱」的「我」與「第三人稱」的
「她」之間。在語法上，詩中沒有用第一人稱的「我」，或第三人
稱的「她」；如果用了第一人稱的「我」，那「男性」詩人是戴上
「女代面」，純然以「女性」身份抒情；如果用了第三人稱的
「她」，那就成為了第三人稱的「敘述體」了。誠然，在許多的
「女代面詩」裡，我們雖視之為第一人稱，但其中往往交纏著彷彿
是第三人稱的「敘述體」品質。這第一人稱的「自抒」品質與第三
人稱的「敘述」品質的相互交纏與模稜，正洩漏著這個身分認同與
轉移的往往模稜與不完全實況。對「內在化」的「同情」的探討，
拉岡的「鏡子」理論及其「想像－語符象徵－真實」的三元說，為
我們提供了一個深入而富有精神分析含義的研究途徑。在此觀照
裡，「同情」也就是一種從「鏡子」看到自己形象般所產生的「認
同合一」，也就是回到「伊底帕斯情結前」（pre-Oedipal）的心理狀
態，其時「主體」與「客觀」尚沒因「第三者」（如父權及語言）的
「介入」而「分裂」。同時，普爾斯的「肖象記號」理論，也促使
我們把「同情」與「認同合一」看作是「肖象記號」所蘊含的「記
號」與其「對象」間所蘊含的類同相通，有助於我們把「女代面」
看作是詩人的「肖象記號」，透過它的「中介」而沉思自身。拉岡
的「鏡子」理論與普爾斯的「肖象記號」理論未嘗不可互補，甚至
有所融合（Eco 215-237）❸。在中國的「女代面體」裡，這「同情／

---

❸　較近，Eco 寫有一篇鏡子研究，是對拉岡與普爾斯有關理論的發揮與批評
　　（1986：215-237）。

肖象／認同合一」，在中國封建制度的文化場域裡，尚衍生出一種特殊的「自憐情結」（Narcissism）：「男性」詩人把他自己描繪成被屏棄或閨中的怨婦，然後經由「想像」或「肖象性」而與之「認同合一」，而得以把此「女性」的品德、美麗、以及哀怨據為己有，而得以表達其「自憐」。這「自憐情結」又最後作了政治的含義的轉移，「怨婦」代表著失意的政治人物與文人，而這「怨婦」所擁有的美麗與品德，則迻譯為其才華、耿介，甚或忠君。「她」就是詩人的肖象。誠然，李白的某些詩篇即引起我們作這種「自憐情結」式的解釋。

最後，中國的太極說也許能為「雌雄同體」有所提供。太極說源自《易經》。太極生兩儀，兩儀就是陰陽；就人而言，則為男女性別。太極哲學有其「肖象」的表達面，即太極圖：以「圓」為太極，中以孤線分為如魚狀的陰陽二局部；陽中有一小黑圓點，象徵陽中有陰，而陰中有一小亮點，象徵陰中有陽。事實上，我們不妨想像這條弧線是流動的，此即《易經》所謂「陰陽相盪」是也。總言之，太極哲學及其肖象圖，代表了兩個平等的主體的同時對立、互動、互蘊及互盪，充分抓住了宇宙諸力的動能狀態。這太極學說與圖象代表並主導了中國人的思維模式，也同時吸引了漢學家的高度讚賞與深刻的詮釋。

下面先徵引五幅精美的太極圖以醒眉目（皆取自徐芹庭的《易圖源流》）：

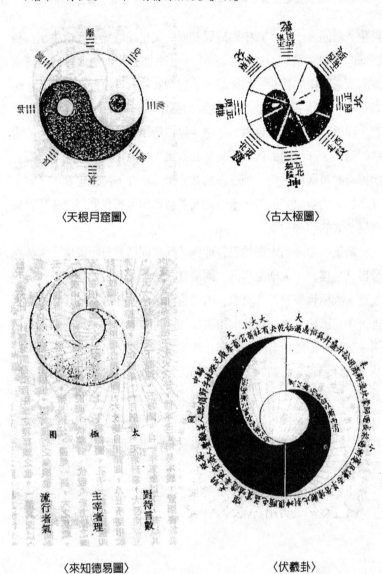

〈天根月窟圖〉　　　　　〈古太極圖〉

〈來知德易圖〉　　　　　〈伏羲卦〉

〈太極後圖〉

《周易》繫辭謂:「易有太極,是生兩儀。兩儀生四象,四象生八卦。」(馮友蘭,463)。其實,太極陰陽之說,淵源更早,而《周易》沿用之,乃有陰爻,陽爻之說。「陰」與「陽」之作為二元對立,在〈易傳〉裡已確立;可注意的是,陰陽原被視作為平等之二基本原則,但隨即又陷入了不平等的暴力的二元對立,所謂「天尊地卑,乾坤定矣」是謂也。這表示這平等原則在以「位階」(hierarchy)為骨架的封建制度裡被扭曲。其後,太極學說衍為太極圖象。在宋人手裡,太極的陰陽二元對立的格局,其理論更進一步深化,以「二元」的關係為互補互盪,對近代歐洲結構主義的「二元對立」視野及其結構,實有其參照之價值焉。周濂溪太極圖說謂:「太極動而生陽,動極而靜,靜而生陰。靜極復動。一動一靜,互為其根,分陰分陽,兩儀立焉。」(馮友蘭,825)。在此,陰陽各為其根,並以辨證的程序互盪互生,分陰分陽者,就其某一

時空之體現而已。張橫渠謂:「物無孤立之理。非同異屈伸終始以發明之,則雖物非物也。得有始卒乃成,非同異有無相感,則不見其成。不見其成,則雖物非物,故曰:『屈伸相感而利生焉。』」(馮友蘭,857)。在此,「物」之存在,必賴「二元」並存而得「其成」;而物之相成,更賴於各種相對的範疇,如同/異,終/始等,才能發而明之。其說可謂是「二元論」的深刻闡述。朱熹謂:「太極,形而上之道也;陰陽,形而下之器也。是以自其著者而觀之,則動靜不同時,陰陽不同位,而太極無不在焉。自其微者而觀之,則沖穆無朕,而動靜陰陽之理,已悉具於其中矣。」(馮友蘭,900)。在此,朱熹以「太極」歸諸「形而上」,以「陰陽」歸諸「形而下」。動/靜、陰/陽,不過為其可「觀」之器象,但其中必有其「太極」在;而五官不可及之「物」之精微,沖穆而不主,而動靜陰陽各相成之理,皆在其中,混然為一。

西方漢學家所提之詮釋,其精闢亦不惶多讓。Grison 謂,「總言之,陰與陽表達了普及性的二元對立與互補……二者不能分離,而宇宙的律動即為兩者互動的律動」(Wilden 257)。J.E. Cirlot 謂,「兩局部形成動力的傾向;若以直徑分割之,其動力則不復存。……每一局部包含著從另一半的中央切割出來的弧形,表示著在其中含攝著其反面的種子」(Wilden 256)。Guenon 則把太極圖看作為「宇宙的旋風,把對立的兩極拉在一起,表達了在矛盾對立情境下,其所滋生永恆的運動、變易與延續」(Wilden 257)❹。著

---

❹　然而,Anthony Wilden 本人對太極圖說所含攝的動力世界有所保留,而其文之重點不在太極哲學,而在討論「肖象記號」的視覺表義。他批評說,

名的《易經》德文譯本與易學專家 Richard Wilhelm，把陰陽歸納為兩原則，前者為「受納」（receptive），後者為「創造」（creative）；進而指出，「此二原則乃以同屬的關係而結合為統一體。它們不互鬥而互補。兩者之相異創造出各種可能，而宇宙底力之運動與活生生的經歷遂因而得以成形。」（281-282）。這些對太極哲學及其圖象所作的高度評價為我們正在討論的「性別」與「雌雄同體」的「主體」，提供了一個有動力而充滿前景的視野。問題是如何把這哲學視野的「雌雄同體」的「主體」轉化為精神分析的層面。我們是否可以說：當個體採用了某一性別，無論是男或女，個體遂從這人類底原初的、混元的「太極」狀態夭折而殘缺不全，於是產生某種「匱乏」，因其被褫奪了其原初混元一體時的「豐盈」？我們用了「匱乏」（lack）及「豐盈」（plenitude）等詞彙來詮釋太極說，就立刻與佛洛伊德及拉岡的心理理論架起橋樑了。同時，我們會問：當我們說話時，我們是從人類的「混元的種性」來說話，還是只從其割裂後的「單一性別」說話？還是「兩者」同時俱有？這關於太極哲學及其混元一體而陰陽互盪的圖象所作初步而帶上精神分析含義的詮釋，對前面所提及的近代女性女義對「雌雄同體」的「主體」的爭論與探討，應有所提供。顯然地，筆者對「雌雄同體」的「主體」是採取積極的立場，誠如 Cook 從一般心理學所作建議所說，「正面的陽剛與陰柔諸特性的調和於一身」是可能的，是可讚

「陰陽平等相對這一最根本的符號，在中國社會裡卻被屏棄。陽（男性、明亮、積極主動）統馭著陰（女性、幽暗、積極被動）」（255）。筆者以為，陰陽平等之在中國社會被屏棄，是違反了太極原初的陰陽原則，是人種發展中在歷史階層裡的異化。

賞的（33）。

　　自從佛洛伊德以來，精神分析學往往把文學看作一特殊的書寫，源於一特殊的心理場域的表義；此特殊心理場域，佛洛伊德稱之為潛意識或幻想（unconscious or fantasy），拉岡稱之為「想像的」（The Imaginary）、克莉斯特娃（Kristeva）稱之為「記號能的」（the semiotic）、而西蘇則稱之為「雙性的」（bisexual）或「雌雄同體」（androgynous）──（請注意，克莉斯特娃所謂的「semiotic」，其意與瑟許（De Saussure）及普爾斯等所發展的「一般記號學」該詞的定義不同，乃是與其所界定的「語符象徵的」（Symbolic，即語言）相對待，是為語言符號所不能吸納的東西，是連接到被潛意識所壓抑的、屬於本能的、原始節奏脈動的東西，故特譯之為「記號能」。）看起來，這些對文學所採取的精神分析立場，其前題蘊含著「雌雄同體」的「主體」，蘊含著雄偉與陰柔兩者。對筆者而言，所謂文學的書寫可能是對「雌雄同體」的「主體」的回歸，並從這混然的「主體」發音，雖然這回歸常是模稜的、不完全的。「女代面體」即是如此的帶有精神分析功能的一個回歸，表達了「主體」在分割後對「意識」（相對於潛意識）、對「語言符號」（相對於記號能）、對「雄性」、對「男性中心」與「父系文化」的單向生命的不滿。男性詩人必須要把其被壓抑的「女性」／「陰柔性」釋放出來，而其釋放之法乃是把自己在情緒上轉化為「女性」；而這就是「女代面體」對「男性」詩人內部世界所扮演的精神分析功能。這精神分析功能，相對於其社會文化功能，是原初的，是首度的。在「女代面體」裡，其精神分析功能（內延的）與社會文化功能（外延的）並存而非零和。同時，男性詩人的「同情」應解作為對其在父系社會裡擁有特權的一種「贖

罪」，蓋一個「雌雄同體」的「主體」對其所含攝的一切常為公平。

三、陰性／女性書寫

「陽性」與「陰性」的二元對立之解構，乃是法國女性主義如西蘇與克莉斯特娃者的批判路線。他們的方式是雙重德希達式的：一方面用德希達「解構」的方法重讀佛洛伊德與拉岡，從二者系統內的各二元對立開始作業而後從內逆反及至系統被裸開；一方面運用德希達「延異」（*differance*）的理念加以探索——「延異」一詞而有三義，即差異，正在差異中，以及（可能的東西在目前的二元對立裡被）延擱。舉例來說，西蘇在其女性主義的雄辯裡，先列出一系列的二元對立，如主動與被動、父與母、男與女等；然後指出這些對立的二元在目前的父系社會裡，實質上是不平等的相對組。最後，指出這些「二元」對立實是「本質主義」（essentialism）（即以此為本質，永遠不變）的災難性的樣式，乃是人類現實的謬誤表達（1980a：90-98）。她提倡一種非排他性的「雙性別」（bi-sexuality）：「對任一差異或任一性別的不排斥」，一種「自我容許」，根據無論是男是女的每一人的「慾望所烙印的多元性」而自發的表出（1980b：254）。西蘇以為，在目前的歷史空間裡，「女性是雙性別」，而男性卻保留著其「榮耀的男性中心的單性別」；其意謂女性向人類原有的「雙性別」的開放，並從其中獲益（同上，254）。顯然地，西蘇的「雙性別」幾乎可稱是我們前述的「雌雄同體」

（androgyny）的同義詞。

　　同時，克莉斯特娃對任何「性別認同」的絕對形式皆有所懷疑，並且拒絕任何「女性品質」及「女性書寫」的「本質主義」的立場。她把「拉岡的想像與語符象徵的二者差異，換作為記號能的與語符象徵的差異」（Moi, 161），並把文學與前者相連接。拉岡的「想像」乃是一複雜的現象，與「自憐情結」與主體的建構有關，同時也是拉岡三範疇中的另二範疇的「中介」，即作為超乎人類意識可思量的「真實」（Real）與作社會文化相表裡的「語符象徵」（Symbolic）間扮演「中介」的角色。「想像」首度顯現於個體成長過程中的「鏡子階段」（mirror stage）（始於半週歲），其時孩童面對鏡子的「形象」興奮無比，認出這「形象」就是他自己。這「鏡子」現象典範地表陳了「認同」與「異化」、「支離」與「統一」、孩童自身的「身控能力匱乏」與他投射出去的形象之「完美」間的正反辨證。拉崗謂，孩童其時以為「這個調和一體的形象」即為自己，但事實上「其身體的摩托動力規範尚幾乎看不出來」，無法把身體各部有效調節為一體。同時，相對於這「主體所感覺到的正在使其動將起來的各種激盪蠢動」，其「鏡中形象」是「固定的」，「正反相逆的」。故其「鏡中形象」乃是「異化」的，正「預演著它底異化的命運朝向」。雖然是「異化」的，但這鏡中形象與自己「呈現出一種完滿的相互符應，把我與其投射出來的人物塑像結合在一起」（Lacan 2）。這個鏡子階段一直延續至十八個月大，孩童隨即面臨其伊底帕斯危機，「父像」（Phallus）或「父親」（Father）介入，把「孩童」與「母親」的二位一體分開，把「孩童」與其認同的「形象」的二位一體分開，而危機過後，即

進入「語符象徵」的領域，進入社會規範的現實世界。拉岡的「語符象徵」與「父像」規範相表裡；「父像」的權威「介入」，就猶如「語言」之「介入」（用「父像」而不用「父親」一詞，意謂不必真正的父親的介入）。最重要的是，進入並接受了這「語符象徵」（即語言）的規範，即意味著首度的「喪失」，「首度的壓抑」（primary suppression）。在父系文化裡，人類的文化與生活皆為「語符象徵」（即語言）所控御。這個「鏡子階段」，或者說，這個與「語符象徵」相對立的「想像」，在以後的個體生活裡，會以幻想／夢／藝術等形式重覆出現，干擾「語符象徵」的控御運作。克莉絲特娃以為文學活躍於「記號能」與「語符象徵」兩者間的門檻上，或者說，是「記號能」闖進了「語符象徵」裡。然而，「記號底活動動能，其發聲在實際上僅存在於語符象徵領域內；與「語符象徵」決裂，方能解放如音樂或詩歌裡這樣的複雜的表達」；或者，「我們可以把這記號能看做是語符象徵域內『本能功能』的再度回歸，看做是一種『否定』（negativity）被引進語符象徵內，作為其規範的一種越軌（記號能是建立在與語符象徵的重複抉裂）」（1986a：118）。在克莉斯提娃的精神分析學裡，「記號能」是連結於伊底帕斯前的心理世界，連結於他所稱的「涵攝陽性與陰性」的「前伊底帕斯之母」（pre-Oedipal mother）（Moi 165）。克莉絲特娃認為，書寫，或者更準確地說，文學與藝術的創作，不應減約為單性別的女性書寫，而是應該沿著「每個人的可能的諸種性別認同的繁衍」而進行（1986b：210）。

西蘇及克莉斯特娃皆解構「本質主義」式的「男性」／「陽剛」與「女性」／「陰柔」的二元對立，但同時把兩者作為在時空

脈絡裡正進行著德希達式的「延異」。對西蘇而言,「書寫」與
「雙性」或她界定中的「女性」/「陰柔」相接近,謂「沒有某程
度的同性戀」(即雙性的互嬉)促使我底深層的諸主體在我身上結
晶,那就沒法創造其他的我,沒有法創造詩,沒法創造虛構」
(1980a:97)。然而,在較次元的層次,「男/陽性與女/陰性的
書寫仍可辨識」(1980b: 253)。換言之,「陰性書寫」得上置於
本已原屬「雙性」或西蘇所說的「陰性」的「書寫」上,這「陰性
書寫」表現出非排他性、海洋般的流動的特性,猶如西蘇本人的
「書寫」所呈現者;而「陽性書寫」則為其反面,囿於「父系中
心」的單性專橫。克莉絲特娃則在排斥「本質主義」式的「陰性書
寫」之餘,尚提倡「如喬埃斯(Joyce)、馬拉美(Mallarme)及雅爾
都(Artaud)等人所呈露的姿式的、節奏的、指涉前的語言」,讓
「記號能」打破「語符象徵」的、「父像」的秩序(Jones 362-
63)。以克莉斯特娃的定義而言,這些前衛書寫是「記號能」的;
而我們也未嘗不可稱之為「陰性的」,蓋「記號能」乃是與「語符
象徵」相對,與後者所含攝的父像的、男性霸權相對。職是之故,
本文即用「陰性書寫」來統稱克莉絲特娃的「記號能」書寫和西蘇
的「陰性」書寫,並同時體認他們二者因理論架構不同而產生的必
然相異。

　　大部分的女性主義者,把「性性別」(sex,以生理為基準)和
「文化性別」(gender;把男剛與女柔的文化規範鏤刻於男女身上作為其識
別)分開。「sex」與「gender」,在英文裡往往互用;而女性主義
者則作上述識別。兩者一般都中譯為「性別」;筆者在此場合,特
把兩者以不同辭彙譯出以識別。(以後本文所用「性別」一詞,皆指

「gender」。）換言之，一般人以為「生理」的差異即為「性別」的全部，而女性主義則體認到「性別」裡其實有「文化」的規範角色存焉。西蘇尚堅持她的「雙性說」，並進而謂「有些男士並不壓抑其女性品質，同時，有些女士多多少少地勉力鏤刻其男性品質」（1980a：93）。就「書寫」而言，「書寫」一直是男性的事業，表達著父像文化；因此，那些鏤刻有女性品質的作品是特別珍貴罕有」（"Medusa" 93）。從本文的視野來看，「女代面體」可說是這珍貴罕有的例子；在「女代面體」裡，男性詩人把其在父像文化裡被壓抑的女性品質釋放開來，復歸於西蘇所謂的「雙性別」的主體。誠然，「女代面體」所含攝的「女性品質」在我們所處的「父像文化」裡乃是壓抑的，故其釋放並非天籟般即興自然，而是勉強掙脫而出；其中實含有「正反合」辨證的動力。佛洛伊德的雄辯，謂文化往往是壓抑的，故產生許多不滿（1961）。當然，佛洛伊德所說的文化，乃是指我們目前的非「雌雄同體」的、非「雙性」的文化。換作是雙性文化或母系社會，情況恐怕就不一樣了。在詩歌裡，不必然是「女代面體」，也可看到「陰性品質」在「陽性品質」的內部如何嘲弄後者；從下面雪萊及李白的詩即可見其一斑。

雪萊的《普羅米修斯的釋放》（*Prometheus Unbound*）、〈西風頌〉（"Ode to the West Wind"）及其他一些詩篇，以其雄偉及陽剛著稱。茲引例如下：

> 匍伏而行的冰河群刺我以
> 冰月結晶的矛簇；其亮鍊
> 將炙人的寒冷吃進我的骨裡。

　　　天國帶翅的獵犬把我的心臟撕開，

　　　其毒污染不源自本身而來自您的雙唇。

　　　而恍兮惚兮視覺物漫遊而來，

　　　那夢城鬼魅般幽民在

　　　嘲弄我；掌地震的鬼魅被律令

　　　去攪動我冷顫的諸傷口的鎖釘，

　　　而眾多的岩石在我背後斷裂又復合攏。

　　　從喧嘩的淵藪裡，暴風雨底精靈

　　　成群呼叫，激起旋風的

　　　狂怒，以冰雹折磨我。

　　　（《普羅米修斯》，31-33 行；頁 137）

　　　您[西風]

　　　大西洋底水平的能量把自己裂開成峽谷

　　　作為您的通道，而水底深處

　　　盛開的花與披戴著海洋枯葉的

　　　水淋淋的森林聽到您的

　　　聲音，頓時在恐懼中變為灰槁，

　　　發著抖，把自己毀去。噢，聽啊！

　　　（西風頌，34-42 行；頁 222）

　　無論是從朗吉納斯（Longinus）或者康德（Kant），甚至女性主義的定義來衡量，《普羅米修斯的釋放》（寫於 1819 年）的開首都可稱之為雄偉。普羅米修斯以為人類偷取天上的火種故，為邱比特

（Jupiter）以鎖鏈繫於峭壁以折磨。詩開首是普羅米修斯對折磨它的天上主神邱比特的控訴，引詩中的「您」即為邱比特。詩中巨人族的普羅米修斯幾乎被描述成與大地或宇宙同體，給冰河、天國的獵犬、夢域的鬼魅、暴風雨的精靈、以及旋風所折磨，其傷痛直迫巨人的心與骨。普羅米修斯的呼號與控訴，真可謂是「偉大心靈的迴響」，也就是朗吉納斯所界定的「雄偉」。同時，在這折磨的場景裡，引起了「恐懼」與「痛苦」，這就完全符合康德的「雄偉」的條件：雄偉感「含攝著痛苦，引發我們心理的超越感官的命運感」（97）。在康德的雄偉論裡，「雄偉」始於「恐懼」與「痛苦」，經由「理性」（Reason）了悟到「感官衡量之不足而超越之」（97）。女性主義者把「雄偉」與「男性」、「父像」相提並論，而筆者以為，在普羅米修斯痛苦呼號的背後，也許會聽到「同樣的自我欣賞、自我激勵、自我讚揚的父像／父權中心主義」（這裡我借用西蘇的詞彙：1980b：249）的聲音。在書寫裡，詩人雪萊在心理上之「認同」受難者普羅米修斯，與之合一，是無可置疑的；那麼，我們是否可以說，像普羅米修斯一樣，雪萊的痛苦不單來自外在的邱比特，也源自自身的父像／父權中心主義？我不諱言，我這種女性主義的詮釋不免帶有解構主義的色彩。

〈西風頌〉寫於同一年，也是同樣的雄偉，但卻有著顯著的個人抒情格局❺。在詩裡，我們看到四季的更迭與陡天的風起雲湧，「噢，聽啊」的迴盪，在在給人雄偉的感覺。所引詩行其場景更是

---

❺　根據 G.M. Matthews，〈西風頌〉是雪萊「唯一的毫無模稜的個人抒情的聲音」。其文收入在本文所用的雪萊詩的版本，上引句子見頁 682。

雄偉，大西洋為西風的到臨而自動裂成峽谷讓之通過，水底的花卉林木也感到西風的威力，瞬間變為蒼白而自我毀去。這是革命的聲音，這是自我要求解放、要求自我改造的聲音，這是大地摧毀與更生的聲音，何其雄偉也；詩中「恐懼」一詞，毫無含混地出現，正標幟著康德式「雄偉」的前身，與全體的「雄偉」感混合一起。在這秋天底雄偉的聲音裡，我們聽到雪萊底最為個人最為抒情的聲音：

> 噢！拉起我，像一片浪、一片葉、一片雲！
> 我跌倒在生命的荊棘裡！我流血！

但我們必須注意，在這兩句詩行裡，作為說話人的「我」無寧是女性的，陰柔的，有別於男性的、陽剛的、作為詩中心的、有能力去「保有」去「破壞」的西風的聲音，有別於我們前面所體認的普羅米修斯的父像／父權中心的聲音。換言之，雪萊在這裡是以個人的、第一人稱的男性的身分發音，但其發音卻帶著女性的／陰柔的音調。最後，我們覺得更不可思議的是，這聲音與其在另一首詩裡，雪萊帶上印地安女郎「代面」的女性發音，何其相近也！請聽：

> 噢！拉起我，從[您窗前]的草地！
> 我死、我暈、我倒了！
>
> ("The Indian Girl's Song"，頁 370)

這是詩中的印地安女郎在午夜夢醒之餘走到情郎窗前所作的愛的呼喚。這是雪萊這首「女代面」詩中最女性抒情的聲音。兩詩並讀，這印地安女郎與這英國青年雪萊竟共享「幾乎」同一女性品質；從「雌雄同體」的「主體」的角度而言，吾人得謂，這些「女性／陰性」書寫是雪萊被壓抑的「女性」品質的釋放，從其「男性」或「父權」中心的「自我」（ego）的禁錮的自我救贖。我說「幾乎」，因為兩者仍有細微的差異。這英國青年跌落在「生命的荊棘裡」，而這印地安女郎卻跌落情人窗前的「草地」上。「生命的荊棘」所含攝的「苦難」把說話人的「主體」從純然的全然的「女性」境地救將出來。同時，這「女性」品質更進一步為這「主體」的「男性」特質所救贖，像「西風」一樣，這「主體」是「不羈、敏捷、與自傲」的主體。換言之，在〈西風頌〉裡，這「女性」聲音，是「陰」中有「陽」，「陽」中有「陰」，有如太極圖說所表陳的互為含攝與互盪。

李白詩之雄偉可謂無人能出其右者。其〈蜀道難〉即以如雷霆萬鈞之勢開其端貫其篇：

> 噫吁嚱，危乎高哉！蜀道之難難于上青天！
> 蠶叢及魚鳧，開國何茫然！
> 爾來四萬八千歲，始與秦塞通人煙。
> 西當太白有鳥道，可以橫絕峨眉巔。
> 地崩山摧壯士死，然後天梯石棧方鉤連。
> 上有六龍廻日之高標，下有衝波逆折之廻川。
> 黃鶴之飛尚不得，猿猱欲度愁攀援。

青泥何盤盤，百步九折縈岩巒。

捫參歷井仰脅息，以手撫膺坐長嘆。

問君西遊何時還？畏途巉巖不可攀！

但見悲鳥號古木，雄飛雌從繞林間。

又聞子規啼夜月，愁空山。

蜀道之難難於上青天！使人聽此凋朱顏。

連峰去天不盈尺，枯松倒挂倚絕壁。

飛湍瀑流爭喧豗，冰崖轉石萬壑雷。

其險也如此！嗟爾遠道之人，胡為乎來哉？

劍閣崢嶸而崔嵬。一夫當關，萬夫莫開。

所守或匪親，化為狼與豺。

朝避猛虎，夕避長蛇。

磨牙吮血，殺人如麻。

錦城雖云樂，不如早還家。

蜀道之難難於上青天！側身西望常咨嗟！

在雄偉高亢的聲調裡，我們看到其男性的憂鬱、以及自我放逐的餘音。從本文目前的女性主義觀照裡，這無寧是父像／父權中心主義的自我哀號，詩人必須將其釋放才能回復「雌雄同體」的「主體」的安寧舒泰。在這視野裡，我們就不會驚訝於其在宮詞及閨怨等詩章裡的女性婉約的風格，與其雄偉風格恰恰成為一相對組──合而為一，則為其「雌雄同體」的「主體」的完美表達。據我統計，李白寫有「代言」或「女代面」詩共有二十首之譜，遠超越其同輩詩人。李白甚至在其〈寄內〉詩中，戴上「代面」，以其妻的

聲音發音，對其酗酒有所抱怨。李白的「女代面」詩，其中「女
性」多為宮女、棄婦、或其夫出外從軍或經商的閨中少婦。這正反
映著李白所處時代的社會現實。然而，本文所專注者，乃在於「書
寫」的「男性／陽剛」與「女性／陰柔」的問題，以及其蘊含的可
能有的精神分析功能。讓我們從〈代美人愁鏡〉（3：1,486）再度切
入：

> 明明金鵲鏡
> 了了玉台前
> 拂拭皎冰月
> 光輝何清圓
> 紅顏老昨日
> 白髮多去年
> 鉛粉坐相誤
> 照來空淒然

　　這首詩引起可討論的地方頗多。首先，篇名中有「代」字，確
認「代言體」之存在，而其他相類詩篇，可視作「代」字被省去。
然而，這「代」字之省去卻有非凡的意涵，因為這表示著「詩人」
的「主體」與其「代面」（詩中的女性），兩者之間界線的模稜，而
我們前述的「內延」的「同情」與「共感」遂成為可能。其次，再
仔細觀察之餘，即使詩題明有「代」字，也不見得意謂「詩人」的
「主體」與其「女性」代面兩者間無法過渡。詩中「明明金鵲鏡」
所反映的鏡子形象（「紅顏老昨日，白髮多去年」）不必僅屬於這女性

形象，也是詩人李白心靈深處帶有精神分析含義的一個局部：自憐情結。這精神分析局部與自憐惜情結竟見於其以雄偉著稱的〈將進酒〉（1，225）：

> 君不見 黃河之水天上來 奔流到海不復回
> 君不見 高堂明鏡悲白髮 朝如青絲暮成雪
> 人生得意須盡歡 莫使金樽空對月
> 天生我材必有用 千金散盡還復來
> 烹羊宰牛且為樂 會須一飲三百杯
> 岑夫子 丹丘生
> 將進酒 君莫停
> 與君歌一曲 請君為我側耳聽
> 鐘鼓饌玉不足貴 但願長醉不願醒
> 古來聖賢皆寂寞 惟有飲者留其名
> 陳王昔時宴平樂 斗酒十千恣讙謔
> 主人何為言少錢 徑須沽取對君酌
> 五花馬 千金裘
> 呼兒將出換美酒 與爾同消萬古愁

詩中的「說話人」李白與「君」相「認同」而合為一體，進而「認同」其「鏡中形象」；其中的「悲白髮」蘊含著自憐情結，與前詩〈代美人愁鏡〉同趣；兩者都洩漏著李白的深入精神分析層面的內心世界。事實上，就中國詩歌傳統而言，自《楚辭》以來，詩人自比香草美人，已為慣例；故前詩詩題之「代美人愁鏡」實非偶

然也,而李白在詩中之心理「認同」其「女代面」,在此詩傳統中更為有證據。然而,這同樣白髮自憐,其女性婉約的品質為其週遭壓倒性的男性與陽剛所削弱,但卻又同時從這男性與陽剛的內部起著干擾的作用,使其男性與陽剛的自滿自足有所不安。換言之,也是陽中有陰,陰中有陽,互為激盪與解構,一如前論雪萊詩。

五、結語:「女代面體」詩歌綜述

　　上面的論述乃是試圖超越傳統的社會層面的詮釋,探討「女代面體」的精神分析層面;但這精神分析層面並非佛洛伊德的「本能論」的視野,而是佛洛伊德及當代女性主義的「雌雄同體」的「主體」的視野,並以中國傳統的太極學說所含攝的二儀未分的原始人心狀態來深化支持當代西方之學說。筆者以為這雌雄同體、陰陽混然一體的「主體」為天之所棄,個人之「主體」抉離於此雌雄混然一體時,即感到有所失落、不安與痛苦。「女代面體」詩即是這精神分析層面的一個範例表達,意欲回歸於雌雄同體的合一境地:「男性」詩人戴上「女性代面」而以女性發音,藉此以釋放在「父像/父權文化」中所壓抑的、其原擁有的女性品質,即所謂復歸於太極也。我們可謂有兩個佛洛伊德,一個強調生理層面的,一個強調記號表義層面的;而後者乃是本文所遵循與發揚者。作為記號學家的佛洛伊德,強調記號與文化的過程,使到個體被塑成為一個記號表義的、文化性的生命與主體。記號學家的佛洛伊德帶著緊迫感為我們揭示「文化」的「壓抑性」,及因此帶來的個體生命的不安

與不滿。從這個視野而言，「性別差異」以及固定的「性別角色」無寧是文化薰陶／控御過程中一個最基本最重要的環節，而它無可避免地是壓抑性的。

「本質主義」的「男性／陽剛」與「女性／陰柔」這種固定相對視野，無論在「性別」及「書寫」上皆不應毫無條件地接受。因此，所謂「陰性書寫」不能以「本質主義」來界定，而應是一個德希達式的「延異」，與「陽性書寫」在不同時空、不同文化裡互為差異而演變著。「書寫」上的「陽剛」風格與「婉約」風格在中西批評裡很早就被注意到。本文獨到之處，是把這「陽剛」與「婉約」與「性別」相聯結，與「規範功能」相聯結，與「雌雄同體的主體」相聯結，並與「女代面體」這一特殊詩類相聯結。探討的結果，我們發覺在「女代面體」裡，其中的女性品質，為籠罩著它的男性、父權的雄渾的聲音所壓抑，但卻能從其內部出發而擾亂其男性、父權中心的霸權與自得。這情形在雪萊的〈西風頌〉和李白的〈將進酒〉皆清晰可見。

「女代面體」乃經由本文首度界定的抒情詩歌。讓我們現在遵循杜鐸洛夫（Todorov）的三元論的文類理論對「女代面體」作一通體但簡賅的文類描述。杜鐸洛夫認為，文類應根據文學書篇的三個層面而建構之，即語言層（the verbal）、語法層（the syntactic；即章法結構），和語意層（the semantic；即內容）。根據其名著《論奇幻體》（1975）的綜述，「語言層」乃是指「話語的各種材質」以及「它的演出」，內攝「作者」與「讀者」與因而在語言上的變化。「語法層」乃是指書篇中「各局部所賴以支撐的諸種關聯」。「語意層」包括文學書篇中所含攝的各種「母題」，而這些「母題」的

「各種變異與組合」，乃是根據其背後的「文學底內容的通體」作為背景而浮雕之。最後，在文學書篇與文類裡，這三個局部「以複雜的相環扣的關聯呈現」（20）。事實上，杜鐸洛夫這三個文類局部，在本文裡更經由某些「女性主義」與「記號學」的概念加以深化，更符合「女代面體」這文學現象。

下面是最簡賅的文類陳述。作為一個抒情文類，「女代面體」的「語意」（內容）層，含攝「性別」、「雌雄同體」的「主體」、「社會功能」以外，尚達到「精神分析層面」的「規範功能」。至於其「語法層」（章法結構），「女代面體」有若「情詩」，「受話人」（addressee）被內化為詩篇內的一個結構：此回，這「受話人」不再是女士，而是男性；此回，「男」詩人不再以其「男性」發音，而是以其「女代面」發言；而這「女代面」在精神分析層面而言，無寧是其「雌雄同體」的「主體」的另一半。上面這些特質，在在都影響著「女代面體」的「語言層」。故其「語言層」乃是與「陰性書寫」緊密一起，是「陽剛」與「婉約」風格的不斷「延異」：陽中有陰、陰中有陽而互對互盪。饒富意義的發現是，「雄偉」風格的詩人如雪萊及李白者，往往書寫出最為「婉約」的詩篇（即所謂「陰性書寫」的體現），或者在其詩篇裡，「男性／陽剛」與「女性／陰柔」正互盪著。毋庸贅言，這「文類」底三個局部在「女代面體」裡互為滲透，一如於其他抒情詩類所見者。

參引書目

許翠雲，1990，〈唐代閨怨詩研究〉，《國立臺灣師範大學國文研

究所集刊》，34 期，547-670。

李白，1981，《李白集校注》，3 卷，瞿蛻園編，台北：里仁。

蘀塘居士，1980，《唐詩三百首詳析》，喻守真註析，台北：中
　　華。

馮友蘭，1993，《中國哲學史》，台北：臺灣商務。

徐芹庭，1993，《易圖源流》，台北：國立編譯館。

Betjeman, John & Taylor, Geoffery, eds.　1957.　*English Love Poems*.
　　London: Faber and Faber.

Cixous, Helene.　1980a.　"Sorties."　*New French Feminisms: An
　　Anthology*.　Eds. Elaine Marks & Isabelle de Courtivron.　New
　　York: Schocken, 98-98.

＿＿＿＿.　1980b. "The Laugh of the Medusa." *New French Feminisms:
　　An Anthology*.　Eds. Elaine Marks & Isabelle de Courtivron.
　　New York: Schocken, 245-264.

Cook, Ellen Piel.　1985.　*Psychological Androgyny*.　New York:
　　Pergamon.

Eagleton, Mary, ed.　1991.　*Feminist Literary Criticism*.　London:
　　Longman.

Eco, Umberto. 1986.　"Mirrors."　*Iconicity: Essays on the Nature of
　　Culture, Festschrift for Thomas A. Sebeok on his 65th birthday*.
　　Eds. Paul Bouissac, Michael Herzfeld and Roland Posner.
　　Stauffenburg Verlag.

Freud, Sigmund.　1961.　*Civilization and Its Discontents*.　Ed. and

Trans. James Strachey. New York: Norton.

Ivanov, V.V. 1977. "The Role of Semiotics in the Cybernetic Study of Man and Collective." *Soviet Semiotics*. Ed. Daniel Lucid. Baltimore: The John Hopkins UP, 27-38.

Jones, Ann Rosalind. 1985. "Writing the Body: Toward an Understanding of l'Ecriture feminine." *Feminist Criticism: Essays on Woman, Literature and Theory*. Ed. Elaine Showalter. New York: Pantheon, 361-377.

Kant, Immanuel. 1951. *Critique of Judgement*. Trans. J. H. Bernard. New York: Hafner.

Kristeva, Julia. 1986a. "Selection from *Revolution in Poetic Language*." *The Kristeva Reader*. Ed. Toril Moi. Oxford: Basil Blackwell, 89-136.

_____. 1986b. "Women's Time." *The Kristeva Reader*. Ed. Toril Moi. Oxford: Basil Blackwell, 187-213.

Lacan, Jacques. 1977. *Ecrits*. Trans. Alan Sheridan. London: Routledge.

Longinus, Cassius. 1952. "On the Sublime." *Criticism: The Major Texts*. Ed. Walter Bate. New York: Harcourt Brace, 62-75.

Lotman, Jurij. 1977. *The Structure of the Artistic Text*. Trans. Gail Lenhoff and Ronald Vroon. Ann Arbor: U of Michigan P.

_____. (Yuri Lotman). 1990. *Universe of the Mind: A Semiotic Theory of Culture*. Bloomington: Indiana UP.

Moi, Toril. 1985. *Sexual/Textual Politics: Feminist Literary Theory*.

London: Methuen.

Peirce, Charles Sanders. 1931-58. *Collected Papers*, 6 vols. Cambridge, Mass.: Harvard UP.

Reiman, Donald H., and Sharon B. Powers, eds. 1977. *Shelley's Poetry and Prose.* New York: Norton.

Showalter, Elaine. 1978. *A Literature of their own: British Women novelists from Bronte to Lessing.* London: Virago.

Stallworthy, Jon, ed. 1973. *A Book of Love Poetry.* New York: Oxford UP.

Todorov, Tzvetan. 1975. *The Fantastic.* Trans. Richard Howard. Ithaca: Cornell UP.

Wilden, Anthony. 1986. "Ideology and the Icon: Oscillation, Contradiction and Paradox: An Essay in Context Theory." *Iconicity: Essays on the Nature of Culture--Festschrift for Thomas A. Sebeok on his 65th birthday.* Stauffenhurg Verlag, 251-302.

Wilhelm, Richard and Cary Baynes, trans. 1977. *The I-Ching or Book of Changes.* The Richard Wilhelm translation rendered into English by Cary Baynes. New York: Princeton UP.

第六章

論「讀藝詩」(ekphrastic poetry) 的詩學基礎及其中英傳統
——以中國題畫詩及英詩中以 空間藝術為原型的詩篇為典範

一、緒論：讀藝詩與讀藝詩瞬間

　　所謂「讀藝詩」，乃是筆者對"ekphrastic poetry"的暫時中譯，並循其較窄的定義，用以指陳那些源於繪畫、雕塑等藝術作品而產生的詩篇。這個詩類最近在西方引起嶄新的注意，本文即把中國的「題畫詩」納入其中，以作比較的論述。「讀藝詩」的詩學基礎主要是在於或稱為「空間藝術」闖入「時間藝術」內、或稱之為「時間藝術」重述「空間藝術」使其發聲而形成的美學上所謂「讀藝詩瞬間」（*ekphrasis* or ekphrastic moment）。據筆者觀察而得，所謂「ekphrastic moment」，實為「空間」與「時間」藝術互為「上置」（superimposition）、互為抗拒與交融的模稜瞬間。在中西比較

文學的視野裡，我們發覺，中國的「讀藝詩」以「題畫詩」為其主要內容，以繪畫為其對象，而英詩中的有關「讀藝詩」，卻非源於畫作，而是以雕塑為主要對象，其最重要的作品，則為濟慈（Keats）源於希臘古甕及其上之浮雕所寫就的〈希臘古甕頌〉（"Ode on a Grecian Urn"）和雪萊（Shelley）源於埃及暴君的人像雕塑〈奧西曼底亞斯〉（"Ozymandias"）。如果我們以「題畫詩」作為中國讀藝詩典範，以上述濟慈和雪萊二詩作為英國讀藝詩的典例，中英「讀藝詩」傳統便可得而論述；二傳統所涵攝之諸母題與旨歸，實各有異焉。

「Ekphrastic poetry」一詞中之「ekphrastic」何所指？首度應用「*ekphrasis*」一概念於比較藝術研究上者，應是赫絲沈（Jean Hagstrum）的經典著作《姐妹藝術篇》（*The Sister Arts*）（1958）。根據其說法，在希臘語中，「*ekphrasis*」（名詞）和「ekphrastic」（形容詞），皆源於「*ekphrazein*」，其意謂「說出來」（speak out）；不過，此詞的廣義亦指「描繪」（description）和「詮釋」（interpretation）。赫絲沈採取該詞的原來的窄義，用來指陳「給予無聲藝術品以發聲以語言的特殊美學品質」（1958：18）。經由這特殊美學品質，「無聲的塑品被賦予聲音，沈默的藝術形象被賦予語言的能力」（1958：23）。職是之故，筆者即逕以「讀藝詩」這一詩類，乃是指那些源於空間藝術的詩篇，而在這些詩篇裡，沈默的藝術形象被迫發聲、被迫賦予聲音與語言。當然，這所謂「發聲」或賦予語言能力，也就是詩人對原沈默藝術形象的再描繪與詮釋（即 *ekphrazein* 的廣義），而這再描繪與詮釋無可避免地涉及詩人的主體及記號的規範功能，此後詳。

綜述言之，「*ekphrasis*」原義為「發音」，用於比較藝術上，則為「使啞藝發音」，實指「詩篇」內時空二藝術交錯的模稜狀態，而其出現往往為瞬間，故行文之方便，讓為「讀藝詩瞬間」。此概念在克爾格（Murray Krieger）、史但納（Wendy Steiner）、和柯絲（Mary Caws）手裡有進一步的發揮。然而，他們的發揮，似乎都偏愛了藝術的空間性與雕塑性，也就是偏向了「空間藝術」。對克爾格而言，「讀藝詩瞬間」是指「在文學作品裡模擬雕塑藝術」。在文學作品裡，「讀藝詩瞬間」這一技巧即是「用空間與雕塑藝術來象徵與表現文學底時間的空間感與雕塑感」（1967：107）。「讀藝詩瞬間」這一概念顯然牽涉到「時間藝術」與「空間藝術」的交錯與融合，故克爾格反對自拉辛（Lessing）的經典之作《拉奧孔》（*Laocoon*）以來時空二藝術相對立的立場，而認為二者處於互為辯證的關係：

> 空間藝術現在作為時間藝術的模擬對象，並成為後者的喻況，雖然後者在其時間之流中要抓住前者。空間藝術把時間藝術的時間之流凍結，雖然後者要把前者從空間的禁錮裡解放開來。（1967：107）

在這個辯證關係裡，優越性給予了空間藝術。筆者認為不妨逆其道而行，重組克爾格語句，把優越性交給時間藝術，而謂：在時空二藝術互相辯證的一刻裡，也就是在讀藝詩的美學運作裡，詩篇在其時間性裡抓住了空間藝術並使後者從空間的禁錮裡解放開來。對史但納而言，「讀藝詩瞬間」是指「整個事件的活動都濃縮集中

於精力高亢的一刻」，並謂這特質原屬於空間藝術的特有架構；用
諸於時間藝術，「是經由時間的停頓以模擬視覺藝術，或者更準確
地說，經由停頓的片刻來指陳其所涵攝的事件活動」（1982：
41）。換言之，「讀藝詩瞬間」是用「靜止的片刻」（static
moment）來指陳「事態的活動」（motion）（1982：41）。史但納幾乎
把「讀藝詩瞬間」這一美學品質視為詩歌底時間藝術中的空間化與
雕塑化，未能充分體認「*ekphrasis*」的原意為發音，擴大即為「時
間藝術」加諸於「空間藝術」的詮釋功能。柯絲基本上沿著史但納
以視覺藝術為中心的思考方向，而以其「張力」（stress）理論深化
之。她認為，「讀藝詩瞬間」是「視覺藝術嵌入語言藝術」之際，
其時「視覺」被轉化為「語言」。「嵌入」或「移轉」過程是處於
一種「張力」狀態，其中涵攝著「視覺藝術」與「語言藝術」間的
「對話」及「干擾」（1989：3-9）。所謂「張力」狀態，是指：㈠
「比較以及表達這比較的整個藍圖所引起的某種焦慮」；㈡「如音
律上的重音般加強了某些局部的細節」；㈢「如金屬上的緊張度之
證明其張力的能耐度」（1989：4）。她的「張力」美學，尚涵攝某
種道德情操，因為在「讀藝詩瞬間」裡，整個詩篇被「提高到一個
冥思的高峰，深化並強化了其周遭的抒情或敘事」（1989：448）。
從上述諸人的理論中，可看到讀藝詩的美學特質，就是「空間藝
術」被嵌入、被轉化、被詮釋為語言、使其發音有所表達的瞬間，
這瞬間是「時間」與「空間」二藝術的比較、對話、干擾、辯證，
以及筆者所謂的最終的模稜。只是上述諸人的理論，其美學觀照往
往自空間藝術出發，並偏愛「空間藝術」的美學架構，未能充分體
認「時間藝術」的功業。

　　上述諸人對「讀藝詩」的詩學探求帶有某程度的記號學視野，牽涉到繪畫或雕塑記號與語言記號的異同。事實上，自從俄國形式主義（Russian Formalism）以來，記號學對語言記號的物質性以及語言與視覺記號的關係，都有廣泛的關注。穆克魯夫斯基（Mukarovsky）認為，各種藝術之所以相異，在於其個別的物質性，即語言記號用於詩歌、石頭用於雕塑、顏色與圖形用於繪畫、音調用於音樂；究其美學過程，則一也（參 Winner 1978：235）。艾誥（Umberto Eco）宣稱，記號具有的「物質性」乃是「記號行為前的原始材質」（hyposemiotic stuff），而「藝術作品則對其原始材質作記號學的救贖」（1962：268）。換言之，藝術行為使其藝術所賴的材質轉化為記號，使其材質從其原始的物質性中解放、救贖出來。雅克慎（Roman Jakobson）重新抓住拉辛以來的時空二藝術的對立，但並不把這對立絕對化，而是把兩者之差異置入美感視覺中的綜合過程中，而論其主導性：「視覺及聽覺兩者顯然皆在時間與空間裡進行，只是空間的向度在視覺記號裡作為主導，而時間向度則主導著聽覺記號」（1964；1987b：469）；同時，「在語言的運作裡，其並時的多元綜合運作，把異時而連續性的事態活動轉化為一個並時的架構；而在繪畫的視覺裡，其綜合運作則是憑藉著觀覽中的圖畫所作最為幾近它的處理」（1964；1987b：471）。薛備奧（Thomas Sebeok）則強調「衍義行為」（*semiosis*）的「肖象性」（iconicity），謂「肖象記號浸透著人類所用資訊交流語碼，這肖象性在語言裡，並不遜色於語言以外的語碼」（1979：121）。當然，「語言」與「語言以外」的資訊交流語碼，也就指涉著本文一直所關注的時間與空間藝術的同異問題。無庸贅言，上面提到與比較藝術有關的理

念與論述都與「讀藝詩」有關，因為「讀藝詩」的詩學基礎涵攝著
「視覺藝術」底「物質性」被翻譯或轉化為「語言藝術」底「物質
性」，涵攝著「語言記號」對「視覺藝術」底「物質性」的捕捉與
重現，涵攝著對繪畫、雕塑等「視覺藝術品」在「詩篇」結構裡的
重新詮釋。

　　然而，筆者以為普爾斯（C. S. Peirce）的記號模式可為「讀藝
詩」的詩學提供一個廣延的架構。我們不妨遵循這記號學中介模
式，而假設讀藝詩、讀藝詩所指涉的繪畫或雕塑、以及兩者同時指
向的對象，三者之互動乃是普爾斯所界定的無所不在的「記號衍義
行為」（semiosis）的又一實證。普爾斯對「記號衍義行為」界定為
一個三元中介的運作：

　　　　所謂記號衍義行為乃是一個活動──一個影響運作，涵攝著
　　　　三個主體的相互作用；這三個主體是為記號、記號底對象以
　　　　及居中調停記號。這是一個三方面互連的影響運作，絕不能
　　　　縮減為幾個雙邊的活動。（5.484）

　　換言之，對原繪畫或雕塑而言，衍生之「讀藝詩」有如其「居
中調停記號」（interpretant），兩者共享有共指向其模仿的對象。這
三個主體在其互動的衍義過程裡，正從事著無終止的、開放的、三
邊的、中介的活動。我們得注意，這三個主體──讀藝詩、原繪畫
或雕塑、兩者指向的對象──都是開放的，不是固定不變的客體，
而是在不斷的三邊中介裡成形成義。誠如薩陞（David Savan）最近所
讚美的，普爾斯的三元中介模式，「把成長、發展、進化置於記號

以及記號系統的中心位置上」（1987-88：18）。

同時，普爾斯的「肖象記號」（icon）理論也有所提供，因為無論是「空間」或「時間」藝術，都可視作是肖象記號。空間藝術如「繪畫」者，視之謂「肖象記號」，幾可謂理所當然。至於時間藝術如「詩篇」者，雖未必可逕而謂之「肖象記號」，但其所涵攝之肖象性，則又殆無疑義。「詩篇」在其語音層面上，建構其語音象徵（sound symbolism）（Jakobson and Waugh 1979：Chapter 5）；在語法及語意層面上，建構其各種平行對照（parallelism）及雅克慎所謂「文法的喻況」（grammatical figure），甚至在書寫及文字結構上建構成肖象性，此點在中國文字之六書構成及迴文詩等具體詩傾向上，最能顯出。故筆者甚至提出「詩篇」詮釋上的「肖象」層面（Ku 1984a）。如果我們不能逕稱「詩篇」為「肖象記號」，「詩篇」最少以其內部所涵攝可建構的肖象性，步步迫近「肖象記號」的境地。普爾斯的「肖象記號」概念，相當複雜。從普爾斯的現象學來說，「肖象記號」屬於「首度性」（firstness）的範疇，而「首度性」是指一種存在狀態，實有而不需依賴與任何其他東西發生指涉而言；「首度性」是以「新鮮、生命、自由」為其特性，大概是「存在」底豐富而不可捉摸的品質，是未進入現存世界的「二度」時的存在狀態，而且只是一個「可能」（請參古添洪，1984：2 章 3 節）。筆者以為，「山水詩」之精者，可謂達到「山水以形媚道」（六朝宗炳語）的肖象境界，可為普爾斯「肖象性」在「詩篇」中的典例。誠然，「詩篇」作為一個語言的「肖象記號」，「繪畫」或「雕塑」作為一個畫塑的「肖象記號」，他們所開放的只是一個「可能」的世界，而他們的構成自有其法規與傳統，現在兩者卻不

得不互為「中介」、互為「上置」於「讀藝詩」上。「讀藝詩」的研究，在比較藝術上應有其特殊的意義與提供吧！❶

　　「題畫詩」大盛於唐代。孔壽山的《唐朝題畫詩注》（1988），收有二百三十二首，可謂燦然大觀。孔壽山在〈緒論〉中指出，這些題畫詩，對繪畫史頗有提供，因為他們正反映著繪畫的題材及水墨技巧的流變。有趣的是，唐代兩大詩人，杜甫和李白，也同時是這個詩篇傳統的巨匠。因此，本文即以二人的「讀藝詩」作為典範，以作探討。❷然而，西方詩歌裡，並沒有「題畫詩」傳統；近似的詩篇，在英詩中下及浪漫主義，僅得 Robert Burns 所寫的兩首，而且無足可觀者。❸（此有誤，詳文末〈補述〉。）

---

❶　中國古代美學對工藝、繪畫、詩歌的論述，往往著重其背後共通的理念、標準與美學過程，從「比較藝術」立場對各種藝術加以釐辨者，似乎不多。「詩中有畫」、「畫中有詩」，雖與本文的「讀藝詩瞬間」有關，但並沒對時空二藝術的抗拒與交融，有所細述，而是主要指陳其背後共同的「一般美學」。職是之故，放在此理論部分，筆者未對中國美學加以徵引。本文的英文稿"A semiotic approach to *akphrastic* poetry in the English-Chinese comparative context"發表於 *Semiotica* 118-3/4 (1998), 261-79。而中文稿是根據英文稿譯／改寫而成，並已刊於《框架內外：藝術、文學、文類與符號疆界》（劉紀蕙編；台北：立緒，1999），87-121。現於文末增「補述」一節。

❷　對中國「題畫詩」的研究頗多。孔壽山《唐朝題畫詩註》蒐羅完整，註釋清晰，而其中之緒論，更可為集當前研究之大成。筆者翻讀李白及杜甫全集，所得「題畫詩」，雖多得幾篇，實與孔著所收相若。李杜題畫詩頗多，成就卓著，以其作為中詩傳統之典範，應殆無疑義。

❸　此即"Verses Intended to Be Written Below a Noble Earl's Picture"和"Written Under the Picture of the Celebrated Miss Burns"（Kinsley 1968：312 & 496）。

布雷克（William Blake）為其詩集所作之插圖以及為《聖經》中
"Book of Job"一章節所作插圖，都富有比較藝術的興趣，但究竟是
「插圖」（illustration）而非「讀藝詩」。當然，英詩中不乏涉及繪
畫、雕塑等「空間藝術」的詩章與詩行，如伯郎寧（Robert
Browning）的名詩〈我已故的公爵夫人〉（"My Last Dutchess"）即是，
但終與「讀藝詩」有別。至於身兼畫家與詩人雙重身分者，如王維
及布雷克，我們或能討論這些畫家詩人詩作中的繪畫成分，但這些
詩篇究非屬於源於繪畫、雕塑作品的「讀藝詩」。放在嚴格的標準
下，止於浪漫主義之英詩，實得雪萊〈奧西曼底亞斯〉及濟慈〈希
臘古甕頌〉二篇。然而，這兩首詩非常豐富，從其中建構「讀藝
詩」的詩學及英「讀藝詩」的諸母題，綽有餘裕。

　　「讀藝詩」的特殊美學基礎，在於「空間」與「時間」二藝術
互為「中介」、互為「上置」的「讀藝詩瞬間」，已如前述。但中
英讀藝詩中，也發展著不同的「讀藝詩」傳統與母題，這就是「比
較藝術」的旨趣所在。就「題畫詩」而言，可得而論者，有藝術空
間與現實空間的對照，有「如真」的感染力，有用墨用水用彩的筆
法技巧的指涉。就英「讀藝詩」而言，有「視覺藝術」與「語言藝
術」的高下位階（hierarchy）問題，有「視覺記號」與「語言記號」
如何逃離「審檢」（censorship）等。當然，所有「詩篇」都擁有其
「規範功能」（modelling function），而「讀藝詩」之「規範功能」
是雙重的：即比較藝術的，以及自傳性及社會性的。中英「讀藝
詩」傳統不同，所處文化環境不同，其「規範功能」之重點與旨
趣，亦有所相異焉。以下即就上述有關問題加以論證。

二、雪萊與濟慈所代表的英國讀藝詩傳統

　　試想，當藝術家或詩人要在作品裡「反諷」當時的政治或意識型態等敏感問題，而又面臨執政者可能的「審檢」時，將如何自處？換言之，以雪萊的〈奧西曼底亞斯〉一詩為例，詩中的藝術家如何雕塑暴君奧西曼底亞斯的塑像，詩中的詩人如何為塑像的座基題詩，假如像詩中所言，他們要「反諷」這位暴君？我們可以想像，暴君活生生的就在他們面前，他們如何逃過「審檢」，而不致於被罰處死？或者說，他們怎麼能確保「反諷」不會為面前的暴君所識破，而又能為讀者所認知？或者說，這位藝術家怎麼能確保這塑像會為暴君看作是高貴威赫的形象，而為其他觀者認知為如詩所言「皺眉／皺唇，無情的號令中帶著冷嘲」（版本引自 Reiman and Powers 1997：103）的暴君？就歷史來說，暴君奧西曼底亞斯乃是埃及王拉米西斯二世，他可能就是在〈出埃及記〉中與摩西對抗的那位。事實上，作為〈奧西曼底亞斯〉一詩的作者雪萊，也未嘗不面臨著當時英皇室的某種「審檢」。自法國大革命推翻君主制度以來，歐洲大陸哪國的皇室不戰戰兢兢？然而，雪萊規避「審檢」的手段，乃是經由「框架」的手法，而非如其詩中之雕塑家及詩人所依賴的「記號」底模稜性，此後詳。

　　現在回到雪萊的詩篇。詩中為該塑像座基題詩的詩人，除了依賴語言記號底模稜性外，尚更依賴其對時間底無堅不摧的力量，有所預見：

　　　吾名為奧西曼底亞斯，王中之王

請觀吾功業，您們權貴侯王們，並絕望吧！

在這「題詩」裡，詩人以暴君之口吻，自誇其功業之龐大與永恆如此。自誇諸侯王權貴將因無法與之相比而頓感絕望。我們不妨猜想，這「題詩」之表面意義，確是如此，而當時之暴君讀之，亦必作如此解釋。然而，雪萊告訴我們，現在這塑像只殘破在無垠的沙漠上，「周遭一無餘剩」。我們不難想像，這偉大的雕塑當時必然豎立在王國之首府，宮舍鱗比，美侖美奐，而車馬往來喧鬧！詩中「題詩」之詩人，預見時間底無堅不摧的力量，預見任何暴君功業之下場必如雪萊詩中所說之殘破。「題詩」中之「絕望」，原為無可與暴君功業相比之「絕望」，現在卻成為眼看這帝王塑像及其周遭竟殘破為詩中所謂的「龐大的廢墟」，而升起的繁華功業如塵煙的「絕望」。權貴侯王們一生所追求的不過功業，而功業如奧西曼底亞斯者，終竟不免淪為殘破之廢墟，能不「絕望」耶？這「題詩」銘刻在暴君奧西曼底亞斯的塑像上，是何等的「反諷」啊！正如柯絲所作評述，銘刻之詩行原意為引起驚懼並宣稱其功業之久恆，但結果所產生的效果竟是失望感（1989：248）。誠然，時間無所不摧，對霸業尤其如此，一如雪萊的名詩劇《普洛米修士之釋放》（*Prometheus Unbound*）中的神祕人物德慕果岡（Demogorgon）：他象徵著時間，他來了，便把天國的暴君朱比特從帝座無情地拉下來。也許，吾人不得不謂，能預見時間底摧毀一切的力量，乃詩人的特權耶！

詩中的「雕塑家」也是依賴「記號」底模稜性；不過，此回的「記號」乃是「視覺記號」：

> 他底皺眉
>
> 皺唇，無情的命令中帶著冷諷
>
> 可見雕塑者昔日這些情緒從其中深深讀出
>
> 此刻仍烙印在這無生命的物質上
>
> 雖然嘲弄的手與孕育的心不再

「嘲弄的手」，是指嘲弄這暴君情緒的雕塑家的手；「孕育的心」，是指孕育這暴君情緒的暴君的心懷。然而，藝術家底「嘲弄」或「反諷」，是從「他底皺眉／皺唇，無情的命令中帶著冷諷」中表達出來嗎？還是說，這「皺眉／皺唇，無情的命令中帶著冷諷」，只是詩中旅遊者的「視覺」所見，而埃及王奧西曼底亞斯底「視覺」所見塑像卻是迥然不同？還是說，同樣的「皺眉／皺唇，無情的命令中帶著冷諷」，旅途者視之為「反諷」，而當事者奧西曼底亞斯則視之為可讚賞的英勇與權威的表達？這個視覺詮釋界線確實渺而難辨。「視覺藝術」的詮釋誠然是一個困難、複雜、不穩定的領域。一方面，「視覺記號」幾乎完全為其「對象」所限制，幾無詮釋上的自由；一方面由於沒有「語意」的負荷，故又開放了一個無際的詮釋模稜空間。

就諸種藝術的「位階」而言，我們或會假設「視覺藝術」高於「語言藝術」，因為我們會直覺地以為作為「語言藝術」刻於座基的兩句「題詩」，對作為「視覺藝術」的奧西曼底亞斯雕像而言，只有「補充」的功能。但如前所論，這所謂「補充」與作為所謂「主體」的「人像雕塑」實互為平行，而前者對後者的旨歸實有所澄清，甚至有所繁衍。作為「空間藝術」的人像雕塑，在處理「時

間之流」上有所局限,更遑論要表達詩人所預見的「時間」底無所不摧的力量。在「位階」上,「空間藝術」凌駕「語言藝術」的預設,便隨之動搖。就本文的中西比較文學視野而言,我們甚至不妨想像這二句「題詩」銘刻在「人像雕塑」的本體上,有如「題畫詩」之題於「畫面」上,在美學上成為全畫的局部,因為它佔據著這「藝術空間」的局部。或者,我們也不妨把這人像雕塑的「座基」,看作是全雕塑的「局部」,亦可得同樣的效果。

　　最後,再回到「審檢」的問題。雪萊規避「審檢」的方法,有別於其詩中之雕塑家與詩人者,乃是在〈奧西曼底亞斯〉詩中建構「框架」與時空的遠距離。奧西曼底亞斯塑像斷頭殘足而周遭淪為廢墟的荒涼景象是在「我遇見來自荒遠地帶的旅遊者,他說……」這個「框架」裡進行。因此,「框架」內的事態,如有任何觸犯、反諷帝制之處,雪萊不必為此負責。甚至,對詩中之「旅遊者」而言,他所述為其所見而已。何況,這個「框架」所涵攝的是荒遠的沙漠與遠古的埃及,拉出了極大的時空距離。假如這覆述中涵攝對暴君的「反諷」,因而對法國大革命浪潮不久後的英國皇室不免有所「反諷」的話,雪萊實無法為此負責。憑著這個「框架」與「時空距離」所建構的「間接性」,即使英皇室或從詩中嗅到對其「反諷」的意味,亦無可奈何。按:法國大革命始於 1789 年;1793 年英法開戰,英國國內大事整肅,而雪萊詩成於 1817 年。當然,任何「詩篇」皆有其「規範功能」,而「審檢」即逆反地指向這自傳性的、社會性的關係,與詩人底主體性湊泊為一。換言之,詩中之奧西曼底亞斯塑像,雪萊可能從 Richard Pocoke 書中看到其圖像(據 H. M. Richmond 說法;Reiman & Powers 1977:103),詩中之旅遊者、詩中所

涉及之雕塑家、題詩人及其「反諷」，則為雪萊所創造，而其中所涵攝的諸藝術之「位階」與「審檢」等屬於記號學及比較藝術的範疇，更為雪萊詩中所專有，與雪萊作為一個忠於法國大革命理念的詩人底主體性息息相關，亦即詩中之規範功能所在。

如果雪萊的詩篇乃是對埃及王奧西曼底亞斯塑像之反應，同樣地，濟慈的〈希臘古甕頌〉，就其詩題所涵攝而論，亦是對「空間藝術」的迴響，此「空間藝術」即為此希臘古甕及其上之浮雕。該詩篇以抒情詩的第一人稱語調書寫，故詩中之「說話人」幾可與濟慈本人相印證。詩中「說話人」讚美說：雕塑著的浮雕「就這樣表達著花樣的故事，比我們的詩行更為甜美」（版本引自 Bush 1959：207）。這裡涵攝著「比較藝術」的興趣，詩人竟慨嘆「語言藝術」之表達能力不若「空間藝術」如浮雕者。然而，濟慈卻在詩中慢慢展開可稱之為德希達（Derrida）式的「解構」（Deconstruction），從裡面把上述「空間藝術」優勝的命題顛倒過來，因為濟慈這首詩本身就印證出相反的命題：作為「語言藝術」的「詩篇」比作為「空間藝術」的「浮雕」所獲的揮灑更多，所獲的衍義更豐富。

濟慈洞悉視覺（空間）藝術與語言（時間）藝術之差異，並抓住這差異而經由「讀藝詩瞬間」進入某種生命境地：

美少年，在眾樹之下，您無法離開
您底歌，而眾樹亦無法禿光。
狂肆的戀人，您永不永不吻及她，
雖然差點達到鵠的──然不用悲傷！
她不會消逝，雖然您尚未獲得吻的福樂，

您將永遠愛著，而她亦將永遠美麗。

原詩中之兩個「never」和兩個「ever」，音節迴響悠遠，中譯之兩個「永不」和兩個「永遠」，則遜色矣！不過，我們的討論重心，不在於此。我們的興趣在於這「讀藝詩瞬間」裡，「時間」與「空間」二藝術的互為「上置」。在「視覺」的「成規」裡，我們會把畫面看作靜態，把畫面的「不動」（時間被凍結）視為理所當然，因為「畫面」無可避免地將把正在進行中的「事態」凍結成一刻的「呈現」。濟慈現在卻把這「視覺成規」打破，從作為「空間藝術」的「畫面」中把被「凍結」的「時間之流」重新釋放，而得以說「您無法離開您底歌，而眾樹亦無法禿光。……她不會消逝……您將永遠愛著，而她亦將永遠美麗」，並把這再度「凍結」的「瞬間」轉化為不變的、永恆的完美。換言之，濟慈只是簡簡單單地把「空間藝術」讀作「時間藝術」，重認其中被「凍結」的時間之流，然後再度把它「凍結」為永恆的瞬間。然而，這特殊的效果，單靠「空間藝術」或「時間藝術」皆不可得，必須賴二藝術之互為「上置」：時間之流之凍結、釋放、再凍結才能獲致。

同時，濟慈把「視覺」錯置為「聽覺」，從「無聲」的「畫面」裡釋放出原蘊含的「樂音」：

而快樂的吹奏者啊，永不疲憊
永遠吹奏笛音而笛音永遠更新

「浮雕」上是眾樹下持笛的吹奏者。把「聽覺」放回「畫

面」，把「時間」放回「畫面」，於是我們彷彿從「畫面」上聽到「永遠吹奏笛音而笛音永遠更新」。吹奏之能「永遠」以及吹奏者之能「永不疲憊」，則又得依賴「畫面」的「空間性」，以及此「空間性」之時間之被「釋放」與再「凍結」，有如前述了。然而，濟慈又同時把「視覺」藝術底「無聲」轉化為心靈底樂音的崇高境界；「耳聽的樂音誠然甜美，但耳不能聞的樂音更為甜美」。濟慈繼續冥思說：這些耳不能聞的樂音，不是吹奏給「感官的耳朵」，而是吹奏給「更為珍貴的心靈」。就中國美學傳統而言，此即老子所謂「大音希聲」、陶淵明之所以「手撫空琴」耶？

詩中的「說話人」，幾可認作濟慈本人，感嘆道：「當時光把這一代委棄，您將繼續成為人類的朋友，其時人們處於異於我們的痛苦中」。他賦予希臘古甕以永恆，但我們認為藝術的永恆也屬於詩篇，屬於濟慈這完美的詩篇，何況希臘古甕尚需依賴其「物質性」？萬一希臘古甕破了，「藝術空間」也得隨之消失。濟慈與雪萊不同，濟慈詩中把藝術（包括詩歌）看作是人類的安慰，而雪萊詩中則把藝術看作是一種社會批評。最後，我們發覺二「讀藝詩」有一個頗為驚人的共同結構，都在「詩篇」內建構一個與「空間藝術」相對待的「小詩篇」：奧西曼底斯塑像的座基刻有兩詩行，已如前述，而希臘古甕則「訴說，美即真，真即美——此乃 / 您在世上所認知者 / 也是您所需認知之全部」。這個引文有不同的斷句與詮釋。無論這引句的前半部（即「美即真，真即美」）或全部是否為刻於古甕上之銘文，或者是詩人對希臘古甕之詮釋與興情，或者引文中之「您」意指古甕抑或意指讀者，在這「比較藝術」的透視裡，都無關宏旨。重要的是，這兩句「詩行」是濟慈詩篇內的「小

詩篇」，與希臘古甕上「浮雕」這一「空間藝術」相對待、相闡發，一如雪萊的〈奧西曼底亞斯〉詩篇。雪萊的〈奧西曼底亞斯〉發表於一八一八年元月（據 Reiman and Powers 1977：103），而濟慈的〈希臘古甕頌〉則寫於一八一九年五月（據 Bush 1959：349）。兩者皆饒有「比較藝術」的興趣，兩者皆內攝與「空間藝術」相對待的兩行「詩篇」，兩者雖未必有實證的影響關係，但其「書篇間」（intertextuality）的關係，不免令人怵目。

三、中國讀藝詩之傳統──「題畫詩」

「題畫詩」是對「畫作」的品題，書寫於畫面的空白處，故以有形或無形的「框架」作為「藝術空間」而言，「題畫詩」幾可看作是「畫面」的有機組成。更由於「書藝」之高度發展，「題畫詩」所呈現優越的「書藝」，使得它更容易與「畫面」成為一體。詩人在「題畫詩」裡，行文往往交錯於繪畫的「藝術空間」及繪畫所模仿的「客體」（如鷹、馬、山水）等。而當詩句描述此繪畫所模仿之「客體」時，該「客體」往往以「實物」的形態如真地置於眼前；換言之，詩人無視於畫面的「客體」只是存在於畫面的「藝術空間」，而把「藝術空間」中被模仿之「客體」，當作活生生的「實物」來敘寫，好像「畫面」並不存在似的。詩人有時更進而讚美這「客體」比這「客體」所屬之「類屬」更「真」。而當詩句點破這「藝術空間」時，就等於告訴讀者，我們所面對的只是一個「畫面」，一個「藝術空間」。其時，詩人或會把「藝術空間」較

諸於「實際空間」，說咫尺等於千里，或會比較「空間」與「時間」二藝術表達上之差異，或會把畫中用墨用水的筆法加以描述，或會讚美畫作的藝術品質，而所用辭彙則為風骨、神韻等藝術上、詩學上共通的詞彙，或會驚嘆畫作所達如真的神奇，如畫中之山水使得滿堂空翠等。如前面所述，詩人一方面敘寫畫中「客體」如「實物」，把「藝術空間」置之不顧，一方面又指陳出讀者所面對只是一「藝術空間」，打破藝術幻覺；這兩個「對立」的朝向──「真實空間」與「藝術空間」互為反覆，甚或同時交錯，產生很大的趣味，這可說是中國「題畫詩」的特殊品質。當然，「題畫詩」也表達了「時間藝術」與「空間藝術」互為「上蓋」的「讀藝詩瞬間」，如一面說「征帆不動亦不旋」，符合「空間藝術」的「靜止」性，一方面又接著說「飄如隨風落天邊」，把「時間」從靜止的「畫面」釋放出來而成為動態之流。最後，「題畫詩」帶有強烈的自傳性、社會性的「規範功能」，而這「規範功能」之表達，與封建時期的文人際遇密不可分。前引柯絲謂「讀藝詩」美學涵攝某種道德情操的強度，證諸於「題畫詩」，誠是言也。下面即以李白和杜甫二人的「題畫詩」作典範，一一論證前面所述「題畫詩」的各種特質。

杜甫〈奉先劉少府新畫山水障歌〉開首說：「堂上不合生楓樹，怪底江山起煙霧」（1980：1,275）。「楓樹」及「江山」原為畫作模擬之「客體」，詩人視之為「真」，故說堂上怎麼會長楓樹呢？故說堂上居然有江山起煙霧，何其怪也！這是一矢雙雕的手法，一方面敘寫畫中之「客體」一如「實物」，以言其寫實之真妙，一方面點出這畢竟是「藝術空間」而已。這手法同時呈現並解

構「藝術空間」所產生的「藝術幻覺」。杜甫的〈畫鷹〉，也以類似但更為簡練的手法開頭：「素練風霜起，蒼鷹畫作殊」（1980：1,19）。「素練」是指作畫的絲絹，其中居然起「風霜」，當然「畫作」達到了「如真」的境界。但其中模仿的「客體」（蒼鷹）必須等到下一詩行才出現。此回杜甫直言「畫作」，直接點破這「藝術空間」。「風霜」兩字，帶上「象徵」的含義，抓住了蒼鷹底駭人的威猛肅殺，久歷風霜與風霜合為一體，以象徵人間的相類情事。當然，詩人也不必在詩中之開首即點破此「藝術空間」，而「如真」的藝術效應也可慢慢道出。請以李白〈當涂趙炎少府粉圖山水歌〉（1981：1,543）為例：

　　　峨嵋高出西極天
　　　羅浮直與南溟連
　　　名工繹思運彩筆
　　　驅山走海置眼前
　　　滿堂空翠如可掃
　　　赤城霞氣蒼梧煙

　　詩中開首一如「山水詩」對自然「客體」的敘寫。一直到第三行，詩人才指出這只是畫作的「藝術空間」。「繹思」一詞與自漢及魏晉以來概用「思」及與「思」有關之複詞代表詩人之運思與想

像同義。❹接著第三行又沿用「題畫詩」藝術的「如真效應」以點出其為「藝術空間」。「滿堂空翠如可掃」，與前引杜甫詩「堂上不合生楓樹，怪底江山起煙霧」同功。第六句則涵攝作為李白的「主體性」之局部的遊仙傾向，此在李白「讀藝詩」中出現頻繁，亦即詩中「規範功能」之所在。

詩人嬉遊於「藝術空間」與「真實空間」之間，其基本觀照離不開「如真」的「藝術效應」，但絕妙好法則各有不同。杜甫〈戲題王宰畫山水圖歌〉（1980：2,254）結尾說：

> 咫尺應須論萬里
> 焉得并州快剪刀
> 剪取吳淞半江水

首句以幾何之「比例」來並置「藝術」與「實際」二空間，並兼而得其趣。末兩句更進而透過戲想，同時「呈現」及「解構」二空間：「吳淞半江水」給人如真的「實際空間」，而「剪刀剪取」則又不免從背後「解構」了這「如真」的「實際空間」，使其本為「藝術空間」的特質表露出來。但杜甫亦可用表面看來平淡的手法，真接敘寫二空間「並置」後的如真如幻感，但其效果卻毫無遜色：「障子松林靜杳冥，憑軒忽若無丹青」（〈題李尊師松樹障子

---

❹　此為筆者研究所得，根據筆者之歸納，自漢及魏晉以來概用「思」及與「思」有關之辭彙，如「沈思」、「妙思」、「神思」等，以代表詩人之運思與想像。劉勰《文心雕龍》的「神思」理論，即為此美學概念之最充分之發揮。

歌〉，1980：1,459）。「障子」指明所屬為「藝術空間」，但「憑軒」觀之，則又彷彿「框架」消失，有如融入其「松林靜杳冥」之中。「忽若無丹青」五字深得「如真」的神韻。然而，對此藝術上之「如真」，李白又有其別出機杼之表達。請觀其〈觀元丹丘坐巫山屏風〉（1981：3,1425）的開首：

> 昔遊三峽見巫山
> 見畫巫山宛相似
> 疑是天邊十二峰
> 飛入君家彩屏裡

「實際」空間與「藝術」空間是「相似」而「並置」，其「相似」尚更為詩人底實際「經驗」所支撐。後兩句則是「實際空間」闖入「藝術空間」，產生震撼的如真感。詩中「相似」、「疑是」等詞，有如前引杜甫詩中之「忽若」，既不失經驗世界之客觀要求，亦同時得「如真」底既真復幻之韻味。

「題畫詩」並不止於「如真」的「藝術效應」，詩人甚或讚嘆畫作表現之「客體」，超乎該「客體」所屬之平庸同輩，而達到所謂「真」的境地。名之為「真」者，意指此原為該類屬的天性，為該類屬原有之本然。人之「真」者，為「真」人；馬之「真」者，為「真」馬。流於平庸世俗，則為「凡」，為失「真」。換言之，「真」即為該「類屬」之「理想」形態。從另一個角度而看，即與「現實」相對之「另體」（otherliness），被轉化為「真實」。此帶有「理想」傾向的「真」，直可與柏拉圖理念世界上的所謂「真

實」（Real）相提並論。故詩人讚嘆畫作所表現者為「真」，不純是意謂「藝術空間」更「真」於「實際空間」，而是牽涉到「理想」的讚賞與對自我或社會之期許，並同時對所處社會之平庸與詩人底個體生命意志之不伸，有所感觸，亦即詩篇「規範功能」之所寄。「馬」為唐人畫作之所好，馬之「真」者，甚或比將「麒麟」，比為「真龍」。此喻況之法，即源於中國人之理念之所謂「出類拔萃」是也。杜甫〈題壁上韋偃畫馬歌〉謂「戲拈禿筆掃驊騮，欻見麒麟出東壁。……時危安得真致此，與人同生亦同死」（1980：2,753）。「真」，「真馬」也。又杜甫〈丹青引贈曹將軍霸〉謂「所須九重真龍出，一洗萬古凡馬空」（1980：3,1147）。二詩都出現「真」字，前者以「麒麟」為「真」馬，後者以「真」龍為「真」馬，並與「凡馬」相對待。前者點明「時危」，富救亡之迫切感，故有「同生亦同死」之語，後者之「真」馬為曹霸於玄宗盛世殿上承御命摹寫名馬玉花所得。盛世名君名馬畫才，集意氣風發於一刻。此時於安史亂後，曹將軍及杜甫皆流離顛沛之際，重寫此輝煌的瞬間，自帶有如夢般之緬懷與感傷。亦即此「真馬」轉為「象徵」，涵攝著自傳性與社會性的母題。總言之，「真」這一母題，在「題畫詩」裡，往往與「詩篇」底「規範功能」相結合。「真」母題多見於杜甫「題畫詩」，與杜甫「主體性」之儒家情懷，可謂互為表裏。

「題畫詩」對「時間」與「空間」二藝術之互為「上置」，當然亦有發揮，充分握住「空間藝術」的「靜止」性，與「語言藝術」底「時間」之流，產生美學上的「讀藝詩瞬間」。前引李白〈當塗趙炎少府粉圖山水歌〉稍後即呈現這時空互為上置的「讀藝

詩瞬間」：「征帆不動亦不旋，飄如隨風落天邊」。前句抓住「空間藝術」之靜止性，後句卻把「時間之流」讀進去，彷彿這「畫面」的「藝術空間」有如「時間藝術」的「藝術空間」。就常理而言，征帆之不動亦不旋，與征帆之隨風飄落天邊，互為矛盾，無法並存。然而，在「時間」與「空間」二藝術互為「上置」之下，遂成可能，而其中「時間」與「空間」二藝術進入模稜之境。李白詩又云：「朝雲夜入無行處，巴水橫天更不流」（〈巫山枕障〉，1982：3,1432）。「朝雲」之作為畫面上之「素描」而言，不可能有所謂「夜入」所涵攝之時間之流；而「巴水」之作為「實物」而言，總得流動，此刻在畫面上卻又是「橫天更不流」，彷彿時間之流給切斷。「時間」與「空間」二藝術兩模稜，一如前李白詩。史但納謂「讀藝詩以靜止的一刻以呈現流動」（1982：41）。話雖不錯，但其所涵攝的「時間」與「空間」二藝術之互為上置而所達模稜之境，實更得「讀藝詩瞬間」之真。「讀藝詩瞬間」所涵攝之「有聲」與「無聲」，亦可見於「題畫詩」，如「悄然坐我天姥下，耳邊已似聞清猿」（杜甫〈奉先劉少府新畫山水障歌〉），即其例也。

「題畫詩」的另一特色，是有時暗中提及畫中的用筆用墨用水，可說是對畫作技巧方面的捕捉。如李白〈求崔山人百丈崖瀑布圖〉（1981：3,1427）謂：「石黛刷幽草，曾青澤古苔」。「石黛」及「曾青」皆為國畫的顏料。「刷」字可見用「筆」之「疏」與用水之「乾」、「澤」字可見其用「水」之「潤」與用「筆」之「圓緩」。此方得「幽草」與「古苔」之神韻與差異也。又「煙光草色俱氳氛」（李白〈觀元丹丘坐巫山屏風〉），「元氣淋漓障猶濕」（杜

甫〈奉劉少府新畫山水障歌〉），幾可從其中看出「渲染」的山水手
法。又杜甫〈題壁上韋偃畫馬歌〉謂「戲拈禿筆掃驊騮」。「掃」
字深得用筆之草率與快速、神來。詩人更提及畫家此刻的藝術態
度：「戲」，並提及其畫筆：「禿」。從這裡可以充分見到韋偃用
筆用墨用水的高度控制與修養，達到一「掃」便「駿馬」活現的藝
術境地。除此之外，「題畫詩」往往觸及畫家底藝術家性格，如王
宰之「能事不受相促迫，王宰始肯留真迹」（前引杜甫〈戲題王宰畫
山水圖歌〉），如曹霸之「丹青不知老將至，富貴于我如浮雲」（前
引杜甫〈丹青引〉）。同時，唐人「題畫詩」，與唐人畫作所盛行的
畫類，如山水、馬、鷹、人物，互相輝照。

　　最後，「題畫詩」的作者都無可避免地帶上某種「比較藝術」
的視野。當他們品題畫作時，其品鑑的美學標準與理念，往往與品
鑑詩歌者相若。換言之，對他們而言，繪畫藝術及詩歌藝術，其美
學理念及標準，實一也。前謂「名工繹思揮彩筆」，其中之「繹
思」，可與文學理論巨著《文心雕龍》之「神思」相提並論。繪畫
之美學理念與標準最詳見於「題畫詩」者，或莫如前引杜甫〈丹青
引贈曹將軍霸〉：

　　　　弟子韓幹早入室
　　　　亦能畫馬窮殊相
　　　　于惟畫肉不畫骨
　　　　忍使驊騮氣凋喪
　　　　將軍善畫蓋有神
　　　　偶逢佳士亦寫真

藝術品鑑以「氣」、「骨」、「神」為標準，而下及「窮殊相」，與劉勰《文心雕龍》及鍾嶸《詩品》以來的文學批評理念與標準，實無兩樣。或者，我們更應該說，自六朝以來，繪畫美學（以謝赫的六法為代表）與詩學（以劉勰和鍾嶸為代表），本就合流為繪畫與詩歌共享的「一般美學」，而「題畫詩」即表達著這「一般美學」的朝向。就李白與杜甫相較而言，杜甫往往在其「題畫詩」中，對美學概念及標準有所觸及，成為其「題畫詩」的一個慣有的局部，如謂劉侯「愛畫入骨髓」（〈奉先劉少府新畫山水障歌〉），謂畫偃雙松圖「滿堂動色嗟神妙」（〈戲為畫偃雙松圖歌〉），謂楊監所出鷹畫「粉墨形似間」（〈楊監又出畫鷹十二扇〉）等。要言之，其美學理念與標準，離不開其〈丹青引〉所表達的範疇。

四、總結：「讀藝詩」詩類之建構

首先，「讀藝詩」之作為一個詩類，有其獨特的一面。就其狹義來說，「讀藝詩」是指源於某「空間藝術」作品的「詩篇」，故牽涉到原空間藝術作品，其所模仿之對象，以及其繼起之「讀藝詩」，三者實處於三元互動之關係；三者之成形、變易、詮釋，正如普爾斯所描述的最為廣延的「記號衍義」過程，其記號、居中調停記號、及對象，三者處於互為影響、互於中介的不斷衍義過程中。換言之，無論原空間藝術、其模仿對象，其繼起之讀藝詩，都是開放的，都是在詮釋中正在成形。筆者討論「讀藝詩」時，並沒有把「讀藝詩」回涉到原空間藝術，更遑論其模仿之對象，除了原

空間藝術不可得之故外，主因是他們原為三位一體的、互為界定的，而非實證的關係。然而，「題畫詩」若非原為畫作上所題詩篇，至少是根據某繪畫而作，而雪萊的〈奧西曼底亞斯〉和濟慈的〈希臘古甕頌〉，幾乎可確認是看到其空間藝術或其繪畫複製而引發的；或者，最少在「詩篇」裡，說話人是指涉著其空間藝術品而引發其詩想。這小小的實證基礎，筆者認為是「讀藝詩」的成立條件，這是筆者所堅持的。

「讀藝詩」在中英詩歌發展出略有差異的傳統。在中詩裡，「題畫詩」即為此詩類之典範，並且自成小詩類，而在英詩中，「讀藝詩」為數雖不多，但前述濟慈及雪萊源自雕塑藝術的名篇，成就卓然。中英「讀藝詩」由於所處文化及文學環境不同，當然也發展出不同的母題、結構等。

以下根據杜鐸洛夫（Todorov）的文類理論，以及洛德曼（Lotman）的「規範功能」，簡單地建構「讀藝詩」這一個詩類，以總結本論文。筆者採取杜鐸洛夫的文類理論，因為它是一個三元理論，沿用了當代語言學的三大範疇，並與普爾斯的「中介」視野相通。杜鐸洛夫把一個「書篇」分為三大互為涵蓋的局部，即語言、語法、語意，並在其經典之作《奇幻體》（1975）中成功地印證。根據該書首章的綜述，語言層是「書篇」中「話語」底材質（properties）及其演出（performance）而言，並包括「話語」之發送者（作者）與接受者（讀者）的相互關係。語法層是指「書篇中各局部所支撐的諸種關聯」，而諸種關聯可分為邏輯的、時間的、空間的三範疇，即為一般所謂之結構也。語意層則指「書篇」中所涵攝之諸主題（themes），並認為文學有其通體的「主題系統」，而個

別「書篇」的諸主題及其互相連結與變易,可以此通體之「主題系統」為背景以描述之。最後,這三局部於個別之「文類」或個別之「書篇」中皆有其複雜的互聯關係。杜鐸洛夫論述語意層時,用「主題」一詞,而筆者則採用「母題」,蓋指陳其局部性,而其義實一也。杜鐸洛夫的文類模式主要以敘述體為對象,應用於詩類,當有一番改變。俄國記號學認為,「記號系統」無可避免地也必為「規範系統」。所謂「規範」,乃是指諸記號以其特具的材質與系統把世界納入其模式中以規範之,而記號使用者則經由記號之使用,以規範其主體。洛德曼繼承這基本視野,並進而指出,「自然語」為「首度」規範系統,而建立在「自然語」之上或以「自然語」作為模式以建構之文學及藝術等,則為「二度」規範系統,對宇宙及使用者主體作進一步規範。同時,帶著俄國形式主義的精神,洛德曼認為,「書篇」底形式與結構把宇宙納入其最普遍性的諸範疇裡,而「書篇」底「話語」不過從具體的現象建立其藝術模式而已,故文學之研究重點應置於前者云云(1977:9-18)。同時,洛德曼提出資訊交流上兩個相對待的系統:「我我系統」(I-I system)與「我他系統」(I-s/he system),而認為文學之資訊交流雖擺盪穿梭於兩系統間,卻朝向「我我系統」。「我我系統」在「書篇」中之作為主導,從而獲致作者底「主體」的重新建構,這當然就是文學「規範功能」的高度表達(1990:8)。

現在,為了敘述的方便,我們逆反社鐸洛夫的模式,先從語意(母題)層開始。「讀藝詩」在語意層方面,是一個複合的格局:它一方面涵攝著自傳的、社會文化的諸母題,一如一般的詩歌,一方面又涵攝著「比較藝術」上的諸母題,如諸種藝術之位階等等,

而這兩範疇的諸母題是互為「上置」而聯結一起。這複合的語意格局顯然地使「讀藝詩」和其他詩類分別開來。誠然,「讀藝詩」在「比較藝術」的研究上,開出了一個特殊的空間。筆者要強調的是,「讀藝詩」在自傳性與社會文化性母題的表達上,毫不遜色於一般的詩歌,諸如前引雪萊及濟慈的名篇及杜甫的〈丹青引〉等,充分作了證明。由於時空及文化環境之不同,無論在「比較藝術」或「自傳/社會文化」諸母題上,中英「讀藝詩」呈現出各自的風貌。就「比較藝術」諸母題而言,以雪萊及濟慈之詩作為英詩典範,有諸藝術之位階、視覺及語言記號與審檢、藝術之社會功能、讀藝詩瞬間等。以杜甫及李白為中詩典範,則有藝術空間之呈現與點破、藝術的如真效應、藝術客體理想之真、繪畫之用筆用墨、藝術與詩歌的「一般美學」、讀藝詩瞬間等。就自傳/社會文化母題而言,中英「讀藝詩」所涵攝者與其所處時空的母題系統,相當切合。以濟慈及雪萊為例,有詩人地位之肯定(透過藝術位階之反覆論辯及詩篇之成就)、永恆的完美(透過讀藝詩瞬間對時間之凍結)、真與美的合一、藝術有其社會功能(或為安慰或為批判)、反暴君及專制、反思想壓制(「審檢」母題所涵攝者)在在與詩人的主體相連接,並反映著英國浪漫主義時期母題系統的局部。就李白及杜甫所代表的中詩傳統而言,所含儒家的救世情懷、道家的遊仙思想,才俊之士之鬱鬱不伸,「真」所包攝之理想追求等,與中國文人處於君主制度下形成的母題系統,可謂互為表裡。我們不妨總結說,就自傳/社會文化母題而言,「讀藝詩」的母題世界與一般詩歌所涵攝者,無甚差異。

　　「讀藝詩」在語法層上的構成,除了「詩篇」所賴的通則結構

外，其特殊性在於「時間」與「空間」二藝術的互為「上置」，以及隨之而來的「比較藝術」諸母題與「自傳／社會文化」諸母題的互為「上置」。其結果，即為「讀藝詩瞬間」。其時，空間藝術的「靜止」性與語言藝術之「流動」（時間之流）性，遂互為排斥與涵攝，最終是達到「時間」與「空間」、「靜止」與「流動」兩模稜之境地。這就是「讀藝詩」的特殊美學品質，也就是「讀藝詩」迷人之處。同時，在此「讀藝詩瞬間」裡，「自傳／社會文化」諸母題也與「比較藝術」諸母題連結而活躍著。濟慈詩在「讀藝詩瞬間」裡，希臘古甕上浮雕所表現的事態的一刻給轉化為永恆的完美，而這完美也就是濟慈個人所追求者。相對而言，李杜詩中，其「時間」與「空間」互為上置的「讀藝詩瞬間」，美學上的效果多於自傳／社會文化母題之投射。似乎，李杜所代表的「讀藝詩」傳統裡，其自傳／文化母題之表達，往往聯結在可稱為另類的「讀藝詩瞬間」上，此即「現實」空間與「藝術」空間互為「上置」而兩模稜的瞬間上；而這兩「模稜」更具體地表達在「如真」的藝術效應，與理想的「真」母題上。「素練風霜起」、「斯須九重真龍出，一洗萬古凡馬空」，即為其中佳例。除了「讀藝詩瞬間」所涵攝的結構外，「讀藝詩」尚包括一些結構上的特殊機件，如「藝術空間」之「如真」與點破的各種手法（中詩傳統），視覺話語和文字話語的互列互補（濟慈和雪萊詩）等。

與其語意與語法層面相呼應的語言層，當然也有其不同於一般詩歌的風貌。首先，「讀藝詩」裡有著許多與「藝術」有關或與「藝術的神奇」有關的辭彙與描述。同時，「時間」與「空間」這兩個決定「空間藝術」與「語言藝術」相差異的因素，在「讀藝

詩」裡不斷反覆出現，扮演著主要的角色。「靜止」與「流動」、「有聲」與「無聲」、「現實空間」與「藝術空間」等，更是「讀藝詩」語言層上一些重要的組成。畫家之用筆用墨，微妙地見於「題畫詩」；雖然雕塑家之用刀用斧，尚未見於雪萊及濟慈所代表的英讀藝詩傳統，但雪萊詩也提及雕塑家的手。最後，對原雕塑或繪畫之觀照與冥思，以及或隱或顯地引讀者於當前，亦是「讀藝詩」語言上的一個特殊組成。

在杜鐸洛夫的三元文類模式裡，語意、語法、語言三個組成互為穿透，這點可充分見於我前面的對「讀藝詩」詩類的通體建構。語言系統離不開規範功能，詩篇也離不開規範功能，而規範功能可謂穿透語意、語法與語言三個組成。規範功能與母題（也就是語意層）最為直接地聯結。「讀藝詩」中的「比較藝術」諸母題，規範著詩人底「比較藝術」的主體觀照，而「讀藝詩」中的「自傳／社會文化」諸母題，則規範著詩人底在該時空歷史文化下的主體性。此理甚明，不必細述。然值得注意的是，「讀藝詩」在前者往往對「時間」及「空間」二藝術反覆辯證，並且貫通兩者的「一般詩學」往往在背後迴響、成形，而在後者則與一般詩歌在表義過程上有異，因為自傳性等規範功能的表達，往往尚經過如「讀藝詩瞬間」、「如真」的感染力、藝術位階的解構、藝術的審檢、視覺話語和文字話語的並列，以及各種與藝術理念與藝術品有關的描述等在語意、語法、語言上諸層面諸種機制的「中介」。洛德曼強調「詩篇」底形式上、結構上的一面，也就是各種機制的規範功能，實有其發人深省之處。最後，「讀藝詩」詩人其視覺與發聲雖落在其空間藝術及其所模仿對象，但究其實則回溯於詩人自身，與一般

詩歌以資訊交流之「我我系統」為主導者無異，只是多了一重「空間藝術」之「中介」而已。也許，「讀藝詩」的特殊性，就在於這「中介」吧！

【補述】

筆者撰寫上文期間，心裡頗有狐疑：既然濟慈和雪萊都寫有「讀藝詩」的傑作，而布雷克（William Blake）「詩」與「插畫」的兩藝交流，也向為世所稱道，何以浪漫時期的「讀藝詩」僅止於此？事隔多年，最近研究夢詩，翻閱諸英國浪漫詩人全集時，華滋華斯（William Wordsworth）所寫的讀藝詩竟赫然於眼前，使我不勝雀躍。我原以為浪漫主義時期「讀藝詩」亦必伴之而興之直覺，遂乃成真。華氏詩中堪稱為「讀藝詩」者，有〈泉湧於 Bran 河畔的樂遊園〉（"Effusion in the Pleasure-Ground on the Banks of the Bran, near Dunkeld"）、〈因 F. Stone 鉛筆畫像而寫〉（"Lines Suggested by a Portrait from the Pencil of F. Stone"）、〈觀畫冊上的彩色天堂鳥〉（"Upon Seeing a Coloured Drawing of the Bird of Paradise in an Album"）、〈觀女性朋人畫像〉（"Upon the Sight of the Portrait of a Female Friend"）、和〈觀 Haydon 所畫 Waterloo 戰役上的 Wellington 公爵〉（"On a Portrait of the Duke of Wellington Upon the Field of Waterloo, by Haydon"）等五首。

宏觀而論，可注意者有三。其一，五首實為可觀的數量。其二，皆因「畫」而作，有別於雪萊之源於雕塑、濟慈之源於甕上之

浮雕，而與中國「題畫詩」最近。其三，一為山水，一為鳥類，其餘皆源自人物畫。不知華氏何以捨山水而重人物，蓋其時浪漫畫風的山水畫亦興焉。而五者中，以摹寫人物畫中之 Haydon 及 F. Stone 二畫作，最為出色。

〈泉湧於 Bran 河畔的樂遊園〉有別於一般「讀藝詩」，詩前引遊記一段，提及此地有畫家 Ossian 舊居的樓閣，而臨窗所掛畫作，即為臨窗所見瀑布山水，使人有疑真疑幻之感。而詩即抓住此特質而抒發，詩末更呼籲後世英人為 Ossian 立像，以為此地瀑布山水作永恆之標記云云。就比較藝術之興趣而言，詩中如真如幻的感受，可與中國「題畫詩」的「如真」感相媲美：「彩色的畫廊，眼神觸處／都是跳躍的水濤。一響亮的瀑布在前，啊！／而千瀑肖之，白如雪。／溪流四壁，而水瀑／於空洞的圓拱激盪，／虛幻的瀑布群啊！它們並沒／因而失去震慄，在眾鏡中而聲音消失，／而是要把從嚴上森林雷滾而下的／洪流的繽紛捕住。／要費多少心血使觀者暈眩與迷惑！／顏色、形狀、聲音混為一體！／有若一病態者夢中的設想」。這段描寫可說是「畫景」與「實景」的難捨難分。可惜這首詩在這如真如幻的開首之後，就陷入了鋪陳的山水母題的方向寫去，而與我們心目中的「讀藝詩」詩類，有所乖離。

據華滋華斯的「讀藝詩」，F. Stone 的鉛筆畫是一少女畫像，而詩中似乎用同樣的工筆，靜靜地仔細地描繪著這畫像的少女。華氏要表達的該少女的品質，是嫻靜與純潔，而畫像是頭部上仰然後下巴下沈的祈禱姿態。有如中國題畫詩所慣用的手法，華氏在這〈因 F. Stone 鉛筆畫像而寫〉也著眼於畫作的藝術特效，說：「我久久凝視畫像／它溫和的亮光豐富了／尋常的亮光；它的寧靜／陶

醉了周遭的空氣，或者彷彿／把其陶醉為同樣的寧靜安詳；／它底
靜默，對耳的／歡娛而言，超越了甜美的音樂」。華滋華斯在詩中
確實用了工筆把這少女的畫像很細膩的描出，而這是此詩過人之
處：「那裡她坐著，白背心散發出純潔的象徵，／白如她大理石般
的背項，／喉柱也是，若不是／低垂的下巴在凹處投下的陰影──
柔和的陰影，影與光這裡那裡／浮動，而在大氣裡她呼吸／廣、
清、而和諧，一若／孤獨的牧羊人從晨色／瀰漫於山巒所意
會。……」從詩人的描繪裡，我們似乎體會到鉛筆畫所特有的線條
與明暗。這點，也接近中國「題畫詩」對藝術「媒介」的注意。

〈觀 Haydon 所畫 Waterloo 戰役上的 Wellington 公爵〉只有十
四行，簡練有力，而公爵的英雄形象畢現，並引出詩人感興與歌
頌：「得力於藝術的特權與豪邁！戰士與戰馬迄立／於地面，為最
後戰役的殘骸所點綴；／讓馬得其榮耀，而主人的手／永遠按放在
其有感覺的脖子上。您首領的顏神，腰掛那日／輝煌的戰刀，神氣
／堅毅不屈，乃是成功與人類的驕傲。……在他底安詳的存在面前
／遠處昔日戰役的山丘縮小為模糊的斑點！……沒人會因他的名字
羞赧，／啊，勝利者，在不免憂傷的沈思裡，神祝福著您」。

（按：公爵於 1815 年 Waterloo 戰役打破拿破侖大軍，此詩即歌頌此偉大的戰
役。）

最後，「題畫詩」在唐朝時特為發達而詩藝成熟，而英國浪漫
時期，「讀藝詩」也漸多而頗有傑作，而論者或以唐朝文學富浪漫
色彩，亦多此一印證也。「讀藝詩」為打破諸種藝術之界限，蓋亦
浪漫精神之餘緒乎？

參引書目

杜甫，1980，《杜詩詳註》，4 冊，仇兆鰲編註，台北：里仁。

李白，1981，《李白集校註》，3 冊，瞿蛻園編註，台北：里仁。

孔壽山編，1988，《唐朝題畫詩註》，成都：四川文學。

古添洪，1984，《記號詩學》，台北：東大。

Bush, Douglas, ed. 1959. *Selected Poems and Letters by John Keats*. Boston: Houghton Mifflin.

Caws, Mary. 1989. *The Art of Interference*. Cambridge: Polity.

Eco, Umberto. 1976. *A Theory of Semiotics*. Bloomington: Indiana UP.

Hagstrum, Jean. 1958. *The Sister Arts*. Chicago: U of Chicago P.

Jakobson, Roman. 1987. "Closing Statement: Linguistics and Poetics." *Language in Literature*. Cambridge, Mass: Harvard UP, 62-94.

_____. 1987. "On the Relation between Visual and Auditory Signs." *Language in Literature*. Cambridge, Mass: Harvard UP, 466-73.

Jakobson, Roman and Linda Waugh. 1979. *The Sound Shape of Language*. Bloomington: Indiana UP.

Kinsley, James, ed. 1968. *The Poems and Songs of Robert Burns*. Oxford: Clarendon.

Krieger, Murray. 1967. "The Ekphrastic Principle and the Still

Movement of Poetry; or Laokoon Revisited." *The play and Place of Criticism*. Baltimore: Johns Hopkins Press, 105-128.

Ku Tim-hung (古添洪). 1984. "Toward a Semiotic Reading of Poetry: a Chinese Example." *Semiotica* 49.1/2:49-72.

Lessing, Gotthold. 1962. *Laocoon*. Trans. Edward McCormick. New York: Bobbs-Merrill.

Lotman, Jorij. 1977. *The Structure of the Artistic Text*. Trans. Gail Lenhoff and Ronald Vroon. Ann Arbor: U of Michigan P.

_____. 1990. *Universe of the Mind: A Semiotic Theory of Culture*. Bloomington: Indiana UP.

Peirce, Charles S., 1931-1958. *Collected Papers of Charles Sanders Peirce*. Charles Hartshorne, Paul Weiss, and A. W. Burks (eds), vols. 1-8. Cambridge, Mass.: Harvard UP.

Reiman, Donald H. and Sharon B. Powers, eds. 1977. *Shelley's Poetry and Prose*. New York: Norton.

Savan, David. *An Introduction to C. S. Peirce's Full System of Semiotics*. Monograph Series of Toronto Semiotic Circle, No.1 1987-88.

Sebeok, Thomas. 1979. "Iconicity." *The Sign and its Masters*. Austin: U of Texas P, 107-27.

Steiner, Wendy. 1982. *The Colors of Rhetoric*. Chicago: U of Chicago P.

Todorov, Tzvetan. 1975. *The Fantastic*. Trans. by Richard Howard. Ithaca: Cornell University Press.

Winner, Thomas. 1978. "On the Relation of Verbal and Non-verbal Art in Early Prague Semiotics: Jan Mukarovsky." *The Sign: Semiotics Around the World*. Eds. Bailey, Matejka and Steiner. Ann Arbor: U of Michigan P, 227-37.

Wordsworth, William. 1981. *William Wordsworth: The Poems*, 2 Vols. Ed. John Hayden. New Haven: Yale UP.

第二部份
影響研究

第一章
導論：
從「影響」到「接受」研究

輓近比較文學的「影響研究」（influence study），多從著重「放送者」的「影響」（influence）移轉到著重「接受者」的「接受」（reception），故有所謂「接受」研究。Yves Chevrel 指出，這一個當代視野的移轉，受到德國的姚斯（H.R. Jauss）等在美學上及閱讀理論上的「接受理論」（reception theory）的衝擊：在美學或閱讀經驗裏，「接受」乃是一個積極的「主體」活動，賦予「書篇」意義及存在。然而，謝弗雷（Chevrel）也同時指出，「影響」與「接受」互為涵蓋，兩者所應用的資料可謂相若，只是其運用之視野、策略與重點有所變易而已（Chevrel 29-32）。換言之，「影響」的探討不能離開「發放者」作品之如何被「接受」的問題，而「接受」的探討也必須論及「接受者」之如何受到有關外來作品的「影響」方為功，而這兩極及其傳遞與吸納過程中的各種「中介」是為跨國／跨語言的文學／文化交流的全程。

事實上，早期法國派集大成的經典之作，也就是提格亨（T. von Tieghem）的《比較文學論》，也把「影響研究」的全域，依著眼點

之不同而細分為「影響」、「媒介」與「接受」三個範疇（戴譯，58-59）。細言之，著眼於發放者之「影響」者，即探討其在國外的「成功」、「影響」、以及隨之而來的各種「模仿」，此亦即所謂「發放者」的「聲響學」研究。著眼於「接受者」者，則探討其作品的外來因素，即探討其作品的外國源頭，此即所謂「源流學」研究。著眼於「傳遞者」的研究，即探討「接觸」所賴的各種「媒介」與「中介」，包括其時的「社會環境」、批評界與報章雜誌、個別的媒介者、以及「翻譯」，此即所謂「仲介學」研究（戴譯，66-67；116；154）。這經典的法國派以比較文學「影響研究」作為國別文學史研究的延伸（戴譯，83），並且把研究本身推進到實證科學的境地，到今天還是有其參證的價值。

雖說「影響研究」包括上述三個範疇，但顯然地三者往往互相牽扯，甚至部分地互為涵蓋，蓋三者乃在「影響」的全程內進行。這解釋了提格亨在書中行文裡，有些地方不免在「影響」、「接受」、「仲介」三視野間有所模稜。無論如何，提格亨充分體認到整個文學／文化傳遞／交流過程的靈魂，乃在於「接受者」如何受到外來文學／文化的「影響」，謂「我們把『影響』這名稱，留給那一位作家的作品在和某一外國作家的作品接觸到的時候所受到的變化」（戴譯，136）。提格亨指出，「影響」以「接觸」為基礎，而「影響」關係之決定，乃是經由有關作品間的「比較」，以兩者擁有「類似」而作出此擬測（戴譯，136）。提格亨指出，「影響」（按：亦不妨稱之為「接受」）總是局部的，「原作某一些因數經融會貫通，而另一些因數卻被拋在一邊」。提格亨指出，「影響」（按：亦不妨稱之為「接受」）往往是微妙的、多元的、變異的；謂

「影響實際上是由許多不相同的組成分子而發生的；這些組成分子不相等地起著作用，而其本位在接受者那裡又自己改造過，和在放送者那兒的絕不相同。」（戴譯，125）。最值得一提的是，提格亨對「影響」所含攝的辯證動力，有深入的陳述：他一方面不否認「作家們往往只模仿那在他們心頭裏已有萌芽的東西」，一方面又指出「在持續的外來影響的壓力下，作家的內心也會隨著豐富而起了改變」；並謂在「許多的可能性面前」，「外國影響」使得作家，尤其是「成形中的作家」，在他的「選擇」上提供了「動力」（戴譯，138）。最後，筆者必須指出，提格亨在這裡所論述的「影響」，卻是我們目前所說的「接受」，蓋其所關注者為在「接觸」的實證基礎上，研究者如何透過「接受者」的作品及其他有關佐證，探討「接受者」如何「接受」外來作品，並選擇與改造了原有的元素而終成現有作品的面目。強調「接受」的主動性則謂之「接受」，強調受到外來作品的「影響」則謂之「影響」，其實一也。上述提格亨對「影響」的陳述，多置於其所謂以「發放者」為出發點的「影響」研究；究其實，實為「接受者」在接受過程裡的心理機制，故實為目前「接受研究」定義之所屬。

提格亨所歸納出的法國派，已為我們提供了「影響」／「接受」研究一個初步的方法學。然而，這模式在視野上可以更為廣闊，與時俱進，而在許多局部及細節上亦可更為內在化。在視野上，「影響／接受」研究之作為「個別文學史」的延伸，可轉變為對「一般詩學」的認識與建構，而因實證的科學精神而對「影響／接受」的美學層面之壓抑，可重新定位為實證精神與美學層面的合一。事實上，自注重美學、平行研究、以及文學與藝術關係的「美

國派」興起以來,原法國派視野備受挑戰,並朝向上述作擴展與轉變。及至晚近,隨著「文化研究」(cultural studies)的獨領風騷,「比較文學」又與這時代精神相結合,而有所謂「比較文學」的文化轉向,「影響/接受」研究也不免向文化層面傾斜。

　　韋斯坦(Ulrich Weisstein)的《比較文學與文學理論》(1973)是一部集大成之作。該書闢有「影響」與「接受」二章,我們不妨就利用其豐富的資料,以提格亨的的模式為骨架,以擴展、深化「影響/接受」的相關問題。首先,韋斯坦以「影響」來指陳「存在於已成的文學作品間的關係」,而以「接受」來指陳「更廣大課題,即這些作品於其特別的氛圍環境,包括其作者、讀者、評論者、出版者、以及時代環境」,朝向「文學社會學或心理學」(同上,48)。與提格亨相較,韋斯坦的「影響研究」與提格亨的「源流學」相近,而其「接受研究」則彷彿是提格亨「聲譽學」與「仲介學」的合併,蓋各種「中介」則多置於其「接受研究」中陳述。韋斯坦指出,在「影響」裡,我們不應該有「發放者」為「積極的給予」而「接受者」則為「被動的接受」這種歧視的偏見,蓋真正的「影響」絕非直接的「借用」與「模仿」,而更多的是「創意的轉化」(Weisstein, 31)。他指出,「影響就正面的角度而說,不妨構想一個上升的梯子,從譯寫、改編、模仿、影響到原創」,並更引用韋勒克(Wellek)和華倫(Warren)的觀點,謂「在原有的文學傳統裡耕耘並運用其各種技巧與文學的感性及藝術價值可謂毫無相左」,而這就是「原創」(同上,32)。韋斯坦提出一連串的「風格化」(stylization)上的「反面」處理,如對原作風格取笑的模仿的「burlesque」,如把來自不同風格的元件拼在一起的「pastiche」、

如對某種文體模式加以諷刺模仿的「諷彷」（parody）等（同上，33-34）。言下之意，當這些反面處理跨越國家文學的界線，也就進入比較文學中「影響」的範疇了。韋斯坦謂，從這裡就可連接到 Anna Balakian 等人所提出的「反面影響」（negative influence）了（按：指「正反合」辯證程式中的「反」而言）。在國別文學發展上，作家要對國內主導的文學視野與作品不滿而予反擊，要啟動新的文學潮流與之抗衡時，往往借鏡與求助於外國的文學模式，這就是文學的「反面影響」；歷史上不乏例證。在這過程裡，「接受者」往往是成熟的文學工作者，而重點在於從外國文學裡獲得模式與方向上的指引；其結果，甚至產生與傳統相反的「抗文體」（counter-design）（同上，34-35）。就我國文學史而言，大者如新文學的興起，小者如台灣 60 年代現代詩的崛起，皆有著「反面影響」的特色。

如何界定「接受者」作品中的外來「影響」呢？Aldridge 提出了一個高標準，把「影響」界定為接受者「如果沒有讀到某作者的作品就沒法寫出的東西」，並同時謂，「影響」往往並非以「單一的純然的形式出現」，而需從其「多元的呈現中」尋求（同上，32）。韋斯坦有趣地指出，「影響」（influence）與「源頭」（source）互為依附，而兩者在語意上都指向「液體的流動」，前者為流動之起源，而後者則是流向的目標地（同上，39）。誠然，這種「流動」的性質，確實使到「影響」的認定不易與不穩定，不免帶上某種「擬測」與「信心」的依賴。

「影響」往往從「作品」間來確認與界定，然而哈山（Hassan）卻強調「接受者」主體的「中介」功能，謂「沒有文學

作品可以影響另一作品而不經人（按：指「接受者」）的中介者」
（同上，41）。歸岸（Guillen）以「影響」歸屬於心理範疇，而此心
理範疇的「影響」則延及於其後「作品」之誕生，故仍可於已成之
「作品」中加以界定。他說，「影響宜界定為文學作品產生中可識
別的重要成分」，並謂「作者的生命與其創作」乃屬不同的範疇，
「影響」屬於心理範疇，蓋「影響」乃是「特殊的個人經驗」，是
對作者生命主體的「闖入」、「變更」、或提供機會「變更」，而
這些經驗乃來自他人作品的閱讀，故其所產生的任何絲毫影響，
「都對其後接受者作品的誕生成形有著不可或缺的效應」云云（同
上，43）。對筆者而言，歸岸對「影響」原屬心理範疇的提出，在
「作品」與「作品」間留了「主體」的「中介」空間，但從心理範
疇到文學作品範疇的過渡及其確認，卻又不免使人棘手。

　　作了上述回顧之後，我們會問：我們一直遵循的「記號學」
（semiotics）視野能為文學「影響」或「接受」在理論上有何提供
呢？請容略述之。首先，普爾斯（C.S. Peirce）的「三元中介」模
式，在架構上讓我們領會到：作為「影響」或「接受」兩端的「作
品」，和作為這「影響」或「接受」過程的主導者的「接受者」，
其關係實為三元的互為「中介」的關係，而「影響」或「接受」實
為一「衍義行為」（semiosis）。其次，洛德曼（Lotman）的記號「規
範功能」（modelling function），讓我們認知到，「影響」或「接
受」乃是兩個「語言系統」及「文學系統」（二者皆內涵規範功能）
的對話、交流、妥協、與更生；而對「接受者」而言，此「影響」
或「接受」實是一種規範行為，藉此把「現實」納入某種「模式」
並「規範」其「主體」。同時，雅克慎（Jakobson）的「對等」或

「類同」原則（principle of equivalence or similarity）再度展示了它的廣延性，蓋據筆者的觀察，「對等」或「類同」原則實為「影響」或「接受」過程所賴的一個重要機制：在「影響／接受」過程裡，「本土」的與「異國」的元素即經由其「相同」與「相異」而互盪互引。

總結而言，在經典的「法國派」經「記號學」視野拓展之後，「影響」或「接受」應界定為一個有效的「接觸」，而此「有效」的接觸乃是⑴作為「首度規範系統」（primary modelling system）的兩個「語言」以及⑵作為「二度規範系統」（secondary modelling system）的二個「文學」的充滿活力的「互動」；而「互動」是以詩人作為「中介」（mediation），而其作品即為此「中介」的結果。這「互動」遵從的法則，乃是「類同原則」，也就是為雅克慎所界定的、貫通各記號場域而富普遍性的「對等原理」。換言之，在「本土」為「外來」的諸因數在互為「中介」裏，其「對等」部分被發掘出來，互為激盪，互為「中介」，而最終在詩人底「主體」的積極「中介」下，而本土化、時空化、個體化而落實到其新作品裏。當然，所謂詩人的「主體」乃是為其社會時空之所需所制約、所中介。這「中介」含攝著作為「中介者」的詩人底「主體」上「自我規範」之所需，含攝著其所處時空底「規範」之所需；否則，就沒有所謂「有效」的「接觸」、「有效」的「影響／接受」可言了。在這個當代「記號學」重新界定的透視裏，「影響／接受」研究中往往為人所詬病的許多問題，如未能處理美感層面、被指為「受影響」的焦慮、作品的優劣「評價」被擱置等，都相當地獲得化解，蓋在此透視下，蓋在「有效」接觸與影響／接受裏，乃

是兩個文字／文化／文學的「互動」與「中介」，無主從之別，而其活力、其泉源歸於中介」的詩人及其優異的詩篇作品。

無論是「影響」或「接受」研究，均建立在「接觸→比較→類似→擬測」這一「實證」與「推論」的軌道上，其中確是陷阱重重；研究者雖然儘量地朝向科學的實證上，或通則的邏輯推論上，其結論仍不免是「建構」性質的。

本部分所收的三篇論文，所論對象皆為新詩。關於胡適八不主義的論文，乃是法國派「實證主義」的遵循，並與我國學界原有的「考證」方法的結合。論者多以為胡適的文學革命及八不主義等來自「意象主義」的影響，筆者則歷歷指證外來淵源實為英國浪漫詩人華滋華斯的詩論。胡適所受「意象主義」之影響，需稍晚才出現在其討論新詩之文字。關於台灣現代詩的論文，其企圖顯然是法國派所謂的「國別文學史的延伸」；筆者發覺，在台灣現代詩發展的轉接處，外國影響往往扮演著關鍵性的角色，而帶有前述「抗文體」的色彩，對抗主流以開創逆反的潮流。關於魯迅「野草」的論文，可說是對「影響」或「接受」作理論性探討最在意的一篇，並在其中論證了「類同原則」作為「本土」與「外來」互動的機制。我認為魯迅接受浪漫主義中的摩羅詩派、佛洛伊德的精神分析學及尼采哲學的某些理念時，是透過中國本土原有的相關的、類同的東西，作為「中介」（mediation）而加以反應。換言之，本土的、原有的、相關的、類同的東西，受到外來的東西的激發，再引動了起來。而「接受」的過程，也就是「本土的」和「外來的」的互動過程；因而確定了「接受」過程中的「類同原則」機制。

參引書目

提格亨（T. von Tieghem），1995，《比較文學論》，戴望舒譯，
　　二版，台北：商務。

古添洪，1992，〈胡適白話詩運動——一個影響研究的案例〉，
　　《從影響研究到中國文學》（陳鵬翔、張靜二編），台北：
　　書林，頁 21-33。

———，1996，〈魯迅散文詩集《野草》的撒旦主義——兼述接受
　　過程中的日本「中介」〉，《中外文學》，25 卷 3 期，頁
　　234-53。

———，2001，〈台灣現代詩的外來影響面向——歐美現代詩潮的
　　接受／挪用／與本土化〉，《台灣現／當代詩史書寫研討會
　　論文集》（台北：世新大學英語系），31-71。

Chevrel, Yves. 1995. *Comparative Literature Today*. Kirksville:
　　The Thomas Jefferson UP.

Weisstein, Ulrich. 1973. *Comparative Literature and Literary
　　Theory*. Bloomington: Indiana UP.

第二章

胡適白話詩運動的外來姻緣
──一個影響研究的案例

一、緒論及類同原則之再發現

「影響」（influence）必須建立在實際的「接觸」（contact）上，但「接觸」可以是「直接」的，直接閱讀外國作品，也可以是「間接」的，如透過「翻譯」，透過二手的的論述等；甚至，可以僅是在當時流行的、外來的一些觀念裏隨手拈來而成為蜻蜓點水式的「接觸」。要論證「接觸」當然是大費周章的，尤其是隨手拈來的「接觸」，更是非常的不穩定。同時，論證不出「接觸」，也不一定就等於沒有「接觸」，因其實證的資料不見得都能為研究者甚或作者本人可全部把握與重建的。

確定「接觸」以後，也就是確定某人於某時閱讀或間接「接觸」到某作品或某觀念以後，要討論這「接觸」對某人某作品所產生的「影響」，則更為複雜，更難確定，而不得不帶上某程度的擬測。「影響」的論證基礎，大概建立在「並時的」（synchronic）的

「類同」（similarity），與「異時」（diachronic）的「相異」（dissimi-larity）上。換言之，當我們謂「作品 A」是其作者與外來「作品 B」接觸以後，受到了「作品 B」的影響，乃是把「作品 A」與「作品 B」放在「並時的」層面上，找到了他們兩者的「類同」之處；乃是把「作品 A」與「作品 A」的作者所擁有的本國的「文學／文化傳統」放在「異時的」層面上，認為上述「作品 A」與「作品 B」共同所擁有的「類同」，不能從「作品 A」的作者所擁有的本國的「文學／文化傳統」上找到而與之「相異」，並把這「相異」之成因歸諸於外來之「接觸」，歸諸於外來之「影響」。「影響」之論證形式雖多，要之，皆不出上述同時運作之二原則也。

　　誠然，要論證「作品 A」與外來「作品 B」的「類同」，要論證這「類同」與「作品 A」的作者所擁有的文學／文化傳統「相異」，很難獲得絕對的客觀性，蓋「相同」與「相異」的釐定乃建立在許多不易深究的前提上。同時，使事情更複雜的是，「作品 A」的作者可同時「接觸」到外來作品 B 及 C 及 D 等，而其「類同」也可以建立在「作品 A」與許多的外來作品上。同時，這些外來因素也可以纏結在一起，甚至發展、綜合起來，如魯迅的散文詩集《野草》，僅就「撒旦主義」（Satanism）這個角度而言，其中可能含有的拜倫、尼采、佛洛伊德的「影響」，就是「成長」在一起（詳見本書論魯迅《野草》一文）。另一方面，也就是此處所論述的方向，與本國的文學／文化傳統「相異」這一個原則，更不是如字面所表達的理所當然；必須採取一個複合的觀點，把這原則加以複合化。強調其「相異」以論證外來影響的「必然性」或擬測的「合法性」，是無可置疑的；問題是，當一個作家與外國文學／文化接觸

時，是透過其所擁有的本國文學／文化傳統去認知、去詮釋；換言
之，在「接觸」與「影響」的過程裏，作家所擁有的本國文學／文
化傳統的某些局部是被牽動、加以回應；而這些被牽動、加以回應
的局部，我們不得不稱之為「相應的部分」（equivalent），而認為
這本國傳統中起來相應的部分與外來的要素有著某種「類同」的關
係。換言之，「相異」以論證其「外來影響」之「必然性」與「合
法性」，「相類」則指陳「接觸」與「影響」過程中無所避免的
「類同原則」也。而胡適新詩運動與其詩作這個比較文學個案，正
好有力地證明了此處可說的「接觸」與「影響」過程中不可或缺的
「類同原則」。

　　胡適提倡白話文學，雖說是沿著清末新學以來的趨勢（《胡適
口述自傳》，174-79），尤其是對梁啟超更有所繼承（《四十自述》，
50-54），但這觀念的明確之提出，未嘗不與胡適與外來的「接觸」
有關。也許是胡適認知到歐洲書寫語言與口述語言相當一致，不像
中國的「文言」與「白話」的相隔（胡適說：「活文字者，日用語也，
日用語言之文字，如英法文是也」。見其《嘗試集》自序，頁 19），也許是
胡適鑒於「三四百年前歐洲各國產生『國語的文學』的歷史」
（《嘗試集》自序，頁 27），用意在於為當時中國的文學處境「減少
一點守舊性」，「增添一點勇氣」（同上，頁 27），也許是如論者
或本文下面所言，認識到英國浪漫詩人華滋華斯（Wordsworth）的主
張用日常語作為寫詩的媒介，與及晚近意象主義者反對修飾語而主
張日常用語的看法；或者，上述諸觀念同時對胡適提倡《白話文
學》提供了影響與助力吧！重要的是，這些西方的「接觸」與「觀
念」都只是概括性的，而胡適即把整個中國文學傳統中的「相類」

部分發掘出來（這也許是由於胡適的「歷史癖」吧！），而成為在「接觸」與「認知」過程中的「相應部分」（equivalent），而其成果居然是一部白話文學史。據胡適《白話文學史》自序，他於一九二一年用了八週的時間編了十五篇講義（頁 1），距離《嘗試集》自序的撰寫不過三年、其蘊釀時期當更早。

　　胡適在「接觸」外來文學時，習慣於回溯於中國文學傳統，使其「相應部分」動將起來。胡適談到他底〈應該〉（據胡適註謂，該詩為綴拾故友詩句而成，以紀念為愛折磨而死的故友）一詩時，他說是一種「創體」，是用「獨語」（monologue）的手法，而指出古詩中只有〈上山採蘼蕪〉略像這個體製云云（見《嘗試集》再版自序，頁36）。胡適引用「monologue」一文學批評術語，以這外來的術語作為思考，然後引動了中國古詩中的「略像」於此的〈上山採蘼蕪〉來作為「接觸」時的「媒介」物，而完成了整個「接觸」與「影響」過程。從我們目前的角度來看，「monologue」不一定如〈應該〉那樣透過「獨白」來寫「三個人的境地」（胡適語，同上）；因此，我們毋寧說〈應該〉一詩的寫就，受到了「monologue」這一批評概念的指引，但隨著中國文學傳統中的「類同」部份──也就是〈上山採蘼蕪〉──的被牽動，〈上山採蘼蕪〉所含攝的三角關係，竟反過來成為了〈應該〉一詩的「模式」。可見，在「接觸」與「影響」的過程裏，是遵從「類同原則」而進行，而被牽動的傳統的「相類」部份，並非只扮演一個消極的角色，而是可負荷著積極的媒介功能。

　　記號學家普爾斯（C.S. Peirce）的「中介」（mediation）模式，正是表陳著三位一體的「衍義過程」（*semiosis*）裏三有關主體的積極

的媒介功能：

> 所謂記號衍義行為（semiosis）乃是一個活動，一個影響運
> 作，涵構著三個主體的相互作用；這三個主體是為記號
> （sign）、記號底對象（object），與及居中調停記號
> （interpretant）。這是一個三方面互連的影響運作，決不能縮
> 為幾個雙邊的活動。（5,484）

我們可以把這衍義行為的「中介」模式引申到「影響」的活動上，
也就是在「影響」活動裏，「外來元素」、「受到外來元素影響而
形成的作品」，以及在類同原則裏被牽動的「本國文學／文化遺
產」，三者是處在互動的、中介的地位，皆可同時扮演著積極的功
能。當然，作為整個「影響」活動的中心，仍得歸於作為互動的、
中介的一員的「詩人」；詩人的需要、詩人所處時代所加諸於他身
上的需要，應是整個「影響活動」的契機。就這個角度而言，胡適
一方面謂「頗讀了一些西方文學書籍，無形之中，總受了不少的影
響」（《嘗試集》自序，頁 19），一方面當別人指出其主張不免為近
世的新潮流之餘緒時，則表示心有不服，認為其所主張的文學革
命，「衹是就中國今日文學的現狀立論」（同上，頁 26-27），並不
矛盾；蓋前者是注意到「外來元素」可能扮演的中介角色，後者則
是強調「影響活動」中的歷史契機。

關於胡適白話運動與外國的淵源，已引發了不少專論。首開此
比較文學透視的是方志彤（Achilles Fang），討論五四時期詩歌「意
象主義」及「惠特曼主義」的兩大走向，確認胡適引進了龐德等人

的「意象主義」，並謂胡適之引進為失敗云云。王潤華也是沿著這個方向進行，一方面指出胡適諱言其受「意象主義」影響的原因，一方面更加強胡適與「意象主義」的關聯，如認為胡適的英文詩 "Crossing the Harbour"（〈夜渡紐約港〉）與桑德堡（Sandburg）的 "The Harbour"（〈海港〉）有相若之處，而後者很可能曾為胡適所閱讀云云。羅青的論文，則採取一個較開放的視野，把胡適日記所存錄《紐約時報》所轉戴艾米・羅威爾（Amy Lowell）的〈意象詩人信條〉六則，與胡適的「八不主義」相比較，並認為胡適之取於「意象主義」，乃是一種「各取所需」的態度云云。上述這些論文，在一些關鍵地方，所作的釐辨與論證略嫌不足，並過份強調了「外來因素」的積極作用；同時，對「接觸」與「影響」過程中的「類同原則」，即本土文學／文化相應所扮演的媒介功能，幾乎付之闕如。可喜的是，當本文蘊釀完全成熟，而寫作亦近尾聲時，看到了周質平的〈胡適文學理論探源〉，對本土文學理論與運動中的「類同」部分，加以發掘並注重，對「影響」過程的另一主體納入思考；然而不幸地，他似乎又過份地朝這個本土方向偏去。

二、胡適與意象主義(一)

作為過河卒子，胡適，是如何渡過文化的大河，出入中西文學，而揭起新文學的序幕？這確是一個豐富但卻很難鑒實的比較文學課題。

首先，胡適回溯自己本國的文學，發覺死文學、活文學、死文

字、活文字這個問題,而結論出必得走白話文學的途徑。但這個觀點有多少得力於胡適對西方文學的認識?胡適曾承認,他提倡國語的文學與文學的國語,受到歐洲中世紀以後國別文學——誕生這一歷史的啟發。顯然,這一事實與中國文學一脈相承這一環境不符,故所謂啟發實只是一種「借力」而已。同時,這一個回溯本國文學而得到的白話文學的概念,而終在詩創作上提出的八不主義,是否如論者所言的,與當時英美的意象主義有關?胡適所提倡的「八不」是否與意象主義創始人龐德以〈幾個不〉為題的小文有淵源?方志彤教授曾鑿實胡適的「八不主義」與「意象主義」的親子關係,並據此而謂胡適的《嘗試集》是一種失敗,蓋其詩未能達到「意象主義」的美學理求。這個論斷顯然是不公的,因為胡適顯然不是以英美「意象主義」作為中國新文學的藍圖,也非以其為其寫作鵠的;從遠鏡頭而論,胡適是繼承嚴復、康有為以來的「新學」,而其白話文學運動及新詩是置於新文化運動裏進行,而英美的「意象主義」顯然無法承擔這個角色。從「接觸」這個角度來看,雖說胡適在其一九一六年十二月廿六日或稍後❶留學日記裏,存錄了《紐約時報》所轉載的〈意象主義宣言〉六大信條(頁 1071-

---

❶ 一九一六年十月廿六日是第十八則之日期,第十九則及載有此六大信條之第二十則,皆沒註日期,而第廿一則是翌年的一月十三日,故云「或稍後」。本文原刊於《從影響到中國文學——施友忠教授九十壽慶論文集》(陳鵬翔、張靜二合編;台北:書林,1992),21-38。現略事修訂,並增〈補述〉一節。英文稿為"Mediation between Chinese Heritage and Foreign Contacts: A Case Study of Hu Shih's Program of New Poetry"(按:刊出時缺副題),*Tamkang Review*, XXIII, 1-4 (1992), 628-637。

72），但據《嘗試集》自序，胡適於同年稍前的八月十九日寫給朱
經農的信裏（頁 30），與及同年十月寫給陳獨秀的信裏（《胡適文
存》，頁 1-3），已提出其「八不主義」的各項，雖然這「八不主
義」在翌年一月一日出版的《新青年》的〈文學改良芻議〉（《胡
適文存》，頁 5-17）裏才公諸於世。同時，在該節留學日記裏，胡適
明言：「此派所主張，與我所主張多相似之處」，可見其八不主義
之產生早於此回明確的「接觸」。事實上，這「相似之處」只是貌
似而言，胡適整個新文學運動的視野及其所針對的傳統弊端與「意
象主義」的歷史背景可謂相差何止道里計！胡適於《嘗試集》自序
自言，在美國綺色佳（Ithaca）五年（民國前二年到綺色佳），「頗讀
了一些西方文學書籍，無形之中，總受了不少的影響」（頁 19）。
胡適所受西方「影響」應是廣泛的，其白話文學及八不主義之西方
淵源亦應作如是觀。從胡適這個「影響」的例子裏，筆者深深體會
到用「宏觀」的角度來談「影響」，雖嫌空泛，但與「事實」接
近；若從「微觀」這個角度而處理，則往往流於過度鑿實而扭曲附
會。這實在是一個兩難的處境。

三、胡適與意象主義(二)

自一九一六年十二月廿六日或稍後，胡適與「意象主義」的
「接觸」是建立起來了。但胡適只是與這「意象主義」的「宣言」

作「接觸」❷。這點很重要，「宣言」裏的「六大信條」是概念性的，它的意義必須與意象主義詩作相連接，才能落實下來；否則，這些概念性的信條，是可以作漫無邊際甚或相反的理解。信條中的首條，主張用一般的語言，用準確的字眼，不用裝飾性的詞彙；如果撇開「意象主義」所產生的詩學背景及其實際的實驗作品而抽空來理解，是與胡適之提倡「白話」與八不主義中所蘊含的精神是一致的：不用典、不用陳套語、不避俗字俗話等等。然而，把「意象主義」六信條放回其詩學背景及「意象主義」的實踐裏去了解，胡適所說所做與「意象主義」所說所做的，可謂謬遠千里。胡適明言：「我主張的文學革命，衹是就中國今日文學的現狀立論；和歐美的文學新潮流並沒有關係」（《嘗試集》自序，頁 27）。這句話也許對了三分之二。我的意思是說，這主張的背後仍恐有著西方的影響。首先，胡適的白話文及新詩運動，本身就是新潮流，與當時世界詩壇上突然新潮流四處升起這一趨勢相表裏。其次，胡適的〈文學改良芻議〉，雖說「改良」，雖說「芻議」，卻富有「宣言」性質，而「宣言」之製作亦是當時世界上各新潮流所慣用的。其三，胡適白話文與白話詩運動，其精神與「意象主義」第一信條的表面

---

❷　雖說胡適或接觸到如桑德堡等詩人的詩作，亦曾翻譯了 Sara Teasdale 的 "Over the Roofs"而成為〈關不住了！〉，但這些詩篇不像龐德及 H.D.等人的實驗性的作品那麼富「意象主義」精神。更重要的是，透過為數不多的詩作的泛讀，不見得能把握到隱含於詩篇背後的「意象主誌」詩學信念與主張。兩另一方面，單「接觸」到抽象性的「六大信條」，如果沒有透過適當的詩篇相印證，其了解恐不免流於空洞，失卻「意象主義」的骨髓，一如本文所言。

意義相近，但未必受其啟發；蓋這第一信條的表面意義，胡適不必靠「意象主義」而取得，而能更輕而易舉地取得，那就是從英國文學史上幾乎無人不曉的華滋華斯（Wordsworth）《抒情民謠詩集》的二版〈序〉裏獲得，而該〈序〉中這部份更切合胡適心目中的白話文運動的旨歸（詳本文第四節）。這樣說來，如果我們止於胡適自白所說，讀了一些西方文學而無形中受了不少影響，是採用「宏觀」的角度，而此處把胡適的提倡白話及反對修飾語與英國浪漫詩人華滋華斯相提並論，則又走入「微觀」的角度，而「微觀」的角度總免不了「擬測」的成分。

自從胡適與「意象主義」的六大信條相「接觸」以來，我們會推想，其以後的詩論與詩作或會受到其影響。如從這個角度來觀察，胡適稍後兩三年間提出的「詩體的大解放」（《嘗試集》自序），「白話詩的音節」（再版自序）、以及詩底「具體性」、要有「鮮明撲人的影像」、「抽象的題目用具體的寫法」等（〈談新詩〉，頁 182-5），那就相當地接近「意象主義」的觀點與特色，雖然胡適之例證皆採自中國詩。當然，前兩項雖不必淵源自「意象主義」不可，可經由當時世界詩壇的總潮流以及「翻譯」的經驗而獲得，而後者亦或可從中國古典詩歌中體會得到，但胡適所用辭彙，顯然地與「意象主義」太接近了。事實上，就中國文學批評術語而言，罕用「意象」或「影象」，亦不常用「具體」一詞，而就這個「意象」美學方向而言，中國詩學的旨趣往往是象外象或意外意，而不止於具體性與意象。因此，胡適得以把這些概念提出並用諸於討論中國古典詩及白話詩，當有賴於「意象主義」六大信條及其他相類觀點之助。有趣的是，這些概念是「意象主義」的創始人龐德

（Ezra Pound）閱讀中國詩及對中國文字所蘊含的美學而發展出來的❸。現在兜了一個圈子，經過「意象主義」的媒介，又回到中國來。不過，後水已不復前水了。

四、胡適與華滋華斯

　　胡適一方面否認受到「意象主義」的影響，只說「意象主義」與他所提倡的「八不主義」有相似之處而已，一方面卻承認他在美國綺色佳留學五年，「頗讀了一些西方文學書籍，無形之中，總受了不少的影響」（《嘗試集》自序，頁19）。

　　談到「影響」，就必須論證其「接觸」，蓋此為「影響研究」之前題也。胡適對華滋華斯的「接觸」如何？根據一九一一年十月六日胡適的留學日記，胡適從該日始「輟讀演說及英文詩二課」（頁79-80），可見他在學校修有英詩一課，而華滋華斯可謂是浪漫時期最重要的詩人，在課程上應有一定的份量。稍前的同年九月二十九日日記，記有「上課。夜讀 Wordsworth "Tintern Abbey"」一語（頁78）。翌日，日記裏記載道：「聽 Prof. Strunk 講 "Tintern Abbey" 甚有味。西人說詩多同中土，此中多有足資研究者，不可忽也」（頁78）。可注意的是，日記中謂「西人說詩」而非「西人

---

❸　龐德的意象主義，其源頭雖甚多，包括法國象徵主義、古希臘抒情詩、日本俳句等，但在詩學／美學理念上，則似乎特別受到 Ernest Fenollosa 的手稿 "The Chinese Character As a Medium for Poetry" 一文中所闡釋的中國語言詩學的啟發。參 Hugh Kenner 1971，尤其是專論意象主義的一節。

作詩」，應是指西人對詩歌的看法，在此處可能即指華滋華斯對詩歌的論點。又同年十月一日，日記裏記載道：「讀 Wordsworth 詩」（頁 78）；同年十月四日：「上課，讀華茨沃（即華滋華斯）詩」（頁 79）。連續多天讀華滋華斯詩歌，則華滋華斯很可能是英詩課程中的一個單元。胡適於十月六日（即兩天後）即輟英詩課，那麼，華滋華斯應是胡適所受英詩教育中最後的一個詩人，在胡適心中應留有深刻的「印象」吧！而事實上，胡適在《嘗試集》序中，亦曾推崇華滋華斯，謂其不可得（頁 19）。然而，胡適有沒有「接觸」過華滋華斯的有名的〈《抒情民謠集》二版序〉呢？該〈序〉與胡適的「八不主義」與詩歌，頗有可相附會之處！胡適日記裏沒有確實記載，不過就常理來論，以當時講授的方法來看，英詩課程裏講授華滋華斯而全不涉及華滋華斯這篇在英國詩學史上擁有重要地位的〈序〉，乃是不可思議的事；何況，"Tintern Abbey"（今多譯作〈汀潭寺〉）一詩，詩中某些論述與〈序〉文一脈相通？加上前面胡適日記所記「西人說詩……」一語，我們推論胡適如果沒有對該〈序〉有所閱讀，亦應經由教授之講解補充，而有所接觸，得其大概。事實上，在〈談新詩〉一文裏，胡適即謂「英國華次活（Wordsworth）等人所提倡的文學改革，是詩的語言文字的解放」（《文存》，頁 165），可見胡適對華滋華斯的詩論有所認知，雖然這認知只是得其大概。

「得其大概」應是恰當的形容，蓋胡適的〈文學改良芻議〉與華滋華斯的〈序〉相較，在理論上、文化上的根源處，頗異其趣，僅在「詩語言」及某些主張上，得以雷同相合。首先，胡適以「情感」與「思想」為詩歌之內容，以解釋首條之「須言之有物」，與

華滋華斯〈序〉中之強調「feelings」與「thoughts」相若。其次，「八不主義」中有五項是針對「語言」的，即：不用典、務去爛調套語、不講對仗、不避俗字俗語、須講求文法。這五項實皆是對「詩語言」之省思與對傳統「詩語言」之反動，這與華滋華斯在〈序〉中對「詩語言」之反省、對成為陳套的「詩用語」（poetic diction）的攻擊、對機械性地應用「擬人化」的排斥（頁 449-450），旨趣是相同的。胡適之反對「對仗」，講求「文法」，乃是針對中國詩語言傳統的特殊狀況而發言，就猶如華滋華斯根據西方傳統之流弊而反對「擬人化」一樣。

稍後，胡適在〈《嘗試集》序〉中所提出的「口語文學」及「作詩如作文之說」，當然可以看作是胡適「八不主義」中關於「詩語言」的進一步申論與發揮；但可注意的是，這兩點也可以從華滋華斯〈序〉中尋到「淵源」；當然，這兩點也同時是華滋華斯對「詩語言」反省後的總結。華滋華斯說，他要用「人們實際口說的語言的精華」（"a selection of the language really spoken hymen"）（頁 452），也就是日常口語的精華，作為其寫詩用的語言；同時指出好詩與好散文本質上無異：「每首好詩裏，其大部分之文字實與好散文者無異」（"a large portion of the language of every good poem can in no respect differ from that of good prose"）（頁 451）。胡適為其「作詩如作文」一語作辯解時，即謂：「詩之文字原不異文之文字」（《嘗試集》自序，頁 21）。

從華滋華斯這一個可能的「淵源」來看，我們更**驚覺**胡適許多詩篇，大致說來，其素材頗符合華滋華斯〈序〉中所自言者：華氏謂其詩中素材乃「選取自一般生活的某些事件與情境」（"to choose

incidents and siluations from common iife"）（頁 446）。筆者在這裏要強調
「事件」（incidents）和「情境」（situations）所含攝的「敘事架
構」；含攝在「事件」與「情境」中的「敘事架構」往往以「不完
整」的姿態出現，而非一般敘事體那麼「首尾中」俱全。同時，
「事件」與「處境」有時更含攝著某種人生的「弔詭」與「兩
難」，再加上前述「不完整」的「敘事架構」，有相當潛力發展為
帶有衝突性、逆反性的「戲劇性結構」。取材自人間的事件與情
境，不完整的敘事架構，潛在的戲劇性，竟也是胡適《嘗試集》中
「譯詩」（〈老洛伯〉、〈關不住了〉、〈希望〉）及「改寫」（〈應
該〉）中不明說的「標準」哩！（雖說〈關不住了〉一詩，其原作發表於
「意象主義」的刊物《詩刊》上，但該詩究何多濃的「意象主義」，倒是值得
商榷。）至於胡適自己的詩作，可讀者也往往帶有上述的品質。以
給人譏諷為「點頭」的人道主義的〈人力車夫〉的結尾為例吧：

> 客告車夫：「你年紀太小，我不能坐你車，我坐你車，我心
> 裏慘悽。」
> 車夫告客：「我半日沒有生意，又寒又飢，你老的好心腸，
> 飽不了我的餓肚皮，我年紀小拉車，警察還不管，你老又是
> 誰？」
> 客人點頭上車，說：「拉到內務部西。」❹

---

❹ 本文所據遠流版胡適《嘗試集》（遠流版據胡適紀念館版重排）缺末句：
「客人點頭上車，說：『拉到內務部西。』」今據王珝編《新詩三十
年：一九一八～一九四八》補回，該書由台北文教出版社重印。

詩中的素材是自日常生活中選取過來的事件與情境。在這事件裏，「客」與「車夫」都跌入了某種弔詭與兩難的處境。「車夫」跌入「犯法」與「餓肚皮」的兩難裏，而「客」底「好心腸」卻突然跌入了使其無能為力、使其逆反的弔詭裏。顯然，「點頭」無法走出這弔詭的處境。使這「弔詭」更為複雜的是最後的不落言詮的「拉到內務部西」。同樣地，這些品質也可見於胡適自言「還脫不了詞曲的氣味與聲調」（〈再版自序〉，頁 35）的詩篇，為這些詩篇帶來了一份新鮮的品味：

> 吹了燈兒，捲開窗幕，放進月光滿地。
> 對著這般月色，教我要睡也如何睡！
> 我待要起來遮著窗兒，推出月光，又覺得有點對他
> 月亮兒不起。（引自〈四月二十五夜〉）

這小小的生活片斷、這不完整的敘事架構、及其中所含攝的小小的「弔詭」，使到這詩篇與中國傳統的抒情、寫景詩有別。

五、結語

「接觸」與「影響」之指陳與論證，有點像我國「考據」之學，須兼顧內在與外在的證據；同時，亦不免只是一種建構，未必與事實完全吻合。「接觸」與「影響」的一般過程，符合普爾斯記號過程的三元中介模式：外來的要素、本土的文學／文化傳統、與

及所謂「影響」而形成的作品,三者是處在互動的、中介的關係,缺一不可。不過,主要動力或置於外來影響,或置於本土傳統,或置於作者與成效的作品上（即作者點鐵成金的中介能力與及歷史加諸於作者的強勢動力）,雖或可分而論之,但亦未易作客觀之衡量也。就此角度勉強作結,筆者願意說胡適之白話文運動及八不主義,源於歷史之走勢居多,故其有白話文學史之製作,而當其論證其受有西方文學理念影響之觀念,亦一概以本土詩歌作例。當然,這些外來因素所給予胡適之啟發與動力,亦不宜等閒視之,蓋「理念」之獲得甚不易,而其能作之啟發與影響,亦不易作客觀之判斷也。

胡適白話文學一概念之提出,恐非如論者所言,非源自意象主義不為功也。恐應如胡適所言,有感於英文法文之口述語言與書寫語言之一致,有感於十五、六世紀時歐洲國別文學從拉丁文中脫離而生居多;而十九世紀浪漫詩人華滋華斯所主張之文字之解放、用日常口語作為詩之語言,當亦有助於胡適之提倡白話運動與白話文學也。

胡適之八不主義,應如胡適所言,與屬於新潮流的「意象主義」無關。當然,流行於當時的新潮觀念,游盪於空間,偶為胡適所「接觸」,亦有可能,但無甚影響。胡適與「意象主義」的有效「接觸」,應始自一九一六年十二月廿六日或稍後,即胡適剪錄《紐約時報》轉載的「意象主義六大信條」於其日記之時:其「此派所主張,與我所主張多相似之處」,即是此「接觸」成為「有效」之「接觸」之明證,亦是「接觸」過程中所含攝的「類同原則」之明證。而其時,胡適之「八不主義」早已成形,已見於其致朱經農及陳獨秀之信函。

　　胡適「八不主義」之外來淵源，應置於華滋華斯的文學理論上，而胡適本人之詩歌，亦受華滋華斯之理論及詩歌所影響。胡適與華滋華斯之「接觸」與文學淵源，已於本文第四節詳論，今不贅。

　　然而，自從一九一六年十二月廿六日或稍後，自從胡適與「意象主義六大信條」有效「接觸」以後，其「影響」則可見於《嘗試集》自序，二版自序，與及〈談新詩〉一文，「意象主義」所主張之詩體解放、具體性、意象等文學觀念，亦漸漸引入，而例子則仍以本土詩歌為例，此亦是「接觸」與「影響」過程中「類同原則」作用所致也。

【補述】

　　撰寫期中，論及胡適自言為「創體」，自言為「獨語」，並謂古詩中只有〈上山採蘼蕪〉略像這個體制的〈應該〉一詩時，即直覺地覺得事有蹊蹺。這兩首詩所牽涉者皆為三角關係，是否有著個人自傳色彩？後來，發覺其所譯 Anne Lindsay 夫人的〈老洛伯〉（“Auld Robin Gray”）、Sara Teasdale 的〈關不住了〉（“Over the Roofs”）以及 Omar Khayyam 的〈希望〉（Rubaiyat），都是與愛情有關的詩作。我不禁疑團滿腹。及至後來讀到唐德剛的《胡適雜憶》，才恍然大悟。胡適在留美期間，確有知心的女友，而唐氏對胡適某些詩篇，也沿著這個自傳角度作解釋（1979：190-98；以及夏志清的〈序〉）。但他們忽略了我前所提及的譯詩。其實，譯詩之選

擇，亦帶有某種譯者之所需，帶有某種自我規範、自我宣洩的功能。事實上，那段時期，在文化上是青黃不接，而在時代精神上，則為廣義的情緒型的浪漫主義所籠罩。誠如李歐梵所指出，當時的許多詩人與小說家，都為浪漫情懷與愛情所吸引所折磨（1913），而胡適亦不例外，何況其遠赴美留學之前的 1904 年，即遵父母之命訂有婚約，其心境亦可憐也。而上引諸譯詩及〈應該〉寫於 1918 年 6 月至 1919 年 3 月間，為婚後（1917 年底成婚）半年一載之譜，殆亦情懷的間接宣洩乎？

　　下面在考據上為文中某些觀點再作補強。前述李歐梵一書，充分論證出，中國新文學的早期，其主要的外國影響，當推西方的浪漫主義。而據唐德剛錄寫的《胡適口述自傳》，胡適所倡新詩運動，實為文學革命的前鋒，意在中國文藝復興（1981：174-179），而整個新文學運動實為自晚清以來改革的延續。從這個廣延視野看來，胡適新詩運動及其八不主義，與華滋華斯在詩學上之改革之關聯，實有其時代之氣候。至於「意象主義」的影響，論者所提證據之一的改寫自 Sara Teasdale 的"Over the Roofs"局部的〈關不住〉，仍有可商榷者。不錯，Teasdale 該詩發表於意象主義的詩刊《Poetry》上（1914 年 2 卷 2 期）。但胡適的改寫〈關不住〉，其日期為 1919 年 2 月 26 日（據其《嘗試集》，108）。然而，Teasdale 該詩後收於 1915 年出版的《River To the Sea》詩集內，而該詩集先後於 1916、1917、1918、1919 重印（根據 Macmillian 版本的版權頁）。可見該詩集當時甚為流行，而胡適之與該詩之「接觸」，不必然源自意象主義詩刊《Poetry》，更可能採自 Teasdale 的個人詩集；故胡適之與「意象主義」之「接觸」，不宜以該詩之譯寫為必

然之證據，而筆者所據《胡適留學日記》所摘錄之意象主義六大信條，則為必然可信之接觸，然其時已遠於其八不主義之提出矣。

　　胡適談及〈應該〉一詩時，用「獨語」稱之。究其實，更接近英人 Robert Browning 所開拓的「戲劇的獨白」(dramatic monologue)，而胡適留學時曾寫有論 Robert Browning 的論文並獲獎（《胡適口述自傳》51-52），亦胡適詩學外來影響之一斑也。補於此。

參引書目

胡適，1986，《嘗試集》，台北：遠流。

───，1953，《胡適文存》（四冊），台北：遠東。

───，1959，《胡適留學日記》（四冊），台北：商務。

───，1981，《白話文學史》，台南：東海。

───，1933，《四十自述》，上海：亞東。

───，1981，《胡適口述自傳》（唐德剛譯寫），台北：傳記文學。

王翊（編），1973，《新詩三十年：一九一八～一九四八》台北重印：文教，不著出版日期（該書原由文學研究社出版，1973年王翊校後記）。

王潤華，1978，〈從「新潮」的內涵看中國新詩革命的起源〉，《中西文學關係研究》，台北：東大，227-245。

羅青，1978，〈各取所需論影響───胡適與意象派〉，《中外文學》八卷七期，48-76。

唐德剛，1979，《胡適雜憶》，台北：傳記文學。

周質平，1988，〈胡適文學理論探源〉，《胡適與魯迅》，台北：
　　時報，77-101。

Fang, Achilles. 1955. "From Imagism to Whitmanism: Recent
　　Chinese Poetry: A Search for Poetics that Failed." *Indiana
　　University Conference on Oriental-Western Literary Relations.*
　　Ed. Horst Frenz and G. Anderson. Chapel Hill: U of North
　　Carolina P, 177-189.

Kenner, Hugh. 1971. *The Pound Era.* Berkeley: U of California P.

Ku, Tim-hung Ku (古添洪). 1992. "Mediation between Chinese
　　Heritage and Foreign Contacts." *Tamkang Review*, XXIII, 1-4,
　　628-637.

Leo, Leo Ou-fan (李歐梵). 1973. *The Romantic Generation of
　　Modern Chinese Writers.* Cambridge, Mass.: Harvard UP.

Peirce, Charles Sanders. 1931-58. *Collected Papers.* 6 vols.
　　Cambridge, Mass.: Harvard UP.

Teasdale, Sara. 1937. *Rivers to the Sea.* New York: Macmillian.

Wordsworth, William. 1965. "Preface to the Second Editioin of
　　Lyrical Ballads." *Selected Poems and Prefaces.* Ed. Jack
　　Stillinger. Boston: Houghton Mifflin, 455-464.

第三章

論魯迅散文詩集《野草》
的撒旦主義
──兼述接受過程中的日本「中介」

一、導言：魯迅與浪漫主義的撒旦派

李歐梵指出，中國新文學的早期，其主要的外國影響，要算是西方的浪漫主義（Leo Ou-Fan 1973）。❶這個看法，概括來說，幾近事實。然而，甚麼是西方浪漫主義？或者，更狹一點來說，什麼是英國浪漫主義？其特質為何？在西方學術界裏，其詮釋上之分歧，

---

❶ 本論文是根據英文稿譯／改寫而成。該英文稿於第 13 屆國際比較文學會議（1991，東京：本人沒出席）發表。簡稿本 "Satanism in Lu Hsün's （魯迅） Prose Poems: With a Discussion of the Japanese Mediation in the Process of Reception"刊出於論文集之第六冊 *The Force of Vision: Inter-Asian Comparative Literature*, 54-60。詳本"Satanism in Modern Chinese Poetry: A Semiotic-Comparative Approach" 則刊於 *Studies in English Literature & Language*, No.17, 117-132。本中文版已發表於《中外文學》25 卷 3 期（朱立民先生紀念專號），234-253。

真可謂莫衷一是。同時，新文學的作家與詩人們，所認知與接受的歐洲或英國浪漫主義，更是因人而異。舉例說來，根據筆者的研究（1992），胡適的白話文學觀及八不主義，頗受英國浪漫詩人華滋華斯（Wordsworth）在其《抒情民謠集》（*Lyrical Ballads*）二版「序」中一些文學理念所啟發。胡適對華滋華斯詩論的認知、接受、與挪用，是在胡適所認知的歷史時空之所需所決定，即以白話文運動作為整個當時的啟蒙運動的大視野裏進行，並無可避免地與中國文學傳統原有而類同的觀念互為闡發與啟動。胡適嘗謂「英國華次活（Wordsworth）等人所提倡的文學改革，是詩的語言文字的解放」（〈談新詩〉）。其實，「文學改革」與「語言文字的解放」即為胡適對華滋華斯詩論所作詮釋、接受、與挪用的方向，也就是胡適的白話文運動及八不主義的方向。誠然，文學影響、詮釋、接受、與挪用，往往為「接受者」的「主體」及此「主體」所認知的歷史時空所決定、所選擇，魯迅的情形也不例外。魯迅所認同的英國浪漫主義，有別於胡適所認同者，也非如胡適之朝詩語言的改革方向。魯迅獨賞以拜倫（Byron）為宗的「摩羅派」，其著眼點為其抗世嫉俗的精神面；這精神面當然與當時中國的革命氣候息息相通。魯迅謂，摩羅者，焚語，魔鬼之謂也，與歐人所謂「撒旦」同趣。故魯迅所謂的「摩羅詩派」，即西方慣稱的「撒旦主義」（Satanism）。魯迅在英國浪漫詩人中獨賞拜倫，其義為何？

　　根據布龍（Harold Bloom）的看法，在英國諸重要浪漫詩人中，拜倫是「浪漫思維中最富社會性者，職是之故，最少浪漫性」（1971：3）。布龍這裏所指的「浪漫性」，是指浪漫思維中所具有的由外而內的「內在化」過程，而這「內在化」過程最能為華滋華

斯及柯爾里基（Coleridge）所代表，與「朝外」的「社會性」相對待。然而，有趣的是，魯迅所認知的「浪漫性」，其特徵不在「內在化」過程，而是靈魂的提昇、自由、奔放的一面。當然，布龍與魯迅皆各有所依，各有其心目中的典範：前者的典範為華滋華斯及柯爾里基，後者為拜倫及雪萊（Shelley）。我們引用布龍的話，因為它透露了一個玄機：魯迅所認同的英國浪漫詩人拜倫，最與其他浪漫詩人差異，而其差異則在於其朝外的「社會性」。換言之，有所為的、朝外的「社會性」，與魯迅所認知的靈魂的提昇、自由、奔放的浪漫性格的結合，即構成魯迅的「撒旦主義」的基調。

　　從布龍的視野來說，魯迅認同最乖離英國浪漫主義的拜倫，應是最少浪漫主義的。然而，但從另一個角度來說，魯迅卻又是最接近英國浪漫主義的，因為他切合了英國浪漫主義由「希望到沮喪」的心路轉折，而這心路轉折也可看作是上面所指陳的「內在化」過程的根由：法國大革命把英國浪漫詩人的希望，對人類、社會前景式的希望，無窮地提昇，而隨著法國大革命的轉趨暴烈與及最終被出賣與挫敗，隨著英法戰爭及其帶來英國境內的鎮壓，使到英國浪漫詩人立刻陷於極度沮喪中。是這個希望的無窮提昇與及立刻的崩潰與沮喪，構成了英國的浪漫情緒；浪漫情緒應非僅是靈魂的提昇與奔放，而是含攝辯證地隨之而來的不伸與挫折。魯迅對一九一一年的辛亥革命，充滿著狂熱與憧憬，而這所謂民主革命的結果，卻是袁世凱稱帝以及接著的軍閥割據與連綿戰禍，使魯迅立刻陷於極度的失望與挫敗中；這點正與英國浪漫詩人之於法國大革命同趣。有或沒有由於辛亥革命而帶來這個「希望的極度提昇與極度挫敗」，或其不同的深廣度，正標幟著魯迅及其同時代時人與作家的

差異，標幟著他們對英國浪漫主義的不同認知與接受模式。換言之，魯迅與其同年代的作家相較，最能符合英國浪漫主義的這個精神面相，而這面相在其散中詩集《野草》裏獲得最充分、最震撼的表達。

同時，魯迅也與英國浪漫主義的另一面相最為吻合。布龍指出，英國浪漫詩人沿襲了左翼清教徒的「反鄉愿脾性」（nonconformist temper）（1911 xiii-xxv）。魯迅畢生反封建、反習俗著稱，而早在其著名的〈摩羅詩力說〉（1908）中即有意自許為「精神界的戰士」，與同時的詩人與作家相較，最為符合這個「反鄉愿脾性」。清教徒主義所追求的心智的解放，在中國則以「啟蒙運動」與及「反封建主義」的形式出現；這訴求之不同，乃由於中國在經濟上並沒有工業革命，在宗教上也沒有像清教徒的革命之故。我們不妨謂，單就法國革命與中國辛亥革命相對待，單就清教徒之反羅馬天主教與中國知識分子之反封建相對待，以及這兩者在各層面所掀起的波瀾與改變，新文學的早期，在沒有進入三十年代帶有社會主義色彩的左翼文學之前，是很有潛在的動力朝向英國浪漫主義的方向進行：英國浪漫主義在三十年代以前能夠獲得中國文學界的高度興趣與認同，實非偶然。

似乎，早在一九〇八年，魯迅在其〈摩羅詩力說〉裏，即以「撒旦主義」為總方向與骨幹，為自己的文學事業寫下初步的藍圖。其時，魯迅在日本，正放棄醫學的學習，決意投身文學，改變國人的封建心態，以挽救中國。文中，魯迅以拜倫為「撒旦派」之宗，繼之以雪萊，並論其流風在俄國及中歐之餘波蕩漾，並擴而籠括古今中外相類的詩人：

> 今則舉一切詩人中,凡立意在反抗、指歸在動作,而為世所
> 不甚愉悅者悉入之,為傳其言行思維,流別影響,始宗之裴
> 倫〔即拜倫〕,終以摩迦(匈牙利)文士。……各稟自國的特
> 色,發為光華;而安其大歸,則趣於一:大都不為順世和樂
> 之音,動吭一呼,聞者興起,爭天拒俗,而精神復感後世人
> 心,綿延至於無已。(〈摩羅詩力說〉,《墳》,66)

在中國詩傳統中,並以屈原歸入摩羅詩派,謂其富「懷疑」,惡世
俗之「渾濁」,「放言無憚」云云(同上 70)。當然,該文以大量
的篇幅置於拜倫身上,並以拜倫式英雄作為原型:

> 自尊至者,不平恆繼之,憤世嫉俗,與對蹠之徒爭衡,蓋人
> 既獨尊,自無退讓,自無調和,意力所如,非達不已,乃以
> 是漸與社會生衝突,乃以是漸有所厭倦於人間。若裴倫者,
> 即其一矣。(《墳》,81)

自尊即自傲,往往以「正義」的追求作其背後的骨幹,故不免為世
間不合理之事,感到不平,而憤世嫉俗。而拜倫底撒旦式的英雄,
其特徵為意志力之風發,故不免付諸爭衡,付諸行動;而其蘊含著
絕對主義,故無退讓,無調和之可能(無怪乎俗世視之為魔鬼),最
終不得不與社會相衝突。其志不伸,乃以漸有所厭倦於人間。這個
拜倫式英雄的原型,不禁讓人聯想到魯迅的一生。

　　同時,撒旦詩人乃是真理的代言者:「惡魔者,說真理者也」
(《墳》,85),要破除「偽飾陋習」,破除「虛文縟禮」的假道德

（同上，84-85）。尤為重要的，撒旦詩人崇尚自由，反對奴性：
「苟奴隸立其前，必哀悲而疾視，哀悲所以哀其不幸，疾視所以怒
其不爭」（同上，82）。至於撒旦詩人的詩風，魯迅仍以拜倫為典
範，引拜倫自言謂：「吾之握管，不為婦孺庸俗，乃以吾全心全情
感全意志，與多量之精神而成詩，非欲聆彼輩柔聲而作者也」（同
上，85）。魯迅於〈摩羅詩力說〉總結部分，更把「撒旦派」的社
會傾向向前推進，達於振興國族的層面：撒旦詩人「發為雄聲，以
起其國人之新生，而大其國於天下」（同上，104）。並進而與當時
的中國的現實相銜接，謂「維新既二十年，而新聲迄不期於中國
也。夫如是，則精神界之戰士貴矣」（同上）。魯迅認同撒旦派，
並以「精神界之戰士」作為自勉，相當明顯。

　　魯迅的撒旦主義，一直到 1924-26 年間撰寫散文詩集《野草》
期間，才終於在他自己詩歌裡獲得實現，並同時對自拜倫以來的撒
旦精神，作了驚人的充實與改變，其時距《摩》文已有十七年之
譜，從二十七歲過渡到四十三歲了。《野草》引起了學界極大的興
趣與研究。一般來說，大陸學者多從社會與政治層面著眼，可以馮
雪峰（1956），吳小美（1982）為代表；旅美華裔學者則多從心理層
面來探索，可以夏濟安（1968：146-162），和李歐梵（1989）為代
表。當然，從比較文學的角度來研究《野草》，更開了一面新的
窗。最近，這類比較研究相當豐富，如溫儒敏（1981），陳通
（1982），陸耀東和唐達暉（1982），趙瑞蕻（1982），孫席珍
（1982），錢碧湘（1986），孫玉石（1986）等。這些論文，提供了
許多不可或缺的資訊，但大抵缺乏理論基礎及架構。為彌補這方面
的不足，筆者在本文裡提供了四個研究策略，俾能充分論述文學中

的「接受」過程及魯迅《野草》的特質。其一，我把魯迅的散文詩集《野草》置於源於拜倫的撒旦主義傳統中，以便從此觀察「撒旦主義」如何在中國的時空裡加以吸收、加以豐富，加以落實到《野草》的詩篇裡。如果魯迅在〈摩〉文把源於拜倫的撒旦主義擴及俄國、東歐，並遠溯至中國之屈原；那麼，在我的觀察裡，在這十幾年間，魯迅加入了尼采及佛洛伊德，以深化、轉化其撒旦主義。我們得注意，當拜倫的影響橫掃歐洲時，其餘風及於尼采。尼采對拜倫採取隨意擷取的態度，並曾以拜倫作為一個對其重要的影響（Trueblood 1981：78）。其二，我認為在「接受」過程裏，中國本土的有關傳統與資料，會被外來的影響引發出來，而產生本土與外來兩者的互動，我稱之為「接受」過程中的「對等原理」。同時，為了對「接受」過程能有理論性的陳述，我更引進普爾斯（C.S. Peirce）記號學的中介模式：以魯迅的《野草》作為外來影響（拜倫、尼采、佛洛伊德）與中國本土的文化與文學傳統相「中介」的結果。其三，為了對《野草》中外來影響更全盤及更為清晰地界定，我引進杜鐸洛夫（Todorov）的三元文類模式，觀察這些外來影響在語言（風格）、語法（結構）、及語意（內容）上的表出。其四，魯迅對拜倫、尼采、與佛洛伊德的「接受」過程裡，是經過日本環境的「中介」，故文中一併論及之以作結。

二、中介理論與文學影響或接受

魯迅謂其小說有著外國作家的影響（孫玉石 1986：415）；其

實,其詩集《野草》亦如是。然而,文學影響其實際過程為何?文學影響是否在當代記號學的視野裡可重新界定?據薛備奧(Sebeok)簡賅的界定,記號學乃一科學,「研究諸種可能的記號,研究控御著記號底衍生、製造、傳遞、交換、接受、解釋等的法則」(Sebeek 1978:Preface, viii),應與文學研究息息相關,何況經由瑟許(De Saussure;或譯作索緒爾),普爾斯、洛德曼(Lotman)、雅克慎(Jakobson)等人已大有發展?文學「影響」的視野在近日漸漸移向文學「接受」;其實,如 Chevrel 所言,兩者實為一物的兩面(Chevrel 1995:29-35)。筆者認為,文學「影響」或「接受」的重新界定必須回到比較文學的實證方法上,回到「接觸」這個不可或缺的基礎。「影響」應該是一個有效的「接觸」,而此「有效」接觸乃是作為首度規範系統的二個語言及作為二度規範系統的二個文學的充滿活力的「互動」;這「互動」是以詩人作為「中介」,而其作品即為此「中介」的結果。這個初步的定義涵攝著㈠洛德曼所表彰的記號系統底「規範功能」(modelling function):詩人在「書篇」中以現實世界作為模式,並同時以其「書篇」規範這現實世界與及他自己;這「規範」是二重的,蓋其所用語言已是一個規範系統(Lotman 1977:1-31)㈡普爾斯底「中介」模式的「記號衍義行為」(semiosis)。

> 所謂記號衍義行為乃是一活動,一個影響運作,涵攝著三個主體的相互作用;這三個主體是為記號、記號底對象、與及居中調停記號(interpretant)。這是一個三方面互連的影響運作,決不能縮減為幾個雙邊的活動。(5.484)

換言之,在「影響」或「接受」過程裡,外來因子、本土文學與文化、以及新作品三者互為「中介」,有若普爾斯「記號衍義行為」的三元互動。同時,不妨謂外來因子及本土文化/文學為先具的條件,故可把兩者「中介」後所產生的作品,看作是兩者的居中調停記號:這只是方便的講法,事實上在這三者互為中介裡,所謂外來因子及本土文化/文學,是在「中介」裏衍變與成形。各外來及各本土因子雖源於不同的時空,但在這互為「中介」的過程裡,都從瑟許的「異時」軸上壓扁到一個水平的,同異對照的、「並時」軸上,以互為激盪、互將中介。而這互動所遵從的法則,我們發現,即是雅克慎貫通各記號場域而富普通性的「對等原理」(principle of equivalence)(1987:95-114)。換言之,本土及外來的諸因子在互為「中介」裡,其「對等」部分被發掘出來,互為激盪,互為中介,而最終在詩人底「主體」的積極「中介」下,而本土化、時空化、個體化而落實到其新作品裡。當然,所謂詩人的「主體」乃是為其社會時空之所需所決定、所中介。這「中介」,含攝著作為中介者的詩人底「主體」上自我規範之所需,含攝著其時歷史時空底規範之所需;否則,那來「有效」的接觸?那來「影響」?《野草》中的「撒旦主義」就是這麼一個「有效」的「接觸」與「中介」;拜倫,尼采、佛洛伊德、以及中國本土有關的對等因子,經由為特定時空所決定與「中介」的魯迅而互動起來。

事實上,「類同」之作為「中介」的主要動力,並非偶然。普爾斯指出,「類同」乃是「聯想」所賴原理之一,而其所賴以作「聯想」之「聯結」,「乃是源於內部的能量」(6.105);並且,「類同」也是我們人類的「習性」(habit)所趨(5.476)。同時,普

爾斯指出，思維與認知乃是前後相繼相影響者，謂「前想必然對其
後想有所提示」，而「沒有任何境況與認知不為其前行的諸認知所
決定者（5.284）」。據此，在「影響」的全程裏，已有的本土的元
素必有所牽動，並決定著其「影響」的活動與結果。誠然，普爾斯
的「類同」與「相繼」理論，為文學「影響」的「中介」過程有所
提供。

<h1 style="text-align:center">三、撒旦式結構層面：
夢結構與警策語結構</h1>

　　在《野草》的語法（結構）層面裡，有兩特色得而論之，一為
夢結構，一為警策語結構，前者可視作是與佛洛伊德心理分析學說
的有效接觸，後者可視為與尼采（尤其是《札拉圖斯特拉如是說》）的
有效接觸。先論佛洛伊德的有效接觸。如夏濟安所言，魯迅的《野
草》有著「惡夢的品質」，有著「現實底驚人的錯置」，有著「潛
意識的窺視」（1968：152）。這個惡夢與潛意識的品質，恐非偶
然。在創作《野草》期間，魯迅正經由廚川白村《苦悶的象徵》的
中介，而接觸到佛洛伊德學說：一九二四年九月魯迅發表《野草》
集中的第一首詩，而於同年十月魯迅所譯廚川白村《苦悶的象徵》
脫稿（見本文所據《野草》所附〈魯迅年表〉）。

　　當然，詩歌裡的夢結構並非與實際的夢完全吻合，只是與後者
彷彿類同，因為詩歌尚需與文學及資訊交流所要求的原則相妥協。
表現在《野草》的夢結構，可得二項而論之。其一，與夢的結構機

制，如錯置（displacement）、濃縮（condensation）、認同（identification）與加強（reinforcement）相若。請以〈死火〉為例：

> 我拾起死火……那冷氣已使我的指頭焦灼；但是，我還熬著，將它塞入衣袋中間。冰谷四面，登時完全青白。……。
>
> 我的身上噴出一縷黑煙，上升如鐵線蛇。冰谷四面，又登時滿有紅焰流動，如大火聚，將我包圍。我低頭一看，死火已經燃燒，燒穿了我的衣裳，流在冰地上了。
>
> 「唉，朋友！你用了你的溫熱，將我驚醒了」他說。

作為夢者的「我」，把「死火」置於袋中，而「死火」則又透過這「我」以人的形態重現，充分符合潛意識的「認同」機制。詩結尾處，這「我」又被卡車輾死車下並滾下山谷，並嚷著說：「哈哈！你們是再也遇不著死火了」。而從「死火」再幻化出來的人身，下落不明，彷彿這「我」與這「死火」同為一體。這也可看作是一「認同」機制，並同時具有「加強」的功能。或者，我們也不妨從心理分析的角度來說，夢者把自己裂分二：一為夢者的「我」，一為「死火」，再藉「認同」機制使兩者合為一體。同時，這「認同」機制的運作，符合了雅克慎所說的毗鄰（contiguity）的「接觸」（放入袋中、燃燒、再現）與及「相似」（similarity）（兩者的溫熱：「朋友，你用你的溫熱，將我驚醒了」）。

另一項的夢結構是三個心理場域，即伊德（id）、自我（ego）和超我（superego）的「衝突」與「否定」，這「衝突」與「否定」往往以「逃離」的形式出現。最好的例子，莫如〈墓碣文〉。夢者

的「我」夢見自己正和墓碣對立。碑之陽面刻著:

> 有一遊魂,化為長蛇,口有毒牙。不以嚙人,自嚙其身,終
> 以殞顛。
> 離開!

「我」繞到碣後,見孤墳、死屍胸腹俱破,而墓碣陰面殘存文句:

> 抉心自食,欲知本味。創痛酷烈,本味何能知?
> 痛定之後,徐徐食之。然其心已陳舊,本味又何由知?
> 答我。否則,離開!

詩末死屍從墓中坐起,而夢者「我」疾走,不敢回顧。碣文可謂盡
醜陋與可怕之能事,加上遊魂死屍,使人不免聯想到「伊德」的潛
意識世界。「自我」無意中突與「伊德」相對,並為其「伊德」詰
問;「自我」不敢面對其「伊德」,倉皇逃離。〈墓碣文〉以夢為
「框」,正有利於佛洛伊德式的詮釋,蓋只有在「夢」中,「自
我」鬆懈了其監視之際,「伊德」才敢自暴自身,讓「自我」嚇
驚。這類富有夢底潛意識結構的對等表達,可從中國的志怪小說、
山海經、野史、社戲裏尋得。這些譎詭怪異的書寫以各種偽裝含攝
著原始的意識與及「伊德」的內容,而這些書寫卻可是魯迅從小所
愛好者──李歐梵稱此為構成魯迅另一心理層面的「小傳統」
(1989:95-103)。誠然,這個「小傳統」是魯迅終生的學術興趣之
所在。這些譎詭、怪異,帶有「伊德」內容的本土資料,在其表達

層上，也一定相對地呈現出類似的結構。扮演著「中介」功能的詩人魯迅，來往於這些譎詭怪異的本土資料與佛洛伊德的心理分析理論之間，把譎詭怪異轉化為佛洛伊德的心理分析，把佛洛伊德的心理分析轉化為譎詭怪異。同時，如果我們從《野草》的夢結構裏拿掉其心理分析的含義，把它減化為一般形式，那麼，就與雅克慎所指陳的「詩功能」（poetic function）無大差別。詩功能者，把選擇軸上的對等原理投射在組合軸上者也。心理分析的各種機制，如認同、加強、錯置等均得依賴「對等原理」作為其普遍形式。換言之，在「中介」過程裏，魯迅尚調整在文學原理與心理分析原理之間，把文學推向心理分析，把心理分析推向文學。我們這裏無意確鑿地指出志怪小說或山海經等某些篇章正扮演著與佛洛伊德夢結構互動、中介的功能，因為這些確鑿的指陳，在本文的理論架構裏無甚意義。換言之，「影響」研究裏，外來「接觸」必得確立與界定，而本土文化與文學的反應部分，則不必確鑿指陳，因為其源頭往往已喪失而不復記憶。

　　《野草》的另一特色是我所謂的「警策語架構」，這與尼采的《札拉圖斯特拉如是說》（*Thus Spake Zarathustra*）之接觸，或不無關係；事實上，魯迅對尼采的徵引不出此書（錢碧湘 1986：305）。魯迅遠在〈摩〉文及同年的〈文化偏至論〉已根據日本資料，對尼采有所徵引。一九二〇年間，更根據德文本把《札》書「序文」（"prologue"）譯出，而鄭振鐸讚美魯迅譯作深得原著的風格（陳耀東和唐達暉 1982：378-79）。論者指出，尼采的該部著作多具警策語（aphorism），但筆者無意謂魯迅從其警策話中直接獲得警策語結構，而是說，尼采在該書某些自足的、富戲劇性的場景或論述裡，

如論「末人」（last man）一節，即蘊含著警策語結構為其論述骨幹，此即魯迅與尼采「有效」接觸之所在。所謂「警策語結構」，包涵著一個濃縮的論辯（compressed argument）、一個矛盾而似非而是的構成（paradoxical formation）、一個辯證的逆轉（dialectical reversal）。所謂「濃縮」意謂不提供足夠的論據與關聯；「矛盾」意謂與常識相左而實含至理；「辯證」意謂論辯朝某方向進行而最終卻至其反面。「末人」一節即含攝著這樣的警策語結構。首先，「末人」所攻擊者為昔日社會的非理性與敗壞，其論辯最終卻在「文本」裏逆反為對「末人」所處今日社會的控訴。同樣，在「文本」的通體架構裏，「末人」所發現與讚美的「快樂」實非「快樂」；而「末人」稱之為「真實」者實乃「虛假」。然而，扎拉圖斯特拉的聽眾認同「末人」，大聲喊：「賜給我們末人吧！」。聽眾的興奮與肯定卻又為扎拉圖斯特拉內心的獨白所否定：「他們不了解我」。然而，這辯證逆轉又再度被否定，因為扎拉圖斯特拉發覺「他們的笑聲裏有著冰冷」。在筆者的重述裏，已為這「末人」論辯補上了許多連接，原文戲劇性的論辯，真是幾回矛盾、幾回辯證的逆轉。

中國本土中最具警策語的莫過於《老子》了。然而，我們此處可說的，卻是已納入戲劇、論辯、敘述中的「警策語結構」，一如「末人」章節所展示者。就這個角度而言，也許《世說新語》中的某些軼事更為幾近，如劉伶脫衣裸形於屋中，卻戲謔世人謂「諸君何為入我褌中？」（〈任誕篇〉，551），如晉明帝幼時長安還是日遠的矛盾論述（〈夙慧篇〉，449-50）等。相對而言，中國本土文學所蘊含的「警策語結構」，可謂隱而不彰，而「有效接觸」的功

能,即透過尼采著作的警策語結構,對本土的警策語結構重新認知,解放開來,以便使之進入更複雜的文學論述,承擔更複雜的規範功能,如〈復仇〉者。

〈復仇〉首兩節表達了自然主義式的、佛洛伊德式的男女「親密」的定義。首節說鮮血在皮膚後面的血管裡奔流,「於是各以這溫熱互相蠱惑、煽動、牽引,拚命地希求偎依、接吻、擁抱」。這佛洛伊德式的定義與我們習以為常的以「愛」為中心的人文式定義,顯然矛盾,但卻有其迫人的真實性。同時,意涵著因皮膚之隔,才會有互相蠱惑,才有偎依接吻的希求;這論辯隱含著一個相反相成的辯證思維。第二節呼應前節,謂如果用「利刃」一擊穿透桃紅色的皮膚,那麼可以「所有溫熱直接灌溉殺戮者」。這裏所用的語言,富有佛洛伊德底性象徵涵義,自不在話下。接著,就是彫塑式的高潮:

> 這樣,所以,有他們倆裸著全身,捏著利刃,對立於廣漠的曠野之上。
> 他們倆將要擁抱,將要殺戮。

自此刻高潮開始,〈復仇〉即從佛洛伊德的領域突然移至主客易位、辯證逆轉的、撒旦式的復仇模式。人們從四方跑來圍觀,伸長脖子,「他們已經預覺著事後的自己的舌上的汗或血的鮮味」。然而,這對裸裎男女,沒有動作。他們倆這樣地至於永久,身體枯乾,仍絲毫無擁抱或殺戮之意。於是,路人開始無聊,「甚而至於居然覺得乾枯到失了生趣」。於是最終的辯證的逆轉與復仇:他倆

以同樣的裸裎相對、捏著刀，身體漸漸萎去，卻「以死人似的眼光，賞鑒著路人的乾枯」，「永遠沉浸於生命的飛揚的極致的大歡喜中」。那是一場「無血的大戮」，一場不需行動、從裏面逆反過來的辯證式的復仇。男女裸裎持刀對立的駭人形象，在〈復仇〉中重覆了四次，強勢地演出了詩學結構上的「重覆」（repetition）原理與及心理分析的「加強」機制，使人刻骨難忘。總結來說，尼采的〈末人〉章節、中國本土的對等書篇、與及二者經魯迅「中介」後的〈復仇〉，乃是「警策語結構」底普遍形式在不同的歷史時空、書寫類別、及個人的獨特主體、並容納各種因素及功能的複合表達。

四、撒旦文字與撒旦風景

　　文學書篇中的語言部分與其背後所賴的語言系統（如德語）密不可分。文學影響裏的「中介」很少直接表現在最低層的語言系統上，因這個層面幾不可有大變易，而往往表現在經由文類、文學傳統「規範」後的語言層面上（如律詩的規範使到語言層面的對仗安排）。魯迅與拜倫、尼采、佛洛伊德的接觸大部分是透過翻譯與及二手資料，要找尋其在語言層面的直接影響恐怕白費心力。魯迅在〈摩羅詩力說〉裏對撒旦派語言風格所論甚少，僅強調「全心全情感全意志，與多量之精神而成詩」，與「柔聲」相反而已（《墳》，85）。與其說《野草》的文字風格與外來作品接觸有關，不如說是由魯迅經拜倫、尼采、佛洛伊德及中國本土對等的材料所

發展出來的魯迅「撒旦主義」的內部要求所促成。魯迅的撒旦主義作用如一個衍義中心（metrix）（這概念挪用自 Riffaterre 1978：1-22），經由它許多的文字素材得以動將起來，得以變化，而終陶鈞為魯迅的撒旦風格。

回顧一下上引的詩例，充滿了矛盾詞彙與辯證語法、句與句之間的斷離、以及其他各種文字上的歧異，風格可謂怪誕而撒旦。死火「有炎炎的形，但毫不動搖」，而且「全體冰結，像珊瑚枝般」，而且，「尖端還有凝固的黑煙」。「冷氣」居然使夢者的我的「指頭焦灼」。許多矛盾、許多不可能，都濃縮在其中，並視若無睹。

〈復仇〉中「他們倆將要擁抱，將要殺戮」。「擁抱」與「殺戮」極度的相反矛盾，但卻毫無疑問地並置一起。〈復仇〉中，「繁褥」體（首兩節及路人二節）與「簡約」體（男女赤裸持刀相對於曠漠之野，此形象重覆四次）相雜揉。而在「繁褥」本身，亦內涵風格上之齟齬。「人之皮膚之厚，大概不到半分」；此有如醫學上之解剖報告。然後插入撒旦式的「喻況」：「密密層層地爬上牆壁上的槐蠶」以喻況血液的奔流。然後結以充滿動力與情緒的結尾：「於是各以這溫熱互相蠱惑、煽動、牽引……」。假如首節「繁褥」體是用陳述語氣，接著的一節繁褥體卻又用「假設」語氣：「但倘若用一柄尖銳的利刃，只一擊……」云云。「這樣，所以，有他們倆裸著全身，捏著利刃，對立於廣漠的曠野之上」。「這樣，所以，有……」，可說是撒旦式的文法，不邏輯中的邏輯，不斷離的斷離。至於〈墓碣文〉，墓碣所刻文字與詩中的敘述部分風格迥異，前者為《山海經》式的帶有原始性的古文，後者則是較為平易的白

話文。碑碣陽面與陰面的碑文，風格也不一樣，前者是豪邁、荒涼的抒情調子與及遊魂的客觀描寫，後者則是遊魂的撒旦式的詰問：「抉心自食，欲知本味。創痛酷烈，本味何能知？……」。這些譎詭、殊異的語言風格為讀者塑造成譎詭、殊異的撒旦風景。一言以蔽之，這些撒旦式的語言風格與其成功地塑造的撒旦式風景，是依賴著俄國形式主義所揭示的「歧異」（deviation）原則，只是「歧異」沿著拜倫、尼采、佛洛伊德及互為「中介」的中國本土的對等因子的撒旦方向走去，其用意在打破社會與人性的鄉愿及悠然自得。「互為中介」過程中所牽動的本土遺產，除了前述包括志怪小說、山海經、世說新語等在內的「小傳統」外，尚可能包括中國山水詩中雄險的一面。他們或為超自然的譎詭，或為駭人的原始，或為異常的警策，或為雄偉的險絕；要之，都從為大眾所接受的「典範」中「歧異」出去。筆者要強調，在互為「中介」的過程裏，不是細節局部的挪用，而是經由「歧異」這個普遍形式進行。

五、語意世界：魯迅的撒旦英雄們

　　魯迅「撒旦主義」的離經叛道和他要作「精神界的戰士」是否互為矛盾？文學模仿論者也許認為魯迅的撒旦主義無法與社會批判相結合，但撒旦主義所含攝的震撼力與辯證逆反又如何呢？魯迅在一九三一年英文版《野草》序中（後收入《二心集》），即明言某些詩篇與當時的社會處境及政治事件有關，如〈復仇〉、〈這樣的戰士〉，與〈淡淡的血痕中〉。《野草》中的一般朝向，與拜倫、尼

采的「憤世嫉俗」與「重新評估一切」的精神相一致，與他們對國人及人類的憤慨與憐憫的複合情懷相表裏。尼采的「末人」給予拜倫所見人類的「奴性」一個當代而當有尼采哲學的形象，而魯迅詩篇卻根據中國當時的社會文化環境，給予這「末人」形象本土的、詩的表達，並賦予它普遍的人類性格：在上述詩篇所刻劃的中國人，不啻是尼采「末人」的化身。論者謂，魯迅對尼采「末人」一概念從沒放過，雖然魯迅對尼采的評詁在一生中有所轉折（錢碧湘1986：307-12）。魯迅英文版「序」中自言，〈這樣的戰士〉是「有感於文人學士們幫助軍閥而作」（今見《野草》該篇註釋，後彷此）。尼采的「末人」現在則化身為學士文人。這些學士文人，頭上裝飾著「各種旗幟，繡出各種好名稱，一味點頭」。他們誓言說：「他們的心都在胸膛的中央，和別的偏心的人類兩樣」。我們英勇的戰士，對這個階級可謂了解太深了，舉起投槍，「微笑，偏側一擲，卻正中了他們的心窩」。然而，戰士面對的只是他們倒地後的外套，其中無物。憑著「無物」，他們遁脫了，而戰士不免在「無物之陣中老衰，壽終」。「但他舉起了投槍」在詩中重覆了五次，並以此作結；所謂「壽終」並不「壽終」。〈淡淡的血痕中〉更為哲學化，尼采的意味更濃，而此詩乃有感於「段祺瑞政府槍擊徒手民眾」而作（英文版序）。詩中的「末人」是全人類，更是魯迅要批判的中國民族性格。魯迅創造了怯弱的造物主這麼一個人類的代理人，雖描寫間接、卻栩栩如生。這怯弱造物主，用「時光來沖淡苦痛」，「斟出一杯微甘的苦酒，不太少，不太多，以能微醉為度，遞給人間，使飲者可以哭、可以歌，也如醒，也如醉，若有知，若無知，也欲死，也欲生」。他們是怯弱的造物主的良民，他們的懦

弱，一如造物主之缺乏勇氣把世界毀掉，而只是把痛苦延長下去。
這就是「天之僇民」。然而，「叛逆的猛士出於人間；他屹立
著。……」。另一類型的「末人」是〈復仇〉中的圍觀者。魯迅謂
其寫作動機是「憎惡社會上旁觀者之多」（英文版序）。想想在當
時動盪的中國，「旁觀」有著多深廣的政治與社會涵義啊！《野
草》中的「末人」，比起拜倫與尼采的原型，實有過之。如果我們
用「圍觀」與及「一哄而散」這兩個成語聯起來作〈復仇〉的本土
原型，我們就更能看出魯迅如何經由尼采「末人」的中介，把原有
的鬧劇性格的原型，轉變為撒旦式的憤世疾俗與辯證的反撲。尼采
把他底「末人」看作是其當代德國的民族性格，而魯迅經由他塑造
出來的「末人」，把中國的民族性格暴露在國人前。

　　「末人」或者「天之僇民」只是辯證逆反中所賴的背景，好讓
魯迅底撒旦式的英雄的誕生：〈摩〉文中的「精神界的鬥士」，前
引諸詩篇中之「戰士」及「猛士」，以及其他詩中沒有稱為戰士的
撒旦人物。魯迅底撒旦式的英雄，透過詩篇中主角及夢者以各種丰
姿出現。〈秋夜〉裡的「棗樹」，以其落盡葉子的長枝條，「默默
地鐵似的直刺著奇怪而高的天空，一意要致他的命，不管他各式各
樣地睞著許多蠱惑的眼睛」。〈影的告別〉裏，「影」不願意把黑
暗與虛空獻給他底作為主人的朋友，寧願告別，寧願「只有我被黑
暗沈沒，那世界全屬於我自己」。〈求乞者〉的「我」有著〈墓碣
文〉般撒旦式的自剖：「我不布施，我無布施心，我但居布施者之
上，給予煩膩，疑心，憎惡」。一轉折：「我想著我將用什麼方式
求乞？發聲，用怎麼聲調？裝啞，用什麼手勢？」。人人都是求乞
者，人人都得不到布施心。戀情也不免撒旦式：「回她什麼？貓頭

鷹」。「回她什麼？赤練蛇」（〈我的失戀〉）。〈復仇〉裏的男女持刃裸體對立，使到看熱鬧的路人在無聊中枯萎而死，從報復中「永遠沉浸於生命的飛揚的極致的大歡喜中」。〈復仇（其二）〉中的耶穌，並不因為人們獲得救贖而釋懷，而因這些人的活該咒詛、仇恨而覺得痛快；給釘架時，「他即沉酣於大歡喜和大悲憫中」。對人們的既悲憫復仇恨，不啻是拜倫對「奴隸」的複合情懷的又一翻版。〈希望〉是「驚異於青年之消沈」而寫（英文版序），詩中的老戰士，只好「來肉搏這空虛中的暗夜」，只好「來一擲我身中的遲暮」。「青年們很平安，而我的面前又竟至於並且沒有真的暗夜」，充滿著逆轉的反諷。〈死火〉中的夢者「我」與「死火」可謂同體。「唉，朋友！你用了你的溫熱，將我驚醒了」，這充滿了希望，也充滿了詩歌所有的自我規範功能。然而，夢者我終輾死車下而隨車墜入冰谷。並且說：「哈哈！你們是再也遇不著死火了」。魔鬼般地把人間遺去，把溫暖遺去。〈墓碣文〉幻為遊魂幻為長蛇以自剖：「抉心自食，欲知本味。創痛酷烈，本味何能知？痛定之後，徐徐食之。然其心已陳舊，本味又何由知？答我。否則，離開」。這撒旦式的自我解剖，比諸魯迅在〈阿Q正傳〉等小說中對國民性格的反諷解剖，其震撼力恐有過之而無不及。〈這樣的戰士〉中，持槍的戰士，在周遭的虛偽而空無一物的學士文人中，在他們底「無物之陣」中老去，但「他舉起了投槍」，這與〈希望〉中的老戰士，在青年人躭於自身的安逸時，「只好一擲我身中的遲暮」同趣。也許，在魯迅許多撒旦式悲劇英雄中，〈頹敗線的顫動〉的女主角最能使人感動。一個老去的妓女，年輕時因貧窮而出賣身軀，卻為忘恩的女兒所羞辱。她悲傷之

餘，「赤身露體地，石像似的站在荒野的中央，於一剎那間照見過去的一切……她於是舉兩手盡量向天，口唇間露出人與獸的，非人間所有，所以無詞的言語」。「然而已經荒廢的，頹敗的身軀的全面都顫動了……空中也立刻一同震顫，彷彿風雨般荒海的波濤」。那風暴應該是貧窮、虛榮、關懷、與忘恩的風暴吧！那顫動應是身體與生命所儲蓄的全能量的顫動吧！其威力與共感及於宇宙。戰士會老去、死去，但魯迅在《野草》最後的一篇〈一覺〉裏，從一些年輕人的身上看到戰士形象的延續：「是的，青年的魂靈屹立在我眼前，他們已經粗暴了，或者將要粗暴，然而我愛這些流血和隱痛的魂靈，因為他使我覺得是在人間，是在人間活著」。這也許解釋了魯迅面貌迴異的撒旦英雄們的本質及其意義。

悲劇英雄，尤其是帶撒旦本質的，中國詩歌中可謂絕無前例，故把《野草》中這特質歸之於魯迅與外國作品的有效接觸，並非無因。在筆者的閱讀裏，最接近悲劇品質又最可能成為魯迅心目中的本土基型，也許是《山海經》中的神話人物「刑天」：「刑天與帝爭神，帝斷其首，葬之常羊之山，乃以乳為目，以臍為口，操干戚以舞」（《山海經》海外西經，191）。陶淵明〈讀山海經〉歌曰「形天舞干戚，猛志固常在」，而魯迅更據此稱淵明為「怒目金剛」（《題未定草》NO.6）。其義亦即拜倫面對「奴隸」之既怒且憫也。

《野草》中語意的另一局部來自佛洛伊德。除了前面提到《野草》所含攝的佛洛依德的象徵與母題外，把「身體」表現最為豐富與震撼的莫如前引的〈頹敗線的顫動〉。請看女主角夢樣般回憶年輕時因貧窮而為娼妓時「性」的感覺：「在光明中，在破榻上，在初不相識的披毛的強悍的肉塊底下，有瘦弱渺小的身軀，為飢餓，

苦痛，驚異，羞辱，歡欣而顫動。弛緩，然而尚且豐腴的皮膚光潤了：青白的兩頰泛出微紅，如鉛上塗了胭脂水」。這「性」的歡娛、「身體」最原始的感覺，最為自然主義的，最為佛洛伊德的，也最為撒旦，因為它與其最不相稱的飢餓、苦痛、羞辱相雜，破壞了人類底自滿、虛榮、與尊嚴。

六、結語：日本中介

　　魯迅對拜倫、尼采、與佛洛伊德之「接受」經由日本的「中介」，此包括資料來源，選擇、及詮釋方向。魯迅自謙〈摩羅詩力說〉為「生湊」（《墳》題記），可見其依賴日本「中介」之程度。論者謂，「日俄戰爭以前，浪漫主義與國家主義合為一體」（Petralia 1981：11），這個方向在〈摩〉文中似為魯迅所遵循，故從拜倫的撒旦派中尋求其救中國的「精神界之戰士」。魯迅於一九○二年到達日本，其時「美學生活」的辯論正在學界展開，而這爭論由受尼采影響的高山樗牛開其端（Petralia 1981）。在〈摩〉文及同年的〈文化偏至論〉中，魯迅對尼采的詮釋視野，即強調尼采為文化批評者（如「其深思邈矚，見近世文明之偽與偏」云云，《墳》，47），並據尼采而強調「掊物質而張靈明，任個人而排眾數」（同上，44），與高山樗牛及登竹風所代表的當時日本學界對尼采的詮釋路向相若（Petralia 1981：451-53）。不過，時移世易近二十載，魯迅在《野草》中雖仍強調「精神」與「個人」的主調，但已相當地為其對立面（即「物質」及「群力」）所侵蝕、抗衡。對「末人」撒旦式

的「怒」與「憫」，正反映著魯迅歇斯里底的努力，要新其國民，要喚醒國民的群力；而飢餓、貧窮、性等屬於物質、屬於身體的東西，在《野草》中方獲得某程度的重視。魯迅對尼采的接觸，並不限於日本渠道；舉例來說，一九二○年魯迅從德文版直接譯出了《札拉圖斯特拉如是說》的「序言」。然而，在撰寫《野草》期間的一九二五年，魯迅從日本買來《札》書的日文全譯本及一本有關論著（錢碧湘 1986：311）。日本所扮演的「中介」角色實不容忽視。

高山樗牛據尼采而把生命的本質隸屬於本能，因而導引著日本自然主義（Naturalism）的到臨（Petralia 48-49）。這個朝向似乎也「中介」著魯迅對佛洛伊德的接受；我們可以在《野草》中找到帶有自然主義況味的象徵、母題、與表達。當然，魯迅與佛洛伊德的主要「接觸」經廚川白村的「中介」：在廚川白村的導介與再詮釋裏，不像佛洛伊德般把「本能」全隸屬於「性」，而代之以多元的生命力，並同時強調文學乃是象徵行為，經由它讓這些給壓抑的多元的生命力釋放。這日本中介、這廚川白村的佛德伊德再詮釋，對魯迅應有所啟發，因為它有助於魯迅體認到可以在魯迅「自己」與「社會」間獲得中介，有助於魯迅體認到在詩歌中以象徵手法來表達社會、文化的各種主題的可能。普爾斯曾一度提出記號底「無限衍義」（unlimited *semiosis*）的概念：一個記號帶出它的解釋，也就是其「居中調停記號」；然後，兩者構成一個較大的記號，這樣一直無限延伸下去，朝向那「擁有它自己的解釋與及它各重要局部的解釋」、也就是該記號的「終極對象」（absolute object）而去（2，23）。確然，所有的拜倫的、尼采的、佛洛伊德的要素與母題，連

同他們啟動的中國本土對等的資料，連同日本的各種中介，這些都可以看作是記號底無限衍義過程中的一個又一個的「居中調停記號」，朝向作為其記號的終極對象的魯迅撒旦主義而去。

在本文的論述裏，在本文的「中介」理論中，筆者一直強調影響、中介的普遍形式，這與「記號學」作為「一般科學」（general science）的精神相表裡──所謂「一般」意涵著貫通各種記號系統的一般通則與形式。因此，在筆者的視野裡，在「有效」的文學「接觸」中，詩人在本土與外來因子裏作「中介」時，並非局部的細節的挪用，而是經由兩者共享的普遍形式再出發；這些普遍形式無論在本土或外來的具體表達裏，往往囿於其具體性而有所隱而不彰，有所變異而翹起，而這隱晦、這翹起，也隨文類及個別而異。「接觸」的「有效性」正指陳著「中介」過程中，「普遍形式」之被發現、被解放、並用諸於作者當時的具體時空與主體的實踐功能，指陳著作為「中介」者的詩人的「中介」能力。如前面所言，詩人在「中介」過程裏，也即在其寫作過程裏，往來穿梭於本土與外來資料之間，往來穿梭於他底生命主體和其所處歷史時空之間，其「中介」能力即其天才之所在。誠然，在有效「接觸」與「影響」裏，其活力、其泉源、應歸於作為「中介」的詩人。

參引書目

趙瑞蕻，1982，〈中西詩歌多彩交輝的旅程〉，《紀念魯迅誕生一百周年學術討論會論文選》，長沙：湖南人民，497-518。

陳涌，1982，〈魯迅的現實主義和浪漫主義問題〉，《紀念魯迅誕

生一百周年學術討論會論文選》，23-41。

錢碧湘，1986，〈魯迅與尼采哲學〉，《魯迅與中外文化的比較研究》，北京：中國文聯，297-312。

馮雪峰，1959，《論《野草》》，上海：新文藝。

廚川白村，《苦悶的象徵》，林文瑞譯，台北：志文。

李歐梵，1989，〈魯迅內傳的商榷與探討〉，附錄於魯迅《野草》，台北：風雲時代，95-192。

魯迅，1989，《野草》，《魯迅作品全集》No.3，台北：風雲時代。

───，1989，《墳》，《魯迅作品全集》No.6，台北：風雲年代。

陸耀東與唐達暉，1982，〈論魯迅與尼采〉，《紀念魯迅誕生一百周年學術討論會論文選》，369-385。

孫席珍，1982，〈魯迅與日本文學〉，《紀念魯迅誕生一百周年學術討論會論文選》，387-399。

孫玉石，1986，〈《野草》的藝術探原〉，《魯迅與中國文化的比較研究》，405-423。

溫儒敏，1981，〈魯迅前期美學思想與廚川白村〉，《北京大學學報》，NO.5。

吳小美，1982，〈論《野草》〉，《紀念魯迅誕生一百周年學術討論會論文選》，317-348。

楊勇，校箋者，1973，《世說新語校箋》，台北：明倫。

袁柯，校箋者，1986，《山海經校譯》，台北：明文。

古添洪，1992，〈胡適白話詩運動──一個影響研究的案例〉，

《從影響研究到中國文學：施友忠教授九十壽慶論文集》，
陳鵬翔，張靜二合編，台北：書林，21-38。

Bloom, Harold. 1971. *The Visionary Company.* Ithaca: Cormell UP.

Chevrel, Yves. 1995. *Comparative Literature Today.* Kirksville: Thomas Jefferson UP.

De Saussure, Ferdinand. 1959. *Course in General Linguistics.* Trans. Wade Baskin. New York: McGraw-Hill.

Hsin, Tsi-an (夏濟安). 1968. "Aspects of the Power of Darkness in Lu Hsun." *The Gate of Darkness.* Seattle: U of Washington P, 146-162.

Jakobson, Roman. 1960. "Closing Statement: Linguistics and Poetics." *Style in Language.* Ed. Thomas Sebeok. Cambridge, MIT P, 350-377.

_____. 1971. "Two Aspects of Language and Two Types of Aphasic Disturbances." *Selected Writings II: Word and Language.* The Hague: Mouton, 239-259.

Lee, Leo Ou-fan (李歐梵). 1973. *The Romantic Generation of Modern Chinese Writers.* Cambridge, Mass.: Harvard UP.

Lotman, Jurij. 1977. *The Structure of the Artistic Text.* Trans. Gail Lenhoff and Ronald Vron. Ann Arbor: U of Michigan P.

Nietzsche, Friedrich. 1970. *Thus Spake Zarathustra.* Trans. Thomas Common. New York: Random House.

Peirce, Charles Sanders. 1931-58. *Collected Papers*, 6 · vols. Cambride, Mass: Harvard UP.

Petralia, Randolph. 1981. "Nietzche in Meizi: Culture Criticism, Individualism and Reaction in the 'Aesthetic Life' Debate of 1901-1903." Dissertation. Washington University.

Riffaterre, Michael. 1978. *Semiotics of Poetry*. Bloomington: Indiana UP.

Sebeok, Thomas, ed. 1978. *Sight, Sound, and Sense*. Bloomington: Indiana UP.

Todorov, Tzvetan. 1975. *The Fantastic*. Trans. Richard Howard. Ithaca: Cornell UP.

Trueblood, Paul, ed. 1981. *Byron's Political And Cultural Influence in Nineteenth-Century Europe: A Symposium*. New York: Macmillan P.

第四章

台灣現代詩的「外來影響」面向

——歐美現代詩潮的接受/挪用/與本土化

一、「影響」的陷阱與本文的「策略」

輓近比較文學的「影響研究」（influence study），多從著重「放送者」的「影響」（influence）移轉到著重「接受者」的「接受」（reception），故有所謂「接受」研究。謝弗雷（Yves Chevrel）指出，這一個當代視野的移轉，受到德國的姚斯（H.R. Jauss）等在美學上及閱讀理論上的「接受理論」（reception theory）的衝擊：在美學或閱讀經驗裏，「接受」乃是一個積極的活動，賦予「書篇」意義及存在。然而，謝弗雷也同時指出，「影響」與「接受」互為涵蓋，兩者所應用的資料可謂相若，只是其運用之視野、策略與重點

有所變易而已❶。事實上，集早期法國派集大成的經典之作，也就是提格亨（T. von Tieghem）的《比較文學論》，也把「影響研究」的全域，依著眼點之不同而細分為「影響」、「中介」與「接受」三個範疇❷。這經典的法國派以比較文學「影響研究」作為國別文學史研究的延伸，並且把研究本身推進到實證科學的境地，到今天還是有其參證的價值；而前者更解釋了台灣現代詩史之撰寫應含攝這個比較文學切面的原因。提格亨指出，「影響」以「接觸」為基礎，而「影響」關係之決定，乃是經由有關作品間的「比較」，以兩者擁有「類似」而作出此擬測。提格亨指出，影響（按：實應指「接受」）總是局部的，原作某一些因子在新作裏獲得融會貫通，而另一些因子卻被拋在一邊。最值得一提的是，提格亨對「影響」所含攝的辯證過程，有深入的陳述：他一方面不否認作家們往往只模仿那在他們心頭裏已有萌芽的東西，一方面又指出在持續的外來影響的壓力下，作家的內心也會隨著豐富而起了改變；並謂在許多的可能性面前，外國影響使得作家，尤其是成形中的作家，在他的選擇上提供了動力。

---

❶ 參其所著 *Comparative Literature Today*（Kirksville：The Thomas Jefferson UP, 1995），第三章第四節。又：本論文原發表於《台灣現/當代詩史書寫研討會論文集》（台北：世新大學，2001）。

❷ 提格亨指出「影響」的路徑包涵著「放送者」、「接受者」及作為中介的「傳遞者」，故可有視野置諸「放送者」的「影響」研究，置諸「接受者」的「源流」研究、以及置諸「傳遞者」的「媒介」研究三大範疇（頁58 及 66）。我們得承認，提格亨的源流研究乃是「從接受者出發去尋放送者」（頁 144），與當代比較文學的「接受」研究有所不同。見其《比較文學論》（台北：商務，1937）。

　　提格亨所歸納出的法國派,已為我們提供了「影響」/「接受」研究一個初步的方法學。簡言之,文學「影響」或「接受」乃是建立在比較文學的實證方法上,以「接觸」、「比較」、「類似」為不可或缺的基礎,而「影響」或「接受」乃是一為時空及作者底主體所制約的辯證關係。筆者願在此根據「影響」或「接受」研究的個人經驗,並根據研究「記號」及「表義過程」通則的「記號學」(semiotics),把這經典的法國派模式當代化,賦予其記號學視野。在此記號學的「影響」或「接受」模式裏,「記號」與「影響」應界定為一個有效的「接觸」,而此「有效」的接觸乃是(1)作為「首度規範系統」(primary modelling system)的兩個「語言」以及(2)作為「二度規範系統」(secondary modelling system)的二個「文學」的充滿活力的「互動」;而「互動」是以詩人作為「中介」(mediation),而其作品即為此「中介」的結果❸。這「互動」遵從的法則,根據筆者的觀察,乃是「類同原則」(principle of similarity),也就是為雅克慎(Roman Jakobson)所界定的、貫通各記號場域而富普遍性的「對等原理」(principle of equivalence)。換言之,在「本土」為「外來」的諸因子在互為「中介」裏,其「對等」部分被發掘出來,互為激盪,互為「中介」,而最終在詩人底「主體」的積極「中介」下,而本土化、時空化、個體化而落實到其新作品裏。當然,所謂詩人的「主體」乃是為其社會時空之所需

---

❸　這個「影響」模式包涵了洛德曼(Jurij Lotman)的記號系統「規範功能」(modelling function)理論與普爾斯(C.S. Peirce)的「三元中介」記號學模式。

所制約、所中介。這「中介」含攝著作為「中介者」的詩人底「主體」上自我規範之所需，含攝著其時空底規範之所需；否則，就沒有所謂「有效」的「接觸」、「有效」的「影響」可言了。在這個當代「記號學」重新界定的透視裏，「影響研究」中往往為人所詬病的許多問題，如未能處理美感層面、被指為受影響的焦慮、作品的優劣評價被擱置等，都相當地獲得化解，蓋在此透視下，蓋在「有效」接觸與影響裏，乃是兩個文字／文化／文學的「互動」與「中介」，無主從之別，而其活力、其泉源歸於「中介」的詩人及其優異的詩篇作品。

無論是「影響」或「接受」研究，均建立在「接觸→比較→類似→擬測」這一實證與推論的軌道上，其中確是陷阱重重；研究者雖然儘量地朝向科學的實證上，或通則的邏輯推論上，其結論仍不免是建構性質的。尤其是在跨越中西文字／文學／文化以及跨越中西社會發展差距的台灣現代詩的比較文學影響研究，其陷阱之深，其困難度之高，不難想像。

在「影響」或「接受」的比較研究裏，除了「接觸→比較→類似→擬測」這公式所內攝的不穩定性，以及跨越國別文學及時空差誤內涵的困難與弔詭外，另一關鍵性的問題應是評價問題和詩史脈絡上的問題。台灣現代詩一直受到西方新興詩派或多或少的影響，要討論這個影響課題，就很難不把台灣現代詩與其所接受到的源頭，作一對比；在「對比」裏我們雖然避免以西方原型作為絕對的評價標準，但「對比」中實在無法不對台灣現代詩或有時有所指瑕。在這個課題上，比較適宜的選擇，也許莫如探討這西方「影響」如何被接受、挪用與本土化後的實貌了。在這個評價問題的前

頭，事實上尚有一個困難的問題擋在那兒。無論對西方個別前衛派及現代主義/後現代主義，在西方學界裏都有眾說紛紜甚或互相矛盾而莫衷一是的詮釋與不同強調；那麼，這個「源頭」與「受影響的作品」的「對比」建構更顯得各爾言其志了。在這個問題上，哈山（Ihab Hassan）曾提出一個分野，即把各種「前衛」的「實驗」運動和「現代主義」本身分開，並以前者作為其開路的前鋒，以後者作為經此前鋒式的墾拓與洗禮後，在某種意義上回到原人文/文學傳統長河裏的再出發❹。根據筆者個人的觀察與評估，許多「影響」研究往往偏重其「前衛的」破壞性的實驗精神，而忽略了前鋒熱情過後的「現代主義」或「後現代主義」的真正作品。以西方作借鑑來說，英美的主要詩人，也就是代表著所謂「現代主義高峰期」（high modernism）的龐德（Pound），其經實驗性質的「意象主義」後終得落實、回歸到人文傳統而寫就文化史詩《篇章集》（*Cantos*）而傳世，而葉慈（W. Yeates）和艾略特（T.S. Eliot）並沒大張旗鼓提倡什麼主義與流派，而只是經歷了「現代主義」的「前鋒」洗禮而回到文學的長河而寫就其「現代主義」的詩篇——艾略特〈傳統與個人才具〉這一篇影響深遠的論文即代表著這傳統的回歸，雖然他並沒明言自「前衛」裏回歸。至於詩史的脈絡問題，筆者要提出一個視野或澄清：即「現代詩」大於並含攝「現代主義/後現代主義」詩篇，而「現代主義/後現代主義」詩篇大於並含攝各種「前衛派」的「實驗」詩篇。無可諱言，在「影響」研究的課

---

❹　Ihab Hassan, "The Question of Postmodernism," *Romanticism, Modernism, Postmodernism*, ed. by Hassan (New Jersey: New Jersey UP, 1980), 117-126.

題裏，「前衛」詩篇與「現代主義／後現代主義」無可避免地成為討論的焦點所在；這樣或會造成詩史內部歷史脈絡的一些失衡。然而，我們得充分了解，這三者的分界往往並不清楚，而「前衛」實有其開創之功，而「現代主義／後現代主義」詩篇，確是「現代詩」的主要組成。「詩史」的撰寫，無法逃避「選擇」、「評價」與「判斷」；也許這就是傳統要求的所謂史才吧！這就是有不同版本的「史詩」的撰寫之因吧！

　　以上是就「影響」研究這一個比較文學場域作了一些清理場地的工作，以指陳其含攝的各種陷阱與困難及筆者一些因應（並非就能解決）之道，以便下幾節實際作業的順利進行與減少讀者的誤解。接著，筆者就台灣現代詩（含攝早期的白話詩）始軔至今，就全域及本土詩壇發展的軌跡為經，並以其所受到歐美日前衛／現代／後現代詩潮的影響為緯，認為台灣現代詩可勾劃出三個分期。第一階段可稱為「現代詩」的建立期，是從日本殖民時期西元二十年代現代詩始軔之初到光復後西元五十年代「現代派」運動；其在詩史發展的主要軌跡乃是從「白話詩」衍變為富有現代精神的「現代詩」。第二階段可稱為「現代主義」時期；其中含兩個梯次，其分界點為西元七十年代初的鄉土文學運動。換言之，台灣現代主義之前期乃是指鄉土文學前的以「超現實主義」等「前衛」詩派為主導的「現代主義」運動。後期則是指「現代主義」與「鄉土寫實」的結合。第三階段為西元八十年代中葉至今的「後現代」時期。蓋自西元八十年代中葉始，西方的「後現代主義」及其主要動源所在的「後結構主義」在台灣的引介漸多，並蔚為高潮；而當時的台灣文化及社會也漸漸趨向「後現代」，或者說，已跨進「後現代」社會

的門檻。在「後現代主義」時期裏，我們注意這「後現代」思潮與「後現代」詩人世代之動力之餘，我們會更注意在「現代主義」中成長的詩人群如何在其已臻成熟的創作歲月裏，對「後現代」及其「前衛」詩風加以吸收、挪用、反應而繼續發展，蓋在全球的視野裡，「後現代」還正在發展中，無論新生代或中堅代都同樣有機會開創出屬於他／她們的真正的「後現代主義」詩篇。就我前述的定義裏來說，「後現代主義」詩篇，是接受了「後現代」思潮／詩潮的洗禮，與人文傳統的再銜接與再出發，而非僅僅是其叛逆的／開創的前鋒。

最後的一個場地清理。中國大陸及台灣的現代詩，從始軔之初迄今，都或深或淡地有著西方浪漫主義詩歌的底色。李歐梵指出，中國新文學的早期，其主要的外國影響，要算是西方的浪漫主義❺。這個說法，概括來說，幾近事實。然而，甚麼是西方浪漫主義？中國新文學與新詩的開山人物胡適，根據筆者的研究，其白話文學觀、八不主義，頗受英國浪漫詩人華滋華斯（William Wordsworth）的文學理念所啟發。胡適對華滋華斯詩論的認知、接受、與挪用，是在胡適所認知的歷史時空之所需所決定，即以白話文運動作為整個當時的啟蒙運動的大視野裡進行，並無可避免地與中國文學傳統原有而類同的觀念互為闡發與啟動。胡適嘗謂「英國華次活（Wordsworth）等人所提倡的文學改革，是詩的語言文字的解放」（〈談新詩〉）。其實，「文學改革」與「語言文字的解放」即為胡

---

❺　見其 *The Romantic Generation of Modern Chinese Writers* (Cambridge, Mass.: Harvard UP), 1973。

適對華滋華斯詩論所作詮釋、接受、與挪用的方向，也就是胡適的
白話文運動及八不主義的方向。誠然，文學影響、詮釋、接受、與
挪用，往往為「接受者」的「主體」及此「主體」所認知的歷史時
空所決定、所選擇。魯迅的情形也不例外。魯迅所認同的英國浪漫
主義，有別於胡適所認同者，也非如胡適之朝詩語言的改革方向。
魯迅獨賞以拜倫（Byron）為宗的「摩羅派」，其著眼點為其抗世嫉
俗、反鄉愿的精神面，著眼於靈魂的提升、自由奔效的浪漫性；這
精神面與浪漫性當然與當時中國的革命氣候息息相通。而此「摩羅
精神」即落實在其散文詩集《野草》上❻。台灣「白話詩」始軔之
初，尤其是其中的漢語白話詩，與大陸的白話詩有所繼承與交流。
其中張我軍扮演著最重要的角色；他於 1924-25 間發表了有關論文
十來篇，並在創作上加以實踐；其時，台灣本土對大陸詩歌亦有所
引介。葉石濤指出，在新詩的搖籃期裏，「張我軍、楊雲萍的新詩
較有規模，仿傚了五四文學革命初期的新詩型態」❼。雖然台灣白
話詩發展出本土的質樸的詩風與詩質，而其中實亦無法完全擺脫廣
義的浪漫主義的殘留。事實上，回顧西方各詩潮或詩分期，「浪漫
主義」詩歌與中國詩歌在精神上最為接近，故亦最易為國人所接

---

❻ 上述胡適及魯迅二案例，詳見古添洪〈胡適白話詩運動——一個影響研究
的案例〉；收入陳鵬翔、張靜二編《從影響研究到中國文學》（台北：書
林，1992，頁 21-33）；及古添洪〈魯迅散文詩集《野草》的撒旦主義
——兼述接受過程中的日本「中介」〉（《中外文學》25 卷 3 期，
1996，頁 234-253）二文。按：胡適的《嘗試集》結集於 1920 年；魯迅
的《野草》寫於 1924-26 年間。

❼ 參葉石濤《台灣文學史大綱》（台北：文史哲，1989），頁 34。

受❸。無論中國大陸或台灣，其近代詩篇之發展，雖不斷更新甚或有所斷裂，其在此發展過程中其背後亦必有所累積，其背後皆有西方浪漫主義影響之殘留，雖準確論證不易，但整體而言，應無疑義。

在中國大陸及台灣現代詩裏，另一幾無所不在的西方影響殘餘，乃是廣義的、本土化了的「意象主義」；這點從眾多的詩人自述及批評界的評論文字裏，「意象」已成為出現最頻繁的美學辭彙甚或美學鵠的。這點也得向上溯源到新詩的推手胡適的引介。在胡適的「意象主義」本土版裏，是主張詩體的大解放，注重白話詩的自然音節、提倡詩的具體性，鮮明的意象，抽象題目具體摹寫❾。其後，「意象」一詞往往與隱喻、象徵等相連接或互用；這一方面看到「象徵主義」的廣泛影響，也可見此間詩人及批評界對外來詩潮浮光掠影態度以及特鍾情於批評術語的「接納模式」。這類泛泛的影響，在本文的「影響」研究裡，在承認之餘，即擱置不論。

最後，「現代詩」與「現代主義」有著密切的關係。「現代主義」是一個複雜的文化現象。就詩歌而言，乃是指法國「象徵主義」以來各「前衛」詩派，以及里爾克（Rilke）、後期的龐德

---

❸　權威的劉大杰的《校訂本中國文學發展史》（台北：華正，1989）即以「浪漫」一詞以指陳魏晉詩歌及唐詩中的李白，可見浪漫主義與中國古典詩歌在某層面上互通的一斑。

❾　論者多以為胡適的文學革命及八不主義等來自「意象主義」的影響，筆者則歷歷指證外來淵源實為英國浪漫詩人華滋華斯的詩論。胡適所受「意象主義」之影響，需稍晚才出現在其討論新詩之文字。又文中所列胡適「意象主義」諸細目，為筆者歸納所得。詳見拙著〈胡適白話詩運動〉一文。

（Pound）、葉慈（Yeates）、艾略特（T.S. Eliot）所代表的真正的「現代主義」或「現代主義盛期」（high modernism）❿。同時，「現代主義」必須界定在其座標上：是對其「前行」的「浪漫主義」相對代而言，還是對其「後起」的「後現代主義」而言，意義大不相同。至於「後現代主義」，也是非常複雜，後將述及，今不贅。本文所論「外來」影響乃是指歐美（或經日本「中介」）的自法國象徵主義以來的「前衛」、「現代主義」、「後現代主義」而言。

在清理了這複雜的「影響」場域之後，由於篇幅有限，我們下面將進行「宏觀」的「敘述」，而輔以可論證的、有代表性的「微觀」的「案例」，希望見木也見林。

二、從白話詩／新詩到「現代詩」的奠基

台灣的白話詩，自一九二三年始軔之初⓫，台灣本土正在日本殖民體制下，慢慢走向「現代」社會。這不必從社會歷史的文獻中

---

❿　就這個角度而言，Malcolm Bradbury and James McFarlane 合編的 *Modernism: 1890-1930* (New York: Penguin) 值得參照，蓋其偏向詩歌、藝術及論述平實故也。同時，「前衛」自有其積極正面性與消極／負面性，而對其積極性特有所發揚者，為 Charles Russel 的 *Poets, Prophets, and Revolutionaries: The Literary Avant-Garde from Rimbaud through Postmodernism* (Oxford: Oxford UP, 1985)。

⓫　論者多以謝春木（追風）題為〈模仿詩作〉的四首日語白話詩為台灣新詩之始軔。參陳千武〈台灣最初的新詩〉《台灣新詩論集》（台北：春暉，1997），頁 1-6。

找資料，即從白話詩篇中即可窺見一斑。吳新榮的〈煙囪〉及〈疾馳的別墅〉即從反帝反殖民的視野，把工廠的煙囪及火車「頭等」車廂的豪華化為被剝削被殖民的象徵❷。就在台灣社會朝向現代化過程裏，我們看到台灣的「新詩」也從「白話詩」向「現代詩」推進。在這推進過程裏，台灣詩人或接受了西元二十年代以來的日本新詩潮的洗禮與影響，或透過日本的「中介」而對歐美新興詩派有所體認，或透過大陸詩壇的媒介，加快了這進程的速度；而前衛詩社如「風車」者，從社會與文學的密切關聯而言，實已超越了其社會歷史的發展階段與制約。這個從「白話詩」推動到「現代詩」的過程，到了光復後的西元五十年代，代表著本土現代詩根球和大陸現代詩局部根球相相結合的、由紀弦及林亨泰等提倡並獲得大部分詩人認同的廣義的「現代派」運動而終於奠基。從此，台灣新詩壇正式走進「現代詩」的階段，而「現代詩」一詞也取代了慣用的「新詩」或「白話詩」。在這裏，筆者要強調的是：「現代詩」乃是表達「現代」社會「現代」人的思維與情緒模式的詩篇，乃是對詩人所生活的「現代」社會的回應，不必受到歐美或日本「現代詩」或「新興詩派」的必然洗禮或影響。換言之，台灣「現代詩」大於受到西方波多萊爾以來新興詩篇「影響」的台灣「前衛」或「現代主義」詩篇，而在某些不見得有外來「影響」的本土詩篇

---

❷ 二詩見陳千武、羊子喬編《光復前台灣文學全集》中之《廣闊的海》（台北：遠景，1982）。

裡，其「現代性」有時亦使人矚目❸。不過，我們得退一步而言，由於詩歌之交流與閱讀，以及由於當時台灣詩壇與日本現代詩壇密切的關係，要完全絕緣於「間接」的影響，似乎有違事實。而本節的「影響」研究，仍不得不把重點置於當時台灣詩與歐美「前衛」與「現代主義」詩派影響上。但正如前一節所言，這「影響」實是一種本土化的挪用，其功績在於詩人本身的「中介」以及其所書寫的詩篇的成就上。

誠然，在這從「白話詩」推進至「現代詩」的過程上，受到歐美或日本現代詩「影響」的台灣本土的「前衛」詩社及詩篇，實有著推波助瀾之功。其中，光復以前，最具「前衛」詩風格者，莫如活躍於 1931-39 年間的日語的「風車詩社」。「風車」詩社以楊熾昌（水蔭萍）為中心，包括李張瑞、林永修、丘英二等主要成員，並發行《風車》詩刊。《風車》的主要成員都往往有留日的經驗，並與日本當時興起的「現代派」有所交往，導入了經日本《詩學詩論》集團「中介」的「超現實主義」（surrealism），《四季》集團「中介」的「象徵主義」（symbolism），以及高橋新吉等人「中

---

❸　舉例來說，陳千武謂楊華的詩有知性的醒悟、批判的要素及象徵意味。見《台灣新詩論集》，頁 11-12。筆者則以其《黑潮集》的詩篇最具「現代性」，而其「現代性」表現在辯證視野、矛盾視野所產生的「詩的張力」與「模棱性」，並對「人性底暗潮」有所認知。其餘詩人亦有現代感之詩作，如楊雲萍的〈菊花〉，在心象處理上作了非常「知性」的安排，把「空襲」場景及插花「花瓶」作了切割的拼貼，美感中產生模棱與震撼。

介」的「達達主義」（dadaism）等現代詩潮❹。

就「影響」的通盤模式而言，「風車」詩人群經「日本」「中介」而對現代主義的「接觸」，不難實證。楊熾昌在其《燃燒的臉頰》的「後記」裏，即不諱言他與日本現代詩壇的關係：

> 當時，我關係的日本詩壇是※潤、高橋新吉的「達達主義」（dadaisme）破壞了詩的形式，否定了既成秩序的運動。《詩與詩論》的春山行夫、安西冬衛、西協三郎等打出了在「超現實主義」（surrealisme）的系譜上開花的詩，給予新「詩類」（genre）的「意象」（image）和「形式」（forme），一種主知的「現代主義」（modernism）的詩風，是在語言的躍動、尖銳的感覺、人生的野味等方面，可以總有其共通性。❺

從這段文字裏可看到其心儀的乃是「超現實主義」及「達達主義」所構成的「現代主義」，並且是其在日本「現代詩壇」所實踐的詩風。同時，他對這經日本詩篇「中介」的「現代主義」的認知，亦在這裏略見端倪。誠然，我們閱讀楊熾昌詩篇，也確認「超現實」

---

❹　參陳明台〈楊熾昌・風車詩社・日本詩潮〉，今收入《台灣文學研究論文集》（台北：文史哲，1997），頁 39-63。文中陳明台指出，楊熾昌以超現實主義為骨幹，而其他《風車》成員則偏向於象徵主義，並謂他們的詩作仍留有日本影響的痕跡。陳文為首篇對「風車」詩社的系統研究。

❺　引自其《燃燒的臉頰》（陳千武譯）譯者自製中日對照剪影印本；譯稿原登於《笠》詩刊 149 期，1989 年。原譯專門術語皆連用原文；為方便故，今改為中譯並附以原外文字樣。

的手法及對潛意識及夢幻世界的探索為其骨幹，並且運用「達達主義」的任意「切割」，大肆破壞慣有的秩序，以達到一種帶有原始況味的夢幻境地。其中的〈毀傷的街〉或為其最有代表性的傑作：

　　　1 明夜
　　由於蒼白的驚愕
　　真紅的嘴唇喊出恐怖的聲音
　　風假裝死著　安靜的早上
　　我的肉體滿是血　受傷而發燒了

　　　2 生活的示意
　　太陽的呼吸吹向樹木的枝椏
　　夜翔的月亮在不眠裡耽樂
　　從肉體和精神滑落下來的思惟
　　渡過海峽　向天挑戰　在蒼白的
　　夜風裡　向青春的墓石
　　飛去

　　　3 祭歌
　　祭典的樂器
　　好多星星的素描和 fleur 的舞之歌
　　灰色的腦漿　夢著癡呆之國的空地
　　潤濕在霓虹般的光脈

　　4 毀傷的街

　　署名在敗北的地表的人們

　　吹著口哨　空虛的貝殼

　　唱著古老的歷史　土地以及家屋

　　以及樹木　都愛 aroma 的暝想

　　秋蝶飛舞的傍晚啊！

　　唱 barcarolle 的芝姬

　　故鄉的愁腸好蒼白喲

　　　　　（原載「台灣新聞」文藝欄，1936 年 5 月，陳千武譯）

詩中把一九三六年五月（據刊出日期）的台南街道（按：原詩有「沈睡
的台南」一法文副題），在「超現實」的視覺裏，幻化為被戰火凌虐
的毀傷的街。其中，腦袋落地崩裂的場景，在「超現實」手法的處
理下，呈現出前所未有的「震慄」而又幾乎是「耽美」的「乖離」
之境。戰爭中的「死亡」事件，在夢機制（即「重覆」及「加強」機
制）及「達達主義」的任意切割下，支離破碎而又斷離地接合：首
節裏把「死亡」事件切割成三個片斷，而中插入「風假裝死著　安
靜的早上」一背景；再「重覆」出現在第二節作為「死亡」終結的
「青春的墓石」，而又「重覆」出現在第三節的最為乖離的「超現
實」死亡場景裏。然而，這「超現實」與「達達主義」的「前衛」
之作，卻又是與當時的殘酷「現實」緊接一起，蓋該詩乃是抒寫在
中日戰爭陰影加緊之際，台灣本土所感到的死亡的恐懼：耽美的沉
睡的台南街道，在戰爭陰影之下，在詩人底「超現實」的視覺裏，
剎那間成為戰爭凌虐下的廢墟。楊熾昌曾為他的「前衛」詩風辯

解，謂寫實手法必引起日人殘酷的文字獄，故引進超現實手法來隱藏意識的表露云云，而劉紀蕙則稱此為被殖民者對殖民政府對抗所採取的「變異文字策略」⑯。

在日本「中介」之下的「超現實主義」，就楊熾昌的整體詩作而言，似乎向原始的、夢幻的「超現實」氣氛傾斜，而對「性」的原始慾望亦有所表達。這可見於其〈燃燒的臉頰〉、〈風邪的嘴唇〉、〈尼姑〉、〈茅夷花〉等詩。相對而言，李張瑞的「超現實」及「達達主義」的秩序破壞比較緩和，而向「象徵主義」傾斜；〈這個家〉、〈傳統〉等詩篇都有很出色的「象徵」處理，並與「寫實」複疊，表達了反舊禮教的時代主題，而其〈鏡子〉更有某種「超現實」的趣味，對「性」的描寫有所突破。至於林永修的詩作，其「象徵」技巧更趨平淡，並且落實到鄉土景物的描寫上，如〈赤城遊記〉中的〈山脈地方的雨〉和〈等火車時〉兩節，都有本土地方色彩。一般說來，李張瑞及林永修中遠離超現實及達達主義並與本土景物及生活結合的詩篇，與鹽份地帶詩人群所代表的「寫實主義」風格，相距已不遠，只是加上象徵主義的「耽美」、「朦朧」、以及「色調」象徵的餘韻。這既「同」復「異」，一方

---

⑯　〈楊熾昌訪問記〉，今引自陳明台〈楊熾昌‧風車詩社‧日本詩潮〉，見其《台灣文學研究論集》（台北：文史哲，1997），頁 45。就這個角度而言，劉紀蕙指出，當中日戰爭逐步進入殘酷的真實之境，楊熾昌的作品也隨之走入「變異與血腥的美感之中」，並認為這正是身處殖民地的台灣人所能採取的「變異文學策略」。見其〈變異之惡之必要：楊熾昌的「異常為」書寫〉，收入其《孤兒‧女神‧負面書寫》（台北：立緒，2000），頁 190-223。

面看出他們受到歐洲前衛／現代詩派的洗禮與影響，一方面也洩露出鹽份地帶詩人群的寫實詩作也擁有相若的現代詩詩質：差別是，前者走「前衛／現代主義」路線，後者走與時空現實相貼近的「溫和的現代詩」路線。

最後，陳明台指出，「風車」詩人群的詩作，仍留有日本影響的痕跡❶。我則願意把這「評語」了解為：他們的詩作（尤其是富超現實、達達、象徵主義的詩作），幾乎是在日本「現代」詩壇同一「平台」上創作。「風車」詩社未能充分創造出自己的風格及詩韻味，除了上述原因以及詩社存活時間過短外，尚牽涉到一個時空差錯的宿命：在當時台灣本土的歷史時空裏，其「現代化」剛在起步，這些屬於「現代」社會高度發展的「前衛」詩派，尤其是給「急進」地挪用，其與台灣時空之窒礙之深乃至不可超越。

總結來說，《風車》詩人群確實在台灣詩史上有其重要性，也可以說是從「白話詩」進入「現代詩」的一次「急進」的導航，無論在美學上及詩想上皆如此，對詩底「現代性」有所推進。然而，它並沒有在詩壇上給直接繼承，曇花一現，故影響不大；一直到一九七○年代末才被重新出土與受到應有的肯定。

稍後，與日本詩壇淵源亦深的乃是橫跨日殖民時期與光復回歸中國的「跨越語言的一代」詩人。他們乃是指自一九三七年日殖民政府於台灣本土禁絕漢文後在日語長大的二十歲前後的年輕一代，包括「銀鈴會」（1942-49）成員，以及陳千武等日語詩人，光復後跨越語言的障礙，改用中文書寫的一代。光復後雖經二二八慘痛事

---

❶　參陳明台〈楊熾昌・風車詩社・日本詩潮〉一文。

件及國民黨政府反共戒嚴體制的制約，相對的「在家」感，仍促使這「超越語言的一代」詩人在經日本現代詩壇的「洗禮」及「中介」之餘，對歐美的「前衛」、「現代主義」詩潮，採取溫和的隨機挪用（eclecticism）態度，並相對地發展出屬於本土的台灣現代詩風格；當然，書寫「語言」之從「日語」更易為「中文」，也是促成台灣現代詩風格成形的不可或缺的重要因素，尤其是奠基在中國文字特質上的「圖象技巧」⓲。

　　就「接觸」這個層面而言，其與日本詩壇之關係，歷歷可證。筆者曾對其中的陳千武及林亨泰問卷，根據陳千武的答案，他於一九三九年以日語寫詩不久，即通過日本的《詩與詩論》及其詩人們的詩作，接受了二十世紀現代詩運動的洗禮；並謂對其中的超現實主義、新即物主義、及新現實主義曾狂熱地涉獵⓳。從這個「影響」角度而言，陳千武所提供的資訊，確實了提供了閱讀其詩的一個特殊切面。他在「答卷」中所提「新即物主義」的特色：以即物性、客觀冷靜的態度，報導性要素、並對歷史性、社會性的洞察等，都相當地表現在其〈咀嚼〉一詩上：

⓲　林亨泰對中國語言及詩傳統的回顧，作出「在本質上，即象徵主義。在文學上，即主體主義」的結論，即淺露出其部分的玄機。見其〈中國詩傳統〉，原載於《現代詩》季刊 20 期，1957 年 12 月。今見其《找尋現代詩的原點》（彰縣文化，1994，頁 12-21）。

⓳　詳見古添洪〈現代詩裡「現代主義」問卷及分析〉（《文學界》，24 期，1987 年 11 月），頁 85-101。其中包括本人的問卷，五位詩人的答卷，以及本人的分析。

下顎骨接觸上顎骨，就離開。把這種動作悠然不停地反覆。

反覆。牙齒和牙齒之間挾著糜爛的食物。(這叫做咀嚼)。

——就是他，會很巧妙地咀嚼。不但好咀嚼，而味覺神經也

很敏銳。(首節)

當然，詩中也未嘗不含攝其在「答案」中的「新現實主義」
(new realism) 所抓住事物「本質」及其向「現象」轉化的運動過
程：這些轉化過程即為詩中其後數節的「現象」報導及結尾的「在
近代史上／竟吃起自己的散慢來了」。富有「超現實主義」色彩而
又傑出的詩篇，則當推〈午前一刻的觸感〉：

我仍然躺著

於迷睡中摸索

伸手欲搔癢

伸右手或左手——繞於背後

(哎！我的背後在發癢)

我欲搔痛癢的地方

由一個國家

輪次一個國家

(中略)

哎！那個地方

那個地方是

最赤紅的一個首都的膿瘍疹××

　　桓夫此詩與他所譯北川冬彥的超現實主義詩作〈夜半覺醒與桌子的位置〉，標題有相似之處：「放著桌子而坐／身似乘在溪流上／意識竟無止盡地流著流著／為要安定意識／就必須把桌子放置與溪流成直角／以之抵抗」。「夜半」換作了「午前」，「覺醒」換作了「觸感」。「午前」也就是晌午前後，在南國、在有午睡習慣的台灣，也是容易使人跌進夢幻的時刻。在北川冬彥的詩裏，在開首星光與溪瀑混成一片的流動裏，詩人突然切入意識之流，彷彿為意識之流所沖走，要把桌子與溪流成直角以之抵抗，才能坐穩，產生一種「超現實」的韻味。陳千武詩裏，「肥嫩的背脊」則「超現實」地想像為「地球圖」，而背部「抓癢」卻「超現實」地寫成抓其意識深處、歷史深處最癢的地方。相對於北川冬彥詩中對意識之流與外物關聯之探索，陳千武詩則有使人心有戚戚然的歷史現實的含義。無論如何，兩者都與法國「超現實主義」之強調「性」及「文明壓抑」等「心理分析層面」的興趣、「自動書寫」、以及「夢機制」的「切割」手法有所不同。這不妨視作是文學「影響」或「接受」過程上，東西文化／文學上表現出來的差別，是外來因素給本土文化／文學所吸納的結果。

　　至於原屬〈銀鈴會〉的超越語言的一代，林亨泰謂在中學時期即透過日文對歐美的「前衛」及「現代主義」詩潮有廣泛的涉獵，詹冰曾留學日本，而錦連則對日本現代詩與詩論頗有譯介。換言之，就宏觀角度而言，都有著可證的文學「接觸」作為「影響」研究的穩固基礎。詹冰，或由於其藥劑師的身份，其詩的「現代」性乃是建立在其繁富的、來自「自然科學」的、「實驗室」的「詞彙」與「意象」上，建立在其對「自然科學」及其對「人文」帶來

的樂觀期許上。此從其詩集名稱《綠血球》及《實驗室》便可知。在「液體的早晨／瞬間，／初生態的感覺，／游泳在透明體中。／毫無阻力」（「液體的早晨」首節），「自然科學」意象（胎兒在胎盤液體裏毫無阻力地游泳）與人文的「詩情」（早晨的新生感與輕快感）融為一體。「五月，透明的血管中，／綠血球在游泳著——。／五月就是這樣的生物」（〈五月〉），也是很成功的例證。就比較文學而言，詹冰這些詩篇，是對「現代」充滿期待的「未來主義」。處在「現代」社會及「科學」發展均剛起步的台灣，詹冰實踐的「未來主義」可謂與其所處時代相切合。論者每以「視覺」的「轉移」為錦連詩的特質。就比較文學的角度而言，錦連詩中視覺的轉移往往帶有「超現實」的品質。或者，更確切地說，是「出神」一刻的「超」乎「現實」的視覺。由於這特質來自「視覺」，故與「視覺」最為密切的詩篇，如〈靜物〉及〈時與茶器〉，表現最為出色，並往往帶有「即物」的傾向。在〈靜物〉裏，在「超」乎「現實」的觀照裏，茶瓶的腹部貯藏著窒息性的固體的憂鬱，而其從其傾斜溢出的動作，放至「超現實」的極慢：「從歪斜了的桌子上／從翻倒了的一隻茶杯的腹部／緩緩溢出」。在〈時與茶器〉裏，「只用了臉部肌肉表現匆忙的「時」／「時」往流著」，可說是「出神」的「觀照」與「即物」手法的融合；而最後，詩首原「坐鎮靜靜的室隅」的茶器，忽然，「猶如醒來似地／搖擺著走出去了」，頗有「超現實」的況味。在錦連詩中，這剎那的出神靜觀，或表示著藝術的永恆超越了時間之流。換言之，作為源頭的法國「超現實主義」更進一向東方退轉，從陳千武的「超現實想像」退轉至東方美學所繫的「出神」的觀照。不過，這觀照並非東方的物

我兩忘，而是有著「現代」的詩質，並與錦連「主體性」中慣有的
生命的悲哀感相通。

　　林亨泰的案例，最好置在西元五十年代由紀弦及林亨泰等所主
導的「現代派」運動裏觀察，故挪後於此才討論。根據林亨泰的答
卷，其於中學時期即透過日文的閱讀對西方前衛及現代主義有所涉
獵，並謂五十年代裏則外界資訊全無，故其亦主經日本之「中介」
無疑。同時，他強調說，「現代派」運動之取諸西方前衛及現代主
義，是站在「後起者」的角度，有所「揚棄」與「發揚光大」，是
屬於一種「批評性的攝取」❷。換言之，其與西方「前衛」及「現
代主義」之關係，已不同於一般的「影響」模式，而是有意識的、
批評性地學習、吸收與挪用。這個模式也大致適用於其他超越語言
一代的詩人。同時，林亨泰對「理論」特別有興趣，他個人在其時
的詩觀在某意義上也可看作是他對西方「前衛」及「現代主義」的
詮釋，甚至是本土化後簡約的東方版。他曾以比較文學的角度論說
中國詩本質上乃是「象徵主義」，文字上則是「立體主義」❷。這
「象徵主義」及「立體主義」，在某層面上解釋了其在〈四季之
歌〉的「象徵」手法，以及其〈符號詩〉的建立在中國文字特色上
的「圖象」手法。最後，也是最重要的，就是他服膺「現代派六大
信條」中的「主知」與「純粹性」。「主知」與「純粹性」可看作
是「現代派」，尤其是林亨泰，對西方「前衛」及「現代主義」歸
納上、認知上、攝取上的傾斜；而這認知與攝取上的傾斜，乃是針

------

❷　《見者之言》，頁 249-250。
❷　同註❿。

對當時詩壇之流弊：即其時濫情的抒情主義與喊口號式的戰鬥文藝。「主知」與「純粹性」可說是林亨泰終生力行的美學追求，從五十年代的〈符號詩〉的前衛實驗，到六十年代初的〈非情之歌〉的繁富與反覆顛覆的抽象系統，到八十年代中期的《爪痕集》的枝葉落盡的老成風格，可謂一脈相承而又波瀾迭起。根據林亨泰的認知，「主知」的詩學來自法國的梵樂希（P. Valery）和艾略特（T.S. Eliot），乃是針對「浪漫主義」的「主觀」傾向與「抒情」主義而發。「純粹性」的要義乃是「排除一切非詩的要素」，而其源頭則來自梵樂希提倡的「純詩」（poesie pure），即要接近那「既為純粹又理想的狀態」❷。換言之，就西方詩學發展而言，「主知」乃是「現代詩」與其前行的「浪漫主義」詩歌的分野；而「純粹性」被視為「現代詩」的一個美學的標幟。如果我們現在作一回顧，在「知性」與「感性」的光譜上，西方的「現代詩」無寧是向「知性」傾斜；但「純粹性」則是有待釐清。如果「純粹性」是指在文字、意象、結構等經營上之朝向經濟、簡約、張力與密度，那則可謂確為「現代詩」的識別。但這不等於放棄詩內涵上的繁富性、複雜性、矛盾性等，而是儘量強迫它們、壓擠它們，以獲致簡約有力的表達。美國新批評（American New Criticism）主要人物之一的韋倫（Robert Warren）的名篇〈純詩與非純詩〉（1943）即表彰「非純詩」（亦不妨譯作「濁詩」），表彰其中的矛盾、兩難、反諷、與複

---

❷　《見者之言》，頁 253-254。

雜性❷。觀乎龐德、葉慈、艾略特所代表的英美的「現代主義」，
韋倫的「濁詩」美學較得其真，而梵樂希的「純詩」理論，恐怕只
能代表一個歐洲的流派。

我們可以預期林亨泰的詩作與其所接受的歐日「前衛」及「現
代主義」背景必有交接之處，提供一個有意義的比較文學的閱讀層
面。由於篇幅有限，此處只能就其最為傳誦的〈風景：NO.2〉以
印證其與外來歐日「前衛」及「現代主義」的關係：

　　防風林　的
　　外邊　還有
　　防風林　的
　　外邊　還有
　　防風林　的
　　外邊　還有

　　然而海　以及波的羅列
　　然而海　以及波的羅列

顯然地，這是林亨泰從法國主體派詩人阿保里奈（Apollaire）的「圖
象詩」所獲得的啟發、從其「中國詩在文字上乃是主體主義」這一
個認知得意的實驗。用林亨泰的話來說，這首詩是經過「知識論」

❷　Robert Warren, "Pure and Impure Poetry." *Critical Theory Since Plato*, ed. by Hazard Adams (New York: Harcourt Brace Jovanovich, 1971)，頁 981-992。

的顛覆，是「方法論」上的現代策略，讓每一個字都獲得自身的「存在」❷。所謂「知識論」，所謂「方法論」，即含攝著高度的「知性」；也就是「主知」的詩學的實踐。這「知性」的傾向顯然與「純粹性」相結合。詩裏沒有任何「抒情主義」的詠嘆，也同時排除了任何「視覺」外的雜質與干擾，接近梵樂希「純詩」的「純粹的理想的狀態」。特別有意義的是，林亨泰的「主知」與「純粹性」乃是從文學所用的「媒介」（語言）的基本層面作實驗，並以奠基在中國象形/意象文字上的「圖象詩」，作為這「主知」/「純粹性」美學的範例：圖象技巧降低了「抒情主義」的滲透，同時排除了語法（句構）對「純粹性」的干擾。我們必須從這個比較文學視野與台灣現代詩學發展這一個角度來看，才能充分看到這個實驗作品的意義。最後，這風景是「動力」的風景，裏面含著「速度」，是在「現代」才有的高速的載具裡所能經驗到的。這「速度」、這隱含著的某種對科技文明持積極態度的現代感，也使到這首詩搭上了「未來主義」的列車❷。

作為「現代派」運動的搧火者的紀弦，其在大陸時期與戴望舒等以法國象徵主義的「現代派」淵源甚深；然而，紀弦現代詩學的另一個源頭則為其習西洋畫的專業，也就是從西方現代派所獲得的滋潤。紀弦自稱其東渡日本期間（1936年），「直接間接接觸世界詩壇與新興繪畫」，並且「大畫特畫立體與構成派的油畫，也寫了

---

❷ 請參其〈台灣現代派運動的實質及影響〉，《見者之言》，頁289。

❷ 林亨泰在《答卷》中即明言是在「汽車」中所經驗的，印證了我的閱讀。

不少超現實的詩」❷。就以台灣「現代詩」運動而言，西方前衛畫派更占著一個明顯的角色；在一九五六年的〈現代詩的特色〉一文裏，紀弦即把西方新興畫派與現代詩相提並論，而較近學者也已論證一九五○年代台灣「現代詩」與「現代畫」的密切關係❷。

　　談到「現代派」運動，論者往往偏重紀弦所提出的「六大信條」，而忽略了這「六大信條」落實下來的紀弦的「現代詩」觀──這「現代詩」觀實可視作紀弦創作上實際操作的版本，並反映著當時「現代詩派」的最大公約數。請徵引其「現代詩」觀如下：

> 現代詩以「心靈」為現實中之現實，復與天地間萬事萬物相默契。批判的，內省的，現代詩重知性，避直陳與盡述，而其使用隱喻，實具有重大之作用。一反浪漫主義及其以前的詩的表現一個完整或統一的觀念，它只是一個情調，一個心象，一個直覺，或一個夢幻。它否定了邏輯，從而構成一全新的秩序。以部分暗示全體，以有限象徵無窮。叫囂使人憎厭，雄辯使人疲勞，現代詩是克制情緒的，尤其排斥的是那些日常的喜怒哀樂，刺激與衝動。又因為其境界恒得之於靜觀與冥想，所以它是沉默的詩（〈現代詩的特色〉，1956

---

❷　紀弦〈三十年代的路易士〉。今引自奚密《現當代詩文錄》（台北：聯合文學，1998），頁 64-65。

❷　參劉紀蕙〈超現實的視覺翻譯〉，收入其《孤兒‧女神‧負面書寫》，頁260-239。

年）❷❽。

最能代表其前衛現代派精神的詩篇，乃是於該運動時期所寫的現代詩篇。尤其是其較長的〈存在主義〉，無論在詩內涵及詩語言上，都有著「前衛」的不羈，有著「知性」與「純粹性」格局，有著「存在」的思考與自我的抒情，也是紀弦現代派「東方版」的實例：

> 圖案似的
> 標本似的
> 這夠我欣賞的了。
> 在我的燈的優美的
> 照明之下：這存在
>
> 這小小的守宮（上帝造的）
> 這小小的壁虎（上帝造的）
> 這遠古大爬蟲的縮影、縮寫和同宗

---

❷❽ 論者往往把只注意紀弦「六大信條」中「有所揚棄並發揚光大地包含了自波特萊爾已降一切新興師派之精神與要素」、「新詩乃是橫的移植，而非縱的繼承」、「知性的強調」、「追求詩的純粹性」四則，其實原第五則中所謂「詩的新大陸之探險」云云，實代表著「現代主義」中的「實驗精神」，而原第六則的愛國反共云云，雖說是敷衍當時的文藝政策，其所反應的軍中意識型態及時代關切，亦不容抹煞。引文見紀弦《論現代詩》（台北：藍燈，1970）。引文見頁 16。

　　　屏息在我的窗的毛玻璃的

　　　那邊，而時作覓食之拿手的

　　　表演；於是許多的蚊蚋、蛾蝶和小青蟲

　　　在牠的膨脹而呈微綠的肚子裡

　　　消化著

　　　又消化著。㉙

　　其餘如〈跟你們一樣〉充滿了達達主義式的語言的任意拼貼；
〈春之舞〉富超現實色彩，「標本陳列室」與「資本主義」空間
「拼貼」一起；〈未濟之一〉中的「詩人」與「讀者」的「前衛」
關係，在在流露出紀弦的前衛詩風。五十年代的台灣詩壇，大致上
就是在上述與日本淵源甚深的本土現代根球與紀弦等所代表的大陸
現代根球，並在其結合的〈現代派〉運動的氣氛下與激盪裏，走進
「現代詩」，並開創出自己的風格──新生代各詩人在這總的「現
代詩」趨勢裏，如何擷取，如何回應，如何變易成長，就不在本文
論述的範疇了。

　　結語而說，就比較文學的視野而言，五十年代的「現代詩」運
動，尤其是其中最富動力的「現代派」運動，皆與歐、美、日的
「前衛」與「現代主義」詩派脫離不了關係；這從前幾節的論述裏
即知。然而，以西方「前衛」與「現代主義」精神的「現代派」運
動作為其動源所在的「現代詩」發展，必須面對「歷史」上時空的
落差、以及「詩學」上「內容」與「形式」不可分割的雙重「弔

㉙　紀弦詩皆引自《紀弦自選集》（台北：黎明，1978）。

詭」上。就在這「弔詭」的處境裏，五十年代的台灣現代詩，獲得了某種跨越，獲得了某種本土化，也就是獲得了可觀的成就與自己的風貌。綜觀而論，五十年代的「現代派」運動裏，歐美日各種「前衛」與「現代主義」的詩想與技巧大致上作溫和的「挪用」，而對與西方「資本主義」社會所衍生的「異化」（alienation）關聯最密切的詩學理念與技巧，諸如「超現實主義」中的「自動書寫」、達達主義的「無義」詩學及任意切割拼合，都不予採用。這「溫和」的「挪用」態度，有助於超越歐美「前衛」／「現代主義」與本土環境的時空差錯，有利於這外國「影響」的本土化與馴服化。其向「知性」與「純粹性」的傾斜，也扮演著這種功能；但對「現實」的「肌理」的表達，就不免有所局限。同時，五十年代的詩人也重新思索了自己所採用的文學媒介，發揮了中國象意文字的特質，而在圖象詩或局部圖象技巧上作了有好的實驗，有所突破。

三、現代主義的前後期：
從失根的「超現實主義」風潮
到現代主義的「鄉土寫實」

從最為宏觀的角度而言，台灣白話詩／新詩自始軔之初下及五十年代的「現代派」運動，乃是台灣「現代詩」的奠基。一九五九年，「現代派」運動結束，而《創世紀》詩刊改版所代表的「超現實主義」風潮啟動，可說是一個分水嶺。這個「超現實主義」風潮，一開始就以其最前衛最晦澀也是最高潮的形式出現；然而，不

出兩三年，就開始慢慢退潮；「退潮」而非「乾涸」。這個「超現實主義」風潮之狂飆，其動力乃是「空間」的失落與「流放」意識，並同時在「書寫」裏以前衛的姿勢抗拒五十年代戒嚴體制所加諸「心靈」的禁錮。1972-73 間，關傑明與唐文標的發難文章，以「現代詩」為「晦澀」為「殭弊」，遂為已正在成形的向鄉土、寫實、明朗傾斜的詩趨勢作了指標性的啟動。從事實來說，這「晦澀」與「殭弊」之指責有詩壇內外之別，詩壇內往往以《創世紀》的「超現實主義」詩風為對象，而詩壇外，則廣及整個現代詩壇；而其後的論戰中也看出這詩壇內外有別的情形。無論如何，這向鄉土、寫實、明朗傾斜的詩趨勢一直延到八十年代中葉，隨著「後現代」的萌芽與衝擊而詩壇又有了「後現代」的轉向。以詩史的宏觀視野觀之，並以廣義的「現代主義」來界定，今統稱這轉向以前的一段時期為「現代主義時期」，並在其中依實質的發展而作前後期之區分。

㈠ 前期：失根的「超現實主義」風潮

　　相對於五十年代「現代派」運動對西方前衛／現代主義的「接受」與「溫和」的挪用態度，六十年代以《創世紀》詩刊為中心的詩人群，其對「前衛」與「現代主義」之吸收與實踐，無寧是「激進」的。就「外來」影響這個角度而言，《創世紀》詩刊之於一九五九年改刊而走前衛路線，他們所擁有的歐美日「前衛」／「現代主義」遺產，與其所剛結束並為他們所接受的「現代派」運動所擁有者，實無多大異致，這個從「溫和」走向「激動」的轉向，其動

力來源為何？筆者認為，這個「激進」的轉向，可視作是詩內部的「推波助瀾」，符合「現代詩」內部的發展與規律；然而，更重要的應是與大陸移居於台灣本土的年輕的新生代，由於「空間」的失落而發酵的「流放」（exile）意識相接合之故：這一個「空間」失落與「流放」意識，在生活上被「隔離」、「疏離」的軍中詩人群會更加強烈。

　　《創世紀》詩人群「轉向」速度之快，是使人驚訝的。從《創世紀》一九五九年改版轉向算起，不足兩年之間，其對歐美前衛／現代主義詩風之「激進」接納與實踐，就已在一九六一年元月出版的《六十年代詩選》完整地呈現在讀者面前，並且立刻達到了其詩風之最高潮。洛夫的〈石室之死亡〉、瘂弦的〈深淵〉、商禽的散文詩，都已經收入在這本有「指標」意義的詩選裏。在詩選的「序」裏，在個別詩人的推介上，我們可以看到「知性」、「純粹性」與「圖象」技巧等「現代派」美學概念的延續外，我們看到屬於內心世界的強調，如「意識」、「存在」、「疏離」、「孤絕」等；這印證了筆者前面所述的「空間」失落感與「流放」意識及其衍生的各種流弊。同時，在這些「推介」裏，詩人往往被隨手貼上某些「前衛」流派的標籤；這一方面表露出主其事者的任性挪用，一方面也可看到詩壇上對西方前衛／現代主義的各流派兼容並蓄、甚至隨意溶匯。在《六十年代詩選》裏，明言有「超現實」精神者只有洛夫及商禽，但輾轉發酵之後，「超現實主義」成為了《創世紀》詩人詩風的標幟。他們的「超現實主義」，實是一個龐大的雜湊體：它是望文生義的、廣義的「超」乎「現實」的心靈世界之謂；它是在詩壇遊盪著所有的有關及接近「超現實主義」理念、技

巧的綴拾；它是對一些法國「超現實主義」詩作「中譯」的想像詮
釋與悟解（甚至有時把「達達」主義的作品也一併視作「超現實」；而這
「翻譯」又往往非直接譯自「原」法文）。就在他們朦朧領會的這個
「超現實主義」的「海市宸樓」裏，創造他們自己標籤或給別人標
幟的「超現實主義」詩風❸。如果我們再度採取本文的研究策略，
也未嘗不可以從此集的「序」中整理出他們的「超現實」策略：即
在「超現實」的統領下，在聯想上作「有意的切斷」，在美學上作
「有意的晦澀」，藉「自動語言」表現「潛意識」的「內在」世
界❸。然而，再深入地探求，我們發覺他們的詩內涵有著某種「存
在主義」以及佛洛伊德「愛慾主義」的況味❸。無論如何，在《創
世紀》詩人群中，其「超現實主義」及「存在主義」，都缺乏了原
有的「左翼」成份，而佛洛伊德主義中文化壓抑等嚴肅的面相，似

---

❸ 張漢良已指出這流派的混淆及翻譯上的間接問題，見〈中國現代詩的「超
現實主義」風潮〉，《中外文學》（10 卷 1 期，1981 年 6 月）。同時，
洛夫也事後於〈答卷〉回顧說，「我國現代詩人[筆者案：應指《創世
紀》同仁]的超現實風格的作品，並非真正懂得法國超現實主義之後才寫
的，……只是在早期受到法國及西方其他廣義超現實主義作品的影響」云
云。

❸ 「序」中雖以這些作為現代詩美學上的問題來思索，證諸《創世紀》該選
集及以後該詩社發展的詩路向，此實可視作其「超現實」詩風的簡約本。

❸ 舉例說來，在前述〈答卷〉中，洛夫除承認「超現實主義」曾給予他的早
期詩作，尤其是《石室之死亡》，有催化的作用，同時也明言，思想上也
受到「存在主義」的衝擊和影響。在《六十年代詩選》中的詩人推介裏，
即讚美其在「愛慾主義」（佛洛伊特）和「存在主義」（沙特）世界的探
險。依當時編輯狀況，這個評語應多少獲到瘂弦的默許吧！

亦付之闕如❸。這雖正反映著當時反共戒嚴體制下與外界文化的斷絕與思想界的貧乏。

　　想想，有什麼東西會比超現實主義、存在主義、佛洛伊德主義，尤其是當這些主義所含的「左翼」或「嚴肅」面向給剔除之後，更能與詩人的「空間」失落與「流放」意識更容易湊泊為一呢？瘂弦的一些詩篇，充滿了西方的人名、地名，尤其是與詩/藝術有關者，並且成功地創造一個想像的歐洲。就比較文學而言，這可稱之為「現代主義」中的「國際主義」（internationalism）的表現。在西方現代詩作裏的「國際主義」裏，最引人注意的是其所創造的「東方主義」（Orientalism）：所謂「東方主義」乃是對東方的哲學、美學、文學作一個對西方文明有所啟發的詮釋，而且往往詮釋為與「西方」相對待的東方「感性/感官主義」。這「東方主義」可見於龐德、葉慈、艾略特的詩作裏。然而，瘂弦由西方城市與藝術所營造的「西方主義」，卻不是與東方相對待的「知性」的歐洲，而是充滿「感性」與「異國」情調的西方。舉例來說：「弗

---

❸　超現實主義在 20 年代曾與社會主義的左派結盟，而沙特更一度是共產主義的同路人，在哲學上更嘗試把「存在主義」式的生命主體植在「社會主義」意識上；見其 *Search For a Method; trans. By Hazel Barnes* (New York: Alfred Knopf, 1963)一書。佛洛伊德在 *Civilization and Its Discontents*; trans. by James Strachey (New York: Norton, 1961) 的文化壓抑理論裏，深論愛、罪惡感、良知在文化裏所扮演的角色。這些帶有「左翼」思想的東西，在反共戒嚴的 50 年代，實無從獲得。又：本節對本土「超現實主義」詩風的較詳討論與批評，請參古添洪（Tim-hung Ku）, "Modernism in Modern Poetry of Taiwan, ROC: A Comparative Perspective," *Tamkang Review*, XVIII, 1-4, Autumn 1987-Summer 1988，頁 125-139。

琴尼歌啊／在夜晚，在西敏寺的後邊／當灰鴿們剝啄那口裂鐘／我
乃被你兇殘的溫柔所驚醒」（〈倫敦〉首節）❸。換言之，這是瘂弦
「心靈」世界的投射，是「空間」失落感與「流放」意識促成的有
如夢機制的空間「錯置」（displacement）。同樣地，以貝多分為其
「心靈老管家」的羅門，其〈麥堅利堡〉（1960）卻是難得的雄渾
之作；然而，詩「空間」不是台灣，不是大陸，而是「失落」在菲
律賓的麥堅利堡！羅門對「死亡」的「沉思」竟是在這陣亡美軍紀
念碑前進行！即使是以金門炮戰死亡經驗作為「觸媒」的洛夫的
《石室之死亡》，仍鑲嵌著「亞馬遜河的紅魚」、「墨西哥的鼓
聲」、「米蓋朗其羅的憤怒」等異國空間與氣氛。筆者在此無意指
責這「空間」「失落感」與「流放」意識，只是指證「超現實主
義」詩風突然以最高潮的姿態以最高快的速度出現的動源所在。事
實上，這空間「失落」與「流放」意識就猶如本土詩人對二二八事
件的情結，皆成為詩人創作的動力，創造了許多個人特色的詩篇，
也同樣為台灣現代詩的「現代性」，尤其是美學的深度有所貢獻。

　　這段時期裏《創世紀》詩人群的大部分詩作，可說是有「句」
而無「章節」，有「章節」而無「篇」，但「篇」裏又營造了某種
氣氛，某種「超現實」的、某種存在主義式的，某種佛洛伊德愛慾
主義的氣氛：

---

❸　瘂弦〈希臘〉、〈羅門〉、〈巴黎〉、〈倫敦〉、〈佛羅棱斯〉、〈西班
　　牙〉等詩，以婉約、感性的詩風，建構了一個富異國情調的感性的迷人的
　　歐洲，其中亦隱約流露出詩人的「流放」意識。諸詩今見《瘂弦詩選》
　　（台北：洪範，1981）。

祇偶然昂首向鄰居的甬道，我便怔住
在清晨，那人以裸體去背叛死
任一條黑色支流咆哮橫過他的脈管
我便怔住，我以目光掃過那座石壁
上面即鑿成兩道血槽

我的面容展開如一株樹，樹在火中成長
一切靜止，唯眸子在眼瞼後面移動
移向許多人都怕談及的方向
而我確是那株被鋸斷的苦梨
在年輪上，你仍可聽清楚風聲，蟬聲

　　　　（洛夫《石室之死亡》首章）㉟

這是荒誕的；在西班牙
人們連一枚下等的婚餅也不投給他！
而我們為一切服喪。花費一個早晨去摸他的衣角。

㉟　為了尊重詩人之用心，今所引為洛夫稍後之修訂稿；見《中國現代文學大系》詩第一輯，白荻等編（台北：巨人），1972。原刊於《六十年代詩選》者，確實晦澀不明；用洛夫〈答卷〉中的話來說，乃是由於「意象」不準確之故。我們讚賞詩人修訂之勇氣及態度之餘，錄初刊稿於此以存證當時之詩風：「祇偶然的昂首向鄰居的甬道，我便怔住 / 在早晨的虹裏，走著巨蛇的身子 / 黑色的髮並不在血液中糾結 / 宛如以你的不完整，你久久的慍怒 / 支撐著一條黑色支流　我的面容展開如雲，苦梨也這樣 / 而雙瞳在眼瞼後面移動 / 移向許多人都怕談及的方向 / 我是一株被鋸斷的苦梨 / 在年輪上，你仍可清楚風聲，蟬聲」。

後來他的名字便寫在風上，寫在旗上。

後來他便拋給我們

他吃賸下來的生活。

去看，去假裝發愁，去聞時間的腐味。

我們再也懶於知道，我們是誰。

工作，散步，向壞人致敬，微笑和不朽。

他們是握緊格言的人！

這是日子的顏面；所有的瘡口呻吟，裙子下藏滿病菌。

　　　　（瘂弦〈深淵〉的一節）❸❻

　　然而，商禽的某些詩篇，也許由於是散文詩及篇幅較短之故，通篇的結構卻把握得好，而不失其「超現實」與「存在」的思索；如〈長頸鹿〉及〈火雞〉即是。下引〈長頸鹿〉：

　　當那個年輕的獄卒發覺囚犯們每次體格檢查時身長的逐月增加都是在脖子之后；他報告典獄長說：「長官，窗子太高了。」而他得到的回答卻是：「不，他們瞻望歲月。」

　　仁慈的青年獄卒不識歲月的容顏，不知歲月的籍貫，不明歲月的行蹤；乃夜夜往動物園中到長頸鹿欄下，去梭巡，去守

---

❸❻　引自《六十年代詩選》。

候。**㉟**

葉維廉的〈賦格〉同樣隱含「空間」失落與「流放」意識，但其中
最重要的內涵，則是文化的「懷舊」與「烏托邦」的期待，這點與
代表西方「盛期現代主義」（high modernism）的龐德、葉慈、艾略
特對他們面對的樂園已經失落的現代社會的回應相若。葉維廉寫
〈賦格〉時，他正在孜孜不倦地研究艾略特，可能正在中譯其〈荒
原〉（"Wasteland"），並涉獵龐德**㊳**，正印證了這「影響」的可能。
〈賦格〉裏，一些詩「母題」之反覆出現、「今」與「昔」的拼
貼、「歌」的插入、「神話」與「歷史」的「覆現」等，都與艾略
特〈荒原〉的結構，有神似之處，而其古代烏托邦文明之「追尋」
（quest）又與龐德在《篇章集》（*Cantos*）的文化旨趣跡近。請容我
引用〈賦格〉第二節以印證上述所論並見其風格：

> 君不見有人為後代子孫
>
>> 追尋人類的原身嗎？
>
> 君不見有人從突降的瀑布
>
>> 追尋山石之賦嗎？
>
> 君不見有人在銀槍搖響中
>
>> 追尋郊禘之禮嗎？

㉟ 引自《六十年代詩選》。

㊳ 葉維廉其時正撰寫有關艾略特的碩士論文。同時，根據他的《秩序的生
長》（台北：志文，1971），其時的論文不乏論及艾略特與龐德。

對著江楓堤柳與詩魄的風和酒
遠遠有峭壁的語言，海洋的幽闊
和天空的高遠；於是我們憶起：
一個泉源變作池沼
　　　　或滲入植物
　　　　或滲入人類
　　　　不在乎真實
　　　　不在乎玄默
我們只管走下石階吧，季候風
不在這秒鐘；天災早已過去
我們來推斷一個事故：仙桃與欲望
誰弄壞了天庭的道德，無聊
或談談白鼠傳奇性的魔力……
　　　　　　　　究竟在土斷川分的
絕崖上，在睥睨橾櫨的石城上
我們就可了解世界麼？
　　　　　　　我們遊過
千花萬樹，遠水近灣
我們就可了解世界麼？
　　　　　　　我們一再經歷
四聲對仗之巧、平仄音韻之妙
我們就可了解世界麼？

走上爭先恐後的公車，停在街頭

左顧右盼，等一隻哲理的蝴蝶
等一個無上的先知等一個英豪
騎馬走過——

　　　　　　多少臉孔
　　　　　　多少名字
為群樹與建築所嘲弄
　　　　　　良朋幽邈
　　　　　　搔首延停
夜　灑下一陣爽神的雨
　　　（葉維廉《賦格》「其三」）❸❾

　　羅門在台灣現代詩的發展上，有他特殊的地位，他可以說是五十年代「現代派」最忠實的信徒，是矢志不移的「現代主義」者。從他的「答卷」中，他和他的同輩詩人一樣，對西方前衛詩派、畫派及各種思想，是隨機挪用；其對「源頭」的「認知」雖或道聽塗說，但他皆能發揮為有用的「啟迪」，並且開創出自己的世界。他對「死亡」與「存在」的思索，如〈麥堅利堡〉、〈都市之死〉、〈死亡之塔〉，都有深沉的表達；而其美學視覺，延續了「知性」、「純粹性」美學，並發展出一種「逆向觀察」的「靜觀」之趣。錄兩片斷以展示他的風格：

麥堅利堡　鳥都不叫了　樹葉也怕動

---

❸❾　引自《六十年代詩選》。

　　　凡是聲音都會使這裡的靜默受擊出血

　　　空間與空間絕緣　　時間逃離鐘錶

　　　這裏比灰暗的天地線還少說話　　永恆無聲

　　　　（〈麥堅利堡〉）

　　　猛力一推　　竟被反鎖在走不出去

　　　　　　　　　　　　　　的透明裏

　　　　（〈窗〉）❹

㈡ 後期：向鄉土寫實傾斜的現代主義

　　本文是以 1972-73 年間關傑明、唐文標之發難，痛批「現代詩」為「晦澀」為「殭斃」❹，作為「現代主義」前後期分野的可見路標。這個轉向，在歷史層面上，乃是受到當時由海外留學生所掀起的「保釣運動」❷的激盪，要對中國的回歸以及對歷史與現實的正視。在「詩壇」內部而言，則是源於「超現實」風潮以來的流弊。然而，其所揭開之論爭，有詩壇內外之別。詩壇「外」之全盤

---

❹　引自《羅門自選集》（台北：黎明，1975）。

❹　1972 年關傑明於中國時報《人間副刊》先後發表了〈中國現代詩人的困境〉（2 月 28-29 日）、〈中國現代詩的幻覺〉（9 月 10 日）；1973 年唐文標於《中外文學》發表了〈僵斃的現代詩〉（2 卷 3 期）。

❷　日本政府要強行吞併應屬我國的「釣魚台」列島，旅美留學生為維護釣魚台主權舉行示威，展開保釣運動。同年四月，台灣境內也有大學生遊行響應。「保釣運動」喚起了中國的認同感及對「歷史」與「現實」的介入，影響深遠。

否認「現代詩」及「現代主義」，實無客觀的基礎。然而，這詩壇「內」部而言，確有「針砭」的價值。從詩壇內部而言，其「晦澀」主要是指《創世紀》的「超現實」詩風，而究其實，乃是用字遣詞不準確、意象經營之不準確或過份的濃縮、詩句或篇章裏意象之過份擁擠、聯想之過份切斷、通篇沒有完整的結構，其表達尚未到達清明可解的階段，而在《創世紀》所代表的失落與「流放」意識，無論與「中國大陸」及「台灣」本土的當前「現實」與「生活」都完全脫鉤，更談不上關懷了。從上面這個小小的歸納，即可見詩壇之轉向鄉土、寫實、明朗，實為勢之所趨；而其「轉向」後的詩風，也可以從上述各項的反面以尋繹之，不細贅。

　　然而，這個詩朝向的轉折實已於一九六四年《笠》詩社之成立，揭開其序幕，也即向這寫實鄉土明朗詩風傾斜。趙天儀等所倡導的「浪漫」與「台灣本土」相結合的詩風，不在話下，而富有「前衛／現代主義」精神的「超越語言的一代」以及「現代派」運動下的健兒白荻，都表現出這個傾斜。至於《笠》七十年代崛起的一代，如鄭炯明、曾貴海、陳明台、李敏勇（傳敏）等，是在其時的詩壇視野裏，在這勢之所趨的鄉土寫實明朗的新世代詩風裏創作。他們既未經五十年代「現代派」運動之直接洗禮，也與歐、美、日「前衛／現代主義」詩潮無密切淵源。我們雖不質疑他們對台灣「現代詩」有所推進，但我們從其中看到《笠》裏「前衛」／「現代主義」的無以為繼。職是之故，在台灣現代詩的「影響」切面裏，在「前衛／現代主義」與「鄉土寫實明朗」相結合的透視裏，並為篇幅為限，我們就不得不把焦點置在「超越語言的一代」身上，尤其是陳千武身上。

　　詹冰的〈牛〉可說是一個典範的例子。它代表著從林亨泰的「風景」到白荻的「流浪者」之以「純粹性」、「知性」等詩學為骨幹為追求的「圖象詩」之轉向。它代表著由台灣「現代派」開創的前衛／現代主義「圖象技巧」與「鄉土寫實明朗」詩風的結合：

水牛圖

角　角
黑

擺動黑字型的臉
同心圓的波紋就繼續地擴開
等波長的橫波上
夏天的太陽樹葉在跳扭扭舞
水牛浸在水中但
眼球看上天空白雲的
不懂阿幾米得原理
角質的小括號之間
一直吹過思想的風
水牛以沉在淚中的
傾聽歌聲蟬聲以及無聲之聲
水牛忘卻炎熱與
時間與自己而默然等待也許
永遠不來的東西
只
等待等待再等待！

——一九六七年

　　然而，真正代表兩者高度結合，並且同時代表著本土的真正的「現代主義」者，乃是陳千武的《媽祖的纏足》（1974）。《媽祖的纏足》一輯詩，繁富而又互為指涉，圍繞著「媽祖」這一中心而衍化，實可看作是一整體的詩組。《媽祖的纏足》可說已切入當前台灣文化及政治層面的潛意識，而其人文的關切使其免於淪為意識型態的喧嘩。詩輯中「文化」與「政治」含義往往互為複疊，如以媽祖廟的屋頂衍生出來的政治的屋頂（〈屋頂下〉），如以媽祖的纏足衍生出來的文化層面以及請媽祖讓位給年輕姑娘的文化及政治層面的象徵意義（〈恕我冒昧〉）。有時，媽祖的「象徵」更餘波及於

「性」的禁區,而且有迫近潛意識的探索:「或者　性火燃燒過的女人／是不是像媽祖那樣／臉上毫無表情地緘默著呢?」(〈死的位置〉)。「媽祖」之外,詩輯中更衍生了一個神秘的「黑影子」。它一方面象徵媽祖作為宗教／禮教的陰沉面,一方面也象徵台灣的歷史現實的時代暗影。陳千武在〈後記〉裏說:「那種古老得像媽祖纏足的狀態,十分頑固地絆纏著這個社會,⋯⋯這個偶像性的權勢——媽祖纏足的彆扭情況,也就成為我寫詩的動機」。

　　請引其〈恕我冒昧〉以見其「現代主義」的文化關懷及象徵表現,以及本土寫實及明朗語言新朝向的相結合:

　　　　媽祖喲

　　　　坐了那麼久　祢的腳

　　　　在歷史的檀木座上

　　　　早已麻木了吧

　　　　檀木的寶座

　　　　在滿堂線香的冒烟裡

　　　　在大眾的阿諛裡

　　　　被燻得油黑⋯⋯

　　　　這是非常冒昧的話

　　　　可是祢應該把祢的神殿

　　　　那個位置

　　　　讓給年輕的姑娘吧

（中略）

> 不！不過
> 誰也不該永久霸佔一個位置
> 如果　我說錯了話
> 請原諒
> 廟宇管理委員會的
> 老先生們！

這個鄉土寫實之「轉向」，略帶有運動式的、旗幟鮮明的推動，仍得有賴唐文標等發難前後新生詩社的陸續成立，其中《龍族》與《大地》可謂是最為重要的推手。《龍族》大張旗鼓，要敲起龍的民族的鑼，強調「中國」空間與民族靈魂的回歸，以及詩作的時代感與歷史感；《大地》則強調中國詩傳統及奠基在中國文化的心態上，以作為對西方詩學影響之取捨，同時強調詩創作要立足於台灣「本土」空間的現實生活。在台灣詩史的發展上，尤其是外來「影響」這一個層面而言，一個另起爐灶的「前衛／現代主義」正在《大地》詩社裏進行，這一事實卻鮮為史家注意到。事實上，「前衛／現代主義」色彩的詩人群在《大地》集結這一「事實」，是在目前的回顧裏才看得清楚；同時，批評界向來處在「現代主義」與「鄉土寫實」二元對立視野裏，也不容易看清楚「鄉土寫實」背後的「前衛／現代主義」實踐。《大地》詩社裏，陳鵬翔（慧樺）、古添洪、翱翎、藍凌、陳黎、以及海外同仁翺翺（張錯）、王潤華、淡瑩夫婦，都有著外文系的背景，而他們的詩作都往往含著相

當的「前衛／現代主義」的特質。其中，就「鄉土寫實」及「前衛／現代主義」相結合，或最能從古添洪及林鋒雄的詩中看出來。

就比較文學的角度而言，古添洪所接受者乃是葉慈及艾略特的「現代主義」，而其「接受」是非自覺的受到「影響」，而非如五十或六十年代現代派運動之有意「挪用」或「取經」，是比較文學之正規的「影響」案例❹。古添洪多年後把《大地》時期的詩作結集為《背後的臉》（1984），並回顧說：「十年的距離，使我更能看清楚這一輯詩特具的風格與追尋。我願意說，這是一輯文化性的詩。在詭異甚或生硬的意象與象徵的背後，您也許會尋到跌宕鬱抑的思維活動。這是我底心靈的一個小小記錄，記錄著文化如何在經濟、物質、社會等結構裏成形與變易。也許不該說記錄，而應說心悸的軌跡，因為這些記錄與我底心靈是緊緊地繫在一起的。」

〈在電視機〉裏，他刻畫了電視上的連續劇及歌星節目，如何污染了鄉間、純樸的文化，而這「污染」已深入到「潛意識」的「姿式」層面：「庭院裏的小雞／也裝模作樣起來／翹起腳／作弓形步／側起頭／作抓耳態／吃米／也誇張得成了／啄木鳥」。在〈櫻桃破〉裏，「今」與「昔」複疊，而且是艾略特〈荒原〉中常有的「類

---

❹　古添洪雖是中文系出身，但《大地》時期他正在台大外文系比較文學博士班攻讀，而其大學時期即全程旁聽其時歸國的顏元叔開的英美現代詩課程。古添洪能對其生活在其中的台灣本土空間始終密切不間的原因，除了他矢志不移的社會關懷有以致之外，其在大學時期與《笠》的交往，並主編《笠》的附屬油印刊物《詩展望》多年有關。他大學時期的詩作，如〈視覺乃戰爭〉及〈木偶箱〉等，都有某種屬於《笠》超語言的一代經日本「中介」的「超現實」視覺轉移，可見其潛移默化的一斑。

似」情景的「每況愈下」的今昔「複疊」，曲折地表達了現代女性
（尤其是歌星們）被「背後」的「資本主義架構」所操縱與賊害：

> 是盼盼幽獨的芳魂眉
> 是小紅低唱的暗香唇

> 香君濺血的桃花
> 傳說開放在明妃的春風面
> 鴿翅純白
> 揚起了小蘋兩重的心字羅衣

> 清歌蛇腰綢浪
> 培植在
> 藥物味中
> 化裝品裏

> 廣告終於使
> 薔薇失血

古添洪在當時的論爭裏，雖抨擊《創世紀》超現實詩風的晦澀為夢
囈，尚未達到清明的表達階段，而他自己詩作的風格，卻不免是
「詭異」、「生硬」與「迂迴曲折」，這表露出他詩中前衛／現代
主義的骨髓，並看出他與其時明白易懂及平實反映的詩風轉向沒有
完全的認同；事實上，這時期可說是其最前衛的時期，與其早期的

《剪裁集》（1973）相較，反而顯得難懂、艱難。然而，同樣獲得兩者的結合，而表達又能走向明朗、語言又能生活化、更能代表整個新生代向詩風轉向的應是有著藝術研究所背景的林鋒雄。他是首位帶有社會批判含義的生態詩人，如〈河〉、〈鴨〉、〈空氣淨化器〉，詩質「現代」而「清朗」，並且為台灣生態在七十年代前後的工業化遭受破壞留下詩證。可惜林鋒雄在《大地》停刊後擱筆了。下引〈鴨〉以見其生態詩風的一斑：

> 鴨
> 厚厚絨絨的一身白
> 鴨
>
> 秋天了，水漸漸的消瘦
> 漸漸的冷涼
>
> 我們還是要游
> 游啊！
>
> 這一注水，是愈來愈沒有食物
> 愈來愈臭
>
> 秋天了，岸邊的食品加工廠
> 還在一口一口的吐著苦水

　　命苦的我們還是要游

　　游啊！

　　在一洼漸漸腐爛的秋水中

　　完成一個巨大的惡夢

　　直到，直到

　　我們變成隻隻垂死的瘦黑鴨。❹

　　同時，在《大地》裏，在理論層次上，一個有著外國「影響」
關係的詩學視野隱約在成形。這就是前已提及的「美國新批評」
（American New Criticism）重要人物韋倫所提出「純詩」（pure）和
「非純詩」（impure poetry；亦不妨譯作「濁詩」）的問題。「純詩」朝
向清純，排斥了概念、意義、知性意象、不諧和的面、邏輯的結
構、現實的細節、語調的繁複、及反諷等；「濁詩」則為其反面；
「濁詩」於詩中容納各種「濁」的元素，如醜俗的字眼與思想、辯
論、矛盾、寫實等等，不會因為要達到純清的詩情而排斥了它們。
韋倫以古今詩篇印證「濁詩」的風貌與品質並倡導之，蓋或以其接
近人間世之實際經驗。韋倫「濁詩」觀之引進台灣，乃是顏元叔推
介之功，影響及於其學生界：蔡源煌即把韋倫的論文〈純粹詩與非

---

❹　林鋒雄其時正在文化大學藝術研究所攻讀碩士。就前衛／現代主義的外來
　　「影響」來源上，尚有待釐清。引詩見《大地》同仁的詩結集《大地之
　　歌》（台北：東大，1976）。

純粹詩〉中譯發表於《中外文學》（1 卷 5-6 期，1972），陳鵬翔
（「大地」同仁）更很早即把「純詩」與「非純詩」的觀念付諸批評
文字，並偏向於「非純」的詩內涵❹。而古添洪（「大地」同仁）其
時雖服膺「濁詩」之說，尚未有機緣加以述及──事後卻兩度抓住
機會加以闡述與倡導❹。純詩與非純詩的爭論，在當時的台灣詩壇
有其特別意義，蓋其可與自五十年代〈現代派〉以來所提倡的「純
粹性」以及當時新提的「純粹經驗」（pure experience），加以抗衡
或平衡之。李豐楙及時在《大地》發表〈論詩之純粹性〉（11 期，
1974 年），即以古典詩為基礎，提出王（維）孟（浩然）乎？杜
（甫）韓（愈）乎？神韻乎？肌理乎？的詢問。置諸當時詩壇歷史
脈絡與比較文學視野，即為「純詩」乎？「濁詩」乎？的再認。其
實，李豐楙對韋倫純詩與非純詩之說，並非毫無所悉。其未將其論
與韋倫說法相連接者，只是不便貿然進入他所不熟悉的西洋學術範
疇而已。換言之，筆者要指證者乃是：倡導「濁詩」或提出「濁

---

❹　〈現代詩的純與不純〉（1968）。登於《南洋日報》。今收入其《板歌》
（台北：蘭台），1969。該文未提及韋倫，但卻為其觀念之應用。其後，
陳鵬翔研究所受教於顏元叔，對韋倫之論了解加深。

❹　古添洪於 1976 年夏赴美深造五年，造成了他與詩壇關係的空檔，或有以
致之。然而，歸國後於《笠》撰寫《詩學隨筆》專欄（1985-86）之便，
即有〈論詩之「情」與「濁」〉一則；《詩學隨筆》今收入其詩集《歸
來》（台北：國家，1986）附錄中。其後應《中外文學》之邀，評論張
默、蕭蕭編的《新詩三百首》，即重提七十年代台灣詩壇上「純詩」之爭
論，以指出該選集「同質性」遠高於「異質性」，蓋其所選幾全為「純
詩」故也；見其〈評《新詩三百首》〉，《中外文學》24 卷 10 期，1996
年 3 月，頁 147-154。

詩」以平衡前行代詩壇講求的「純粹性」與「純粹經驗」，以開拓
社會關懷、鄉土寫實的深度，乃是《大地》部分重要成員正在成形
的詩學共識。惜乎這詩學「共識」蓄而待發之際，《大地》因同仁
之各奔前程而有所停頓。而這「濁詩」理念終未能為詩壇或批評界
所注重，終而削減了台灣現代詩壇朝向「濁」的現實世界開拓的動
力。

自《龍族》及《大地》以後，接著還有《草根》、《陽光小
集》等新生代詩人成立的詩社，也產生了許多不錯的詩人，如向
陽、劉克襄、吳晟、羅青等。但站在本節「前衛／現代主義」及
「本土寫實」的結合以及比較文學「影響」研究的雙重透視下，都
相對而言不是那麼重要了 ❹。

最後是本節小小的澄清與總述。由於本節的體制，並由於篇幅
所限，我們的焦點是放在「前期」與五十年代之「轉折」以及「後
期」與前期的「轉向」上，也就是放在詩史演變的一些關節眼上，
並從「比較文學」的「影響」研究，作為台灣現代「詩史」的一個
「延伸面」來討論。我們發覺，「外來」影響在這些詩史發展的關
鍵處，都扮演著相當重要的角色。然而，我們得強調，「現代詩」
在此期間一直在發展中，而「轉折」期間的一些詩「風潮」只是推
動發展的一個動力。從詩史的立場，值得注意的是，在詩壇上知名
度極高、成就卓越的楊牧、鄭愁予與余光中，都與這些「轉折」與

---

❹ 譬如說，就向陽而言，他有日本文學的背景，但同時亦醉心於中國古典詩
歌；結果他早期的詩作，詩風雖是新生代的鄉土與明朗，但偏向抒情與婉
弱，其前衛／現代主義顯然有所不足；故非兩者的高度結合。

「風潮」淵源不深㊽。

四、現代詩的「後現代」轉向（1985-）

　　台灣的現代詩壇在八十年代中葉出現了「後現代」的轉向，是一個不爭的事實。就全球的脈絡而言，這個「轉向」乃是西方「後現代」社會及其前後相伴隨的各種「後現代」思維，終於到八十年代中葉漫延到台灣本土。換言之，這是全球「後現代」延伸的一個環節。「後現代」是一個複雜甚或互為矛盾的現象。「後現代」可以從不同的角度來切入，所得風貌各有不同。從經濟層面來說，可界定為「後資本主義」或「後工業社會」。從全球政治來說，其特質或可從「後殖民社會」裏去著眼；或者，從霸權的角度而言，從

㊽　然而，換一個角度而說，三人卻代表著最廣義的中國抒情傳統與最廣義的西方抒情傳統的某種融合，一個「現代性」不足的融合。換言之，他們的現代詩可說是最保有中國詩傳統與韻味者。在此不妨就比較文學的微觀觀點作一些補充。余光中的詩「構思」／「巧思」，有著英國 17 世紀鄧恩（John Donne）等人的「巧喻」（conceit）的影響，有時候甚至可說是其溫和的中國版。其〈敲打樂〉則受到美國當代流行音樂的影響，無論形式與內容皆有所不羈與叛俗（甚至言過其辭），可說是其最前衛的作品。楊牧在前述 1987 的答卷裡，表示其有葉慈的影響，其時我有所保留；但從他晚近的作品裡，如《時光命題》（台北：洪範，1997），其對葉慈詩的指涉，則清晰可見，但葉慈的陽剛、知性、與文化關切等，則又給楊牧詩特有的婉約與感性所消溶。最後，由於本文的比較文學與強調現代性的特定視野，或造成對三位詩人在台灣詩史上評價的不公，略感遺憾，筆者預料並樂見這問題在學術界裡再打開。

冷戰的結束，到目前美國唯一強權，而到較近才開始的權力多中心化朝向來著墨。從學術風潮而言，這也許是「後現代」最重要的內涵，則可界定為與「後結構主義」相表裏。此外，不能忽略的另一切入點，就是「性別」問題，也就是當代「女性主義」的獨領風騷。這些林林總總的切入點與特質，雖互有關連，卻又並非全然類同或平行，而是有著矛盾與張力，使到所謂的「後現代」顯得複雜而光怪陸離。無論如何，這些特質與傾向大致上都在六十年代（西元）見其端倪。故歷史實是連綿中有斷離、斷離中有連綿的難捨難分狀態，若一定要為西方「後現代」作一時間的座標，應以六十年代作為其始端較為恰當，而非如某些稍為空泛的論述中之把「後現代」與「戰後」等同。而台灣本土則於八十年代中葉始軔並起風潮，比西方晚十五年之譜，可說是合情合理❹。

就文學「影響」研究的「實證」層面，讓我們先宏觀地觀察一下「後現代」思潮在台灣被引進的大概，繼而在「詩壇」衍變為某

---

❹　古添洪〈我們需要怎麼樣的「後現代」？〉，《海鷗》詩刊 21 期夏季號，2000 年。這一個「簡約」的界定所根據的參考資料甚多，無法詳列。對「後現代主義」各流派的綜合了解，讀者不妨參 Hans Bertens 的 *The Idea of The Postmodern* (New York: Routledge, 1995) 和 Lawrence Cahoone 編的 *From Modernism to Postmodernism: An Anthology* (Mass: Cambridge: Blackwell, 1996)。就「現代主義」及「後現代主義」的相對立的各種詩學理念與技巧，以哈山（Hassan）的名篇〈後現代主義：一個超實用的目錄〉（"Post modern ISM: A Paracritical Bibliography；今收入本註所述 Lawrence Cahoone 所編，頁 383-400）最具參考價值。然而，詹明信（Jameson）已指出僅列出清單之不足，必須置入「後資本主義」的架構及其文化情境裏去考慮才有意義。

種「風潮」的實況。在這個引介過程裏，學術界扮演著重要的角色；這從台灣最重要的學術期刊《中外文學》即可見其一斑。根據《中外文學論文索引增定版：1972～1992》》，廖炳惠在 1982-83 年間引介了「解構主義」，王德威在 1983-84 年間引介了「後結構主義」重要人物之一的傅柯（Michel Foucault），張錯在 1982 年引介了當代美國詩及後期現代主義，而「後現代主義」主要詮釋者之一的哈山（Ihab Hassan）早期的一篇後現代主義論文〈朝向一個「後現代主義」觀念的建立〉也於 1984 年由陳界華譯出。此外，一九八七年，西方「後現代主義」另一位最主要的詮釋人詹明信（Frederic Jameson）來台作系列學術（英語）演講，其中一場即為其〈後現代主義──或後資本主義邏輯〉講稿，而《當代》則刊登了其在北京演講的中文譯稿內容。這些學術活動提供了詩壇上「後現代」轉向一個有利的資訊環境。當然，筆者並非謂上述這些資訊實際成為了「後現代」詩壇「轉向」的理論，也並非謂「轉向」的詩人們都接觸到這些資料並且有效地加以挪用。同時，有著當代學術背景的詩人，他們對「後現代」思潮的掌握當然更會超過上述已被引介的材料了。

　　自結構主義以來，學術思潮往往獨領風騷，並得風氣之先；職是之故，筆者把「後現代主義詩歌」嚴格界定為稍後於「後現代／後結構」學術思潮，並與之相激盪的詩歌──這就是本節的定位❺。事實上，學術上的「後現代」思潮及各派論說和實踐於或表

---

❺　職是之故，我不同意 Paul Hoover 編的《後現代美國詩歌》（*Postmodern American Poetry*; New York: Norton, 1994）一書以戰後為「後現代」詩歌

現於「詩篇」上的「後現代」詩風,實無法劃上等號:蓋一為學術上的觀察、詮釋、與體系,一為創作上與個人的主體及社會環境相接的表現,兩者之間有很大的推移與流動空間,我們不妨把兩者視作相「連」而又相「離」的東西。雖說兩者(「影響/接受」過程的「發放者」與「接受者」)之間有著很大的推移與流動空間,雖說後者對前者可視作是相「連」而又相「離」的東西,但從嚴肅的學術立場界定這推移與流動的「脈絡」與內涵,無寧是「影響」研究的一個環節,並且有助於我們對台灣「後現代」詩歌的了解。在眾多的觀察者中,廖炳惠的也許最得其要:

> 往往「自由而多元」地挪用「後現代」,納入自己的體系,既不探究其來龍去脈,也不界定其用法,便信手拈來。後現代主義的解構性及其反大型敘述(grand narrative)的反思維與諧擬現實的歡會戲謔則被多元與自由表達或性解放的論述所替代、移位,成為一種現代主義的高度但卻又反面的發展,不但繼續其實驗美學與藝術技巧,同時超脫傳統再現方式的各種局限,將正統、中心地位的文化互解,使之融入日常生

的編輯立場。事實上,據我的觀察,六十年代中葉以還的美國詩歌與學術上的「後現代/後結構」才產生某種若「即」若「離」的關係,並表現出其「後現代」視野與風格。這若「即」若「離」的關係亦適用於台灣後現代詩的陳述。

活中，變得毫無規範、準則的大鳴大放㉕。

如果以「後現代」轉向後整體的台灣詩歌來論，相當多的詩篇確有這種毫無規範與準則的信手拈來的隨意挪用，但某些「後現代」詩篇卻仍然能與嚴格意義的「後現代」理念相當地湊泊一起。這也解釋了以下在極度有限的篇幅裏所作的例證的選擇。

「後現代」之作為一個詩學風潮，也許如論者及當事者所言，邁入九十年代即已盛極而衰或即將落幕。然而，「後現代主義」詩歌事實上繼續進行中，就猶如「後現代」社會仍在全球及台灣以不同的速度與個別風貌「進入」或「進行」中。更重要的是，據筆者的觀察，「後現代主義」詩歌在台灣的九十年代才成熟，此可驗證於扮演著「後現代」轉向推手的林燿德的「後現代」創作的發展，也驗證於陳黎的《島嶼邊緣》（1993 完稿，1995 出版）的「後現代」轉向，也驗證於向陽、簡政珍、古添洪等輓近的可納入為「後現代主義」範疇的詩篇。

毫無疑問，林燿德是台灣現代詩壇「後現代」轉向的推手，而其「轉向」的動力與推動過程，劉紀蕙有相當詳盡的論證。根據劉紀蕙的說法，林燿德早期深受到詩壇的冷落，而其「後現代」之提出，乃是針對詩壇長期為詩社所壟斷，乃是與前行代及更早的詩壇傳統斷裂的手段。其風潮之製造，乃是經由對「新世代」詩人的評論以及「新世代」詩作品之論選，以提出「後現代」的理念，並得

㉕ 參廖炳惠〈比較文學與現代詩篇：試論台灣的「後現代詩」〉，《中外文學》，24 卷 2 期，1995 年 7 月。引文見頁 70。

以形成一股集結力量。劉紀蕙認為，林燿德的「後現代計劃」，是要「執行他對於既定『認知與政經行為背後的文化與語言屬性問題』的反省，以及對『文化主體性與歷史過程中的理論與實際權力關係』進行批判」云云❷。

　　劉紀蕙以林燿德一九八七年的〈資訊紀元——《後現代狀況》說明〉作為其「後現代」的正式宣言。在其中林燿德聲稱其「後現代」企圖，乃是對政治、經濟、文化作「解構」，對「資訊」作思考，倡導都市文學，倡導後現代藝術觀念，正視當代「世界－台灣」思潮的走向與流變。林燿德先後對其「後現代」作出不同的界定與澄清。林燿德認為「後現代」不應固定為「主義」，而應為一個「發展模式」；「後現代」應是一個「把什麼東西都可以往裡面裝的後現代主義的大口袋」；「『後現代』只是一個期待新天新地的過渡性指稱詞，『後現代』本身期待著『後現代』的幻逝」；並謂「後現代本身也與它（們）所抗衡的現代主義混種雜交，彼此身世絞纏，……『後現代主義』一詞即是以無以名之的諸事物，無論有多大的發展空間，終究是一個過渡性思潮」（1993）❸。就「影響」研究這個角度而言，可看到「接受」與「挪用」過程，「接受者」的生命「主體」及其所處「環境」及文化「脈絡」所扮演的決

---

❷　見其〈林燿德與台灣文學的後現代轉向〉；收入其《孤兒·女神·負面書寫》，頁 368-395。引文見頁 376。引文中雙括號者，乃是劉紀蕙對廖炳惠（見前註）互文回應。

❸　上述林燿德的各種對「後現代」的陳述，皆引自劉紀蕙〈林燿德與台灣文學的後現代轉向〉一文，見《孤兒·女神·負面書寫》，頁 379-380。不敢掠美，特此註明。

定性角色。另一方面,如廖炳惠於前文中所觀察,台灣本土尚未達到「後現代」的境地(如尚未開拓出自由而公開的大眾媒體輿論空間);筆者則以為在女性主義及資訊交流兩個層面幾可與西方「後現代」社會並駕齊驅,但整體仍以「現代社會」為主,並有著農業社會甚至更早的文化殘留。為什麼台灣的社會尚未進入「後現代」而作為此「後現代」風潮推手的林燿德,即預告其即將死亡。這卻是一個耐人尋味的弔詭。

如論者所公認的,《都市終極機》(1988)是林燿德「後現代」轉向的一個里程碑。但這只是一個「轉向」,如廖炳惠上文所言,其「後現代」面向為其電腦、科技、色情慾求等所淹沒。無論如何,林燿德「後現代主義」詩歌之更上層樓,尚待延後數年。其中最傑出的也許要推〈馬桶〉(1996),而企圖最大的則推〈鋁罐以及人類的身世〉(1995)❸。〈馬桶〉詩的發展乃是經由「拼貼」手法而發展。這一連串的「拼貼」雖說環繞著「馬桶」作為指涉,但卻有著德希達(Derrida)式的「飄浮」的況味(即前行畫面與後起畫面關聯沒有嚴謹的邏輯或事構關係),同時也散發著「解構」的功能(即後起畫面被引進後解構、顛覆、干擾了「前行」畫面的一存在、預設、與意涵的唯我獨尊,或者眾多但卻飄浮的畫面(指涉皆為馬桶)產生了反覆「解構」的功能),故不是單線的發展,而是飄浮、沒有中心的多元呈現。在其中,雅俗「拼貼」而解體(「《芥子園畫譜》和《素女

---

❸　〈馬桶〉發表於《中外文學》,24卷8期,1996年1月號。〈鋁罐〉收入《不要驚動不要喚醒我所親愛》(台北:文鶴,1996);詩末註明寫作日期為1995。故兩首詩皆為1995年書寫的作品。

經》／只是同一回事兒」），「詩語言」與「廣告配方」共生（詩中鑲
嵌進廣告配方如「超效 LAS 潔垢配方／能和污垢迅速結合／每次沖水可將污
垢沖洗乾淨／常保馬桶潔淨衛生」）等，不一而足。詩中白瓷的馬桶、
芬清劑及其廣告配方，以及現代人養生的咳嗽糖漿或什麼複方甘草
合劑之類，以及突然浮現又抹去的電腦網路等，營造了「後現代」
情境的物質面。同時，在這「後現代」風格與情境裏，在後現代式
的情慾指涉與自我挪揄裏，我們不斷聽到「現代主義」（也就是嚴
肅的、抗拒的、異化主體的悸動與發音）的繆葛與迴音。詩首的「鏡
子」拼貼也許是最有力的例證：「然後你，環抱白磁的馬桶，試圖
／想要從它的洞穴中窺視／這個世界的體腔是否和想像中一般虛無
／然後你，看到了／一張蒼白　瞪視著你的臉孔／自地心深處飄浮
而出」。在這裏，心理分析學家拉岡（Lacan）的「鏡子」從「內」
被「掬反」出來：後現代物質文明的白磁的馬桶「逆反」了尋常的
玻璃鏡子；向下向洞穴窺視「逆反」了平面的注視；環抱「逆反」
了「距離」的注視。拉岡「鏡子」現象的男孩會「誤認」鏡中形象
為其自己，而這裏卻是「你想不起來／這張臉孔　究竟和自己擁有
什麼關聯」。一種虛幻、飄浮的「後現代感」卻又油然而生。

　　最能代表（但未必最成功）劉紀蕙所說的林燿德的「後現代計
劃」企圖者，應是其〈鋁罐以及人類的身世〉。詩人抓住「鋁罐」
文明這一後現代特徵，並以「可樂」（coke）作為後現代跨國企業
及其相隨的跨國文化的「指標」，陳述它經由授權製造、經由廣告
的贊助（最大的贊助莫如奧運：「分享友誼是奧運精神，也是可口可
樂」），滲透到全球政、經、文化脈絡裏，而其「可樂」大軍遂得
以浩浩蕩蕩橫掃全球市場及其生活領域，甚至製造出多種口味的

「可樂」文化。全詩以「如何，來一罐 Coke：」，「如何，來一罐 Cherry Coke：」，「或者，再弄來一罐 diet coke」，「哦，coke」等同中有異的、最推銷型的、互動式的句子，帶動全詩的節奏以及全詩的「喜劇」的戲謔氣氛。林燿德的「解構」作業是從「可樂廣告」開始，接著以「拼貼」的方式打出「現實」深沉的一面，以「顛覆」廣告的虛假與偽善世界，揭穿廣告「符旨脫離符徵／正文未被書寫」的本質。跨國公司「廣告」往往先販賣某些與當地緊連的「公益」理念，而事實上則偷偷把貨物推銷的商業企圖混進去。可樂廣告會說「空罐請投入清潔箱／維護寶島美麗」。面對這以「環保」理念為掩護的廣告，詩人「解構」說：「這世界間區區空罐／損失應無遺憾／這世界任何被吮盡掏空的容器／損失並無遺憾」。在「或者，再弄來一罐 diet coke」的廣告之後，詩人接著「拼貼」出第三世界的貧窮饑餓，而為第三世界請命的作家其作品則進不了教科書的深沉事實。詩中一直重覆可口可樂在台灣的授權，這一方面是立足本土，一方面也說明了台灣與世界經濟體系的關係：一個附庸的關係。

　　總結來說，林燿德是「後現代」的推手，也是最出色的後現代主義詩人，其詩歌背後有著龐大的文化關切的「後現代計劃」，而其在長詩敘事學的開創上尤為突出。從他的詩作裏，我們發覺，真正的「後現代主義」並非如其流行、通俗版所說的無義，而是哈山所說的，「後現代主義」是對「現代主義」在某片刻裏所窺視到的介乎「自滿」的王國與「狂亂」的大海之間「想像不及」（The Unimaginable）的地帶加以攻堅，並在藝術形式上的「無常」

（Anarchy）裏與正在崩散離落的世界作更深更複雜的交接❺。

　　話分兩頭。比林燿德早「半」個世代的詩人，對全球席捲過來的「後現代」風，也比作為「風潮」中心的林燿德相對地稍晚了幾年才作出回應。我們下面就簡略地加以敘述。其中「回應」得比較全面而幾乎達到「轉向」的，則要算陳黎所推出的《島嶼邊緣》（1993 成稿）了。廖咸浩在〈序〉中指陳出陳黎的後現代風格，包括語言的物質性、諷仿（parody），語言嬉遊（free play）、符號遞換、目錄式表列（cataloguing）、多中心、多元文化等。從「影響」角度而言，有幾點值得一提。一般而言，「後現代」情境與「都市」生活相依相賴，而陳黎的《島嶼邊緣》絕對不是都市文學。這給我們一個很大的懷疑／思考空間。其二˙，就我帶點直覺的觀察而說，陳黎在語言「物質性」上的試驗，在其「後現代」詩風裏占主導地位，有著美國「語言詩派」（language school）的影子。其三，陳黎的「後現代」詩風，或者說，廖咸浩閱讀出來的「後現代」詩風，與大力推介美國後現代主義的普露芙（Marijoric Perloff）闡述者跡近。不過，筆者願意指出，普露芙所闡發的「後現代」詩風，有著「形式主義」傾向，比較缺乏「後現代」的「解構」、「顛覆」能量❻。無論如何，陳黎的「後現代」風格與「本土」空間獲得很好的結合。如用「目錄式表列」的本土山水作「後現代」的重現的

---

❺　見前引哈山〈後現代主義：一個超實用的目錄〉（"PostmodernISM: A Paracritical Bibliography"）。

❻　Marijoric Perloff 對美國後現代主義詩歌的闡述，見其 *Poetic License: Essays on Modernist and Postmodernist Lyric.* (Evanston: Northwestern UP, 1990)。

〈島嶼飛行〉、如用多元文化視野詮釋本土現實的〈島嶼之歌〉、
如用「語言的物質性」與本土精神結合的「不捲舌運動」、如與本
土當代文化現象有關的「表列」與「圖象」技巧並用的〈舉重
課〉，都有不錯的表現。同時，在「現代詩」一直處在邊緣地帶，
而陳黎的詩卻成功地能讓讀者容易接近。下面徵引的卻是一首富有
「後現代」手法與「挪揄」韻味的詩，以見其多樣風格（請留意按
「錯」鍵的字所洩露的底層的愛慾主義！）：

親礙的，我發誓對你終貞
我想念我們一起肚過的那些夜碗
那些充瞞喜悅、歡勒、揉情秘意的
牲華之夜
我想念我們一起淫詠過的那些濕歌
那些生雞勃勃的意象
在每一個蔓腸如今夜的夜裡
帶給我飢渴又充食的感覺

侵愛的，我對你的愛永遠不便
任肉水三千，我只取一嫖飲
我不響要離開你
不響要你獸性搔擾
我們的愛是純啐的，是捷淨的
如綠色直物，行光合作用
在日光月光下不眠不羞地交合

我們的愛是神剩的[57]

古添洪則在其原有的「現代主義」裏容納了一些「後現代」理念與手法，企圖與「後現代」接軌。對古添洪而言，他自籌組《學院詩人群年度詩集》（1996）始，可說是他詩創作的又一次出擊，並且決意走「前衛」與「寫實」相結合的路線。說到「前衛」與「寫實」就很難不與全球及「本土」正在進行中的「後現代」情境及「後現代」詩風相接軌。〈（後）現代風景・台北〉是這個朝向的序幕，其中用「拼貼」的技巧，略帶「解構」與「揶揄」的精神，試圖重現台北都會特有的雜湊不成章的後現代風景。其後〈性別十四行〉系列對「性別」的思考、〈抒情記事本〉對潛意識的探索、以及對「演出」詩篇和「V-8 敘述」的實驗，都可看出其與後現代接軌的努力。其中或以〈性別十四行〉用力最深。在這詩系列裡，古添洪用了女性主義「雌雄同體」（androgyny）的理念，對「二元對立」的男女性別傳統加以反覆「解構」，並同時對「傳宗接代」的父權價值系統加以揶揄，對父系社會裏「兩性」皆各有壓抑與不樂，都有所表達。古添洪這個「後現代」實踐，有著「影響」研究的意義，蓋其〈性別十四行〉系列乃是其多年來鑽研女性主義、以及對其作為男性的生命的深沉的省視。〈十四行詩系列〉實可與其時所寫就有關學術論文並讀；此可見其「影響／接受」與其「創

---

[57] 引自《島嶼邊緣》（台北：皇冠，1995）。版權頁上註明於 1993 年完稿。

作」之深厚關係❺❽。就形式而言，用「十四行詩」傳統體制而寫「後現代」情境，美國詩人貝李根（Ted Berrigan, 1934-1983）已開其例：不過前者極為口語而節奏噪而不協，古添洪則未打破「現代主義」收斂、喻況的語言格局。下引其中一首以印證之：

　　No. 8　然而我體內的向日葵沒有雌蕊麼？

　　生命體是花還是散落的花蕾？
　　可想像千年來雄蕊壓抑著雌蕊麼？
　　今夕牡丹花內起了色情的革命
　　國色天香的雌蕊叢簇都膜拜月陰
　　讚揚女體讚揚女性讚揚弱道文化
　　有些要佔據中央有些要在邊緣看男戲
　　我承認雄蕊吸收了太多暴烈的陽光
　　使這個小宇宙充滿了肅殺破壞與不樂
　　性別的平等與正義啊是美學的根源所繫
　　男人的淚女人的淚在同樣禁錮的眼眶
　　然而我體內的向日葵沒有雌蕊麼？

---

❺❽　"Man in Woman's Voice and Vice Versa：the Chinese and English Female -- Persona Lyrics. A Response to some concepts in Feminist Criticism." *Tamkang Review*, XXXII,2，頁 183-207。論文中觸及「雌雄同體」、父權中心主義、拉岡的鏡子理論等，與〈性別十四行〉系列的書寫關係密切。

我體內的啼血的杜鵑難道都是雄蕊麼？❺⁹

其餘如羅青在《錄影詩學》利用錄影媒體特有的美學及其技巧以開創詩格局，向陽在〈城市·黎明〉等詩篇在「語言物質性」上所從事的後現代的實驗，簡政珍在長詩《失落園》裏應用「後設書篇」（meta text）以開創其敘事體，以及陳鵬翔（慧樺）在「後殖民主義」詩歌的嘗試，都可看出他們對「後現代主義」的回應及有所提供❻⁰。

然而，「後現代」仍應屬於林燿德及其稍後的一代。這新生代生活在正在「後現代化」中的台灣本土空間，生活在從歐美席捲過來的「後現代」風潮，他們的詩篇或多或少都受到激盪，甚或隨風起舞。在這個場合裏，孟樊所提供的「後現代詩人」清單及其詩例，提供我們一個可斟酌的參考❻¹。總體而言，未免往往有廖炳惠

---

❺⁹　《性別十四行系列》見《戲逐生命》（學院詩人群年度詩集 1977）。台北：台明文化，1998。

❻⁰　羅青也是 80 年代中葉「後現代」風潮的推動者之一。理論文字著有《什麼是後現代主義》。其《錄影詩學》詩集，雖為超媒體的實驗之作，但為其中的古典所累，「後現代」情境表現不足。這解釋了為何本節沒予深論。向陽詩見《詩的人間》（學院詩人群年度詩集 1998-99）。簡政珍詩發表於《聯合文學》；關於其「後設書篇」的敘事體開創，請參古添洪〈讓我們一起來寫長詩〉，《海鷗》復刊千禧年秋／冬雙季號。

❻¹　其〈台灣後現代詩的理論與實際〉（今收入《當代台灣文學評論大系：新詩批評》卷；本卷主編孟樊；台北：正中，1993，頁 215-290）為首篇對台灣後現代詩的綜合論述。所列後現代詩人有羅青、古添洪、夏宇、白靈、游喚、黃智溶、歐團圓、林燿德、陳克華、鴻鴻、柯順隆、路況、赫胥氏、羅任玲、也駝、田運良、林群盛、丘緩等。

所指陳的庸俗化與誤解之嫌。他們的「後現代」詩風正在開拓中，或尚須一些時日才能作出「詩史」性質的回顧與評論。不過，我們仍在這「後現代」空間芸芸詩人群裏，選取王添源及夏宇作為討論對象。

王添源專攻十四行詩。他的十四行詩世界可謂無所不包，而往往偏於「濁」的「人間世」。不要看「形式」有點整齊，但「裏面」卻是各種「拼貼」、各種「反諷」、各種切斷、各種逆轉，雜湊但又不覺其亂。王添源的「十四行」的「雜陳」後現代風，顯然與重新賦予「十四行詩」當代生命的美國後現代詩人貝李根（Ted Berrigan）跡近；是否有其影響，待考。夏宇則是當前批評界的寵兒，其詩，相對而言，則偏向於「清」。平心而論，她的「前衛」實驗之作如「連連看」者，意義不大，而其餘大部分的詩作與其被界定於「後現代」，不如界定為「新世代」。然而，她一些詩作如〈歹徒甲〉、〈歹徒乙〉、〈考古學〉、〈野餐──給父親〉（此首或有美國女詩人柏拉絲（Sylvia Plath）的影子）等，其「後現代」（兼女性主義思維）風格，殆無疑義。茲引王添源詩一首及夏宇詩一則如下，以展示新世代裏「後現代」風格之一斑❷：

---

❷　《我用膺幣買了一本假護照──王添源的十四行詩》（台北：書林，1988）為其第一部十四行詩著作。其後的十四行詩，見於自 1996 年的《學院詩人群年度詩集》王添源部分。下引詩見《詩的人間》（學院詩人群年度詩集 1998-99）（台北：台明文化，1999）。夏宇著有《腹語稿》（1991）等，下引詩見《新世代詩人精選集》，簡政珍主編（台北：書林，1998）。

　　我投下十元硬幣呼喚在同一個城市
　　某處的他。他拿起話筒並且凝視映在
　　落地窗裡的另一個自己。除了寒暄之外
　　我向他敘述廣場入夜後的繁忙、亢奮
　　與躁鬱。電話的回音我彷彿聽到遙遠的
　　港灣和顢頇後的氣息。或許他的耳朵積垢
　　良多久未清理。我說在嘈雜擁擠的城市
　　能清楚聽到你的回答並不容易。他是否
　　願意回應像冬眠在春天慢慢甦醒。
　　我又說你是否記得捷運時刻表和去醫院
　　的路線。他模糊的聲息似乎仍然無法正確
　　探究我打電話的目地。消失的時間和支離
　　破碎的言語很快終結我的十元硬幣。我再
　　投下十元硬幣企圖在電話裡找到自己。

　　　　　　　　──王添源，〈我投下十元硬幣呼喚他〉

「我終於相信地心引力了，」
他坐在暗處
戴著眼鏡
毛衣上有樟腦的氣味
因為悲傷
所以驕傲：
「除了輝煌的家世，
我一無所有。」

除了男人全部的苦難
潰瘍、痔瘡、房地產、
「希臘的光榮羅馬的雄壯」、
核子炸彈

我研究他的脊椎骨
探尋他的下顎
牙床，愛上他：
「難以置信的
完美的演化。」
「真是，」他說
「造物一時失察。」
　　　——夏宇，〈考古學〉（第三節）

五、結語

在 20 世紀全球的的脈絡裡，中國大陸及台灣自無法完全免於西方的影響，尤其是其時我們正在從農業社會慢慢移轉向現代社會的過程上。就台灣本土「現代詩」發展而言，近代西方詩潮也帶來一些積極的催化的作用。我們發覺，「外來」影響在我們「詩史」發展的許多「轉折」的關鍵處，都扮演著不容忽視的角色。無論在台灣本土詩歌從「白話詩」過渡到內容與形式都具「現代性」的

「現代詩」的旅程上，或在其後詩風的各種轉折或轉向上，如西元
60 年代初的「超現實」風潮與 80 年代中葉的「後現代」轉向等，
在我們宏觀的敘述或微觀的案例裡，歐美的「影響」與「催化」都
幾乎歷歷可陳。由於這全球的互涉的網絡，我們發覺，用「現代主
義」及「後現代主義」等範疇來敘述台灣本土現代詩的發展大概與
分期，也有相當的妥善性與合法性。

就「接受」模式而言，除了少數的案例外，往往是「空中樓
閣」式的認知與「兼容並蓄」的「各取所需」的「隨心挪用」與
「變易」。從負面來說，作為源頭的西方詩潮原來的動力，或有所
流失。但從正面來說，正表現了在「接受」過程裡，詩人「主體」
的控御權及積極活動，正表現了「接受」過程裡「歷史時空」與
「主體」的「制約」。「挪用」有「溫和」與「急進」之別，除了
日據時代「風車」詩社及 70 年代初的「超現實主義」風潮因其特
殊的「時空」及「主體」的制約而挪用上有所「急進」外，其餘大
多採取「溫和」的態度。職是之故，外來「影響」的「本土化」便
來得相當平順。同時，「接受」往往是有意識的對西方的吸取營
養，這與中國大陸及台灣在 20 世紀裡的全球政經文化脈絡所處的
劣勢地位相一致。總結而言，台灣現代詩的外來「影響」實可作為
台灣現代「詩史」的一個「延伸面」。

參引書目

提格亨，1937，《比較文學論》，台北：商務。

劉大杰，1989，《校訂本中國文學發展史》，台北：華正。

葉石濤，1989，《台灣文學史大綱》，台北：文史哲。

陳千武，1997，〈台灣最初的新詩〉，《台灣新詩論集》，台北：
　　春暉。

陳千武譯，1989，《燃燒的臉頰》，《笠》詩刊 149 期。

陳千武、羊子喬編，1982，《廣闊的海》，《光復前台灣文學全
　　集》，台北：遠景。

林亨泰，1994，〈中國詩傳統〉，原載於《現代詩》季刊 20 期，
　　1957 年 12 月，今見其《找尋現代詩的原點》，彰縣文化，
　　頁 12–21。

———，1993，《見者之言》，彰化市：彰化縣立文化中心。

———，1993，〈台灣現代派運動的實質及影響〉，《見者之
　　言》，彰化市：彰化縣立文化中心，頁 289。

紀弦，1998，〈三十年代的路易士〉，引自奚密《現當代詩文
　　錄》，台北：聯合文學，頁 64-65。

——，1970，《論現代詩》，台北：藍燈。

——，1978，《紀弦自選集》，台北：黎明。

瘂弦，1981，《瘂弦詩選》，台北：洪範。

白荻等編，1972，《中國現代文學大系》，詩第一輯，台北：巨
　　人。

張默、瘂弦編，1961，《六十年代詩選》，台北：大業。

葉維廉，1971，《秩序的生長》，台北：志文。

羅門，1975，《羅門自選集》，台北：黎明。

關傑明，1972 年 2 月 28-29 日，〈中國現代詩人的困境〉，中國時
　　報《人間副刊》。

───，1972 年 9 月 10 日，〈中國現代詩的幻覺〉，中國時報
　　《人間副刊》。

唐文標，1973，〈僵斃的現代詩〉，《中外文學》2 卷 3 期，頁
　　18-20。

大地詩社編，1976，《大地之歌》，台北：東大。

林燿德，1996，〈馬桶〉，《中外文學》24 卷 8 期，1 月號。

───，1996，〈鋁罐〉，《不要驚動不要喚醒我所親愛》，台
　　北：文鶴。

陳黎，1995，《島嶼邊緣》，台北：皇冠。

羅青，1989，《什麼是後現代主義》，台北：五四。

──，1988，《錄影詩學》，台北：書林。

王添源，1988，《我用贗幣買了一本假護照──王添源的十四行
　　詩》，台北：書林。

王添源等，1999，《詩的人間》（學院詩人群年度詩集 1998-
　　99），台北：台明文化。

夏宇，1991，《腹語稿》，台北：現代詩集刊。

簡政珍編，1998，《新世代詩人精選集》，台北：書林。

古添洪，1998，《性別十四行系列》，見《戲逐生命》（學院詩人
　　群年度詩集 1977），台北：台明文化。

───，1996，〈魯迅散文詩集《野草》的撒旦主義──兼述接受
　　過程中的日本「中介」〉，《中外文學》25 卷 3 期，頁
　　234-53。

───，1992，〈胡適白話詩運動──一個影響研究的案例〉，
　　《從影響研究到中國文學》陳鵬翔、張靜二編，台北：書

林，頁 21-33。

───，1987，〈現代詩的「現代主義」問卷及分析〉，《文學界》24 期，頁 85-101。

───，1986，《詩學隨筆》，收入其詩集《歸來》附錄中，台北：國家。

───，1996，〈評《新詩三百首》〉，《中外文學》24 卷 10 期，頁 147-54。

───，2000，〈我們需要怎麼樣的「後現代」？〉，《海鷗》詩刊 21 期夏季號。

───，2000，〈讓我們一起來寫長詩〉，《海鷗》復刊千禧年秋／冬雙季號。

陳鵬翔，1969，〈現代詩的純與不純〉（1968），登於《南洋日報》，今收入其《枋歌》，台北：蘭台。

張漢良，1981，〈中國現代詩的「超現實主義」風潮〉，《中外文學》10 卷 1 期，頁 148-161。

廖炳惠，1995，〈比較文學與現代詩篇：試論台灣的「後現代詩」〉，《中外文學》24 卷 2 期，頁 67-84。

劉紀蕙，2000，《孤兒‧女神‧負面書寫》，台北：立緒。

陳明台，1997，〈楊熾昌‧風車詩社‧日本詩潮〉，《台灣文學研究論文集》，台北：文史哲，頁 39-63。

孟樊，1993，〈台灣後現代詩的理論與實際〉，今收入《當代台灣文學評論大系：新詩批評》，台北：正中，頁 215-90。

Barnes, Hazel. 1963. Trans. *Search for a Method.* NY: Alfred

Knopf.

Bertens, Hans. 1995. *The Idea of the Postmodern*. NY: Routledge.

Bradbury, Malcolm and James McFarlane, eds. 1976. *Modernism: 1890-1930*. NY: Penguin.

Cahoone, Lawrence, ed. 1996. *From Modernism to Postmodernism: An Anthology*. Cambridge: Blackwell.

Chevrel, Yves. 1995. *Comparative Literature Today*. Kirksville: The Thomas Jefferson UP.

Freud, Sigmund. 1961. *Civilization and Its Discontents*. Trans. James Strachey. NY: Norton.

Hassan, Ihab. 1980. "The Question of Postmodernism." *Romanticism, Modernism, Postmodernism*. Ed. Ihab Hassan. NJ: New Jersey UP, 117-26.

_____. 1996. "Post Modernism: A Paracritical Bibliography." *Modernism to Postmodernism: An Anthology*. Ed. Lawrence Cahoone. Cambridge: Blackwell.

Hoover, Paul, ed. 1994. *Postmodern American Poetry*. NY: Norton.

Ku, Tim-hung. 1987-88. "Modernism in Modern Poetry of Taiwan, ROC: A Comparative Perspective." *Tamkang Review* 18:1-4, 125-39.

_____. 1996. "Man in Woman's Voice and Vice Versa: the Chinese and English Female — Persona Lyrics. A Response to Some Concepts in Feminist Criticism." *Tamkang Review* 32:2, 183-207.

Lee, Leo Ou-fan (李歐梵).　1973.　*The Romantic Generation of Modern Chinese Writers.*　Cambridge, Mass.: Harvard UP.

Perloff, Marijorie.　1990.　*Poetic License: Essays on Modernist and Postmodernist Lyric.*　Evanston: Northwestern UP.

Warren, Robert.　1971.　"Pure and Impure Poetry."　*Critical Theory Since Plato.*　Ed. Hazard Adams.　NY: Harcourt Brace Jovanovich, 981-92.

Liu, Iao Chin (劉若愚). 1975. *The Romantic Sensibility in Modern Chinese Poetry: Contrastive Observations.* In *Poética Memoria.* 1990. *Pour Chère Étude*, ou, goûter les mots - *Cette réfléchissante, Houston: Newgents, n.d.*

Wang, C. (王靖獻?). *Lao and Joyce: Poetics Comparison.* *Selected Poems in Transformations*, Pa. *Harcourt Brace, Jovanovich, 95120.*

附　錄

中國派與台灣比較文學界
的當前走向

一、回顧：中國派的提出與延續

　　無論是比較文學，或是作為比較文學裡的一個環節的中西比較文學，都是一個在發展中的學科。比較文學的主要範疇是超越國界的文學研究，如中國文學與英國文學的相互影響及類同、平行的比較研究。其延伸的範疇則是超越國界的文學與其他的藝術（如文學與繪畫），與其他的學科（如晚近的文學與法律）的比較研究，而其重點——我個人認為仍得置於文學本身。在這個延伸的範疇裡，一般的定義是沒有「超越國界」的字眼，我此回決定加上去，是為了更能符合比較文學的精神。其實，超越「國界」只是方便的說法，超越的應是語言的、文學傳統的、文化傳統的界限；用「國界」者，因為「國家」乃是擁有屬於自己的語言、文學、文化的一個完整的記號場域。這二十多年來，中西比較文學研究的主要場域可說一直是在台灣，這個當然包括與台灣學術界有來往有貢獻的海外中國學者在內——這個狀況自大陸不再在冷戰體系下為美歐所封鎖而得以

開放改革並在中西比較文學大量投入研究以來，正逐步改變當中。
在台灣，在中西比較文學研究創始之初，其構想是希望中文系和外
文系出身的學者一起合作，來從事這牽涉中國與外國文學的比較研
究。在早期，確實也有很多中文系的學者曾經參與❶。但隨著時間
的發展，因為某些因素，中文系的學者淡出了中西比較文學的領
域，這是使人遺憾的事。而另一方面，隨著大陸的開放與改革，大
陸的學者對比較文學興致勃勃，而比較文學甚至成為國家要發展的
重點科學。有趣的是，大陸的情形和台灣恰恰相反；在大陸從事中
西比較文學的大都是中文系出身的學者，對中國文學有深厚的基
礎，而許多中文系都設有一些比較文學的課程（參《中國比較文學年
鑑：1986》）。在早期，大陸學者的外語能力與及對西方文學（包括
理論）的認識等等都不是很充分，但晚近大陸學者們所擁有的外語
能力和西洋文學及理論的基礎已有了長足的進步，且有許多人到外
國去留學、進修、研究，於是在中西比較文學的成就也越來越可
觀。簡言之，台灣的中西比較文學研究為外文系出身的學者主導，
大陸的則為中文系的學者獨佔鰲頭。不過，在大陸外文系出身的學
者也漸漸對比較文學產生興趣，並加入中西比較文學研究的行列。
我們可以想像在不久的將來，大陸的中文系與外文系出身的學者在
此一領域裡會有很多合作與競爭的情形出現。所以，我想在台灣，
若中文系的學者能對中西比較文學有更多的關注或投入心力，有一

---

❶　如葉慶炳教授、張亨教授、王夢鷗教授、張健教授等。早期的中西比較文
　　學研討會裡，有時候同一課題由外文系及中文系的教授分別講述。又：本
　　文原載於《中外文化與文論》第三輯（成都：四川大學，1977）（簡體
　　版），49-61。

天也能在此領域裡與外文系的學者合作與較量,為中西比較文學的
研究做出貢獻。

　　1976 年,我和陳鵬翔(慧樺)合編了台灣第一本中西比較文學
論文集《比較文學的墾拓在台灣》(台北:東大)。其時,英文的
《淡江評論》(*Tamkang Review*)已創刊了五年,《中外文學》已創
刊了兩年,「比較文學學會」已成立了四年,並已在淡江大學先後
舉辦了兩屆的國際比較文學會議,而在國際上始於 1958 年的注重
實證、注重「影響研究」的「法國派」與注重美學、注重類同與平
行研究的「美國派」的爭論也已塵埃落定❷。就在這個契機裡,我
們略帶宣言性質地提出了「比較文學中的中國派」的主張:

> 在晚近中西間的文學比較中,又顯示出一種新的研究途逕。
> 我國文學,豐富含蓄;但對於研究文學的方法,卻缺乏系統
> 性,缺乏能深探本源又平實可辨的理論,故晚近受西方文學
> 訓練的中國學者,回頭研究中國古典或近代文學時,即援用
> 西方的理論與方法,以闡發中國文學的寶藏。由於這援用西
> 方的理論及方法,即涉及西方文學,而其援用亦往往加以調
> 整,及對原理論及方法作一考驗,作一修正,故此種文學研
> 究亦可目之為比較文學。我們不妨大膽宣言說,這援用西方

---

❷　在 1958 年第二屆國際比較文學會議(Second Congress of ICLA),美國
　　派首先發難,韋勒克(Rene Wellek)的〈比較文學的危機〉一文可為代
　　表,而任參(Henry Remark)稍候同時寫就互為補充的兩篇文章,〈比較
　　文學在十字路口:診斷、治療與指測〉及〈比較文學:其定義及功能〉,
　　有很公允的評論與建議。

> 文學理論與方法並加以考驗、調整以用之於中國文學之研
> 究，是比較文學中的中國派。

又：

> 我們寄望以後的論文能以中國文學研究作試驗場，對西方的
> 理論與方法有所修訂，並寄望能以中國的文學觀點，如神
> 韻、肌理、風骨等，對西方文學作一重詁。這就是本書所要
> 揭張的比較文學中的中國派。

我們底「比較文學中國派」的提出及其內涵，並非虛空的構想，而
是有其客觀的基礎，正指陳著當時國內外中西比較文學研究的走
向。事實上，早在兩年前，旅美的余國藩（Anthony Yu）已對此研究
方向有所認知、肯定、與讚揚，謂「過去二十年來，運用西方批評
觀念與範疇於中國傳統文學的潮流越來越有勁。這潮流在比較文學
中預期了許多使人興奮的發展」（原作為英文：頁 50）。言歸正傳，
上引拙「序」中的「寄望」，也就是援用中國傳統批評的理念與範
疇來「重讀」西方文學，一眨眼就二十多年，到今天在台灣似乎還
是一個「寄望」。中文系出身的學者們對這「寄望」也許會特別感
到興趣，但如果真要把這「寄望」付諸實行，這些中國傳統批評的
理念與範疇恐怕還得經西洋文學理論「闡發」一番，才能派上用
場，才能發揮解釋西方文學的功能。

　　同年（1976）稍後，我在個人的比較文學論文集《比較文學·
現代詩》的「序」裡重提「中國派」，主張「互為批判，互為闡

發」，認為「上乘的比較文學論文，都得超乎影響與異同，而能進一步闡發文學的原理及本質」，並大力提倡「中西比較文學」，謂

> 然而，這種囿於西方諸國文學的比較文學研究，在中西文化互為激盪的今日看來，毋寧是狹窄的。新的廣闊的領域，應是中西方的比較文學研究，它由於文化背景的不同，更能顯示諸國文學的特色，而所歸納出來的理論與及探索出來的文學本質，才能兼容並蓄，才是世界性的。

上述二「序」面世後的翌年，也就是 1977 年，李達三教授發表了〈比較文學中國學派〉一文（《中外文學》，六卷五期），文中提出了五個雄心勃勃的目標，豐富了「中西比較文學」的藍圖。

1979 年，我寫就〈中西比較文學：範疇、方法、精神的初探〉一文（《中外文學》，七卷，十一期），對比較文學的「中國派」作了進一步的論述。首先，我把前面所說的援用西方文學理論的方向界定為「闡發研究」，「闡發」的意思就是把中國文學的精神、特質，透過西方文學的理念和範疇來加以表揚出來。我並進一步界定「中國派」的內涵，認為在範疇上、方法上必須兼容並蓄，亦即我們要容納法國派所主要從事的影響研究、美國派所主要從事的類同研究和平行研究，加上我們所提出的、符合當前狀況的「闡發研究」。同時，在「法國派」、「美國派」的傳統領域與方法上，作了適當的調整，強調相異，戒慎浮泛的綜合，切入中西文化層面，要求影響研究從外緣的接觸進入內延的論證及美學架構等，以適合「中西比較文學」的研究。對於作為「中國派」特色的「闡發研

究」，也從理論上、某種程度上論證了它的合法性。我認為，「影
響研究」最為正宗，在身份上沒有什麼可疑問的。而類同研究、平
行研究、和闡發研究，其危險性則越來越多，挑戰也越來越大，但
仍不失其合法性。在當時，我雖未料到大陸的學者開放後對我們所
提出的「闡發研究」有如此的興趣，並且毀譽參半❸，但我已感覺
到這種研究方法的危機，這種危機是我從當時學者們所發表的中西
比較文學的有關的論文裡所隱約見到的。對此，我提出一個初步的
試金石來質疑：在西洋批評理論下的中國文學或批評是否仍是中國
式的？是否並未失去其固有的特質、固有的精神？我想，作為一個
研究比較文學的中國學者，這是一個很重要的考量。這一直也是對
我自己的期許與座右銘。

　　1980 年以來，我的學術興趣沿著記號學（semiotics；大陸多譯為
符號學）的方向發展。於是，1994 年，在《記號詩學》一書第二部
份裡，我運用記號學所提供的模式與方法，在中國文學研究上作實
踐與開拓，並提出「記號學式的比較文學」一概念，重新體認「一
般詩學」（general poetics）的可能性：

---

❸　大陸學界早期對我們的「闡發研究」的反應，可以盧康華與孫景堯的《比
　　較文學導論》（1984）與楊周翰與樂黛雲合編的《中國比較文學年鑑：
　　1986》（1987）為代表。自從比較文學「中國派」這個大方向晚近為大陸
　　學界接受以來，開拓頗多；曹順興〈比較文學中國學派基本理論特徵及其
　　方法論體系初探〉（1995）一文，最為體大思精，可謂已綜合了台灣與大
　　陸兩地比較文學中國學派的策略與指歸，實可作為「中國學派」在大陸再
　　出發與實踐的藍圖。

事實上，記號學與記號詩學在本質上就有著比較的性格，把各種表義系統與副系統納入其考量中，而其建構之零架構是朝向一般詩學（general poetics）的建立（假如研究者的學養及能力能達到的話），企圖貫通時空（經由把時空因素納入考慮中）。比較文學的目的不外乎尋求文學的統一性與及在此統一性之下因時空之異而顯出之各種國別丰姿。（186）

然而，在我個人的學術生涯裡，「記號詩學」與「一般詩學」的結合，要等待最近我從事的「比較詩類」的研究才得以落實。

自中西比較文學在台灣扎根以來，李達三教授與袁鶴翔教授寫了許多對中西比較文學走向有所關切有所探討的論文，其論點與視野或與我的雖或有所不同，要之都為正在發展中的比較文學的「中國派」做出了貢獻❹。及至中國大陸開放改革以來，對「中國派」，尤其是我和陳鵬翔所指陳及主張的「闡發」研究產生了興趣，並隨後不久在台灣、香港、中國大陸間引發了一些爭論，陳鵬翔最近並數度為文對前述的以「闡發研究」為主軸的「中國派」加以澄清、辯護❺。

事實上，這十幾年來，當代西洋文學理論給比較文學的研究帶

---

❹ 李達三的論述主要見於其《比較文學的新方向》一書（1978），尤其是其中〈比較文學中國學派〉一文。袁鶴翔寫就的有關論文，以中文撰寫者約有五、六篇，散見於《中外文學》，有對比較文學的範疇與歷史陳述者，有對當時的中西比較文學研究走向有所箴貶者。

❺ 這次爭論的來龍去脈可參陳鵬翔最近寫就的幾篇有關論文，尤以〈建立比較文學中國學派的理論和步驟〉（1990）為代表。

來相當大的衝擊。當代西洋文學理論非常蓬勃，一波波的理論、一個個的主義，接踵而來，使我們在瞭解文學的過程或閱讀文學的態度上，作了有系統且深入的探討。這一點當然對比較文學與及中西比較文學的研究產生很大的影響，因為，如何作比較與我們如何詮釋文學作品、如何閱讀文學作品息息相關。當有了新的理論視野，我們對文學、文學與其他藝術、文學與其他學科的關係，就會有了新的視野。在這關節上，做為中西比較文學的主要刊物的《中外文學》，扮演了很重要的角色；近年來，幾乎每期推出專輯，推介當今西方當代文學理論及其應用，高潮迭起，更為「援用」西方文學理論以「闡發」中國文學的研究走向推波助瀾。總括而言，以「闡發」為策略，以文化為依歸，以一般或共同詩學與相異為標的的「中國派」當無可避免地繼續下去，只是看其在當代西方理論的衝擊下與及在中國文學與文化的再認下如何深化而已。

二、當前中西比較文學的一些走向

當代西方文學理論對中西文學產生很大的衝擊，對文學的瞭解提供了新的視野。這個視野有幾個特點：系統性、架構性、周延性、普遍性、複合性、開放性。因此，援用當代西方文學理論來闡發中國文學時，也帶上這些特點，也同時為某幾種研究方向提供了理論的基礎，導致他們的蓬勃與發展。這些視野與研究方向，不但是「中西比較文學」當前的視野與方向，「比較文學」當前的視野與方向也是同樣的。從這裡可以反映出來，台灣的「中西比較文

學」的視野與研究方向是與世界同步的。除了我下文裡即將陳述的視野與朝向外，其他多種西方理論，與及跨越文學與藝術及其他學科（如文學與法律）等比較研究，都在此間比較文學界多所發揮，由於篇幅所限，只好割愛；同時，下文所引例子僅及於筆者寫就的論文，只是為了陳述的方便（按：本文原為演講稿），並避免因選擇而有所偏頗。職是之故，若要全面並以原始風貌呈現台灣的中西比較文學研究，還得回到《中外文學》及英文刊物《淡江評論》兩本主要刊物去尋求。

　　第一是貫通中西的「一般詩學」（common poetics）的尋求。「詩學」（poetics）的含義並非僅只詩歌的法則、規律、原理的論述，也可以指涉其他文類，如小說的「詩學」等。根據杜鐸洛夫（Tzvetan Todorov）的看法，「詩學」的位置是界乎理論的「抽象性」與作品的「具體性」之間，穿梭其中而兩得其宜。所謂「一般」的含意是指超越時間空間的界線，具有高度的普遍性、周延性。我們回顧一下，「美國派」與「法國派」爭論之時，「美國派」指出比較文學並非只是把「異同」指出來，而是尋求兩者的「綜合」，我在〈中西比較文學範疇、方法、精神的初探〉裡對此表示置疑，因為這樣的「綜合」往往很表面，談不上什麼「綜合」，蓋當時的文學理論尚未達到這個水平，來提供這個可能性、這個追求貫通中西的「一般詩學」的可能性。當代理論興起以後，這個可能性就大大提高了。上面所提到的當代文學理論，他們的共同點是系統性與普遍性，所以相當能夠超越時空的差異；他們所提供的概念與模式，足以來建構「一般詩學」。當「一般詩學」這個理念落實到「中西比較文學」的研究，就是透過國別文學的影響、

類同、平行,來尋求貫通他們的共同規則與原理。既然當代西方理論已經提供了抽象的、廣延的、普遍的文學模式,我們尋求貫通其中的「一般詩學」時,是從有關的「作品」及「理論模式」同時開始,也就是說,讓「作品」與「理論」作對話、作互動的辯證。這個「作品」與「理論」辯證、對話的結果,就是貫通其中的「一般詩學」的建構。在當代西方文學理論裡,「記號學」(semiotics;大陸多翻做符號學)最能為「一般詩學」效力,因為「記號學」乃是研究「記號」運作通則的科學,最具抽象性、普遍性,最能給予「詩學」通體的模式。故我在《記號詩學》(1984)提倡記號學式的比較文學,其著眼點即放在「一般詩學」上,即放在文學的規律與通則上。在書中實踐部份,我即用雅克慎(Roman Jakobson)的「語言六面六功能模式」來刻劃「宋人話本」的記號系統,也就是「宋人話本」的通盤美學架構。

第二個是比較文類的建構。在早期的中西文學的文類研究裡,如史詩、悲劇、喜劇、情詩、山水詩等,只是類同、平行的探討,缺乏很明確的「文類」的概念,更遑論以當代的「文類」理論與架構作為中西比較文學的基礎。當代文學理論對「文類」提供了很多新的視野,如「文類」的功能、「文類」在創作與閱讀上所扮演的角色、「文類」的系統、「文類」的衍變、複合、與及「文類」建構的模式。其中,杜鐸洛夫(Todorov)所提供的「三元」(triadic)複合模式最為受到重視。我個人認為,「比較文類」可以跟「一般詩學」匯通起來,也就是說,透過中西的文學作品建立一個共享的「文類」,尋求這「文類」擁有的各個層面與規範,尋求這「文類」背後的「一般詩學」。而我相信,「文類」所擁有的「一般詩

學」，應與超越「文類」的「一般詩學」息息相關。「文類」研究
是我近幾年來的研究方向，我以「記號學」作為視野，以杜鐸洛夫
的「文類」模式作為架構，先後對中英的「及時行樂詩」、「山水
詩」、「情詩」、「女代面詩」及「讀藝詩」作了這方面的探討，
建構了這幾個抒情文類的「一般詩學」。所謂「女代面詩」，是男
性詩人以女性的口吻，也就是彷彿戴上女性的「代面」，來抒寫女
性底志情意生活；我國詩歌裡的「代言體」的局部即為此「文類」
的主要構成。所謂「讀藝詩」，是「ekphrastic poetry」的暫時中
譯，是指由繪畫等藝術品所引發起的詩歌。我國的「題畫詩」即屬
於這個文類。在這兩個文類裡，中國傳統詩歌提供了比西方更為豐
富的資料，甚至貢獻。我發覺，從「比較文類」來探討整個文學的
「一般詩學」，是一個既方便又實際的途徑。

　　第三點是從「影響」（influence）研究到「接受」（reception）研
究。「影響」研究是法國派的主要研究領域，以「實證」的方法，
研究本國作家與作品對外國的文學產生什麼樣的影響，與及本國的
作家怎麼樣受到外國作家與作品的影響。其最終的目的是「文學
史」的延伸，也就是把本國「文學史」放在國別文學間的影響、交
往裡探討。由於當代「接受理論」的興起，視野從「作者」移到
「讀者」，移到「讀者」如何對作品加以接受、加以反應，而其研
究重點，放在這「接受」過程裡的條件、層面與通則上；所以，
「比較文學」裡的「影響」研究也移轉為「接受」研究：重點置於
「接受」時的「環境」、與及「接受」時的積極「過程」。「接
受」一詞，在「接受理論」裡，所指並非消極的、被動的「接
受」，而是含攝積極的、主動的回應。這個積極的、主動的「接

受」，與「接受」時的時代環境與個人的主體息息相關。這一點從五四詩人對英國浪漫主義的「接受」過程裡充分顯現出來。我在探討魯迅的散文詩集《野草》時，即把視野置於「接受」上。我發覺，魯迅接受佛洛伊德的心理分析及尼采哲學的某些理念時，是透過中國本土原有的相關的、類同的東西，作為「中介」（mediation）而加以反應。換言之，本土的、原有的、相關的、類同的東西，受到外來的東西的激發，再引動了起來。而「接受」的過程，也就是「本土的」和「外來的」的互動過程，這就是我所說的接受過程的「類同原則」。同時，魯迅「接受」佛洛伊德及尼采時，是在日本的「環境」（二十年代的日本政經與學術氣候）裡進行，故日本環境的「中介」也得加以納入考慮。

第四是「解構」與「後現代」情境的滲透。就我個人所認知的當代西方文學／文化理論的系譜裡，「結構主義」開其端，下衍為兩個方向，即「記號學」與以「解構」精神為主調的「後結構主義」。同時，「現代主義」也漸漸過渡為「後現代主義」。本人的研究方向屬於前者，而台灣主要的基調則走向後者。標題「滲透」二字即意謂這個「解構」理念與某程度上與其相隨的「後現代」理念滲透了此間的中西比較文學全領域。「解構」理念與「後現代」理念之所以支配此間的比較文學學界，除了理論發展的內部原因外，尚某程度上有著社會與及政治的含義。「後殖民論述」與「台灣本土論述」的結合也是如此。但隨著「女性主義」在近年來的獨佔風騷、其他流派的興起、與及台灣政治氣候的變遷，「解構」及「後現代」的泛政治化含義也漸漸退潮——這個「退潮」也包括某程度的被「典律」化。

　　第五是「性別」（gender）探討的興起。隨著「女性主義」的蓬
勃，「性別」與「文學」的關係成為一個新的焦點。女性主義者認
為，在「父系社會」裡，語言、文學、文化都是由「男性」所主
導，為「男性」服務，「女性」沒有自己的發音。在「父系社會」
裡，文學史的撰寫對女性作家有所歧視，而男性作家筆下的女性形
象與女性經驗，並不符合女性的實況。所以「女性經驗」應由「女
性」來書寫；然而，「語言」在「父系社會」裡已受男性所污染，
女性無法以這種已被男性污染的「語言」寫出她們自己實際的經
驗。所以，要把「父系社會」的語言顛覆，無論在主題上、結構
上、意念上、文字風格上，都有所顛覆，即用所謂「陰性的書寫」
（*écriture feminine*）來寫作。然而，「陰性書寫」又陷入了女性主義
者原反對的「性別歧視主義」（sexism）的泥沼。無論如何，女性主
義者要建立女性的文學批評、女性的文學傳統，要「重寫」文學
史。上面的觀點是站在兩性對立的視野來發言。然而，女性主義也
有一個兩性共生的視野，也就是「兩性同體」（androgyny；亦譯作
「雌雄同體」）的理論。「兩性同體」的概念，源自佛洛伊德的心理
分析學說，謂人原是雙重性別，只是在個體的發展過程中某一「性
別」成為主導，另一「性別」受到壓抑而隱存。在個性的層面上，
人同時擁有「男性」與「女性」的品質，也就是「陽剛」與「陰
柔」的品質，而這兩個品質雖顯隱不同，但一直處在不斷的辯證
中。比較文學與及中西比較文學的研究，隨著這個「女性主義」視
野而產生了許多變化。筆者曾經用「兩性同體」的理論來重建中西
的「女代面詩」，而李白提供了一個很好的例證。李白有極陽剛的
〈蜀道難〉，也有極陰柔婉約的「女代面詩」，也就是傳統所謂的

「代言體」的「閨怨」與「宮怨」詩，而兩者都達到無人可攀及的高峰。我個人認為，經由這些「女代面詩」，李白得以把在「父系社會」裡給壓抑的「女性」品質釋放出來。

　　第六是文化多元論（multiculturalism）的勃起。中西比較文學，很自然地會導引研究者從「文學作品」進入其所紮根的「文化模式」，從而意識到中西文學作品背後的文化差異。從「文學作品」移到「文化模式」的探討，更為當代西方文學理論所推波助瀾。事實上，當代西方的各種理論，如結構主義、記號學、解構主義、女性主義等，皆橫貫整個人文領域，其共同的理念是視「文學」為「文化」的一個環節，「文學」為各社會結構（如政治、經濟等等）所「插足」而構成的空間。它們甚至把每一層面（如法律層面）當作是一個「文本」，也就是把每一層面看作是一個結構性的表義架構，而形成「文學」與其他社會結構的「互為文本」（intertextuality）的關係。當「比較文學」討論的焦點從「作品」移到其背後的「文化模式」，比較文學及文化的「歐洲中心主義」就被打破，而「文化多元」的理念就逐漸成形並終成主導，「後殖民論述」在這方面貢獻良多。「文化多元」的理念，排除了「單一文化中心」底狹隘的、排他性的視野，對不同的文化作同樣的尊重。「多元文化」理念的內延視野是承認一個文化裡面也往往含攝著多元的文化組成，並應互相尊重。事實上，大家都意識到我們所處的時代是個多元文化的時代，而這個「多元文化」理念當然帶來當代比較文學許多衝擊、許多新的研究角度。就中西比較文學而言，這是一個良好的契機，因為中西文學的比較，跨越中西兩大壁壘的語言、文學傳統與文化模式，其獲得的結論更有普遍性，為「文化多

元」的理念提供實際的例證。就此間而言,這個發展正方興未艾。

三、展望:中國文學「再」發言的橋樑

　　無論毀譽如何,「援用」西方文學理論以「闡發」中國文學的研究途徑繼續下去,換言之,比較文學「中國派」繼續隨著這條途徑發展下去。當代「比較文學」最大的特色是為當代文學理論所洗禮,大大地改變了它底視野與走向,而台灣的中西比較文學在這方面可以說是與世界同步❻。當代西方文學理論的空前蓬勃,帶來了比較文學「中國派」空前的動力與生機。猶如許多比較文學觀察者所看到的,「比較文學」一直處在「危機」狀態中,比較文學「中國派」亦如是。讓我們再強調,所謂「援用」、所謂「闡發」,並非消極的、主從的關係,而是積極的「辯證」與「對話」,而研究者的角色也非被動的、機械的操作。「闡發」研究堪稱是普爾斯

---

❻　最近兩本關於比較文學的當前狀況與方向的書,柏尼莫（Charles Bernheimer）的《比較文學在多元文化的當代》（*Comparative Literature in the Age of Multiculturalism*, 1995）和謝弗雷（Yves Chevrel）的《比較文學在今日》（*Comparative Literature Today*, 1995）,前者代表美國、後者代表法國當前的比較文學界,同樣觀察到當前比較文學的主要衝擊來自當代文學理論,同樣同意「文化多元論」為時代精神,而他們所指陳的比較文學的當前視野與研究方向,與本文所述台灣近況大致相同。薛瑞爾強調「比較文學」研究與「一般詩學」的結合,指出在法國一些比較文學系已易名為「比較文學與一般文學系」,意謂「比較文學」的目的是尋求「一般文學」所尋求的文學的規律與通則。

（C.S. Peirce）所謂的「記號衍義」（*semiosis*），是研究者的「主體」、援用的「理論」，與作為研究對象的中西「文學作品」一個「三連一」的互為辯證的過程，而一篇寫就的論文只是這個無限衍義過程的暫時句號而已。然而，「闡發研究」並不能看作是比較文學「中國派」的最終目的，我們最終必得經由參與全球的當代文學理論的創造而超越中西界限，但這個時機還沒有來臨。「中國派」目前以「闡發研究」作為主軸，正反映著當今歷史階段裡中西方在各層面上的客觀現實。

　　無庸俱言，中國文學必須走入世界，參與、融入世界文學。中國文學要怎樣「再」發言呢？怎樣的「再」發言最能保有自己的品質又最能參與、融入、創造世界文學的大洪流呢？「漢學」是一個不錯的橋樑，但顧名思義，「漢學」是外國學者對中國文學（廣義的）的研究，是在外國的土壤生長的，我國學者無從參與，最多只能與之對話。相對而言，中西比較文學卻是我國學者用武之地，是我國文學「再」發言最好的橋樑：透過中西文學實際的相互接觸、影響、接受、闡發、比較，透過中西文學類似或共同的母題、主題、形式、文類、潮流，透過以中西文學為基礎而建構出來的同時顧及「同」與「異」的一般詩學，應是最豐富、最有效、最當代的「中國文學」的「再」發言吧！這個「再」發言，在某意義上，也是中國文學的現代化與國際化，也是中國文學繼續發展的方向與動力。這個急迫而富前景的事業需要外文系與中文系的學者的關心與參與，而後者更是責無旁貸。

參引書目

古添洪、陳慧樺合編，1976，《比較文學的墾拓在台灣》，台北：
　　東大。

古添洪，1976，《比較文學・現代詩》，台北：國家。

———，1979，〈中西比較文學：範疇、方法、精神的初探〉，
　　《中外文學》，7卷11期，74-94。

———，1984，《記號詩學》，台北：東大。

———，1986，〈記號學中的「解」傾向——兼「解」「構」中西
　　山水詩〉《中外文學》，14卷12期，98-124。

———，1996，〈論魯迅散文詩集《野草》的撒旦主義——兼述接
　　受過程中的日本「中介」〉，《中外文學》，25卷3期，
　　234-253。

李達三（John Deeney），1977，〈比較文學中國學派〉，《中外
　　文學》，6卷5期，73-77。

———，1978，《比較文學的新方向》，台北：聯經。

陳鵬翔，1990，〈建立比較文學中國學派的理論和步驟〉，《中外
　　文學》，19卷1期，103-121。

盧康華、孫景堯，1984，《比較文學導論》，哈爾濱：黑龍江人民。

楊周翰、樂黛雲合編，1987，《中國比較文學年鑑：1986》，北
　　京：北大。

曹順興，1995，〈比較文學中國學派基本理論特徵及其方法論體系
　　初探〉，《中國比較文學》，總20期，18-40。

———，1993，《中外文學論文所引》（增定版），台北：台大外

文系。

Bernheiner, Charles. 1995. *Comparative Literature in the Age of Multiculturalism*, Baltimore: Johns Hopkins UP.

Chevrel, Yves. 1995. *Comparative Literature Today*. Kirksville: Thomas Jefferson UP.

Ku, Tim-hung (古添洪). 1989. "A Semiotic Approach to Chinese-English Love Poetry: Focusing on the Space of the Addressee." *Tamkang Review*, Vol. XX, No. 2, 169-193.

_____. 1993. "Toward a General Poetics of Chinese-Western *Carpe Diem* Poetry." *East-West Comparative Literature: Cross-Cultural Discourse*. ed. Tak-wei Wong. Hong Kong: Department of Comparative Literature, University of Hong Kong, 253-269.

Remark, Henry. 1961. "Comparative literature at the Crossroads: Diagnosis, Therapy and Prognosis." *YCGL*, IX.

_____. 1961. "Comparative Literature, Its Definition and Function." *Comparative Literature: Method and Perspective*, ed. Stalknecht & Frenz, Southern Illinois UP.

Wellek, Rene. 1958. "The Crisis of Comparative Literature." *Comparative Literature*. Proceedings of the Second Conference, I, 149-59.

Yu, Anthony (余國藩). 1974. "Problems and Prospects in Chinese-Western Relations." *YCGL*, Vol. 2.

國家圖書館出版品預行編目資料

不廢中西萬古流：中西抒情詩類及影響研究

古添洪著. – 初版. – 臺北市：臺灣學生，
2005[民 94]
面；公分

ISBN 957-15-1251-6(精裝)
ISBN 957-15-1252-4(平裝)

1. 詩 – 評論

812.18   94005349

不廢中西萬古流
中西抒情詩類及影響研究

著　作　者：古　　　　添　　　　洪
出　版　者：臺 灣 學 生 書 局 有 限 公 司
發　行　人：盧　　　　保　　　　宏
發　行　所：臺 灣 學 生 書 局 有 限 公 司
　　　　　　臺 北 市 和 平 東 路 一 段 一 九 八 號
　　　　　　郵 政 劃 撥 帳 號：0 0 0 2 4 6 6 8
　　　　　　電　話：(0 2) 2 3 6 3 4 1 5 6
　　　　　　傳　真：(0 2) 2 3 6 3 6 3 3 4
　　　　　　E-mail：student.book@msa.hinet.net
　　　　　　http：//www.studentbooks.com.tw

本書局登
記證字號：行政院新聞局局版北市業字第玖捌壹號

印　刷　所：長 欣 彩 色 印 刷 公 司
　　　　　　中 和 市 永 和 路 三 六 三 巷 四 二 號
　　　　　　電　話：(0 2) 2 2 2 6 8 8 5 3

定價：精裝新臺幣四五○元
　　　平裝新臺幣三八○元

西 元 二 ○ ○ 五 年 四 月 初 版

臺灣 學て書局 出版
中國文學研究叢刊

❶	詩經比較研究與欣賞	裴普賢著
❷	中國古典文學論叢	薛順雄著
❸	詩經名著評介	趙制陽著
❹	詩經評釋（全二冊）	朱守亮著
❺	中國文學論著譯叢	王秋桂著
❻	宋南渡詞人	黃文吉著
❼	范成大研究	張劍霞著
❽	文學批評論集	張　健著
❾	詞曲選注	王熙元等編著
❿	敦煌兒童文學	雷僑雲著
⓫	清代詩學初探	吳宏一著
⓬	陶謝詩之比較	沈振奇著
⓭	文氣論研究	朱榮智著
⓮	詩史本色與妙悟	龔鵬程著
⓯	明代傳奇之劇場及其藝術	王安祈著
⓰	漢魏六朝賦家論略	何沛雄著
⓱	古典文學散論	王安祈著
⓲	晚清古典戲劇的歷史意義	陳　芳著
⓳	趙甌北研究（全二冊）	王建生著
⓴	中國兒童文學研究	雷僑雲著
㉑	中國文學的本源	王更生著
㉒	中國文學的世界	前野直彬著，龔霓馨譯

㉓ 唐末五代散文研究　　　　　　　　　　　　呂武志著

㉔ 元代新樂府研究　　　　　　　　　　　　　廖美雲著

㉕ 五四文學與文化變遷　　　　　中國古典文學研究會主編

㉖ 南宋詩人論　　　　　　　　　　　　　　　胡　明著

㉗ 唐詩的傳承─明代復古詩論研究　　　　　　陳國球著

㉘ 中外比較文學研究　第一冊(上、下)　　李達三、劉介民主編

㉙ 文學與社會　　　　　　　　　　中國古典文學研究會主編

㉚ 中國現代文學新貌　　　　　　　　　　　　陳炳良編

㉛ 中國古典文學研究在蘇聯　　　　(俄)李福清著，田大長譯

㉜ 李商隱詩箋釋方法論　　　　　　　　　　　顏崑陽著

㉝ 中國古代文體學　　　　　　　　　　　　　褚斌杰著

㉞ 韓柳文新探　　　　　　　　　　　　　　　胡楚生著

㉟ 唐代社會與元白文學集團關係之研究　　　　馬銘浩著

㊱ 文轍(全二冊)　　　　　　　　　　　　　　饒宗頤著

㊲ 二十世紀中國文學　　　　　　　中國古典文學研究會主編

㊳ 牡丹亭研究　　　　　　　　　　　　　　　楊振良著

㊴ 中國戲劇史　　　　　　　　　　　　　　　魏子雲著

㊵ 中外比較文學研究　第二冊　　　　　李達三、劉介民主編

㊶ 中國近代詩歌史　　　　　　　　　　　　　馬亞中著

㊷ 近代曲學二家研究─吳梅・王季烈　　　　　蔡孟珍著

㊸ 金元詞史　　　　　　　　　　　　　　　　黃兆漢著

㊹ 中國歷代詩經學　　　　　　　　　　　　　林葉連著

㊺ 徐霞客及其遊記研究　　　　　　　　　　　方麗娜著

㊻ 杜牧散文研究　　　　　　　　　　　　　　呂武志著

㊼ 民間文學與元雜劇　　　　　　　　　　　　譚達先著

㊽ 文學與佛教的關係　　　　　　　中國古典文學研究會主編

㊾ 兩宋題畫詩論　　　　　　　　　　　　　　李　栖著

㊿　王十朋及其詩　　　　　　　　　　　　　鄭定國著
㉛　文學與傳播的關係　　　　　　中國古典文學研究會主編
㉜　中國民間文學　　　　　　　　　　　　　高國藩著
㉝　清人雜劇論略　　　　　　　黃影靖著，黃兆漢校訂
㉞　唐伎研究　　　　　　　　　　　　　　　廖美雲著
㉟　孔子詩學研究　　　　　　　　　　　　　文幸福著
㊱　昭明文選學術論考　　　　　　　　　　　游志誠著
㊲　六朝情境美學綜論　　　　　　　　　　　鄭毓瑜著
㊳　詩經論文　　　　　　　　　　　　　　　林葉連著
㊴　傣族敘事詩研究　　　　　　　　　　　　鹿憶鹿著
㊵　蔣心餘研究(全三冊)　　　　　　　　　　王建生著
㊶　眞善美的世界—高中高職國文賞析　　　　戴朝福著
㊷　何景明叢考　　　　　　　　　　　　　　白潤德著
㊸　湯顯祖的戲曲藝術　　　　　　　　　　　陳美雪著
㊹　姜白石詞詳注　　　　　　　　　　　黃兆漢等編著
㊺　辭賦論集　　　　　　　　　　　　　　　鄭良樹著
㊻　走看臺灣九〇年代的散文　　　　　　　　鹿憶鹿著
㊼　唐賢三體詩法詮評　　　　　　　　　　　王禮卿著
㊽　清初前期話本小說之研究　　　　　　　　徐志平著
㊾　文心雕龍要義申說　　　　　　　　　　　華仲麟著
㊀　楚辭詮微集　　　　　　　　　　　　　彭　毅著
㊁　習賦椎輪記　　　　　　　　　　　　　　朱曉海著
㊂　韓柳新論　　　　　　　　　　　　　　方　介著
㊃　西崑研究論集　　　　　　　　　　　　　周益忠著
㊄　李白生平新探　　　　　　　　　　　　　施逢雨著
㊅　中國女性書寫—國際學術研討會論文集　　淡江大學中國文學系主編
㊆　杜甫夔州詩現地研究　　　　　　　　　　簡錦松著

(77) 近代中國女權論述—國族、翻譯與性別政治　劉人鵬著
(78) 香港八十年代文學現象(全二冊)　黎活仁等主編
(79) 中國夢戲研究　廖藤葉著
(80) 晚明閒賞美學　毛文芳著
(81) 中國古典戲劇語言運用研究　王永炳著
(82) 中國古典詩論中「語言」與「意義」的論題
——「意在言外」的用言方式與「含蓄」的美典　蔡英俊著
(83) 近代傳奇雜劇史論　左鵬軍著
(84) 外遇中國——
中國域外漢文小說國際學術研討會論文集　國立中正大學中文系 語言與文學研究中心主編
(85) 琵琶記的表演藝術　蔡孟珍著
(86) 物・性別・觀看——明末清初文化書寫新探　毛文芳著
(87) 清代賦論研究　詹杭倫著
(88) 世情小說傳統的承繼與轉化：張恨水小說新論　趙孝萱著
(89) 古典小說縱論　王瓊玲著
(90) 建構與反思——
中國文學史的探索學術研討會論文集　輔仁大學中國文學系 中國古典文學研究會主編
(91) 東坡的心靈世界　黃啓方著
(92) 曲學探賾　蔡孟珍著
(93) 挑撥新趨勢—第二屆中國女性書寫國際學術研討會論文集　范銘如主編
(94) 南宋詠梅詞研究　賴慶芳著
(95) 感傷的旅程：在香港讀文學　陳國球著
(96) 中國小說史論　龔鵬程著
(97) 文學散步　龔鵬程著
(98) 黃文吉詞學論集　黃文吉著
(99) 夢窗詞選注譯　黃兆漢著
(100) 海峽兩岸現當代文學論集　徐國能主編

⑩ 第二／現代性：五四女性小說研究　　　　　劉乃慈著

⑩ 紅樓夢夢　　　　　　　　　　　　　　　龔鵬程著